世界推理短編傑作集3

江戸川乱歩編

欧米では、世界の短編推理小説の傑作集を編纂する試みが、しばしば行われている。本書はそれらの傑作集の中から、編者の愛読する珠玉の名作を厳選して全五巻に収録し、併せて十九世紀半ばから第二次大戦後の一九五〇年代に至るまでの短編推理小説の歴史的展望を読者に提供する。百年に亘る短編の精髄は本格・サスペンス・ハードボイルドなど色とりどりの作品揃いでヴァラエティに富み、長編とはまた異なった滋味に溢れている。本巻にはフィルポッツの「三死人」からバークリー「偶然の審判」まで、一九二〇年代の読み応えある佳品十編を収録。

世界推理短編傑作集3

江戸川乱歩編

創元推理文庫

GREAT SHORT STORIES OF DETECTION

volume 3

edited by

Rampo Edogawa

1960, 2018

目次

世界推理短編傑作集3

三死人

イーデン・フィルポッツ
宇野利泰 訳

Three Dead Men　一九二一年

『赤毛のレドメイン家』と『闇からの声』の二大名作で知られる**イーデン・フィルポッツ** Eden Phillpotts (1862.11.4-1960.12.29) の比較的長い短編である。ヴァン・ダインが本編を推賞して、フィルポッツ氏の推理小説の中でも最も特質の表われた作品と評している。一九二六年刊行の短編集 *Peacock House* に収録され、翌年有名なヴァン・ダイン編のアンソロジーにも収録された。

1

私立探偵事務所長マイクル・デュヴィーンから、西インド諸島まで特別調査に出張してみないかと勧められたとき、私は飛びあがらんばかりに喜んだ。ちょうど一月末のことで、ロンドンの空は暗鬱《あんうつ》な雲におおわれていた。わずか数週間のことにしろ、明るい熱帯の太陽の下で過ごせるのが、私にとってはこのうえもない魅力であった。

デュヴィーンは次のように説明した。

「この依頼者は、出張調査の費用として、一万ポンド提供するといってきているのだ。できればおれが自分で行きたいところなのだが、どうも船は苦手だし、それに十日も乗っていなければならぬとあっては考える。だいたいおれという人間は、からだにいくらか黒人の血がまじっているとみえて、こと黒人のこととなると、なにかこう、商売気を離れて、肩を入れてみたくなってくるのだ。ところが、いまいったとおり、海というやつが難物でね、その気持ちも帳消しになっている。それを押してまで出かけるには、おれもちょっと年をとりすぎた。

で、おれは依頼者にいってやった。自分はつごうで行けぬから代理を派遣《はけん》する。この男は年こそまだ若いが、手腕にはぜったいの信頼がおける。おれ自身はロンドンにとどまって、事件の解決に充分頭脳をしぼる。

それから報酬の件だが、さいわいに事件が解決したとしても、五千ポンドだけもらえばけっこうだ。もしかりに失敗したら、出張費用以外は一セントも要求しない——こんな条件を知らせておいたのだが、けさ電報で返事がきた。条件はのこらず承諾したというのだ。そこできみに来てもらったわけだが、どうだね？　次の水曜日に、逓信省の郵便船ドン号が、サウサンプトンを出帆するのだが、そいつに乗りこむ気はないかしら？」

「所長、喜んで——」と、私は即座に答えた。

「この調査に成功すれば、きみの評判もまたあがるにきまっている。だが、事件そのものは、相当複雑だと覚悟してくれ。おいそれと真相がつかめるしろものじゃないらしい。参考資料もいろいろ送ってきているが、おそろしく膨大で、しかも曖昧《あいまい》をきわめている。あんなものは、むしろ読まんほうが利口かもしれん。いきなり現場へ飛びこんで、虚心坦懐《きょしんたんかい》に事件にぶつかるのが第一だ。なまじ船のなかでいちいち書類に目を通すとしたら、紋切り型の先入観ができてしまって、捜査のじゃまにはなっても利益にはならんだろう。

しかし、ごくあらましのところを言っておくと、殺人事件のにおいは充分ある。ただあいにく、直接関係者の三人が三人ともに死んでしまっているんだ。おもしろい事件には相違ない。と同時に、難解なこともまちがいなしだ。まあそれも、おれの印象だけのことではあるがね。

きみのことだから、あんがい簡単に解決してのけるかもしれない。しかし、イギリスにとどまっているこのおれの知恵が必要になってこんともかぎらん。あるいはまた、きみとおれとがふたりがかりでやってみても、失敗するかもしれぬのだ。が、とにかくひとつ、努力してみてもらいたい。

出帆まえに、もう一度おれに連絡をとってくれ。船の申し込みは、きょうじゅうにすませておかぬと、よい部屋はとれんかもしれんぞ。ことしは西インド諸島へ行く連中が、むやみに多いという話だからな」

「行く先はどこなんです?」

「バルバドス島だ。いまのところでは、事件の調査はあの島だけですみそうに思われる。もちろん、それ以上の必要があれば、きみの裁量でやってくれてけっこうだ。成功を祈るぜ。これはきみの腕の見せどころさ。おれはきみの成功に、確信をもっているよ」

私は礼を述べてひきさがったが、心は喜びにあふれていた。私たちの仲間が、所長にほめられるのはひじょうにめずらしいことだからだ。ほめるばあいだって、彼はあからさまに口に出して言ったためしがない。そのかわりに、実《み》のある仕事をあてがうという形式をとるのである。こんどのばあいもそのあらわれで、これだけの重大な事件を私の手にゆだねたからには、外国にまでとどろいているデュヴィーン私立探偵事務所の名声を、汚さぬだけの実力ありと認めてくれたのであろう。

二週間後のある未明、私は、ドン号の甲板にひとり立って、消えのこる月光と、忍びよる暁《ぎょう》明《めい》とが奇妙に混淆《こんこう》していくさまをながめていた。時計は四時。東のほうを見つめていると、波頭にかすかなばら色がさして、それが一度、明かるみゆく空に触れると、一気に純白とサフラン色とに変わっていく。だが、月はまだ、天空の王座をゆずる気配がない。星くずはさんさんとかがやき、にせ十字があざやかな光芒《こうぼう》を放っている。南十字星だけは、水平線に沈んでいくところだ……。

そこに急激な変化がおきた。とつぜん、オレンジ色の光がふとい縞《しま》をつくって、東の空から流れこんできた。と同時に、灰色の月光はみるみる色さめて、星くずもひとつずつ消えていき、最後に南十字星が、暁の色にのまれていった。

バルバドス島はしばらくのあいだ、ラッグド岬《ポイント》灯台の白い灯と、その先の岬の赤い灯とにはさまれて、波浪をけってとぶ怪物を思わせていた。それもやがて、太陽がぐんぐんと、熱帯地方特有のすさまじさで空の高みに昇るにつれて、燃え上がるその炎の下から、くっきりした姿を浮かびあがらせた。砂糖きび畑が、数マイルにわたってつづいている。穂さきが風にひく波打っているのを、小麦か大麦が葉をそよがせているものと錯覚した。風車が見える。人家が点々と散在しているのが見える。地肌を黒く光らせているのは、耕作中の畑であろう。それを少し下って、やしの木を茂らせた海浜を前景に、ブリッジタウンの町がひろがっている。白《はく》堊《あ》の家々が青い海にかがやいて、強烈な太陽のひかりに白茶けてみえる砂浜と、きわだった対照を示していた。

私のドン号は、百にちかい艀《はしけ》の大群が待ちかまえているのをかきわけるようにして進んだ。

カーライル湾にはいるとき、商船旗《レッドエンザイン》をちょっとさげて、すぐにあげた。港に停泊中の小戦艦に対する礼信号である。つづいて砲門を開いたのは、定刻どおりに入港したことを告げているのだ。

艀の群れが、またたく間に、私たちの船をとりかこんだ。見おろすと、あらゆる色の人種が乗りこんでいる。マホガニイ色に褐色、黄色の濃いのと淡いのと……軽舟が集まってくるあいだに、検疫事務はおわっていた。入港と同時に出港である。太陽のかがやき、スチーム巻揚機《ウインチ》のうなり。貨物船ドン号は船荷を積みこんでいる……人々ははやくも別離の握手をかわし、名残《なごり》を惜しむ言葉をやりとりし、出帆をまえに、ボーイにチップをやっている男もいる。

私を迎える艀も来ていた。私のトランクがするすると本船から積みこまれた。白く塗って、まっ赤な座ぶとんをそなえた、見るからにスマートなボートだった。

黒人ふたりがそれを漕《こ》いでいた。人品のいやしくない男が、愛想よく私を迎えた。皮膚は熱帯の太陽にくろぐろとやけてはいるが、灰色のひとみ、金色の髪。彫りのふかい顔立ちは、まちがいなくイギリス人であることを教えていた。均整のよくとれた長身を地味な黒服につつんで、筋骨のたくましさをことさらに隠しているかのようだ。見たところ四十五か六。だが、じっさいは熱帯地方の生活が、年齢以上にふけさせていたのだ。事実、あとで聞いて知ったのだが、彼はまだ、三十五になったばかりであった。

このエイモス・スラニングという人物は、島で有数の大農場ペリカンと、いくつかの砂糖工場との所有者であった。ボートが岸に着くまでのあいだ、この依頼主はひとりでしゃべりつづけていた。話は多岐にわたっていたが、それはみな、事件の予備知識をあたえるための配慮と思われた。

「このバルバドス島は」と彼は説明した。「西インド諸島のほかの島々とちがいまして、血なまぐさい歴史をぜんぜん知らずに過ごしてきたのです。一六〇五年にイギリスの艦船が、その占領を宣言して以来、ずっとこれまで支配者を変えていないのです。大ブリテンの植民地のうちでも、われわれがビム州《シャ》という名で呼んでいるこの島ほど、平和なところはどこにも見られんでしょう。チャールズ一世時代の内乱で、戦いに敗れた王党の人々が、この地に難を避けました。ぼくの一族、スラニング家もその仲間のうちでして、それからずっと、この島に住みついてしまいました。亡命者の子孫たちが、君主制の支持をつづけたことはいうまでもありません。いまでもなお、この島に住みついたイギリス人たちは、一貫してその主義を守りつづけているのです。

ぼくの家の代々は、この島で繁栄に繁栄を重ねました。所有農地は広大ですし、奴隷《どれい》の数もおびただしいものでしたから、繁栄したというのも当然のことです。じっさい、あの奴隷解放の事件がおこるころには、カリブ海きっての富豪といわれていましたし、その後の時代の変遷も、スラニング家の繁栄をゆるがすことはできませんでした。

あなたのまえにいる男は、そのスラニング家の最後のひとりなのです。時と事態が、スラニング家の血をひく者を、ぼくひとりきりにしてしまったのです。ぼくは双生児でして、その相手のヘンリイは、最近殺されてしまったのです。しかもその死は、怪奇な謎に包まれていまして、いまさらそれを解決したところで、墓場から彼が生き返ってくるわけでもないのですが、とにかくその謎が解けるまでは、ぼくのこころはやすまる思いがしないのです」

彼はそこまで一気にしゃべりつづけていたが、急に話題を変えて、デュヴィーンについての質問に移した。そこで私は説明した。本来ならば、デュヴィーン自身が来島して調査に当たるべきですが、やむを得ぬ事情がありまして、私が代わりに派遣されました。直接現場で捜査資料を集めることになりましたので、よろしく便宜をおはからいくださいと説明するとともに、所長からエイモス・スラニング氏にあてた親書を手渡した。

ボートが海浜につくと、スラニング氏は私をレストランに案内した。その有名なレストランに三十分ほどすわっているあいだ、スラニングは所長の手紙に目を通した。私はそのあいだ、手もちぶさたのままに、日除けの下のバルコニイから、町の中心地の動きをながめていた。

一筋の大通りをはさんで、白く塗った建物が並んでいる。板屋根がつよい陽光をはねかえし、銀灰色にかがやいている。店舗の入り口は、どこもみな這《は》ってはいるくらいの低さだ。紺碧《こんぺき》の空。白っぽい道路。空気が炎のように光り、歩行者の足もとから土ぼこりが舞いあがる。わめくように大声で話しあいながら、かくべつ用もなさそうな原住民の群れが、切れ目もなくつづいている。玩具のような電車が絶えず発車しているのは、郊外のベルフィールドやフォンタベルなどに向かうのであろう。騾馬《らば》が隣接地域から、砂糖や糖蜜の樽を運んでくる。よほど重いとみえて、二頭立てなのに悲鳴をあげている。驢馬《ろば》のほうは、背にみどり色の砂糖きびをたばねて積んでくる。乗合バスも歩道に沿って整列しているが、二輪馬車の往来のほうがはるかに多く、目まぐるしいばかりの激しさだ。

スラニングの大型自動車が、バルコニイのすぐ下にとまっていた。そのころはまだ目新しいものだったので、道ゆく人たちの視線をひいていた。歩道は女たちでいっぱいだったが、身なりのよいのは、黒いヴェールで強い光線から目を守っている。裸足で白い布をまとい、けばけばしい色のターバンを頭に巻いた黒人の女たちが、大声をあげながら歩いている。頭にのせた籠のなかの、やしの実、砂糖きび、オレンジ、レモン、バナナ、サポジラ（和名、チューインガムノキ）、マンゴー、ヤムイモ、魚、ケーキ、砂糖菓子、ナッツ、パイナップル、ピクルス、そのほか、さまざまな食料品を売り歩いているのだ。

黒人の男たちも働いている。手押し車を押したり、家畜を追ったりしているが、磨《みが》きこんだ金属のような膚を光らせながら、休みなしにしゃべりあっているところは、いかにものんびりしたようすにみえる。家のかげの涼しい場所や、乾いた道路のうえに、バルコニイがビロードのような黒い影を投げているところでは、仕事のない連中がよりあつまって、砂糖きびをかみ、くだものをかじり、たばこをのみ、女の物売りから、飲み物を買い、氷をしゃぶり、ふざけあい、語りあっては時間をつぶしている。

物乞《ものご》いや子供の群れにもことかかない。もじゃもじゃの頭髪と、まっ黒な大きな目で、チョコレートの人形を連想させる。白い土ぼこりのたつ街路は、時間をきめてホースで水をまかれるのだが、五分とたたぬうちに、もとのように乾いてしまう。黒人の巡査が、まっ白な制服で巡回している。ぼろを着た浮浪者を見ると、情け容赦《ようしゃ》もなく検束《けんそく》していく。ひっぱられていく者は、なにか大声で言いわけしているのだが、いっこうに頓着《とんじゃく》するようすもない。女たちが、コチコチに筋張った感じの家畜を追っていく。ちょっと見るとグレイハウンドのようだが、これがなんと、瘠《や》せてはいるが豚なのである。鴨をかかえていく女もいる。雄鶏や雌鶏を籠に入れて運んでいるのもいる。身分のよさそうな黒人も歩いている。黒人の牧師、黒人の弁護士。兵隊も商人も黒人であるし、この連中の細君たちははでな帽子にパラソルをかざし、腕かざりや首かざりをあらいざらい身につけて、流行おくれの服ではあるが、満艦飾《まんかんしょく》に着飾っている。店舗の主人たちも黒人だが、シルクハットに白麻の服というでたちである。鳥のように大きなとんぼが頭上を舞っている。埃《ほこり》とくだものの匂いがまざりあって、重苦しくあたりにただよっている。

そうした街のたたずまいを、私はぼんやりとながめていた。急にスラニングが、私の観察をさまたげた。

「このお手紙で、よくわかりました。ご尽力をお願いします。とりあえず、クラブで食事にしましょう。くわしい事情は、そのあいだに説明します。それからぼくの邸《やしき》にご案内したいと思いますが、おさしつかえないでしょうな」

だが、私はそれを望まなかった。ここ数週間は、だれにもわずらわされずに、まったく自由に捜査に没頭したいと、私の希望を述べた。

「お邸に滞在して、調査に支障をきたすようなことがあってもいけませんから――」

彼は私の言葉に、べつに理由はきかなかった。

大型の自動車は、すぐに私たちをクラブに運んだ。途中でちょっとした事件があった。小型の二頭立ての馬車とすれちがったのだ。婦人がふたり乗っていた。エイモス・スラニング氏はくるまを降りて話しかけた。彼が声をかけたほうは品のよい中年の婦人で、もうひとりのほうは黙って聞いていた。

若くてかわいらしい少女だが、顔色が青いといってよいほど白すぎて、目の色にも光沢《こうたく》がまったくない。こうした強烈な色彩の土地には、いかにも似合わしからぬ存在だった。本国であれば、頬にばら色の赤みを添えて、可憐な美しさを誇示し得ようが、ここではむしろ、室《むろ》咲きの花のひよわさに、彼女自身が反発しているかたちだった。

「もうおからだは、すっかりおよろしいのですか?」

年上の婦人に向かって、スラニングはきいた。彼女はやさしい笑顔《えがお》で握手して、

「でも、メイがまだいけませんの。夏のあいだ、アメリカへ連れていこうと思っております」

「それはいいお考えです」

彼はそういってから、若い婦人に目を移して、

「気晴らしが必要ですよ——このさい、とくにね」

それから、彼は声をおとした。私のことを説明していたにちがいない。

つづいて彼は私を、ふたりに紹介した。若い婦人は会釈《えしやく》しただけで、なにもいわなかった。母親は私と握手をかわして、調査がうまくいくように祈るといった。

「この方のお兄さまがお亡くなりになったことを聞いて、悲しまないものはひとりもありませ

んわ。それほどどなたにも愛されておられた方なんです。あの方とお近づきになれば、どなただって好きになるにきまっていました。ですから、こんどのご調査は、ずいぶんむずかしいお仕事だと思いますわ。こんな恐ろしいことをする動機なんて考えられませんもの」

彼女は熱心にそういって、わたくしがお役にたちますようでしたら、いつでもお目にかかりますからとつけくわえた。

婦人たちの馬車は去っていった。スラニングはもちろん、私がふたりの婦人をじっと観察していたのに気づいていたので、すぐにいった。

「ぼくにはあのふたりの婦人が、兄の死になにか関係があるように感じられてならぬのです。亡くなられた提督ジョージ・ウォレンダー卿——いまのはその未亡人ですが、ウォレンダー卿もまた、ぼくたち兄弟と親しく交際してくれました。あのひとたちが、どうしたというわけではないのですが、気がつかぬうちに、なにかこんどの事件と関係をもっているように思われます。あのひとたちにも、ぼくたちにも、なにかはっきりしないことなんですが、ふかい事情が隠されているような気がしてなりません。ぼくの話を全部お聞きになれば、あなたもそれを考慮してみる気になると思います」

「お嬢さんのほうは、おからだがわるいようですね」

「ええ。それには理由があるのです。わるいところはからだではなくて、こころなんです。ひどいショックを受けましたからね——」

私たちは広場へ出た。ネルソン提督の青銅像が、人目をひいてそびえ立っていた。スラニン

グのクラブで食事をとった。料理はすばらしいものだった。

食後に、彼は私を小さな喫煙室に案内した。私たちだけに、特別の席がとってあった。私は葉巻をすすめられたが、かんじんの要件にはいることを思って手を出さなかった。彼自身も葉巻をとりあげようともせず、すぐ事件の説明に移った。

「話の途中で、質問の個所がありましたら、いつでも遠慮なくきいてください」

そういってから、彼は本題にはいった。

「母が死んだとき、ぼくとヘンリイは十四の少年でした。当時ぼくたち兄弟は、本国のイギリスにおりまして、ちょうど小学校からハロウ校へはいったところでした。ハロウ校を出ると、ふたりそろってケンブリッジ大学に進学しました。冬の休暇がくると、いつもきまってこの島の父のもとに帰りました。反対に、夏になると父のほうからヨーロッパを訪れて、ぼくたちをフランスやイタリアに連れていってくれました。ちょうどぼくたち兄弟が大学のコースを終えようとしていたとき、ふだんからあまり丈夫でなかった父フイッツハーバート・スラニングが急病で死亡しました。ヘンリイとぼくは、この島に呼び戻されました。不在地主が多くなれば、西インド諸島は荒廃に帰するというのが父の持論でして、父の死後は、島に住みついて事業に精励《せいれい》するようにというのが遺言でした。ぼくたちはその命令に従ったのでした。

双生児というものは、顔かたちはもちろん、性格から趣味と、あらゆる細部にわたって、驚くほど相似しているというのが定説です。そしてたいていはそれが正しいのですが、ぼくたちの場合だけはちがっていました。ぼくが兄の半身だとは、どう考えてもいえません。ヘンリイという男は、ぼくなんかのおよびもつかぬするどい知能と正確な判断力、そしてまた強靭《きょうじん》な自制心に恵まれていました。顔だけはたしかに似ていましたが、しかし観察力のするどい相手でしたら、兄のほうがはるかに思慮に富み、冷静な精神をもっていることがわかったはずです。ぼくの性格は明るくて、兄は暗いという評判はありましたが、それもぼくがいたって楽観的な性格で、かんたんに他人を信じやすいのにくらべて、ヘンリイはずっと用心ぶかく、判断が万事慎重だったというちがいなんです。

ぼくたちの農場には、有能な監督がひとりおりました。父から学校まで出させてもらった恩義を感じて、スラニングのお家大切の気持ちが、腹の底までしみこんでいる男でした。ぼくたちは彼の助けで、父祖たちが基礎をきずいてくれた製糖事業を、りっぱに経営していくことができたのです。ぼくたちがスラニング家の最後の人間になったいまでは、ペリカン農場に直接の権利をもっている者は、ぼくたち以外にだれもありません。農場はぼくたちのものです。そこからあがる収益も全部ぼくたちに帰属しますが、そのかわりそれにともなう負担も、またぼくたちだけの肩にかかっているのでした。

ぼくとヘンリイとに毎日は平穏無事につづき、波瀾《はらん》なく、事業は隆盛の一路をたどっていました。ぼくたち兄弟はたがいに信じあって、なにごとによらず打ち明けて相談しました。ぼくは事業専一に全精神を打ちこみましたが、ヘンリイのほうは活動範囲をひろげて、島の政界にまで顔を出し、公益事業の方面にも活躍しました。兄は義侠《ぎきょう》心のつよい男で、島内の福祉増進とか貧民の救済事業とかにも熱情をそそぎました。およそ敵をもたぬ人間といえば、まずだれもヘンリイに指を折るのが当然でした。不正をなによりも憎み、だれとでも対等で話しあうという態度をくずしませんでしたので、金持ちからも貧乏人からも、おなじように尊敬の目で見られていました。

ところが、その兄がきわめて奇怪な状態で殺害されたのです。そしてそれと同時に、もうひとりの男も死にました――ぼくたち兄弟のためなら命を投げだしても働こうという男が、おなじような状態で殺されたのです。ジョン・ディッグルという名の生粋の黒人で、先祖代々、ぼくのペリカン農場で働いてきた男でした。仕事というのは農場の夜まわりで、夜分に耕地を見まわって歩くのが役目でした。黒人のうち、だらしのないのは、まずどの男もこそ泥とみてよいくらいで、どこの農場でも悩まされているのです。砂糖きびの刈り入れ季節は、とくに厳重に監視する必要があります。そのために、盗みにきた連中に監視人から銃声を浴びせて、生命のほうが大切だと知らせることも必要だったのです。

夜分、黒人の姿を砂糖きび畑で発見したばあい、誰何《すいか》して応答がなければ発砲してよいというのが不文律で、古くからの島の慣習でした。ずっと昔は、事実それが成文の法規になっていたそうです――いまはまさか、そんなこともありませんがね。

では、ヘンリイが死んだときのようすに移りましょう。前夜は満月でしたが、夜が明けて、朝食の時間がきても、彼は食堂に出てこないのです。召使を呼びにやらせましたが、寝室にも書斎にも、兄の姿は見えないとの返事でした。

不審に思って、ぼく自身が捜しにいきましたが、やはりどこにも見あたりません。そこへ砂糖きび畑から悲しいしらせがきました。ぼくは馬を現場へ飛ばしました。邸から一マイルほど離れた、ペリカン農場のはずれにあたる開拓地でした。島の南海岸にクレイン・ホテルというのがあるのですが、そこからあまり遠くないところです。兄は胸部を撃たれて倒れていました。そのまたうえに、ジョン・ディッグルが乗っていました——これもやはり死骸でした。ふたつの死骸から二十ヤードばかりのところに、ディッグルの銃が落ちていました。どちらの銃身からも発射されていました。ぼくの愛する兄と、忠実なディッグルとの命を奪ったのは、ディッグルのその銃であることにまちがいありません。弾は特別の口径でして、大鳥撃ちに使うもので、この島ではほかにおなじ種類の銃は見あたらぬのです。

ほかにもうひとつ銃器が発見されました——こちらはリヴォルヴァーで、ぜんぜん新品でした。弾倉は空《から》で、一度も発射していませんでした。ぼくとしても、いままで見たことも聞いたこともない品物です。が、その後の調査で、ぼくの兄がイギリス本国から取り寄せたものだと判明しました。弾も百発、箱にはいっていましたが、これもぜんぜん、封さえ切ってありません。フォレスト商会の製品なんですが、ヘンリイがなぜそんなものを取り寄せたか——彼がもともと銃器類というと、常軌《じょうき》をはずれたくらいきらいだったことを考えると、それがこの事件の最大の謎となるのでした。

検死の結果、ふたりともに、あまり近距離から撃たれたのではないことが明らかになりました。その事実が確かめられて、警察側の当初の推定が誤りであったことが判明したのです。島の警察のことですから、警察官といってもぜんぶ黒人なんですが、その最初の推定では、ディッグルがヘンリイを撃ち殺して、自殺したというのでした。ですが、それはちょっと考えられぬことです。第一にディッグルは、ヘンリイを神さまのように崇拝していたのですから、たとえ自分が拷問の責め苦を受けるにしても、兄を殺害するようなまねをするとは考えられぬからです。そしてまた、いま明らかにされたように、離れた距離から自分自身を撃つことは不可能です。創痕《そうこん》からおしはかって、弾の発射距離は二十ヤードだそうで、ちょうど銃が転がっていた付近ということになるのでした。

兄が倒れていた地点を捜査すると、十ヤードほど離れたところに砂糖きびをひと束と、それを切るのに使った手斧《ておの》とが植林地の中に隠れているのが発見されました。ふつうならば、そんなところにある物ではありませんから、その場に砂糖きび泥棒がひそんでいたことを示しています。おそらくそいつが夢中で盗み刈りをしているところに、思いがけぬ騒ぎがおこったので、あわてて逃げだしたものと思われます。そこでその泥棒に、警察まで出頭して、そのとき彼が観察したところを申し立てれば、盗みの罪をとがめぬばかりか、相当の賞金まで与えてやると、けっこうすぎるような布告を出してみたのですが、いっこうに名乗りでるようすもありません。

ぼくの兄がその夜なぜ、その現場にいたか——それもまた、疑問のひとつでした。そんなところまで出かけていかねばならぬ用件があろうとは考えられぬからです。ぼくの知っているかぎりでは、いままで彼がそんなところへ出かけていったことはありません。兄は冥想家《めいそう》タイプですから、ひとりで遠乗りをしたり散歩したりすることは、めずらしいことではなかったのですが、深夜、人が寝しずまる時刻になってから、そんな遠くまで出かけるというのは、なんとしても異常なことです。しかし、その夜、彼が一度寝てから起きだして、長靴をはき、パジャマの上に黒いアルパカのコートを着て、農場のなかを一マイル以上歩いていったことは事実です。その場所は、ディッグルが受け持っている見回り地域なのでした。

ところがおなじ夜、もうひとりの男が生命を失ったことを申しあげておかねばなりません。ぼく個人としては、その男の死が、いままでお話しした事件に関係があるとみているわけではありません。事実、二つの犯罪のあいだに連関があるという証拠はつかめていないのです。が、とにかく、やはりおなじ夜に、ソリイ・ローソンという男が何者かに咽喉《のどき》を斬られて死んでいたのです。

この男もまた、ぼくたちのペリカン農場の従業員です。混血児でして、海沿いの崖に近い小屋に、年老いた黒人の母といっしょに住んでいました。怠け者のくせにいたって乱暴な気性で、島のきらわれ者でした。しかし、ぼくたち兄弟には、犬のように忠実な気持ちでなついていました。ただ悪いことに、白人の血をひいていることを鼻にかけて、いばりちらしておりましたので、いつも仲間うちではけんかの種になっていた男でした。

ソリイはまた、いたって女ぐせがわるく、そのために仲間とのあいだにトラブルが絶えませんでした。子どもをこしらえさせては、問題をおこしたこともたびたびあります。そういう評判のわるい人間なのに、その欠点を許して使っていたのは、ぼくたち主人側が気が弱かったわけではなく、この男の気転のきいた、なにかというとひとを笑わせる、その朗らかな性質がかわいかったからなのです。それにまた、彼の母と死んだ父親とが、われわれに対して忠実に勤めたことを思えば、彼の愚かな罪も、つい許してやりたくなってしまうのでした。ソリイは二度も刑務所に投げこまれました。あと一回、大きな罪を犯せば、すくなくともペリカン農場では使うわけにいかなくなるのでした。しかし、さすがに彼も最近は年のせいか、すっかり心を入れかえたようすで、かなりまじめになってきたようでした。母親のミセス・ローソンも、その点ははっきり述べておることです。

で、あの二重殺人の悲しい日に、ソリイ・ローソンもまた死んでいたことが知らされました。明るい機知に富んだ愉快な男。そのくせ、仲間のあいだでは、絶えず紛糾《ふんきゅう》の種をまき散らしていたやっかいな男が、咽喉を耳から耳までかき斬られて死んでいたのです。

死骸は偶然発見されました。白波がしぶきを飛ばしつつ裾《すそ》を洗っている断崖の、ちょうど中段のあたりに、彼は死骸になって横たわっていました。犯人は彼を殺しておいてから、その死骸を断崖から投げ落として、二百フィート下の海に集まるふかの餌食にするはらだったにちがいありません。それがあいにく、中途に岩棚が突き出ていたので、それにひっかかってしまったのでしょう。死骸は崖下までつりおろして、ボートで海岸へ運びました。崖から投げ落とされたとき、からだの所々に骨折をしていましたが、致命傷となったのは、やはり咽喉をかき斬られた傷でした。

ソリイの場合はなぜ殺されたのか、その動機はいまだにわかりません。ぼくはやはり、女出入りが原因だと思いますが、はっきりしたことは申せません。そしてまた、最近はおとなしくしていたせいか、バルバドス島には、犯人らしい心あたりの者は見あたらぬのです。

こういった次第で、殺人事件が三つもおこりまして、しかもそのどれもが、すくなくとも表面は動機があると思われないのです。ソリイのばあいだけは、たとえぼくたちが知らぬにしても、怨恨《えんこん》をまねく理由もないとはいえませんが、ぼくの兄とディッグルとにかぎっては、このバルバドス島の住民はおろか、全世界の人間のうちで、これに憎しみを感じるような者が、およそひとりでもいようとは考えられません。

ぼくの兄が世間のだれからも敬意を払われていたことは、さきほどお話ししたとおりです。ディッグルにしましても、彼は彼で謙譲なその態度から、だれからも愛されておりました。事実、ぼくの農場と工場は大ぜいの従業員を使っておりますが、彼ほど人に好かれていた人間はおりません。妻と三人の子どもがいまして、長男の名づけ親はぼくの兄でした。

以上でだいたい、必要なことはお話ししたつもりです。質問がありましたら、遠慮なくきいてください。もっとも、いまにかぎったわけではありませんが――」

「おききしたいことは」と私は答えた。「いろいろとありますが、さしあたっては、さっきお会いしたウォレンダー夫人と令嬢のことをうかがいましょうか」

「あのふたりとぼくの兄との関係は、いま問題になっている事件と、ぜんぜん別個のことでして、兄の死を、あのふたりに結びつけるのは考えすぎだと考えます。もっとも、調べてみたいお気持ちがあれば、遠慮なく調べてごらんになるのもよいでしょうが、すべて白紙の気持ちでやってください。それに絶対秘密を守ってもらいます。兄がぼくに隠しだてをしていたのは、これがおそらくはじめてのことじゃないですか。ぼくとしても、あの婦人たちから聞かされなかったら、やはり知らずにすごしてしまったでしょう。

一年ぐらいまえでしたか、ヘンリイがぼくに、結婚をすすめたことがあるんです。そのときぼくは、兄さんのほうがさきでしょうと言いかえしました。すると兄も、そうかもしれないなと、たがいにふたりで笑いあいました。

しかし、ぼくはそうは言ったものの、その性格からみて、兄は一生独身で過ごす人間だと信じていました。ところが、じっさいのヘンリイは、はらのなかで結婚の計画を立てていたのでした。どうして兄がそういう気になったのか、いまとなっては調べようもないのですが、とにかく兄は、当時すでにメイ・ウォレンダーと交際をはじめていました。メイの母親にしても、ヘンリイの死後にメイからもらされたのだそうですが、兄は彼女に二度も結婚の申しこみをしていたそうです」

「事実申しこんだのでしょうか？」

「もちろんですとも、あのふたりは、いいかげんな話を作りだすような女性ではありません。これがほかの連中の口から聞かされたのなら、あるいはぼくも信じようともしなかったかもしれません。が、あの婦人たちの言葉とあっては、疑う気にはなれないのでした。

そういわれてみれば、ヘンリイはたしかに彼女を愛していたようです。彼女を妻に迎えようとしていたのは、考えられぬ事柄ではありません。だが、兄は年よりはるかに老成した感じでしたから、まだ二十にも間《ま》のある少女とでは、たしかに不釣合であったこともいなめません。

その結果、兄が深い失望を味わったかどうかも、やはりいまからは知るようすがもないのですが、しかし兄もあれだけ思慮ぶかい男ですから、そのためにいつまでも、自分を苦しめつづけているこどもなかったと思います。メイにしても、事実は兄を非常に愛していたので、兄が死んだあとなど、しばらくわずらいついてしまったほどです。そのくせ母親に事情をうち明けたときでも、兄と結婚するつもりはなかったと、はっきりいいきっていたのでした。

そして、これもやはりいいきることができると思うのですが、失恋の打撃も、いつまでも兄を絶望の淵《ふち》に沈めたままでおいたわけではありません。兄はもっと知性の勝った聡明な男だったからです。それにまた、それほど深刻な打撃をあたえられていたとすれば、いくら兄が隠そうとしても、ぼくの目をいつまでものがれていることは不可能だったはずです。もちろん兄はあのようにしっかりした人物ですから、心の乱れた状態を、いくらたがいに知りあった仲とはいえ、ぼくの前であからさまにみせることはありません。それほど冷静な頭脳と安定した精神の持ち主であったにちがいないのです」

エイモス・スラニングの話はそれで終わった。そして、聞いていた私がもっとも打たれたのは、その話がいかようにも解釈できるということである。話にうそがあるとはみえない。スラニングはさっぱりした淡白な性格で、はらにたくらみがあるとも思われない。兄の不慮の死に遭遇して、はげしく動揺しているのは歴然としているが……あとはただ、いかにして私の調査を、もっとも有効にすすめられるかと、そればかりを念願としているようだ。

土地の警察にはなんの見通しもついていなかったし、手がかりにしてもなにひとつ握っていないのだった。被害者と特別の交際のあった人びとにしてもおなじだった。集めた事実を総合して、筋道の通った理論を組み立てるのに成功した者はいなかったのだ。一般の意見としては、若い混血児、ソリイ・ローソンの死は、ほかのふたりのそれとは別個の事件で、たまたま日をおなじくしたにすぎず、ただの偶然にすぎぬという結論になっていた。

話がすむとスラニングは私を案内して、大型自動車で島内をひとまわりした。事件の現場までくると、私たちは車をとめた。見渡すかぎり、耕地が何マイルもつづいている。道をはさんだ畑には、砂糖きびが実った首《こうべ》を重たくたれている——つやつやした茎の下には、カサカサに枯れた葉、頭にはみどりの穂が光っている。ほそい灌漑《かんがい》用の溝《みぞ》が、網の目のように耕地を縫っている。ところどころに、砂糖きびのあいだからバナナの木が群れをなして、すくすく伸びては、大きな葉を微風《そよかぜ》にはためかせている。パンの木やマホガニイの木立、タマリンド樹などが、葉をいっぱいに生《お》い茂らせているのは、涼しい木陰をつくるために植えられたにちがいない。

さぼてんの垣根をめぐらした小さな家のそばに、カラバッシュの木が一本そびえ立って、みどりに光る果実が、葉の少ない枝にぶらさがっている。

「あれがきみ、ディッグルの未亡人の家ですよ」とエイモス・スラニング氏がいった。「悲劇の現場は、あと一マイルばかりさきです。これでだいたい、ペリカン農場を一巡したわけでして、北から南に三日月なりにつづいて、南の端はさんご礁《しょう》の断崖でおわっています。そこまで行けば、クレイン・ホテルも近いことですから、もしあなたにぼくの邸に泊まるお気持ちがないのでしたら、あのホテルに宿をとるのもよいでしょう。現場に近いだけ、あなたの捜査活動には便利かもしれません」

スラニングはそういったが、いまのところどこを中心に活動してよいのか、私には見当もつかなかった。そこで、さしあたってはブリッジタウンの町に滞在することにきめた。しばらく彼の兄が死んだ空地に立ってみてから、スラニングの堂々とした邸宅に立ちよったのち町にもどって、クラブからほど遠からぬ静かな地域のホテルに、部屋をふたつ借りた。

2

調査をすすめるにあたって、まず最初に私が頭においたのは、できるだけ人目につかぬように行動することであった。だが、その心づかいもむだで、あまり収穫のないうちに、私の仕事はたいていの人に知られてしまった。私の目的は、死者の弟エイモスの知っている以外の事実を、他人の口から集めることにあった。事件以後、それほど日数が経過しているわけではないので、クラブの喫煙室は、そのうわさで持ちきりになっていたといってもよかった。

私はつごうよくクラブの臨時会員に加えてもらうことができたので、最初の数日はクラブから離れなかった。そしてその結果、エイモス・スラニングにおそろしく人望があることを知った。兄のヘンリイに対する敬意も相当のもので、そのとつぜんの死はいたく悼《いた》まれていたが、人気ということにかけてはエイモスに遠くおよばぬようにみえた。その証拠には彼の死を悲しむ声には、騒ぎのわりに熱がないようであった。じっさい、世間の目は双生児のひとりエイモスを見るのと兄ヘンリイの場合とでは、どこかにちがったものが感じられた。クラブ員に黒人系の弁護士がいて、双方をよく知っていたが、親しみとともに厳正な批判をふくんで、次のような観察を伝えてくれた。

「ヘンリイ・スラニングという人は、事業家としてりっぱな存在でした。抱負が大きいだけに、他人から批判されるのがきらいなようでしたが、人物もしっかりしているし、付け焼刃でない民主主義者で、時代情勢の判断にもすぐれていたので、批判や攻撃を受けるようなことはめったにありませんでした。そのかわり、性格はかなり暗かったといってよいでしょう。その点、弟のエイモス君を見ていたのでは想像もつきません。あの人の朗らかで快活な気性とは、まるで他人のようにちがっておりました」

「で、あなたはこの事件の真相になにかご意見をお持ちでしょうか?」

私は話のついでにきいてみたが、かくべつ役にたつような返事は聞けなかった。

「ヘンリイ君というひとは、絶望の淵に沈むとか、その金力と知能をもってしてもどう打開する道もないような窮境に直面すれば、おそらく自殺という挙にでたことでしょう。エイモスは頑強に否定していますが、世間ではみな、私の意見に賛成しています。だがこのばあい、自殺説がなりたたぬことも事実です。なぜといいますに、彼の創痕によって、弾丸が発射されたのはかなりの距離からだとわかっているからです。検察医の診《み》たところでは、二十ヤードは充分あったということです」

黒人弁護士がそう語ると、ほかの人たちもそれに和して、いろいろとほかの情報だの、死者の性格を物語る話をもらしてくれた。そういった次第で、彼の弟のエイモスをはじめとして、クラブのビリヤード室の予約にいたるまで、なにかと協力はしてくれたものの、それでもなお、ヘンリイ・スラニングの正しい肖像をつかむことができたとはいえなかった。正直にいえば私の力がおよばなかったのだ。所長デュヴィーン自身が出張して腕をふるうのでもなければ、これ以上はむりだったのではないであろうか。

もちろんウォレンダー夫人も訪問してみた。この婦人が死者について語ったところは、ほかの人たちの話とはすこしちがっていた。それによると、ヘンリイの性格には宗教的な色彩が強かったそうだ。ただそれが正統的なキリスト教徒としての信仰ではなくて、おそらくは独自な、どの教義にも属さぬような宗教観をもっていたらしいとのことだった。

「長生きをなされば、最後はカトリックに帰依《きえ》されたかもしれません。でもこれまでのところ、あの方のものの考え方は万事が主知的でして、好んで哲学だの心理学上の問題だのを話題にのぼせておいでででした。わたくしの死んだ夫がよい話し相手でして、ふたりが顔を合わせれば、いつも自由意思だとか決定論、あるいはまた信仰だとか理性だとか、そういったむずかしい論議ばかりを、飽きずにたたかわしていたものでした。そういったヘンリイさんの一面は、ひょっとすると弟さんには知られていなかったのではありませんか。じっさい、ヘンリイさんの知性と想像力は、弟さんよりははるかにすぐれたりっぱなものでした。ですが、あの方は弟さんを、なによりも愛していられましたので――ええ、お兄さまの愛情といいますより、父親が子どもをかわいがるように愛していらっしゃいました。ですから、ご自分のむずかしいお考えで相手を当惑させたり悩ませたりなさることは、ことさらに避けておいでなのでした。弟さんにひけめを感じさせる話題に触れないように、いつも気を使っておいでなのはわかっていました。ほんとにおやさしい、なんにでも気のつく、よいお方でした。そのかわり、からいばりをする高慢な相手はおきらいで、そしてまた西インド諸島、ことにバルバドス島の悪口をいわれるのを、ひどくお怒りになりました」

「奥さまは、あの人がお嬢さまとの結婚を望んでいたのをごぞんじでしたか？」

「ぜんぜん気もつきませんでした。ときどきわたくしは、あの方たちご兄弟に、早く奥さまをお捜しになって、由緒《ゆいしょ》あるスラニング家の絶えないようになさらなければと申しあげておりましたが、あの方はいつも、そのほうは弟にまかせていますよ、結婚にむくのはあの男のほうですからね、と笑っておいででした。もちろんうちのメイは、ヘンリイさんから口を封じられていましたので、結婚の申しこみのことはなにもいいませんでした。あの方があんな最期をおとげにならなければ、いっさい秘密ですんでしまったことでしょう。事件のあとではじめてわたくしに話しましたので、わたくしがまた弟さんにお話ししたのです。でも、それが事件に関係があるとは思いませんが」

「ヘンリイさんに、変わったようすは見えませんでしたか？」

「ございませんでしたわ。亡くなられたのは、メイが二度目の申しこみをお断わりしてから六週間目に当たります」

「奥さまは、その話をお聞きになっていたとしたら、反対をなさったでしょうか？」

「いいえ、わたくしはおそらく、若い人たちの気持ちにまかせたことでしょう。ヘンリイさんはごりっぱな方――言葉どおり名誉ある紳士でいらっしゃいますし、娘としてもあの方がよい方なのは承知しておりますので、お断わりするのがとてもつらかったと申しております。ただ、メイがあの方を愛していなかったことはたしかです。年は十五しかちがっていませんでしたが、娘にとってはずっと年上のように感じられていたようです。年より老《ふ》けてみえる方でしたから――おちついてはいらっしゃいますが、静かすぎて社交は大のおきらい、興味をお持ちなのは読書ばかりというのでは、若い娘と気があうはずはありません。良人《おっと》として申しぶんのない方でしょうが、メイの気がすすまなかったことも、むりではないと考えます」

ヘンリイ・スラニングの人物は、私にもだんだんと了解できてきたと思われるのだが、そうかといって、はっきり言いきることも躊躇《ちゅうちょ》せざるを得ない。わかったと思われると、すぐにまた疑問の個所がでてくるのである。ある人は彼を皮肉屋という。皮肉屋とは、持っている温かいこころをわざと隠すものだ。宗教心にこりかたまった連中には、彼を無神論者にちがいないという者もあった。いずれにしても、彼が多くの美徳をそなえていたことだけは否定されなかった。ただ一度だけ、まったく思いがけず、彼の所業のうち、世間から指弾《しだん》されて然るべきものがあると言いだされたことがあった。

ジョン・ディッグルの細君を訪ねたときのことである。おしゃべりな女ではあったが、いちおう話の筋道は通っていた。記憶力だってわるいほうではない。人間も正直で、いいかげんなことを言う女ではなかった。彼女の小舎《こや》をおとなうと、さぼてんの垣根に乾《ほ》した洗濯物をとりこんでいるところだったが、死んだ良人のことを悲しげな表情でしゃべりだした。

「そうだとも、うちのひとにかぎって、敵なんかあるはずはねえだ。あんな親切な男ってあるもんか。あたしにだって、とてもよくしてくれただよ。ヘンリイさまとエイモスさまに、何年という長いあいだ勤めあげたが、一度だってお小言をくったことはねえ。だんなさまがたも、うちのひとを大切にしてくださったし、うちのひとだって、いっしょうけんめい働いていただ」

「外で立ち話も暑くてかなわん。なかへはいっていいかね、ミセス・ディッグル。それはそうと、あれだけ世間にかわいがられていたディッグルさんだ。さぞあのときは、みなから惜しまれたことだろうね」

「そうだとも。うちのひととけんかしたやつっていえば、砂糖きびを盗みにくる泥棒ぐらいなもんだもん」

「ディッグル君はソリイ・ローソンとけんかしたことがあるかね？　咽喉を斬られて死んだ男さ」

「いいや。そんなことはねえさ。だけど、ソリイがよくねえ男だってことは、うちのひとだって知っていて、いつかあいつは、神さまの報《むく》いがあるぞといっておっただ。うちのひとは、とても熱心なクリスチャンだっただから」

「もっとディッグル君のことを話してくれないか」

彼女はしばらくのあいだ、死んだ良人について、とりとめもないことをしゃべりつづけていたが、私はしだいに本題のほうに導いていった。

「ディッグル君は、ヘンリイさんにしかられるようなことをしでかしたことはないかね?」

「あるもんかね――一度だって」

「ヘンリイさんのほうで、ディッグル君を怒らせるようなことがあったかい?」

「そんなこともねえさ。ヘンリイだんなはいい方だもの」

「すると、ふたりのあいだはいつもうまくいってたんだね」

「そういわれて、思い出したことがあるけど、いつだったか――そうだ、一日、二日、三日と――あの悲しい日の三日まえ、うちのひとが、朝食のときに、悲しそうな顔をしてるんで、あたしきいてみたのさ――どうしたんだい、ジョン? ってね。そうすると、なんでもないよ――あのひと、そういったね。そんなことはねえだろう。あんたの顔には、ひたいにも、鼻のあたまにも、いっぱい皺《しわ》がよってるじゃねえか。あたしがそういうと、あのひとまたこういった。ばかだな、ジェイン、何でもないのさ。そういったきりで、豆畑のほうへ行ってしまっただ。ただそのとき、こんなこともいってただ――あんなわるいやつらはねえ。砂糖きびを盗むなんて。おかげでおれが、えらく迷惑してるだ」

「砂糖きびは、たくさん盗まれたのかい?」

「そんなでもねえだ。取り入れどきになると、夜分はちょいちょい、きび泥棒がやってくるもんで、べつにいまにはじまったことでもねえ。うちのひとだって、ぐちはいうものの、そんなに気にしていたわけでもねえようだ。とにかくぐちをこぼしたのは、はじめてのことだったで、あたしは言ってやった。ジョンよ、そんなに心配するでねえ。たいしたことじゃねえじゃねえか。するとうちのひとは、こんなことを言っただ。それがな、ジェイン、ヘンリイだんながえらく気にしなさるんで、じつはおれもそれでこまっているんだよ。きょうもだんなに、こっぴどくしかられただ。見張りをなまけるから、泥棒にやられるんだって。なまけてるわけじゃねえんだがね——あたしもそれをきいて驚いただ。おまけにうちのひとは、こんなことまで言っていた——こんどこそ、やっつけてやらにゃならねえ。おれがやるといったら、きっとやっつけてみせるんだから——それであたしも言っただ——そうだとも、ジョン。あんたってひとは、やるといったらきっとやるひとだだよ」

「そのことで、ジョンはくわしい説明はしなかったかい？」

「それだけだね。なんだか口のなかで、ブツブツは言っとったが、じきにまた、きげんがなおったとみえて、だまってしまっただ。あたしもそれで、すっかり忘れてしまった。うちのひとと、ヘンリイだんなが死にさえしなけりゃ、それっきり思い出してもみなかったろう。ちょっと気がつくのがおそかったかな。かわいそうなジョン！　横っ腹から弾を撃ちこまれて、心臓がこなごなになっちまっただよ」

「ディッグル君を撃ったのは、ヘンリイ・スラニングさんじゃなかったのか？」

「ばか言いなさんな。ヘンリイだんなが、なんのためにうちのひとを撃つだ？　おまえさんそんなことをいって、こんどは反対に、ヘンリイだんなを撃ったのはうちのひとだなんて言うんじゃねえか？　ヘンリイだんなは紳士だもんで、殺すことは人間にかぎらず、なんだろうと大きらいなんだ。いままでに銃をいじったことなんて、一度だってありはしねえだ。うちのひとだっておんなじことだが、さそり一匹殺したこともねえくらいだ。しかも、だんなはうちのひとがいちばんのお気に入りだった。ほんとうだよ。いつかうちのひとが患《わずら》ったとき、だんなはあたしに、たしかにそう言っただ。そして、うちのひとはヘンリイだんなとエイモスだんなのためなら、命なんかほうりだしてもいいくらいに思っておっただ。あんなに主人思いのひとってねえだ」

「じゃ、ミセス・ディッグル。なにかこうだという心当たりはないかね？　ジョンはこれまで、畑泥棒をたびたび捕えているので、敵がなかったとはいえなかろう」

「畑泥棒で牢へ入れられたのも、ひとりやふたりはいないわけじゃないが、そんなことで、うちのひとが恨まれるってわけはねえだ。つかまったのは、ひるま泥棒をしたからなんで、それに、うちのひとは自分の銃で死んでいるんだ。いつだって自分の銃を持って歩いていて、ちょっとのあいだだって、手から放したことはねえんだもん」

「だれかがジョンの銃を手に入れるということは、考えられないかしら？」

「ヘンリイだんななら別だがね。あのだんなが、夜分にお出でになって、ジョンや、おまえの銃を貸せよ。そうおっしゃれば、うちのひとは貸してしんぜたろう。だけど、ヘンリイだんなが銃を欲しがるわけはねえ。あのだんなは、なによりそいつが大のおきらいだったもん」

「これまでにジョンは、夜回りの途中でヘンリイ・スラニングさんに会ったことがあるかしら」

「なさそうだね。そんなことがあったら、うちのひとはきっと、あたしに話しているにちがいねえ。ヘンリイだんなにしろエイモスだんなにしろ、夜分、農場にお出でになるなんて、いままで聞いたことがねえもんね」

「近所のうわさで、なにかそんなことを聞かなかったかい？」

「つまらねえうわさばかりさ。悪魔がヘンリイだんなを誘惑して、夜分、農場へおびきだした。そしてこんどはうちのひとを誘惑して、だんなを撃たせておいて、そのつぎには悪魔がうちのひとを撃ったというんだ。だっておかしいじゃねえか。そんならそのあいだ、神さまはいってえ、なにしておいでだっただ？

どっちにしろ、ヘンリイだんなもうちのひともいい人だから、いまごろは天国で、黄金《きん》のかんむりを頭にのっけて、黄金の翼と黄金のたて琴で、とってもしあわせに暮らしていなさるにちがいねえだ。だけどそれにしても、犯人をこのまま、平気な顔で暮らさしておくってのは、しゃくにさわってならねえこった。一日でもはやく、地獄へ追いやらなきゃならねえだで――」

「この事件には、ソリイ・ローソンが関係しているとは思わんかね？」

「そんなこたあわからねえだ。あの男も殺されちゃって、なにがなんだかわからなくなったもんね」

「ソリイってのは、砂糖きびを盗みそうな男だと聞いたが――」

「えええええ。あの男はずいぶんたくさん、盗みをやっただ。だけどあの男だって、ヘンリイだんなに手を出しゃせんだろう。だんなにはたびたび助けていただいてるんだからね。黒人は砂糖きびを盗んでも、たいして悪いこととは思っていねえだ。だけど、そのためにだんなを撃つなんて、これはもう大へんおそろしいこって、そんなまねまでするはずはねえだよ。ソリイにしてみても、――ジョンか、ヘンリイだんなが悪魔にやられているのを見たら、助けに飛びだしてはいくだろうが、自分から手を出すなんて、そんなばかなこと考えられるこっちゃねえだ」
彼女は泣きながら話をつづけた。私はしばしば話のさきを聞くためには、彼女の泣きやむのを待たねばならなかった。ただここに、彼女のために安心してよいのは、彼女とその子どもたちの今後の生活は、エイモス・スラニング氏が充分に面倒をみることになっていると聞いたことだ。

それからまた数日たって、私はもうひとり、黒人の女性の悲しみに当面しなければならなかった。殺されたソリイ・ローソンの母親に会いにいったのである。

彼女の住居は、さぼてんや竜舌蘭《りゅうぜつらん》が焼けただれたような土の上に生い茂っている岬を見おろす、とある断崖の中腹にあった。さんご礁を刻んだ道を、そこまで降りていくのであるが、大きないなごが飛びだしてきては、うすい翅《はね》を光らせている。とかげが焦げつくような太陽を浴びて、じっとうずくまったまま、動こうともしない。死んだような静寂が支配している世界だが、ときどきそれが、ひるの虫の鳴き声によって破られる。黒いやぎが一匹、音も立てずに歩いている。水の涸れた流れのあとには、かえるがとびはねている。竜舌蘭の厚い葉の上に、ピクニックに来た人たちが刻んだのであろう、いろいろの名前がくっきりと浮き出している。頭文字を組み合わせてあるのは、恋人同士のしわざであろう。

メリイ・ローソンの小屋が建っているのは、むすこの死の現場からさして遠くないところだ。メリイは小柄で、くしゃくしゃにしなびた黒人婆さんである。彼女が結婚したイギリス人は、もと西インド諸島を回航する船に乗っていたのだが、その後、水夫稼業《かぎょう》に見切りをつけて、スラニング家のペリカン農場で働くようになった男だった。

私はメリイにあったが、たいした収穫は得られなかった。世間でうわさしていることを、あらためて母親の口から確かめ得ただけのことであった。

「あの子は、世間さまのいうほどわるい人間じゃねえんでがす。——ただちょっと女が好きなばかりに、それにまた、あの子の器量がよかったもんで、なんだかだとうわさもたてられたし、人さまとけんかもやったにゃちがいねえ。でも、大したけんかをやったわけじゃねえ。それもあとできまって後悔してたくらいだで。——だいたいソリイは気性の強い子だもんで、ええ、ほんとですだ。とっても癇癪《かんしゃく》持ちだもんで、ごたごたはしょっちゅう起こしてたけど、いつまでも相手を怒らしてるってこともなかっただよ。ヘンリイだんなにだって、叱られたことなんかありゃしねえでがす。ずいぶん気のつく子だもんで、ヘンリイだんなにもエイモスだんなにも、おもしろいやつだってかわいがってもらってたくらいですだ」

「気に入られていたというんだね?」

「せがれはいつも、だんなたちが大切だと言いくらしてたもんだ。もっとも、うちのせがればかりじゃねえ。あのだんなたちをほめねえ人間なんて、この世の中にはひとりだっていねえだろうが、そのうちでもうちのせがれときては、だれかヘンリイだんなに手むかうやつがおったら、まっさきに飛びだしたにちがいねえだぞ。なにしろあれは気性の勝った子だったからね。ことにディッグルさんが敵に出あったにしろ、やっぱり自分がかわって戦ったにきまっとる。ことによったら、相手を殺すぐらいはやりかねねえだよ」

「すると、ジョン・ディッグル君とは仲がよかったのかね？」

「ええええ。ディッグルさんとはむかしからの友だちで、あのひともいい方だったからね。うちのせがれがみなさんに憎まれていたときだって、いつだってかばってくれたもんだで」

「だけど、お宅のせがれさんが、砂糖きびを盗む現場を見られたとしたらどうだろう？」

「あんときはディッグルさんは、うちのせがれを牢へぶちこんだ。あれも仕方のねえ子で、ディッグルさんにつかまったことも二、三度はあるんだが、罰がすめば、ディッグルさんはすぐ許してくれただ。だからうちの子がディッグルさんに恨みをもつわけはねえだ。罰金だけ払って、勘弁《かんべん》してもらっただもんね」

「じゃ、あの夜、お宅のせがれが砂糖きびを盗んでいたとは考えられないんだね？」

「そうだとも、そんなはずがあるもんかね。盗みはしねえとはいやせんけど、あの晩のことはちがいますだ。盗むとしても、この家の近所でやるわけはねえだよ。恨まれたとしたら女のことだろうね。あの子にやっつけられた男のしわざだよ。あの子の帰りを待ち伏せしやがって、いきなり殺したにちがいねえだ」

「相手は大ぜいかしら？」

「たぶんそうだろうよ。ソリイは強くてすばしっこいから。あの子をナイフで突き刺して、崖から投げ落としたとすりゃ、とてもひとりのちからでやれる仕事じゃねえだで。まあ、六人か七人、かかったんじゃねえかね」

彼女は悲しみのうちにも、わが子の自慢は忘れなかった。

「ソリイに恨みをもっていたとすればだれかしら？　心あたりはないかね」

「そんなものはありゃしねえね。ここんとこ、あの子は身持ちもよくなっていたんだ。あの事件から、あたしも仲間の黒人たちに怪しいやつの名前を聞いて歩いたんだが、だれにも心あたりはねえそうだ。でもだれかがやったにちがいねえんだから、どこかの船員の仕業じゃねえかしら。殺しておいてあくる日そのまま、出帆してしまったんじゃねえかな」

「お宅のせがれさんと、最近仲のよかった娘とか、けんかした相手とかを知らないかね」

「あの子の女は、ずいぶんたくさんいるんでね。このごろはなんだか、ジョージタウンのほうにひとりできたってことだ。その子はうちの子が好きで好きで、夢中になっていたとか聞いただよ」

「親切にしてやっていたのかしら」

「そうだって話だ。その娘にきいてみても、やっぱりおなじことをいうだろう」

その後の私は、ジョン・ディッグルとソリイ・ローソンの性格および行状について、もれなく調査をすすめてみたが、その妻と母親の話に、いずれもまちがいのないことを確かめた。第三者からの証言も、それを確認した。まえに聞いたエイモス・スラニングの話もそれに符合した。殺された三人が、揃いも揃って世間からきらわれたり憎まれていた人間でなかったことは、はたして偶然の暗合であろうか。そのうち混血児だけは、身持ちも大してかんばしいほうでなく、評判もかならずしもよいとはいいかねたが、それでも一命を奪われるほど人に憎まれる人物でなかったことはたしかだ。黒人というものは、場合によっては相当思いきった行為に出るとは聞いていたが、殺人というような冷酷無惨な所業を犯すことは考えられぬという。したがって不幸なソリイ・ローソンを見舞った悲劇は、なんとしても説明しかねるのであった。だが、殺人が行なわれたことは事実である。手がかりがなにひとつ残っていないし、ひとりの容疑者も見あたらぬというのでは、島の警察が途方にくれたのもむりとはいえない。

私はつねに警察とは連絡を密にしていたのだが、彼ら黒人の警察官が相当の知力をそなえていることはわかったし、捜査方法こそ旧態依然のものであるが、本職らしい効果充分の捜査をつづけていたことも容認できる。彼らの捜査に、障壁となるものはなにもないし、協力できる立場でいて協力をこばむ者は、バルバドス島内にはひとりもいないのであったが、それにもかかわらず、彼らの熱心な捜査に対して、解決の曙光《しょこう》さえあらわれる見込みもなかった。そしてまた、われこそはとばかりに飛びだした素人《しろうと》探偵も、数だけはむやみに多かったが、事件に希望をあたえる役にはたたなかった。

私と話しあった人々は、だれもみなスラニングとディッグルの死を、ソリイ・ローソンのそれと切り離して考える意見であった。もしかりにこの二つの事件を結びつけるとすれば、ヘンリイ・スラニングと夜回り番の死骸の近くに、ひと束の砂糖きびが捨ててあったことである。これを見れば、夜陰に砂糖きび畑に忍びこんでいた泥棒が、ときならぬ騒ぎに驚いて、盗んだ束を捨てたままで、逃げだしたとしか考えられない。その泥棒をソリイ・ローソンと見る推察が生まれてくるのであるが、そう断定する確実な根拠があるわけでもない。よしんば彼がその泥棒であったにしても、彼の主人もしくは夜回り番の一命を奪うような所業に出るとは考えられない。だいたいペリカン農場はもちろん、この界隈《かいわい》の農場の使用人で、そうした大それた罪を犯すような性格の人間はひとりも見あたらぬのである。砂糖きびを盗むことは、黒人の目から見れば犯罪のうちにはいらぬくらいのことだ。そしてまた、白人がそうした挙に出ることはまず考えられることではない。そして、その日この島に寄港した水夫たち数人のしわざとみるローソンの母親の意見も賛成する者がないではなかったが、かならずしも妥当なものだとも考えられなかった。

ヘンリイ・スラニングがなぜ夜おそく外出したか？　その点が事件の謎をとくキイ・ポイントであって、その理由さえ判明すれば、あとの捜査は順調にすすむのではないかと思われる。残念なことではあるが、いかにしてもその理由を知ることができなかった。私の調査は、むかうさきざきで壁にぶつかった。どんな複雑な怪事件にも、かならず動機があり目的が存在するはずであるが、それをつかみだすのは、私の力の隈界を超えていた。

ヘンリイ・スラニングが出かけるとき、ジョン・ディッグルがその耕地を巡回しているのを知っていたにちがいないのだが、ディッグルに逢うのが目的ででかけたのか、それともまた別の人物と会見するためであったのか、それはいぜんとして謎であった。男であれ女であれ、生きた目撃者が情報を提供してくれれば、謎はそれからほぐれていくであろうが、いまだにひとりとして、その報告に出頭する者はない。およそこの事件には、証拠らしいものは皆無である。たいていの場合はちょっとした情報がきっかけになって、その後の捜査の道を開いてくれるものであるが、遺憾ながら私の場合、ひとつとして糸口になるものがなかった。証言に出頭する者もなければ、こちらから尋問に出かける相手も見あたらぬ。あるのはただ、一夜のうちに小さなこの島でおこった三つの殺人事件。そして手がかりとなる動機の影もなく、ごく微弱な程度にしろ、嫌疑をかけるべき人物が皆無なことである……。

　私は、膨大な記録を作成しつつ、どんな些細《ささい》な手がかりでも追ってみたが、ことごとく失敗して、光明をつかむことは不可能だった。それでも、仕事に没頭しながら六週間をおくったが、遺憾ながらその期間をむなしく過ごしたことを自認せざるを得なかった。結果として残ったのは、自信の喪失の一事にすぎない。私はまた捜査方法をあらためて、最初からやり直してみたが、これもまた失敗を二度くりかえしただけである。一部分の不成功というのではなく、私の捜査は全面的な敗北であった。後日知ったことであるが、そのとき私は、漠然とではあるが真相をかいま見ていたのだった。おしいかな外見にあざむかれたために、すぐにその正しい軌道を離れてしまったのであった。

　こうした次第で、バルバドス島における私の捜査は六週間の長きにわたって行なわれた。そしてその最後の一週間は、もっぱらエイモス・スラニングと行動をともにした。彼は個人的には私の便宜をはかるのにつとめてくれたし、一応捜査を打ち切って、いよいよ西インド諸島を去ると私がいいだしたときも、それではこれからただの滞在客として数日間を、ペリカン農場に過ごしてはどうかと勧めてくれた。そのくせ私の捜査がみのりを結ばなかったことに、いちばん落胆したのも彼であって、それを強《し》いて隠そうとはしなかった。しかし、それも私自身の

ながら認めざるを得ないのであった。

　そこで私は、島の人々に対して正直に自分の不成功を認め、このうえはただ所長の力を借りるより道はないといった。そのばあい礼儀上、できるだけその本質に触れるのを避けていたともいえるのだが、彼の弟エイモスのときにかぎって、私もその遠慮はしなかった。というのは、エイモスが兄に対して真実からかなり離れた誤った観念を抱いているという世間のうわさも、ある程度は正しいことを知ったからである。といって、弟エイモスが兄の方正廉直《ほうせいれんちょく》な性格を軽視しているわけでもなく、兄が世間から尊敬の目で見られていたことに対し、反感をもっているというわけでもないのだが、彼自身のそれとあまりにもかけ離れた気質に、とうてい理解のすべを欠いていることからおこった現象である。おそらく彼には、ヘンリイ・スラニングの精神の一面として、その知的な考究心を感じとることが不可能だったのであろう。

　たとえば私が、この事件に関連して以来、絶えず頭に去来していた考え——いかに事件が殺人を指向しているにせよ、自殺という解釈も成り立つのではないかと言うと、きまったようにエイモス・スラニングは断固とした口調で否定するのであった。ピストルはたしかにヘンリイがイギリス本国から取り寄せたものであるが、そんな目的のためではないと強硬に主張した。しかしそのほかの人々は、かならずしも自殺という考えがあり得ぬとは見ていなかったので、ただ現実の事件があまりにも明瞭に殺人をしめしているから、その疑問をおこす余地がなかったのにとどまっただけである。

私はヘンリイの写真を一枚、苦心の捜査書類とともに本国に持ち帰ることにした。エイモスに懇望してもらいうけたのであるが、それにあらわれたヘンリイの容貌は、エイモス自身のものと酷似していた。ただし表情はまったく異質であった。はるかに神経がするどく、より多く憂鬱なその顔は不安が絶えず巣くっているものであり、これを見た人々は、人生に戦い敗れいっさいの希望を失った男と判断したであろう。といって、シニシズムの影がさしているわけでなく、口もとなどは多少のきつさはあったが、弟のそれとおなじく、まさしくほほえんでいた。

写真はスラニングの恋愛事件がおきるまえに撮《と》られたものであったが、私はそれ以上に興味あるものを偶然手に入れた。私が島をたつときめた二日まえ、エイモスが兄の遺品を整理しだしたのだが、まず最初に日記を発見した。これにはべつに、彼の過去に照明をあてるようなことを認めなかった。その恋愛事件など、ことさらに記述を避けていたにちがいない。むしろ参考になったのは、それと同時に発見した原稿の束であった。一個のすぐれたインテリゲンチャが、おりにふれことにあたり、思念の花を咲かせた集録であった。

私は最初、ヘンリイ・スラニングの書斎をのぞいてその蔵書を一見しただけで、彼が思索の世界につよい関心を有していたことを了解した。それをさらにウォレンダー夫人の話がたしかめてくれた。彼の蔵書はほとんど哲学書から成り立っている。とくにゴンペルツの英訳はよく読まれていて、その他、ドイツ哲学書の翻訳が、書棚の大部分を占めていた。ニーチェの英訳二十巻もならんでいたし、ギルバート・マレイのギリシャ悲劇訳も、プラトン、アリストテレスも熟読してあって、彼の興味が主としてキリスト教学以外のものに向けられていたことは明らかといえた。

彼自身の文章は、バートンの『憂鬱の解剖』に酷似して、珍奇な引用文の連続が、なにか病的なものを思わせていた。とはいえ、一読、見る者の興味をそそるものは充分にあった。愛翫《あいがん》する辞句を記すことによって、自己のいわんとするところを告げる好例であった。具体的にいえば、彼はそれらの文章のうちに、恋愛、情熱、野心、忍耐、義務、自殺、正義、自由思想、運命に反抗する自由意思等々について、古今の思想家の見解を集録している。それを通じてうかがわれる彼自身の思想傾向はというと、その年配にふさわしく、明らかに合理主義の信奉者であり、およそ人生を無視した禁令戒律《きんれいかいりつ》のたぐいはいっさい認めようとしない。一方、義務の観念についてはあくまでも厳格で、こと正義を問題とする場合におよべば、他人を責めるに激しいとともに、自己自身にもきびしく、人類社会に対する責任感のために、おのれ自身がおしつぶされている人間を連想させた。同時に、生存競争の場裡《じょうり》における支配、統御、術策、そしてまた、不幸な現実であるが、虚偽の必要、人生の敵としての遺伝、環境、ないしは双生児、人格の完成におよぼす諸要因等と、論じるところは多岐にわたっていた。

私はこれらの浩瀚《こうかん》な原稿を乞い受けた。デュヴィーンが、ヘンリイ・スラニングの死因を検討するにあたって、ひじょうに有力な資料になると考えたからである。エイモス・スラニング氏は快諾してくれた。

「そのうち、おりを見て、ぜんぶ出版する予定です。兄の思い出としてはよい記念でしょうし、思索人としてもすぐれていたことを世間に知ってもらうことができるでしょうから――」

かくて私は西インド諸島を去った。汽船ドン号がジャマイカから帰航するのをとらえることができた。島の人々の厚意と親切にはふかい感謝の念を抱いている。そのうち、一、二の人物は、いまなお、友人として文通を欠かしていない。ただかえすがえすも残念なことは、数百マイルを遠しとせずに出張して、ああまで熱心に調査したにもかかわらず、解くべき謎はいぜんそのまま残された点である。

私の努力は完全にむだに終わったが、唯一の救いはマイクル・デュヴィーンの興味をひき起こしたことである。彼は調査の失敗があまりにも徹底的なのに、露骨に驚いてみせた。

私は弁明した。

「むろんこの事件に解答は指で数えるほどあるんですが、どれもこれも、なにひとつ抜くことのできない壁をもっているんです。私にはすべての事実を説明できる理論がつかめません――いや、もっと正直にいうと、どの事実も満足に説明できる理論が組み立てられぬのです。文字どおり寝食を忘れての努力で、私に発見できた確実な事実というと、三人の被害者が三人ともに、敵らしい敵をもっていなかったということです。そしてまた、彼ら三人の死によって、利益を得る者といっては、この世にひとりもいないということです。エイモス・スラニングがいるじゃないかとおっしゃるでしょう。ですがじっさいには、兄ヘンリイの死は、エイモスの財産になんの影響もあたえません。ヘンリイと彼とは、権利も義務もいっさい共同で、どちらが欠けたからといって、実質的にはなんの変動もおこらぬのです。およそなにが無意味といって、エイモス・スラニングに嫌疑をかけるくらい無意味なことはありません。とりわけ私のこころを悩ませますのは、この目と耳で調査した事実に反して、そしてまた殺人が行なわれた事実がはっきり立証されているにもかかわらず、ともすれば私のその確信が、殺人ではないのではないかという疑念に圧倒されがちな事実にあります。この地上にスラニングを殺そうとはかる者はいないでしょう。彼の心裡には、自殺の観念が生まれる余地がないとはいえません。しかし、彼の死が自殺であるとはいえぬのです」

デュヴィーンは私の肩をたたいて、

「事件が解決できなかったのが、きみの責任かどうかはいずれわかるだろう。すくなくともおれに好奇心をおこさせたことは、功績のうちに入れてよいだろう。これからきみの報告書を検討してみる。その結果いかんで、きみが考えているほど見込みのない事件かどうか判断がつくだろう。これで当分、おれも忙しくなる。で、一週間たったらきみに来てもらう。支障のないかぎり、おれといっしょに夕食をとるんだ。そのとき、きみに対する宣告を下す。失敗はきみの責任か、それとも無罪放免か——とにかく転地はきみの健康に効果があったことはたしかだ。失敗を苦にやんでいるのはわかるが、それ以上に血色はいいよ。こんな元気そうなきみを見るのははじめてだぜ」

これでやっと私は解放された。一週間後に所長と夕食をいっしょにするまで、事件のことは考えずにすむ。それを思って、私はほっとした。

ところが一週間後の会合は、所長のつごうでさらに一週間延期された。まず事務所に呼ばれて、西インド諸島の事件について二、三の質問を受けた。私の答弁に対しては、所長はなにも述べなかった。

その夜、私たちは食卓をともにした。食後、所長は私に次のようなレポートを読んで聞かせた。

「おれはこの事件を解決したよ」と彼はいった。

あっと私は驚いて、

「解決なさった?」

「理論が組み立てられたのだよ。おれはそれに充分満足している。これから聞いてもらうが、きみもやはり満足してくれると期待しているよ。きみには責任はなかったのさ。きみはなすべきだけの調査はすませている。おれが行ったところで、それ以上のことはできもしなかったろうし、やる必要も認めなかったにちがいない。ただきみには、集まった資料を総合してひとつの理論にまでまとめあげるために必要な、インスピレイションが欠けていたんだ——それだけのことさ」

「ですが、それがいちばん大切なことですね」

「ほほう。よくわかるね、きみにも直観はあった。それを追及しさえすればよかったのだが、惜しいことに、途中で放棄してしまった」

「事実は絶対的です。それを無視して、追及もできませんでしょう」

「絶対的な事実なんてありはしないよ」

「ですが、他殺は自殺ではあり得ませんからね」

「他殺というのが自殺であったり、自殺とみたのが他殺のこともあり得る。かるがるしく断定をくだすのは禁物さ。まあ、シガーでもとりあげて、おれの話を聞くとするんだ。この説明でおれ自身は充分満足している。ただ遺憾ながら、われわれ以外には理解してもらえぬかもしれん。ことにエイモス・スラニングが君のいうような人物だとしたら、彼には絶対にわからぬといってよいだろう。したがって、この事件の報酬は期待しないことにするんだな」

それから彼は事件の解決をつぎのように読みあげた。

3

本事件を解決する唯一の道は、関係者の性格を精細かつ徹底的に究明することにあると信じる。それも厳密にいえば、ヘンリイ・スラニング氏ひとりを対象とすればたりるのであって、ジョン・ディッグルとソリイ・ローソンの、いわばわき役的存在の死の意味は、ヘンリイ・スラニング氏の死の謎を明らかにすることによって、おのずから解決される問題にすぎない。

ヘンリイ・スラニング氏の性格は矛盾撞着《むじゅんどうちゃく》をきわめたもので、はなはだ複雑というべきだが、さいわいにしてその研究資料だけは豊富に残存しているのである。氏の行動に関して、こまごました事実までが記録されているのみか、彼自身がその思索冥想のたぐいを文章として書き残している。私はそれらの資料をたんねんに検討した結果、氏の性格を確かめることに成功し、それによってはじめて、氏を死に導き、つづいてあとのふたりの生命を奪うにいたった怪奇な事件の経過をあきらかにし得たと信じるのである。

いささか誇張していえば、混血児ソリイ・ローソンの最期が、この複雑な謎の一端をになっていたといえよう。彼の存在こそ、本事件の重要なポイントを占めていたのであった。偶然が彼を、悲劇の中心にひきずりこんだ。彼さえいなければ、事件が心理的陰影に包まれることもなく、犠牲者もおそらく、ひとりだけでおわり、謎はかんたんに解決されたと思われる。いいかえれば、ここに私が説明をくだそうとする秘密は、人知が編みだした巧緻《こうち》な計画ではなく、偶然の作用にもとづいて、盲目的に招来《しょうらい》された結果にすぎぬのであった。

以上述べたような理由で、まず私は三人の死者の性格を、順次にながめてみることにする。さきを読まれれば納得されることであるが、俎上《そじょう》にのせられるのは、三人の死者だけでよい。悪漢が背後にひそんでいるわけでなく、私自身を除いては、三死人以外に事件の秘密を知る者があるわけではない。三人が非業《ひごう》の死をとげた原因は、ただ彼ら三人にのみあるとみるべきだ。より正確に表現すれば、ヘンリイ・スラニングの常軌を逸した行為が、他のふたりの死を急速に出現せしめたというべきか。

ヘンリイ・スラニングなる人物は、教養と高雅《こうが》な趣味とをかねそなえた、真の意味の紳士であった。粗野にわたるおそれのあることは、スポーツの激しさにさえ反感をしめした。ディッグルの細君ジェインの言葉を借りると、「さそりもよう殺さんお方」だそうである。聡明にして敏腕、事業家としてすぐれた才能をそなえていたうえに、父祖から継承した財力を十二分に活用して、乱費することをみずから戒《いまし》めた。スラニング家の事業に、努力と情熱を傾注するとともに、使用人に対しては、情味あふれる恩恵をそそぐのにやぶさかでなかった。寛容でおもいやりふかく、このうえなくやさしいその心情は、氏自身の事業の繁栄と、数多い従業者の幸福とをこえて、島民一般の福祉におよんだ。その間《かん》の消息は、氏がバルバドス島の政治に参与し、すくなからぬその時間を、無給の公職にささげたことでも明らかであろう。

以上述べたところは、氏の弟、友人、知己に知られた、外面からみたその性格である。しかしわれわれがここに忘れてならぬことは、一面別個のヘンリイ・スラニングが存在したことである。好学の念に燃える知識人であり、学理に対する不断の研究者、熱心な読書人、犀利《さいり》な思索家としての彼である。氏の貪婪《どんらん》な好学心は多方面にわたっていたが、とりわけ関心をひく事柄がひとつ、絶えず氏を熱中せしめてやまなかった。富裕の名門に生まれ、健康な肉体と世人の愛情とに恵まれた、三十五歳の青年思想家としては、はなはだもって似合わしからぬ病的なものと考えられるが、厳然たる事実であることは動かしがたい。私の所員がわざわざ西インド諸島に出張して調査した報告書によっても明らかであるし、ヘンリイ・スラニングがたんねんに書きのこした文書をあさっても、つねにあらわれている主題である。氏はそのテーマに、確固たる意見をいだいていた。その思想の支柱として、氏は聖書以外の語録、哲学書のたぐいを渉猟《しょうりょう》したばかりか、キリスト教史のうちにすら、その異端思想の正当たるゆえんを確立し得たという。

その思想の内容については、後刻さらに述べる機会があろうが、とりあえずここには、その思想がヘンリイ・スラニングにとって、ただ単に抽象論議にとどまらず、より現実的な問題であり、個人的な誘惑の種となった理由をしめしておこうと思う。

氏が人生の愉楽《ゆらく》をあますところなく享受《きょうじゅ》し、社会的にも成功の頂点に達したとき、突如《とつじょ》として氏は新奇の経験に遭遇した。生まれてはじめて恋愛感情を知ったのである。氏と幼時より起居《ききょ》をともにした令弟の確言したところによると、氏はそれまで、女性に愛情を感じたことは絶無だったのである。ただしその令弟も、ヘンリイ・スラニング氏の死後にいたって、はじめてその事実を知った状態で、その言葉を全面的に信頼することも危険であるが、とにかく氏がミス・メイ・ウォレンダーに対して思慕《しぼ》の情をいだくにいたるまで、自己を制御し得ざるていの情熱に身を焼かれた事実はなかったのである。

氏は神経質なまでに内向的な性格から、その恋情のはげしさを他人に知られることを避け、求愛の表現もあくまでも性格にふさわしく控えめであり、つつましやかであったが、成功を確信していたことに疑いはなかった。事業も順調にすすみ、愛人に提供し得るものにも自信をもっていたからである。ただここに遺憾であったのは、当の相手の少女が経験に乏しいあまり、氏の感情をたんなる友情と解して、その真意を悟らなかったことである。その結果、ミス・ウォレンダーは氏が求める交際を拒むことなく、したがって氏は、やがては求愛がいれられるものと確信していたのであった。

スラニング氏の希望は無惨にも打ち砕かれた。拒絶の言葉を耳にしたときの、氏の失望がいかに激しかったか。元来、思想的に厭世《えんせい》的であった氏が、生存に望みを絶ったのも当然といえよう。あれだけすぐれた人物のことで、時さえ与えれば、やがてはにがい経験を克服して平静な心境にたちもどれるのも予期し得ることであったが、氏はついにそれを待つことができなかった。

とりあえず氏は、内心の苦悶《くもん》をまぎらすために、思索世界に没頭する手段を選んだ。しかし、一度氏を急襲した運命は、もはや氏に抽象的な思考に沈潜《ちんせん》するを許さず、ただひとすじに行動の道へと導いていった。

その後、氏の胸底《きょうてい》に絶えず去来していたのは、自殺の観念であった。その事実は、氏自身が書き残した文章のうちに、自殺というテーマが何百回となく、くりかえしてあらわれるのを見ても明らかである。しかし氏は再三、思考を他のテーマに移して、その誘惑から免れようと努めた。愛情、希望、信仰、名誉、義務、その他、高潔な人生と愛他的な性格にふさわしい主題に頭をまぎらすことをはかったが、その思索のうちにも、いつか自殺の観念が忍びよってくるのをいかんともしがたかった。それを避けることは不可能であり、憑《つ》かれた人のように再三、再四、氏はその境地にひきもどされた。いわばそれは、氏の思考の網を縫う黒い糸であり、あらゆる古今の文献も、その誘惑を逃れる力を貸さなかった。

窮乏《きゅうぼう》、恥辱《ちじょく》、苦痛のうちに生存するは愚劣のきわみなりと唱える、古代の賢者たちの説が氏をひきつけた。氏はカトー、ポンポニウス・アティクス、エピクロスなどに共鳴し、'Malum est in necessitate vivere; necessitas nulla est' 困窮のうちに生くるは悲惨なり、かくてまで、生くる必要はなし、とセネカを引用している。氏はまた、マルクス・アウレリウスの言、「小舎に煙発すれば、賢者は去る」に同感し、クインティリアヌスの、'Nemo nisi sua culpa diu dolet' 何人《なんぴと》も自己の過失によるにあらざれば、苦痛に耐ゆる要なし、と意見をおなじうするといった。

しかし、氏が自殺の決行を正当視する思想を求めたのは、ひとり古代の賢者のみではない。旧約時代の異教徒、ギリシャ、ローマの慣習に、キリスト教徒の罪悪視するこの行為が、かえって嘆称《たんしょう》すべきものと見られていた事実を知り、さらにすすんでユダヤの聖典を探り、経外典《アポクリファ》のうちに好個の実例を得た。マカバイ書二巻に、エルサレムの長老ラジスが自刃した行為を、経典の記述者が称揚《しょうよう》しているのを発見したのだ。氏はまた聖なる自殺によって聖女の列に加えられた女性、ペラギアおよびソフロニアの事績《じせき》を読み、男性にあっては単身敵軍に突撃し、信仰のためにはなばなしく散ったソアソンの僧ジャック・デュ・シャテルのごとき人物を知った。宗教詩人ジョン・ダンの有名な自殺弁護、ビアタナトスを詳細に引用することも忘れなかった。

かくて氏は、「賢者はその盛時において世を去ることこそふさわしけれ」とのキケロの言を引用しつつ、ユダヤの歴史家フラウィウス・ヨセフスの、「死すべき時期に先立つも、またおくるるも、ともに卑怯《ひきょう》なり」との名言を敷衍《ふえん》して、該博《がいはく》なエッセイをものした。

以上要するにヘンリイ・スラニングについて確かめ得たところは、氏は失恋以後、この世に生きがいを感ぜず、かてて加えて、その生来の素質にもより、絶えず自殺の考えを追うにいたったこと、さらに氏がその行為を正当視する根拠を、熱心に哲学に求めた事実である。ここで私は、一時この不幸な紳士から目をうつして、ペリカン農場における他の犠牲を論じてみようと思う。

夜回り番ジョン・ディッグルの場合は、性格の検討はきわめて容易といえる。性は単純木訥《ぼくとつ》で、とうてい悪心の立ち入る余地などない。良き夫であり、良き父であり、忠実な召使であった。父が、そして祖父がそうであったように、ひたすら主家の繁栄のためにつくした。スラニング兄弟とのあいだは主従という以上に親密なものであり、主家もまた、彼を遇するのにきわめて厚く、むしろ個人的に敬意と信頼とを表わしていたとさえいえるであろう。

この黒人の仕事は夜間、砂糖きび畑を見回ることにあった。古くからの島の不文律として、砂糖きび盗人を発見した際は、一命を奪うことも許されるしきたりであった。ついこのごろまで、わずかなきび束を盗んだばかりにその大切な生命を失った者も少なくなかったそうで、ちょうどイギリスにおける密猟者その他夜間の盗賊たちと運命をおなじくしていたのであった。さすがに最近は人命尊重のたてまえから、こうした事例を見ることがなくなったが、百年ほど以前までは、ばね仕掛けの人捕《ひとと》りわな、引き金が自動的に落ちるばね銃のたぐいが公然と許されていたという。近年にいたって、かかる野蛮な器具は法律によって一掃されたが、こうした奴隷時代前期の死刑の風習はとにかく、ジョン・ディッグルの性格からいって、いかに彼が憤激させられたにしても、盗人に向かって発砲の挙に出るということは、とうてい想像できることとはいえなかった。

この点に関し、注意しなければならぬことがひとつある。ジョン・ディッグルの死の数日まえに、すでになにか暗い雲が彼の生命をおおいつつんでいたことである。この事実は十二分に検討すべきであると思う。なんとなれば、本事件を解きあかす理論は、すべてこの一点にかかっているように考えられるからである。したがってわれわれは、バルバドス島においてディッグルの妻のおこなった供述を、ふたたびここにふり返ってみねばならぬ。必要とあれば、重ねて質問すべきでもあろうが、私の見解としては、いちおうの必要事項はすでに彼女は供述しつくしているようである。

彼女の述べたところは何か？

朝食に顔を見せたディッグルは、非常に浮かぬ顔つきを見せていた。最初彼は、その理由をあかさなかったが、平常とようすがちがうと再三妻に追及されて、砂糖きび盗人をののしりだした。ヘンリイ・スラニング氏が騒ぎ立てるために、彼自身までも騒がぬわけにいかなくなった。昨日も主人から、夜盗がはびこるのは彼が勤務をおろそかにし、夜盗をきびしく取り締まるべきことを忘れたからだと、はげしい叱責《しっせき》を受けたと説明した。

かくて悲劇の直前、ジョン・ディッグルは見回り方針を改めた。たとえいかような結果を招こうとも、主家の命令どおり行動すると決心した。その命令の内容にはまもなく触れることにするが、とにかくそのヘンリイ・スラニングがディッグルに言いわたした命令というのは、ディッグルが予期するにはあまりにもきびしすぎるものであったことに疑いない。彼が愕然《がくぜん》としたのも、想像にかたいことではない。

まず第一にヘンリイ・スラニングともあろう者が、こんな些細な盗難に、どうしてそう頭を悩ますのであろうか。ふつうならばぜんぜん問題にせぬ程度のことである。第二に、よりいっそう奇怪なことは、その些細な盗難を防ぐために彼がとろうとしている手段が、すでに時代の波におし流された、往古《おうこ》未開《みかい》の蛮風だったことである。彼こそ人にさきだって、その排撃に出ると予想されるところのものだった。

私はかく、ジョン・ディッグルの苦悩を解釈し、その決意を推察した。彼はそれにともなう結果を考慮に入れず、主人の命令を遵奉《じゅんぽう》しようとはらをきめたにちがいない。なにが起ころうと、命ぜられたままに行動すべく決心したのである。一度命令を受けたかぎり、いかにそれが非常識なものにせよ、逡巡《しゅんじゅん》するのは召使としての態度ではない。

ここでまた、ディッグルについての考察はその不幸の寸前にとどめて、ソリイ・ローソンの観察にうつるとする。この混血児の人となりは、あますところなく調査報告書に記述されている。そのはげしすぎる色情に、放恣《ほうし》をきわめた日常をおくっていたが、はらに害意のないあからさまな性格である。好色、怠惰、気短で、ほめようのない存在だが、気転がきいて、話がうまく、唯一のとりえは、主人に対する、いつも変わらぬ献身ぶりである。したがって、彼が主家の耕地から砂糖きびを盗んだという推察は、いつも彼の罪を許して仕事を与えていてくれた恩情ある両スラニングに対する彼の傾倒ぶりからいっても、とうてい首肯できることではない。今夕、彼はその砂糖きびを盗むかもしれぬが、明朝はヘンリイのために死を辞さぬであろう。かくのごとき忠犬にも似た献身ぶりは、多くの黒人、混血児に見られる現象であるが、ローソン青年の性格のいっさいをもかたちづくっていた。彼はそれを母親にむかって、幾百回となくくりかえして述べている。

ローソンの母親の話は？……あの子はいたって気が早くて——いかにもソリイは、短気で気性がはげしく、したがって行動は善悪ともに直情的であった。母親の話にはなおいろいろと参考になることが多かったが、とりわけ重要視すべきは、主人のために死も辞さぬという忠実さである。それを根拠として、種々の推論を生むことができる。

いまひとつ注意すべきはソリイはジョン・ディッグルに、なんの恨みも持っていなかったことである。一度ディッグルに捕われて刑務所に入れられたことがあるが、本人は夜回り番に対してはいささかの恨みも示さなかったので、ディッグル自身がその釈放に全力をそそいだくらいである。ふたたび母親の言葉をくりかえすと、彼にとっては、「すんだことは、すんだこと」なのであった。

三死人中、三番目の人物の性格は、以上をもって明らかになったものと考える。かりにもしソリイ・ローソンの性格が異なるものであれば、そしてまた、ディッグルの人物が以上記したところと別個であれば、あるいはさらにヘンリイ・スラニングの解釈が誤っていれば、三人の死者を出した本事件に対する私の説明は成立しなくなる。表面にあらわれた現象は複雑であるが、解釈の基礎となるものはただひとつ、関係者の性格のみである。そしてこのさい、もっとも驚くべきことは、すべての現象を説明するに、それひとつをもって充分たりることである。

私は当初考えた。性格のみに根拠をおく推定は、現実の細部に触れる段階にいたれば、相当の修正、妥協を必要とするのではなかろうか。蓋然性《がいぜんせい》にもたよらねばなるまいし、錯綜《さくそう》した事実の糸をときほごし、糸かせに整理して巻きあげるまでには、すくなからぬ技巧が必要なのではあるまいか。むしろ知り得た性格の綾《あや》がかえって私を混乱せしめ、首尾とものった経過を、あるがままに再現するのを妨げることを恐れた。

しかるに、検討をすすめるにつれて、以上の考えが、杞憂《きゆう》にすぎなかったことを知り得た。性格の発現が、事実の形態をとって、直截《ちょくせつ》簡明に外因に応じる。動機は最後に、雲間をもれる太陽のごとくあらわれる。個々の事実は、たがいに論理的な連係をしめす。本事件は起こるべくして起こったものだ。これと異なる結果を導くすべはなかったのである。

事件の連鎖はすべてヘンリイ・スラニングを中心としている。氏はある種の行動を予定し、その実行に周到な計画をたてた。氏の意図は完遂されたが、はからずも偶然が氏の計画範囲を超えて、予想もせぬ他の事件をひきおこした——氏の行動は本悲劇における前奏曲となり、ひきつづいて第二、第三の登場人物の生命を奪う結果となったのである。

かくていよいよ、秘密のとびらをひらく段階に達した。

邸内が寝しずまったころ、ヘンリイ・スラニングは起きあがって耕地に向かった。銃を肩にしたジョン・ディッグルが巡回している地域である。スラニングは自殺を決意していたのである。死は望んだが、おのれの手によることは欲しなかった。それもまた、氏の性格のあらわれであって、死は求めているものの、みずから危害を加えることはなし得なかった。ただし一度はそれを企てたこともあった。氏の死体のそばに発見された拳銃は、ロンドンのニュー・ボンド・ストリート、フォレスト商会より取り寄せたもので、氏はその失恋後一週間して注文を発し、百発の弾丸とともに購入したのであった。が、氏には使用できなかった。心の痛手に苦しんでいたころはたえずその使用を夢見るあまりイギリスにまで注文を発したのであるが、その事実がすでに当時の氏の常軌を逸した心理のあらわれであって、現品が到着したときはすでにこころの平常をとり戻していて、氏はついにそれの使用を試みる意図を失っていたのであった。

しからば何故に、氏は拳銃を耕地に携行したのであるか？　ジョン・ディッグルをして確実に行動せしめるためであった。氏はパジャマの上にアルパカの上着をひっかけ、大きな麦わら帽をかぶって、黒人と見せかけた。この服装で、この時刻に、この場所に立ちまわれば、例によって例のごとき夜盗と見誤られるのは必然である。かかる場合、かならず砂糖きび盗人には発砲すべしと、ジョン・ディッグルには厳命を下しているので、夜回り番がその挙に出ることは疑いない。

拳銃もまた思いつきであった。ディッグルに刺激を与えるにはこれ以上のものはない。最後の瞬間に、なお彼が躊躇の気持ちを見せたとき、拳銃がその逡巡を吹き飛ばすであろう。ディッグルは誰何する。そして、応答がなければ発砲におよぶ。自分みずからが生命の危険にさらされていると思えば、いかな彼も応戦するにちがいない。照準もまた、おのずから正確を期するであろう！

かくて砂糖きび畑の一隅にて、三死者のうちふたりは死んだ。地図によって明らかなように、畑を分けて一本の道が、海辺の断崖にまで通じている。ヘンリイ・スラニングは使いなれた手《て》斧《おの》で砂糖きびを刈りはじめた。深夜に響く斧の音がディッグルの耳に達するのは、氏の計算のうちである。案の定、夜回り番は現場に急行した。ただ偶然、帰途をいそぐソリイ・ローソンが近道をとって、数分後には現場間近に来あわせたのであった。

以後の事実は、ソリイ・ローソンの目を通じて述べることとする。

ローソンが見ていると、ディッグルは誰何した。前方の男が急に飛び上がった。前こごみに、盗賊は突進してくるディッグルの叱声《しっせい》に答えるかのように拳銃をとりだして狙《ねら》いをつけた。銃口が月下に光った。ディッグルのとるべき道は、賊に先んじて射撃することであろう。彼は撃った。相手は倒れた。ソリイは見ていた。ディッグルが銃を投げすてて走りよるさまを――そして、それ以上のことが起こったのを――ヘンリイ・スラニングはあおむけに倒れていた。帽子が飛んで、氏の顔が月光に浮かんでいた。死者が、いとも巧緻に計画した事実は実現したが、ローソンが通りあわせたことはディッグルにとり、そして、ひいては彼自身にとり、最大の不幸であった。

ローソンは敬愛する主人が眼前に斃《たお》されるのを見た。恐ろしき光景は、ただちに彼に復讐《ふくしゅう》の意をかためさせた。一瞬なりとも思案の余裕があれば、ディッグルの、そして彼自身の生命は救われたであろう。彼にはもちろん、その冷静さは欠けていた。加害者が死体に駆けよるのを見て、愛する主人の死に逆上したローソンは、衝動のままに一瞬もためらわず、ディッグルの銃をとりあげて――おそらくは何か、憤怒《ふんぬ》の言葉を叫びつつ、死体を抱きあげた夜回り番の背後から撃った。

それから、銃を捨てた彼は、二個の死体の前に走りよって、彼が斃したのはジョン・ディッグルと知った。大事を告げに、彼は走り去った。ディッグルは主人の上に折り重なって倒れ、ふたりの血は相合して流れた。

しかし、ソリイの足はしだいに鈍った。激情もしずまった。燃えたった頭脳がふたたび動き出し、彼はおのれの所業の意味を悟った。これは一場の悪夢か、それともまた主人とジョン・ディッグルがともにこの耕地に倒れているのは現実で、彼自身がその犯人と目さるべきであるのか。彼はおのれのおかれた恐ろしい立場を悟りはじめた。ヘンリイ・スラニングを殺したのはジョン・ディッグルだといっても、だれがそれを信じるであろうか。

世人にその事実を信じせしめるのは、ほとんど不可能というべきではなかろうか。ソリイのごとき者の言が、何人《なんぴと》をも首肯させ得ぬことは言うをまたない。

この場合のソリイ・ローソンの心理を分析せよとあれば、数ページを必要としよう。しだいに彼は思慮を失い、ついには絶望の淵に追いこまれた。その恐怖、その窮境を描写する筆は、われら探偵輩の持ち得ぬところだ。一度帰宅して母親と相談したとすればまたよい知恵もでたかも知れぬが、それもまた彼はしなかった。混血児のこころは暗く、また暗く、闇に沈み、将来の光明をまったく見失った。

他のかしこい男、あるいは犯罪人らしき犯罪人ならば、口を緘《かん》して、そのまま立ち去ったであろう。おのれ自身の行動を秘密にすれば、何人も彼に疑いをかけずにすむはずである。しかるに彼は愚鈍《ぐどん》にして直情的、いうなれば悪人の資格を欠いていた。思うに彼の知力は、おのれの立場の重大性に圧倒し去られたのであろう。いかなる恐怖に彼が悩まされたか、いまとなっては知るよしもないが、けっきょく彼は、早晩おのれが二人殺しの犯人として逮捕されるのを確信するにいたった。前科はもちろん、彼にとって不利である。弁明はまったく認められぬであろう。彼はブリッジタウンを出て、深更、帰路を急いでいた。彼をして申し立て得ることは、ジョン・ディッグルがヘンリイ・スラニングを射殺するのを見て、憤激のあまりみずから復讐をはかった——だれがかかるたわごとを信じるであろうか。

ソリイ・ローソンの脆弱《ぜいじゃく》な頭脳がとつおいつ考えぬいたあげく、どんな結果にいきついたかは、私として予見できぬことではない。夜が明けはなれるころは、死の覚悟がきまっていた。生き長らえれば恐ろしい運命が目に見えている。彼の足は無意識のうちに家に向いていたので、そうはらがきまったときは、彼は断崖の上に立っていた。脚下には海がよこたわっている。あの底に永遠の平安が待っているのだ。万人の呪咀《じゅそ》を耳に絞首台に登るよりは、みずからの命を絶つのが、むしろ取るべき途《みち》であろう。苦痛はわずか数分にすぎまい。

またしても衝動のままに、彼はその運命を決したのである。前途に光明を見ぬ身にあっては、精神的苦悩からの解放が唯一の願いである。身心ともに困憊《こんぱい》しきった彼としては、この世に永遠の別れを告げ、耕地の死者たちとの絶縁をねがうのみである。この断崖に身を投じれば、死体は発見されぬままに、世人から忘れ去られることも可能であろう。

およそ自殺者の微妙な心理として、共通の本能とも呼ぶべきものがある。彼らはともすれば念には念を入れて、自害の手段を二つ重ねるものだ。それによって、死の恐怖を軽減し得ると考えるらしい。毒を飲んでおいて、頭にピストルを撃ちこむ。あるいはまた、この不幸な青年におけるように、咽喉をかき斬ってから、最後の力をふりしぼって、断崖から身を投げるのたぐいである。

最後の瞬間、ソリイ・ローソンもまた、その本能に捕えられた。彼の死骸が予定どおり、海底深く達していれば、おそらく事件の真相は何人の脳裡にも思い浮かばなかったであろう。が、事実は彼が落下した地点は、断崖の中腹であった。ために死骸は発見され、秘密があばかれ、ついに彼そのものが、この怪奇劇において、重要な一役を買っていることが明らかにされた。

以上が、私のながめ得た事件の全貌《ぜんぼう》である。おそらくはこの見解に対し、具体的な証拠が皆無ではないかとの非難を見るものと思量《しりよう》する。たしかに私の提出したものは理論にすぎぬが、現実にはそれ以上は不可能である。くりかえしていうが、如上《じょじょう》私の見解は当事者の性格を根拠にしたものであって、彼の行動を基礎づけるにあたって、これにまさる解釈は見出し得ぬと信じる。三死人それぞれの性格が、いわばこれらの行動を予期していたものである。すくなくとも私にとっては、与えられたこの状況にあって、彼らの死に対し、これ以外の合理的説明を加えることは困難であろう。

M・デュヴィーン

＊

あと付け加えていっておきたいのは、デュヴィーンのこの説明は、多くの人々から認められたが、首肯しなかった連中も少なくないということだ。エイモス・スラニングも納得しなかったほうである。彼は兄の死についてのこの説明を、単なるたわごとにすぎぬと酷評していたが、私の手に届いたバルバドス島からの便りによれば、ヘンリイ・スラニングの友人知己は、大部分この解釈に同感していたようだ。その人々もはじめのうちこそ難色を示していたが、時日の経過が推論の奇抜さを薄らげるにつれて、しだいにその説に傾いていった。事実、デュヴィーンの説の支持者はふえていった。

マイクル・デュヴィーンとしては、彼の見解に絶対の確信をいだいていた。エイモス・スラニングは納得のいかぬままに、莫大な謝礼金を送ってきたが、デュヴィーンはすぐに送り返した。とはいえ彼はその事件を目して、彼がとり扱ったもののうち、純粋に分析的思考力によって成功した一例とするのを止めたわけではない。

「これは、きみ」

とデュヴィーン所長はいった。

「当事者の性格さえ研究すれば、動機をさがしだすことは容易だという適例なんだ。ことに関係者が死に絶えて、解釈の手がかりを失った場合は、これが唯一の手段だと思うね。おれはむかしから、どんなに状況証拠がそなわっていても、性格と根本的に矛盾しているようなときは、いっさい信用しないことにしているんだ。それはもちろん、まさかこの人がと思うような性格から、犯罪の種が芽をふくこともないとはいえない。誘惑というやつは、それほど強力なものだとはわかっている。だがそれは例外で、まず一般からいって、その人物の性格がわかり、通常、彼の行動がどんな力に導かれ、支配されているかを知ることができれば、まず正確な判断にはこと欠かぬはずだ。一見その行動が、過去のもろもろの行跡と矛盾していると見えようとも、そんな非難は蹴飛ばして、充分考慮に値するものとして検討してさしつかえないのだよ」

堕天使の冒険

パーシヴァル・ワイルド
橋本福夫 訳

The Adventure of the Fallen Angels

一九二四年

パーシヴァル・ワイルド Percival Wilde (1887.3.1–1953.9.19) はアメリカの劇作家兼推理小説家で、長編推理小説を数冊執筆しているが、特に有名なものに、戯曲スタイルで書いた『検死審問《インクエスト》』（一九四〇）がある。本編はセイヤーズのアンソロジーに収録されたもので、カード・ゲームの詐術を描いたものとして特に有名である。チェスタトンを思わせる、とびきり奇抜なトリックがあり、しかも同時に、一種のユーモアと、奇妙な味がただよって、忘れがたい印象を残す。

1

その小さな部屋の雰囲気はぴりぴりするほど緊張していた。爆発が起きるのはいますぐだという感じ、というよりも意識が、みんなの頭にはあった。

外のはるか下の街路からは、深夜を走るタクシーの轟音《ごうおん》が時おり舞い上がってきた。頭上からは、強力な電灯がまばたきもしないぎらぎらした輝きを投げていた。炉棚《ろだな》の置き時計と、あふれるばかりの灰皿とは、午前二時という時間を示していた。それでいて、ヒマラヤ・クラブでブリッジのテーブルを囲んでいた男たちは、ひと勝負《ラバー》ごとに座席を入れかわりながら、見たところ、ほかのことはなにひとつ頭にもはいらない真剣さで、ゲームにうちこんでいた。

ストレーカーは、あとで白状したところによると、十二時以後は、いまにも卒中を起こしそうな状態だったという。ビリングスは、震えがちな手でカードを握りしめ、告発が行なわれるのをいまかいまかと、じりじりする思いで待っていた。チザムは、何万ドルという金額を意味する相場標示器の波動を、髪の毛一筋動かさないで見まもっておれる人間だったが、それでいて、いまは時おり不揃いな口ひげのはしをかみながら、内心の動揺を外に表わさないように気をつかっていた。

ほかの者も皆そうだったが、チザムも、親しい者たちのあいだでは「トニイ」でとおっているアントニー・P・クラグホーンには、絶対の信頼を置いていた。というのも、クラグホーンはこと賭けごとに関する限りは、何によらず自他ともに認められている権威者だったからだ。ところがその彼が、時間は五分たち十分たち、何時間になっても、皺《しわ》一つない白い額を光らせて、ヒマラヤ・クラブ提供の——と言っても勘定は彼の依頼者たちの負担になるわけだったが——葉巻きをふかしているだけで、ひとことも口を開かないので、チザムの心配はつのるばかりだった。

それにしても、そのあいだ、トニイはただぼんやり傍観していただけだとは言えなかった。ゲームは九時かっきりに始まったのだったが、トニイも九時に、いちばんすわり心地のいい椅《い》子《す》を引き寄せて、どっかりとすわりこんだのだった。ゲームをしている者たちは、半時間かそこらでひと勝負《ラバー》終わるごとに、カードをカットして次にやる四人を定め、席を交換した。トニイのほうは、半時間かそこらごとに、身動きもしないで、新たな葉巻きを要求した。

十時に、チザムはちらとたずねるようにトニイの顔を見た。トニイは、その意味に気がつかないように、ぼんやり相手の顔を見返しただけだった。それからさき、十二時になるころまでには、勝負のあい間ごとに、ストレーカーも、ビリングスも、ホッチキスも、ベルも、この黙りこんでいる青年にたずねるような視線を投げた。だが、そのたびごとに、トニイは相手の顔を見返しただけで――ぜんぜん相手の疑問に答えようとはしなかった。そのくせ、まえの日の午後には、そんな謎くらい訳なしにといてみせると豪語したのは彼だった。

正確に言うと、その謎だってトニイが作り出したようなものだった。いま疑惑の目を向けられているロイ・テリスも、以前はそんな目で見られてはいなかった。トニイがたくみに選んだ数語で、ロイがふしぎなほど勝ち続けている事実にクラブ員の注意を向けさせて以後、そんなことになったのだった。そのときまでも、ロイがブリッジではたいてい好成績をあげていることは、だれも認めていた。彼が大きな金額を賭けた勝負が好きだということや、そうした勝負で彼が大負けを演じたりしたためしはめったにないということも。だが、冬のあいだのゲームで得たロイの利益がおそらくは五桁《けた》の数字にはじゅうぶん達しているだろうと指摘したのはトニイだったのである。直接相手を告発するようなまねはしなかったが、ロイの世評にかんばしくない影響が及ぼせそうな瞬間をつかんで、意味ありげに眉をつりあげてみせたのもトニイだった。

こうして彼は謎を作りあげ、その謎をとく役目を頼まれた。彼は適当に謙遜《けんそん》した言葉をならべてその任務を引き受け、しかつめらしい顔をして五時間続いた勝負を見まもりつづけていたが、この次もう一度ゲームに立ち会わせてもらいたいと申し出た。その希望はかなえられたが、今度もまた彼はもう一度立ち会いたいと述べただけだった。おかげで彼の友人たちはさんざんな目にあった。なにかひと騒動が起きそうな気がしているものだから、ついやり方が無鉄砲になり、テリスに多額の金をまきあげられてしまった。テリスのほうは、そんな企みがあるとは夢にも知らないおかげで、冷静な、的確な勝負がやれたからだった。

その午後にも、チザムは熱っぽい調子で、敗北の原因をトニイに説明した。

「ぼくはカード・ゲームのやり方も保守的なほうなんだ。定石《じょうせき》に従う。ルールには通じているが、それを改善しようなどという野心は持っていない。むりはしないし、相手がむりをしていると思えば、すかさずダブルをかける。ところが、いつ全部の勝負がご破算になるかわからないときているだろう。そのおかげでどうもゲームに身が入らず、自分らしいやり方がとれないんだよ」

「一点が二十五セントでもかね」

「きみが花火をぶっ放してくれるのをいまかいまかと待っている状態では、一点が二十五セントだろうと何だろうと、問題じゃないよ。ゆうべのあの手だってそうじゃないか。あれは、余分に三トリックとれるのがせいぜいの手だった。だのにぼくは五にせり上げた。そんなやり方がぼくらしいと言えるかい！　テリスはすかさずダブルときた――平静な健全な頭の持ち主なら当然そうくるところだよ。ところがぼくは、それでおとなしく引き下がればいいものを、リダブルといったんだぜ！　クラグホーン、きみにきくがね、そんなことが通常の頭の持ち主のやることかい？　このぼくのやりそうなことだと思えるかい？　けっきょく、フィネスはうまくいかず、ぼくは八百点にされるしまつだった」

トニイは思い出し笑いを浮かべた。「あれはすこぶる教訓的な勝負だったよ。あのばあい、きみは自分のほうを上げないで、彼の四にダブルをかけておれば――」

チザムはうなり声を上げて相手の言葉をさえぎった。「よしてくれ。ぼくらはなにもブリッジを教えてもらうためにきみをこの問題にひっぱりこんだのじゃないんだぞ。教授をうけるだけなら、あいつのやり口のおかげで損をしている金《かね》の十分の一も出せば足りるんだ。きみがゲームに怪しいところがあるというから、それを指摘してくれるのをぼくらは待っているんじゃないか」と彼はずけずけと言った。

それから十時間後の午前二時になっても、チザムはいぜんとして待たされているしまつだった。

身ぎれいできちんとした身装《みなり》をし、エチケットのやかましいビリングスが、この三度目の夜には、リヴォーク（親の出した札と同種の札を持っていながら別の札を出す反則）をあばかれて、一生忘れられないほどのきまり悪さを味わわされた。彼はすぐに罰金を支払った——それも気前よく。自分から容赦《ようしゃ》すべきでないと主張しもした。だが彼がトニイに向けた視線は、自分が罰則を犯すようなことになった理由を、百万言を費やすよりもなお雄弁に、物語っていた。ついで今度はホッチキスが、手がふるえて札が思うように扱えず、役札に役札で対抗するはずのところをやりそこなった——その結果は得点を計算するときに大きく現われた。

こんなふうで、午前二時には、ビリングスもホッチキスも、ストレーカーやベルやチザムはいうまでもなく、待ちうけていた——待ちくたびれていた。

その偉大な瞬間が、ついにやってきたのは、ぜんぜん思いもかけないときだった。午前二時十五分には、みんなはがっかりして勝負をうちきっていた。彼の相棒たちはもうすでに小切手帳を開いていた。テリスは腕組みをして、自分のもうけの正確な金額を知ろうと待ちかまえていた。

その時だったのである、トニイがポンと指で葉巻きの灰を落として、まるで独りごとのようにこうつぶやいたのは。「またテリス君だけが勝っているね。テリス君は印《しるし》をつけた札のおかげでいままで勝ってきたのだと言ったら、どう答えるつもりかな」

とたんにテリスは立ちあがった。

「なんだと、クラグホーン？　もう一度言ってみろ！」

トニイは一歩も譲らなかった。「ぼくはきみが印をつけた札で勝っていたといったんだ」彼はブリッジに使われていた二組のカードを取りあげ、両手に持った。「ぼくはいまの言葉をひるがえす気はないよ」

「こいつ」とテリスは叫んで、飛びかかった。

チザムが大きなからだで中に割ってはいった。

「テリス、まあおちつけ、ぼくらはみんな事情を知っているんだからね。クラグホーン君にもぼくらが頼んで調べてもらっていたんだ」

テリスはまわりの顔を見まわした。

「なんだと？　陰謀をたくらんだな」

チザムは首を振った。「ぼくらがそんな人間じゃないことはきみも知っているはずだ。ベルも、ホッチキスも、ストレーカーも、ビリングスも——一応世間に名のとおっている人間だけに、名誉を傷つけたくはないからね。ぼくにしても同然だよ。ぼくらはクラグホーン君に調査を頼んだだけのことなのだ」

「クラグホーン君にこんな問題を裁く資格がどこにある？　なんの権利があって、ぼくを告発したりするんだ？」

その疑問に対してみんなは口々に答えた。ストレーカーは、トニイがシュワーツという男の仮面をはいだときに、同席していたらしかった。ビリングスもそのときの目撃者だったが、彼はまたトニイがパーム・ビーチでいかさま師をとっちめたようすをくわしく話して聞かせた、第三の証人のチザムにいたっては、そういう事実ならいくらでも知っていた。

彼らの証言によると、トニイ・クラグホーンの生涯は勝利から勝利への長い連続であったことは明らかだった。彼の通ったあとにはあばかれた詐欺師《さぎし》やいかさま師やいんちき師の残骸《ざんがい》がごろごろしていた。彼は、いったん臭跡《しゅうせき》を嗅ぎ出したとなると、獲物をしとめないではおかない男だった。

友人たちが口々に彼の功績を語っているあいだ、トニイはその場にふさわしい謙虚さで、うつむいていた。じつを言うと、彼の功績のすべては、彼がある夏近づきになったビル・パーミリーという飾り気のない田舎者《いなか》に、帰すべきものだったのである。したがってトニイも、その後有名になったいろんな事件に自分の演じた役割は、ほんの些細《ささい》なものにすぎなかったことを、一度ならず弁明した。だが、トニイの弁明には人を信じこませるだけの力が欠けていたにちがいない。というのは、それを聞いても、友人たちは相変わらず彼をたたえるトランペットを世界の隅々までとどろかせたからである。

彼らが主役を演じた目立たない青年のことを忘れてしまったのも、あながち不自然なことではなかった。賭博から足を洗い、農夫になっていたパーミリーは、有名になりたいなどという気持ちはぜんぜんもたず、つとめて陰に隠れていようとしていたからだった。したがって、彼のもらうべき月桂冠がほとんど機械的にクラグホーンの頭におちつくことになり、クラグホーンのほうでも、口では抗議しても、こんなふうにして押しつけられた名声を迷惑がることはなかったのである。

テリスがブリッジで勝ち続けている事実に注意をひかれたときにも、トニイはこの問題にパーミリーの興味を向けさせようとした。だが、それはうまくゆかなかった。賭博界の隠れた英傑であるパーミリーには、新たな月桂冠よりも純血種の牛のほうがだいじだった。それに彼はトニイの結論にもぜんぜん賛成しなかった。

「トニイ、勝っているからといって、その人間がいかさまをやっているとは限らないぞ」と彼は指摘した。

「そりゃそうだが、この場合は――」

「どの場合でもだ」と彼は相手の言葉をさえぎった。「不正な賭けでのもうけと正直な勝負で得る金との割合は、おそらく一対千の比率だということを、おぼえていなきゃいかん」

「きみだって、まさかそんなことを信じているわけじゃあるまい！」

「信じているかどうかは知らんが、ぼくはそんなふうに考えたいんだ」

トニイはせっかくの熱心さに水をかけられたわけだが、あきらめはしなかった。彼はひと晩その問題をよく考えてみたあげく、自分だって完全な能力を備えていると判断し、ビルの人間性に対する信頼はどう考えても誇張されたものだと判断した。そこで、彼は勇敢に難局に乗りこんだというわけだった。

彼はテーブル越しにテリスに微笑を投げた。成功は彼のものであり、その味は甘かった。

「テリス君、印をつけた札だ、印をつけた札だよ」と彼はくりかえした。

テリスは、ちらりとまわりの堅苦しい顔を見まわしたと思うと、目に見えて自信を失った。

「そんなことは知らなかったと言ってみても、どうやらむだらしいな」と彼はふるえ声でつぶやいた。

「そりゃむだだよ」とトニイはいった。

「ぼくはフェアプレイで勝ったんだ。ルールに従ってゲームをやっていたんだ」

「議論をしてみたって何の役に立つ？」とストレーカーが氷のような声できめつけた。

テリスは力なくまわりの者たちをにらみまわした。

「なるほど、きみたちがこぞってぼくの敵にまわっているのでは、議論してみても始まるまい。いったいぼくにどうさせようというんだい？」

「つぐないをするんだ」

「どうやって？」

「きみの勝った金を返すんだ」

テリスはふんとあざ笑った。「そんなばかなことができるかい」

「返さなきゃ、きみはクラブから除名されるぞ」とチザムは言った。

「返せば、ぼくがクラブにかじりついているとでも思うのか？　ぼくがクラブに残りたがるような人間だとでも思うのか？　勝った金を返そうと返さなかろうと何の違いがあるんだ？——ぼくのふところぐあいを別にすればなあ。ぼくは詐欺の現場をつかまったことになっているんじゃないか？　それだけでもクラブの望ましくないメンバーだということになるじゃないか？　もちろんぼくは正直にゲームをやったと主張するが、そう言うのが当然だくらいにしか、きみたちは考えないにきまってるんだ。勝った金を返したところで、ぼくの言うことなんか信じないだろう」

「返すのが正しいことだよ、テリス」と、ストレーカーが穏やかに言った。

「詐欺でつかまった人間に、正しいことなんかなんの関係がある？　かりに死刑にされるとしても、子羊《こひつじ》よりは狼《おおかみ》として殺されるほうがぼくの望むところだ」彼は計算表を取りあげ、総計を調べた。「諸君、きみたちはぼくに借りになっているぞ。小切手を書きたまえ」

「なんだって？」とチザムがあえぐような声を出した。

「きみは負けたんだから、ぼくに支払いたまえ」

「印をつけた札のことはどうなんだ？」

「さよう、それがどうだというんだい？　カードに印がついているとすれば、きみもそのおかげで利益を上げていたかもしれないじゃないか。反証があるなら、あげてみろ」

「ぼくは負けたんだぞ！」チザムはろくに口もきけないほど興奮し、つばを飛ばし飛ばし叫んだ。

「それがどうしたんだ？　もし札に印がついていなかったら、もっと負けていたかもしれないじゃないか？　それはわれわれ全部にあてはまることだ」彼は自信たっぷりにみんなの顔をにやにやと見まわした。「さあさあ支払いたまえ。でなきゃ、きみたちをひとり残らず訴えるぞ。ぼくにはもう失う名誉もないんだからな、法廷に出たからといって傷つきようもないというものだ。きみたちが大いに評判を立てられたいと思うのなら、新聞にでかでかと名前を書きたてられたいと言うなら、借金をごまかそうとしてみるのもよかろう？」

共謀者たちは弱りきってトニイの顔を見、異口同音に、「どうしたらよかろう？」とたずねた。

トニイは肩をすくめた。「これはぼくの出る幕じゃないよ」と彼は遠慮深く答えた。

ストレーカーはさっと鋭い視線をあたりに投げて、「テリスのいっていることも空《から》いばりかもしれんぞ」とほがらかそうに言った。テリスはにやにや笑った。

「そう思うのなら、ためしてみたらどうだ？」

ちょっと言葉が途切れた。やがて、ビリングスはペンをつかんで小切手になぐり書きした。

「さあ、受け取るがいい」と彼は叩きつけるように言った。「ぼくは妻子のあるからだなんだからな、スキャンダルにまきこまれる余裕はないよ」

「そりゃそうだろうとも。説明をして聞かせれば、納得《なっとく》してくれると思ったよ」とテリスは言った。

みんなは次々と小切手を書き、ただひとりの勝者に渡した。テリスはそれをていねいにポケットにしまい、立ちあがって、共謀者たちの顔をじろじろと見まわした。「諸君、ぼくはこれでおいとまして、ぼくの貧しくはあるが正直な家庭へ帰るが、最後に一つ諸君に要求しておくことがある。今夜この部屋で起きたことはだれにもしゃべってはならん。どんな友だちにもひとことだってしゃべらないようにしてもらいたい」

ストレーカーは高い声で笑った。「しゃべるなって？　しゃべらずにおくものかい。ぼくは二十四時間以内には、このクラブの人間ひとり残らずがありのままの出来事を知るように、全力をあげてしゃべりまくるつもりなんだ」

テリスは無気味な微笑を浮かべた。「その場合はだな、ストレーカー、ぼくが名誉毀損《きそん》罪で訴えても驚いたようなふりをするなよ」

「なんだって？」

「きみたちのひとりひとりに対してだ」彼は戸口で立ち止まった。「きみたちが仲間同士のあいだでぼくの名前に泥を塗ることは、ぼくにも防ぐ力はない。それに、もう完全に泥を塗られたも同然だ。だが、よく聞けよ、もしきみたちのどのひとりでもが、この部屋以外の所でひとことでもぼくの悪口を言ったといううわさがぼくの耳にはいったら、仕返しをしてやるぞ！　しないでおくものか！　強烈なやつを報《むく》いてやるぞ！　印のついたカードだと！　それを持ちこんだのはだれだった？　そのおかげをこうむったのはだれだった？　そのおかげをこうむらなかったやつがひとりでもあると言うのか?」あざけるような微笑が口辺にただよったと思うと、彼はドアをあけた。「諸君、よく考えてみるんだぞ! よけいなことをするまえに、よく考えてみるんだ——そのうえで、なんにもしないことだ!」

掛け金がカチリと音を立て、彼の姿は消えた。

最初に重苦しい沈黙を破ったのはビリングスだった。「もう一度あんな勝ち方をされたら、われわれはみんな破産だよ」と彼はひとりごとを言った。「クラグホーン、これからどうする?」

だが、その名士も、新しい葉巻きに火をつけるためにちょっと足をとめただけで、もうすでに用心深く戸口まで退却していた。

「クラグホーン、これからどうする?」とホッチキスも同じ言葉をくりかえした。

トニイは肩をすくめ、「それはぼくの出る幕じゃないよ」と遠慮深そうに答えた。

彼が静かにドアをうしろ手にしめて出ていったあとも、長いあいだ、じつに長いあいだ、共謀者たちは相談しあったり、気のついたことを教えあったり、おたがいの不幸を慰めあったりしていた。だが、その場面も興味のある話にはちがいないが、この物語にはなんの関係もない。

2

物の見方にもいろいろあるものである。たとえば、いま物語った挿話《そうわ》にしても、私心のない批判者なら、アントニー・P・クラグホーン氏の勝利とみなすのを躊躇《ちゅうちょ》するかもしれない。ところがクラグホーン自身はあれを問題なしの勝利とみていた。自分はいかさまをあばき出すために乗り出し、みごとそれをやってのけた。その作業が友人たちにとっておそろしく高価についたという事実も、目的を達成したという事実にくらべれば、物の数ではない、というわけだ。じっさいトニイが「勝利」という言葉にもまさる強烈な言葉を使わなかったのも、そういう言葉が思いつけなかっただけのことだった。

彼は美人の妻にも勢いこんで手柄話をして聞かせた。妻はカード・ゲームのことはなにも知らなかったが、トニイの望んでいたのは賞賛の言葉だったし、だれよりも妻の口からそれを聞かされるのが彼にはうれしかったのだ。だが、なんといっても、いちばん価値のあるのはビル・パーミリーの賛辞だったから、トニイは心からそれを期待していた。いままでのトニイは、ビルが奇妙な線をたどってそのいくつもの勝利の基礎をきずくのを、狐《きつね》につままれたような思いで傍観してきた。それぞれの入念に計画された作戦の結果を、見学し、感嘆し、喝采《かっさい》するのがトニイの役割だったのである。

ところが、今度はその役割が逆になったというのが、トニイの、それでも、謙遜した感じ方だった。友人の助力なしに、完全に自分だけの発意に従って、彼、トニイは戦闘を成功に導いた。こちらがわずらわしいのさえがまんして説明して聞かせれば、今度はビルのほうがそれを傾聴《けいちょう》する番のはずだ。そうなるとすこぶる愉快にちがいないと思うと、トニイは矢も楯《たて》もたまらない気持ちで、パーミリーの隠遁《いんとん》している小さな町へ飛んでいった。

「どこかあやしい点があることはぼくにもわかっていたんだ」とトニイは意気揚々《ようよう》として始めた。「それもまえから、ずっとまえからだよ」

「ぼくがあれほど言ったのにかい？」とビルは逆襲した。

「きみは何と言ったのだったかね？」とトニイはがまんしてききかえした。

「勝ったからといって必ずしもいんちきをやっているとは限らん。ぼくはそのことをきみに悟らせようとしたはずだ」

「ああ、そうそう。おぼえているよ」

「不正直な賭けでのもうけと正直な勝負で得る金との割合は、おそらく一対千の比率だろうということも、ぼくは話した」

「それもおぼえているよ」とトニイはいったん認めておいて、葉巻きに火をつけた。「だがね、きみの人間性への信頼は――こういっちゃなんだが――誇張されているんじゃないかね？　今度の事件では、容疑者が――名前は隠しておいてやりたいんだよ――降参して、いっさいを認めたんだぜ」

「ほほう！　それじゃその話というのを聞かせてもらおう」

「ぼくはこの事件を念入りに調査したうえで、消去法を用いてみたんだ。ゲームはブリッジだった。したがっていかさまの方法でも、ある種のものは役にたたないはずだ」

「そのとおり」

「たとえばだね、ホールドアウトなんかもこの場合はぜんぜん無価値なはずだ」ついでトニイは、このいかさまの秘訣を手ほどきしてくれたご本人に、親切にも、ホールドアウトなる方法を説明して聞かせはじめた。

「ホールドアウトというのはね、札を一枚なり何枚なり隠しておいて、あとでそれを自分の手札として使う方法なんだよ」

ビルの平静な顔には、影ほどの微笑も浮かばなかった。「そういういんちき手段があるという話は聞いているよ」

「そうなんだ。だが、いまも説明したように、その容疑者は——名前を出さないことにするが——そういう手段を利用できたはずがないんだ。完全に揃った、一組のカードに五十三枚目の札をもちこんだりしたのでは、すぐに見つかるにきまっているからね。たとえば、テリー——その容疑者が、余分のエースを自分の手札のなかにもちこんだとすると、どうしたってほかの人間のもっているエースと重なることになるだろう？　全部の札を配ってしまうゲームでは、ホールドアウトなんかやっても無価値だよ」

ビルはじっとカーペットを見つめていたが、「ぜんぜん無価値だとはかぎるまい」と文句をつけた。

「ぜんぜん無価値にきまってるよ」トニイはあくまで言い張った。

「札を配るときにやれば、ホールドアウトだってできる」とビルはまるでひとりごとでも言うようにつぶやいた。「その――エヘン！――容疑者は、四枚のエースと四枚のキングを全部ホールドアウトしておいて、札を切らせ、配るときに、それを自分の手札の中にまぎれこませたかもしれないぞ」

「なんだって！」トニイはあえぐような声をたてた。

ビルは平然として言葉をつづけた。「もちろんこれは乱暴な手段にはちがいないが、初心者以外のものなら、こういった手段で相手をごまかさないともかぎらん。腕のきくいかさま師なら、パートナーの手にいい札が渡るように工夫する。その場合は、パートナーが共謀者でなくてもいいわけだ。エースやキングをうんと持たせてやれば、かってにノートランプとゆくだろうじゃないか。なにも知らずに正しいビットをするにきまっているよ。したがって、向かい側にすわっているいかさま師のほうは、パートナーにそれができるような札を渡してやれば、それでいいわけだ」

「なるほどね！　そいつはぜんぜん気がつかなかったよ！」とトニイは叫んだ。

「五十二枚の札のどの一つだって二重にもちこんだりしなくても、ホールドアウトを利用できる手段はまだほかにもあるが、それをいちいち論議する必要はあるまい。さあ、きみの話をつづけたまえ」

風をはらんでいた帆がだらりと垂れてしまったような感じで、トニイは話しつづけた。「正しかったかまちがっていたかはしらんが、ぼくはその容疑者はホールドアウトを使っていないと判断した。きみは使っていたと思うかい、ビル?」と彼は急に心配そうに伺いをたてた。

「いや」

「ぼくはひきつづき消去法をとっていった。いんちきの手段はたくさんあるが、ブリッジの場合はその大部分が役にたたない。しかし、どのゲームにも利用できるいんちき手段が一つある」と言うと、彼は言葉を切って長い人差し指を友人に突きつけた。「もちろん、ぼくの言うのはカードに印をつける方法だがね」

「あはあ!」

「ぼくはカードを念入りに調べてみた。印はついていなかった。だが、山をはって、大胆なこけおどしの手を用いてみた。ところがね」トニイはたまらなそうに笑いだした。「それがまんまと図に当たったんだよ。いっさいの勝金を山と積み上げ」トニイはこの文句をまちがって引用した。「そのすべてをけんこん一てきの賭けに――けんこん一てきの――その次はどう言うんだったかな?」

「そんな飾り文句は抜きにして、ありのままを話したまえ」

「ぼくは心理的な瞬間をつかんだのだ。昔からぼくの得意としているところなんでね――心理的な瞬間をつかむのは。そして、テリー――その容疑者に、きみは印をつけたカードを使っているじゃないか、とずばりと言ってやったわけなんだ。そんな物を使っちゃいないことは、こっちもじゅうぶん知りぬいてはいたんだけどね。これがその問題のやつなんだよ」――トニイは大きなポケットからカードを取り出した――「ほらね、印なんかついちゃいない。だが、ぼくは人間の性質を知っているから、いかさま師に、おまえはいかさまをやっているぞと一喝くらわせてやれば、そいつががくんとまいることは――えへん！――まちがいなしとにらんでいたんだ。そいつの使っているいかさまの方法が何であろうと、そんなことは問題じゃない。いかさまをやってるぞと一喝くらわせてやれば、それでいいんだ」

「それできくきめがあったかね？」

「完全にね。テリ――その容疑者は黙りこんだ。黙りこむのは自白も同然だよ」

ビルはにやりと笑った。「そうかなあ？　だとすると眠っている者はあらゆる罪を認めたことになるぞ」

「その容疑者は万事休したと悟ったんだ」

「おそらく衆寡敵《しゅうかてき》せずと思ったのだろうよ。きみに――きみの友人たちにもだが――有罪だと思いこまれている以上は、無実だと主張してみてもむだだろうからね」

「ところがぼくは細心の注意を払って――えへん！――容疑者に、公平な待遇を与えるようにしていたのだ」

「名前をいったらいいじゃないか。ロイ・テリスとね」

「どうしてきみは知っているんだい？」トニイは愕然《がくぜん》とした。

「そんなことは問題じゃないよ。つづけたまえ」

だが、トニイは驚きのあまり話がつづけられなかった。「どうして知っているんだい？　どうしてきみは知っているんだい？」と彼はしつこく問いつづけた。

ビルは首を振った。「その点にはいまは触れないことにしよう。きみの話に結末をつけたまえ」

トニイはとまどって友人の顔を見つめた。彼はいまの凱歌《がいか》をあげられるはずの瞬間を大いに楽しみにしていたのだった。ところがその瞬間がじっさいに来てみると、予想していたほどの満足感は得られなかった。彼はふるえる手で額をなでた。「その結末は、たぶんきみにだって話せるんじゃないかね、ビル？」

「たぶんね。テリスはなにひとつ認めなかった。なにひとつ否定もしなかった。彼は自分の勝った金を返すことを拒否した。これは勇気を要することだし、ぼくもその点ではあの男に感心しているんだがね。テリスは冤罪《えんざい》をすすぐ望みがないことを悟り、いい機会がくるまで待つことにきめた」

トニイはしぶしぶうなずいて、「だいたいそのとおりだ」と残念そうに認めた。

「きみは印をつけたカードを使っていたとテリスを非難した。テリスは、かりにカードに印がついていたにしても、自分はそのおかげをこうむっていないと答えた。ついで、これはたしかに論理的な結論だろうと思うが、その印はきみの友人たちにとっても有利だったかもしれないじゃないか、とつけ加えた」

「それは明らかに理屈に合っていないよ。げんにこのカードには、印がついていないんだからね」

「きみの考えているほど不合理じゃないよ」とビルはきめつけ、きびしい表情になった。「このカードにはたしかに印がついているんだからね」

3

「驚愕」という言葉は、時には、人間の心理を表現するには弱すぎる場合もある。げんにいまの場合なども、友人のずばりと言ってのけた言葉に対するトニイの反応を正確な言葉で描くためには、いまの英語の辞書では間に合いそうにもなかった。

トニイは飛び出したような目をしてビルの顔を見つめ、二度三度口をあけたと思うと、唇をなめ、「な、なんだって?」と口ごもってききかえした。

「このカードには印がついていると言ったんだよ」とビルはくりかえした。

「そんなはずがあるものか！　きみにはわからないのかな？　あれはぼくのこけおどしだったんだぜ――じっさいにはあのカードにはどこひとつ欠点はなかったのに、欠点があると信じこませたんだからね」

ビルは無気味な笑いを浮かべた。「時にはこけおどしがこけおどしではないこともある。がむしゃらに撃った矢が的にあたることもあるものだ。時にはね、トニイ、きみのような善意のそこつ者が、自分はぜんぜん気がつかないで、真実を語っていることもあるものだよ」

「しかし、それは不可能だ！　ぼくは拡大鏡で調べたんだぜ！　一度だけじゃない、十度くらいも！　それでもなにひとつ見つからなかったんだから！」

「それは、きみが調べ方を知らないからだよ」ビルは問題のカードを六枚ばかり、手近のテーブルの上にひろげた。「まず第一に、これはありふれた様式のカードではない。まん中に小さく天使の姿が二つ描いてあるだろう？　これは『天使裏絵《エンゼル・バック》』でとおっているカードだ！」

「これはあのクラブで出すカードなんだ」

「それはわかっている」

「ここ八カ月ばかりヒマラヤ・クラブではほかのカードを使っていない」

「それじゃ、このほうはどうなんだい？」ビルはもう一組のカードも、六枚ばかりテーブルの上にひろげた。

トニイはそのありふれた幾何学《きかがく》的な図案のカードにちょっと目を向けただけだった。「ああ、それか？　それは高級品が不足してきだしてから、クラブが備えつけるようになった下級品だよ」

「エンゼル・バックは高級品というわけか？」

「もちろん。ちょっと見ただけでもわかるはずだ」

ビルは追想にでもふけるかのようになかば目を閉じた。

「ぼくが賭博師として暮らしを立てていたころにはね——と言っても、ようやくその世界のことがわかりかかったころのことなんだが――エンゼル・バックは相当行きわたっていたものなんだよ。質のいいカードだったからね。値段も高かったが、それだけの値うちはあった。ところが、そのうちにしだいにすたれてきて、安いカードが代わって進出してきた。いまの人間には品質なんかどうでもよく、値段だけが問題なんだからね。そう言えば、エンゼル・バックを目にするのも何年ぶりかだよ。もう製造されなくなっているものと思っていたがね」

トニイはいらだたしさを抑えきれなくなった。

「頼むから話をもとへもどしてくれ。きみはカードに印がついていると言ったね。どちらのほうにだ？　どんな印なんだ？」

「もちろんエンゼル・バックのほうだ。この天使の絵をしさいに見たまえ」

「ぼくにはなんにも見えないがね」

ビルはにっこり笑った。「たとえばだね、この天使は泥の中を歩いていたにちがいないよ。右足がもっときれいであっていいはずだからね」

「それがどうしたというんだい？」

「こちらの天使は明らかに泥の中へ手を突っこんだのだなあ。汚れているのがきみにもわかるはずだ。この第三の天使は泥の中へ膝をついたらしい。片方の膝に汚れめがついている。それから、この四番目の天使はとんぼがえりをやっていたに違いないよ。顔がそれとわかるほど黒ずんでいるのがきみにもわかるはずだ」

「ええっ！」トニイは思わず叫び声をあげた。

「全部を調べてみたまえ。そうすりゃ、風呂にはいったほうがよさそうだと思える天使ばかりだということが、わかるはずだから。それから、――これはきっとまったくの偶然の一致だろうと思うが――キングは右肩に、クイーンは左肩に、ジャックは腰の線に、というふうに、印のつき方が全部違っていることもわかるはずだ。天使の絵は小さいし――印のほうはなお小さいわけだが――そのつもりで見れば、ひと目で見てとれる」

トニイはひと言も言わずに、拡大鏡を取り出し、カードの上にかがみこんだ。「きみの言うとおりだ！」彼は興奮の声を上げた。「きみの言うとおりだ。これでぼくの扱った事件も疑問の余地がないことになる」

「それはどういう意味だね」

「テリスは印をつけたカードを使っていたんだ。ぼくの推測はぴたりと当たっていたわけだ。テリスはゲームの進行中に札に印をつけたのだ」

「こんな微妙な印をかい？　しかもこんなに正確に？　トニイ、そりゃむりだよ」

「しかし、ゲームの進行中にだって印はつけられるはずだ」

「それはね――突き傷をつけるとか、色点をつけるとかなら。しかし、こんなふうに印をつけるとなると、一枚一枚の札の裏のこまかな部分をえらんで、こんなふうにきれいに点を打つとなると、それには時間と熟練と秘密を要するよ。このカードに印をつけた男は自分の部屋でやったにちがいない」

「つまり、テリスは印をつけたカードを持ってきていて、ぼくらの使っていたのとすり替えたというわけかい？」

「それはありそうにもないね」

「どうしてだ？　ありえないことではないはずだ」

「まずありえないね。きみは気がつくはずだが、このカードにはどの札にも印がつけてある
――高位の札だけじゃなくてね」

「それがどうしたんだい？」

「そんなことをしてなんの役にたつ――ブリッジでね？　ほんとうにうまいプレイヤーなら、7や8の札にも注目している。しかし、3の札がほしさに冒険をやるやつがあるかい？　4なり、5なりの札にしても？　頭の健全な人間なら、そんなやっかいなことを――おまけにこんな冒険を――印をつけたりするような――するはずがないじゃないか？」

トニイは額にしわを寄せた。「それは、たぶん、このカードに印をつけた男は徹底した仕事をするのが好きなたちだったからだろう。いったんやりかけると、止め処《ど》を失ったからだろう」と彼はあてずっぽうを言った。

ビルはきっぱりと首を振った。「そりゃだめだよ、トニイ。それはぜんぜん問題にならん。素人《しろうと》ならやりかねないし――きみだって最初の一度はやるかもしれんが――われわれの当面している相手は専門家だよ。ぼくの判断がまちがっているようなら、ぼくも賭博や賭博師のことはなにも知らない人間だと言われてもしかたがあるまい、この仕事ぶりのみごとさを見たまえ！　つけた色が裏の色彩と完全に溶けあっているところを！　それに、いいかね、その男が

2や3の札にも印をつけたとすると、それだけのじゅうぶんな理由があってのことだぞ」

トニイは肩をすくめた。「理由のあるなしはともかく、ぼくにはそんなことがなぜとくに重要なのかわからないね」

だが、ビルはすでに時刻表を調べているところだった。「次の上り列車は四十分後に出る。手荷物の用意をすることにしよう」と彼はつぶやいた。

トニイは驚いて彼の顔を見まもった。

「2や3の札にまで印がついていたというだけで、町へ出かけるのかい？　そりゃ、あまり大げさに考えすぎていると思うがなあ」

「大げさだなどと言っていられる場合じゃない」とビルは言いかえした。彼は立ちあがり、友人の顔に鋭い視線を投げた。「まず第一に、このことはロイ・テリスが無実であることを証明している」

「なぜだ？」

「あの男はブリッジ以外のゲームはやらないと聞いたように思うがね」

「それは、そうだが」

「ところが、このカードに印をつけた人間はブリッジをやる気はなかったのだ。それが第二の点だぞ、トニイ。その男は、当然すぎるほどの理由があって、小さな数の札もゆるがせにしなかったのだ」

「それで、その理由というのは？」とトニイはばかにしたようにきいた。

ビルは旅行かばんを開けて、衣類を詰めこみはじめた。彼はちらと友人の顔を見、にやりとして、なにか言いそうにした。と思うと、やめて、またにやりとした。「トニイ、きみはまだ気がつかないのかい?」と彼はついになじるようにきいた。「このカードに印をつけた人間は、ポーカーをやるつもりだったのだぞ!」

4

以前は、パーミリーにくっついて町へ出かけるたびに、トニイは愉快な予想に心をおどらせたものだった。パーミリーが町へ出かけるということは、犯人狩りが本格化したことを意味していたし、罪を犯した人間を必ずあばきださずにはおかない追跡が、いよいよ開始されたことを暗示してもいた。いままでトニイは、極度に好奇心を刺激される程度にはこれから起こる出来事をにおわせられていても、こちらの満足するほどには絶対に知らされたことのない、恵まれた観客として、愉快なスリルの連続を満喫したものだった。

彼は一度ならず六度までも、パーミリーが訓練された警察犬のように臭跡をかぎあて、ほかのにおいからそれを分離してその跡をたどり、驚くばかりの結末に到達するのをながめてきた。彼は見まもり、驚異の念に駆られ、感嘆した。これこそ、食欲をそそらずにはおかない風味を添えて出された、焼きたてのドラマだと思った。いままではただクラブに通い、新聞のセンセーショナルな見出しを読むだけをおもな楽しみにしていた彼は、直接味わう一つのスリルは、印刷を通じて焼き直されたスリルの何倍もの価値があることを、悟らされたわけだった。どの場合にも、彼は無上の楽しみを味わってきたのだったが——今度だけは、トニイも愉快な気持ちにはなれなかった。

彼は陰気な視線をぼんやり窓外に向けて、暗い思いに身をまかせていた。あのカードには印がつけてあった。テリスがその犯人ではなかった。この二つの事実が透きとおるほど明白であることは、トニイも認めるしかなかった。すると、昼のあとには夜が来るように、犯人は彼がとくに親しくしている友人のひとりにちがいないということになる。チザムか、ビリングスか、ホッチキスか、ベルか、ストレーカーに。トニイは、列車の車輪のゴトゴトという音につれて、それらの友人たちの顔をひとりひとり思い浮かべた。犯人狩りはすべてのほかのスポーツを味気ないものにさせるほどの刺激的なスポーツにはちがいないが、狩りたてられる犯人が自分の友人のひとりだとなると、なぜか熱意もさめる感じだった。

半時間ばかり陰気に考えこんでいたあげく、彼は横にすわっているもの静かな友人のほうをふり向いた。

「ビル、町へ着くと、きみはヒマラヤ・クラブへ行くつもりなのだろうね？」と、彼はそれとなく探りを入れてみた。

「きみの想像どおりだよ」

「その必要はないはずだがね」

「なぜだね？」

「つまり、べつに、ぼくはきみに調査を依頼したわけではないのだからね」

「ああ、そのことならいいんだよ」とビルは陽気に応じた。「ぼくはべつに依頼されるのを待っているわけではないのだから」

トニイの声にはおだやかな非難の響きがまじってきた。「依頼されるまで待ったほうがいいとは思わないかい？」と彼はもってまわったきき方をした。

ビルは笑いだした。「つまり、ぼくがでしゃばりすぎるという――」

「そんなつもりで言ったんじゃないよ」

「口には出さないが、心では思っているわけだろう」彼はちらと鋭い視線をトニイに向けた。

「トニイ、きみはがむしゃらに矢を射て、まちがった人間を撃ち倒したんだぞ。きみはロイ・テリスに悪辣《あくらつ》な賭博師だという――詐欺師であり、泥棒であるという――ちゃんとした社会に受け入れられるには不適当な人間だという、烙印《らくいん》をおした。きみはあの男を、いつまでもそういう疑雲《ぎうん》のもとに暮らさせるつもりかい？」

「そんな、とんでもないよ」とトニイは大きな声を出した。「そんなつもりはぜんぜんない。ぼくは――」

「もちろんそうだろうね。そんなことを自分にゆるすには、きみはあまりにも公平で正直な人間でありすぎるからね。きみはテリスの疑惑を一掃してやろうと――あの男に勝ち誇らせてやろうと、望んではいるのだが、ただ――」ビルはわかっているぞと言うような微笑を浮かべた

――「ただ、ぼくがきみの親友のひとりに罪を着せそうなのが心配だ。そういうわけだろう？」

トニイはうなずいた。

ビルはにやりとした。「そりゃそういうことにならないとも限らん。ぼくもそれを否定する気はない。ぼくがだれかを捕えたいと思い、手段を選ばない気になった場合には、きみの親友のだれだろうと、有罪にすることができると思う。――そう言えば、きみ自身だってね」

「ぼくを、有罪に？」トニイはあえぐような声を出した。

「できないことはないよ。きみはあの印のついたカードをどうやって手に入れたんだい？」

「なにをいまさら、テーブルの上にあったのを取ってきたんじゃないか」

「そのテーブルのうえに、どういうわけであったのだい？　きみが自分で印をつけたのかもしれないじゃないか？　きみやきみの友だちが、申しあわせて、テリスの金を奪おうと企んでいたのかもしれないじゃないか？」

今度はトニイがにやりとする番だった。「ところが、ぼくらは負けたんだぜ」

「テリスにはね、たぶん。だが、そのまえの晩には、同じ連中がだれか別の人間を負かしてしぼり取ったそうだが――それはどうなんだ？」

「どうしてきみはそれを知っているんだい？」

「そんなことは問題じゃないよ」とビルは言った。「とにかくぼくは知っているんだから、それでよかろう。犠牲者をつかまえるだけが目的なら、犠牲者を見つけるぐらい、ぼくにはやすやすとできるのだということを、きみに示してやったまでのことだよ。きみやきみの友だちは瀝青《チヤン》に手をつっこんだのだぞ、トニイ、瀝青《チヤン》に手をつっこめば、手を汚さないではすまない」

トニイは頭がくらくらとしてきた。「というと、つまり、きみは」彼はつばを飛ばし飛ばし言った。「犯人はチザムか――ビリングスか――ベルか――ホッチキスか――それとも――それとも、ぼくだとでも言うのかい?」

ビルはふき出した。「きみの慰めになるのなら――たぶんなると思うが――きみだけには秘密を明らかにしてやってもいいが、ぼくはあの連中のだれも疑っちゃいないよ――つまり、きみを疑っているわけじゃないんだよ」と彼はまじめくさって言いなおした。

トニイは圧しつぶされそうだった重みがふわふわと舞い上がってくれたような気がし、思わず、「それはほんとうかい?」と叫んだ。

「ぼくらの捜しているのは本職の詐欺師だよ。それを忘れないようにし、それにしがみついていることだ。きみをかろうじて破滅から救ってくれているものは、ただその事実だけなんだぞ、トニイ。きみは友人のことばかり苦にしているものだから、ほかに疑わしい人物があることを完全に見のがしているよ」

「だれだね、それは?」トニイはすがりつくようにきいた。

「トニイ・クラグホーンだよ」とビルは言って、友人の狼狽《ろうばい》ぶりをにやりと見やった。

「トニイ・クラグホーンは長らくぼくと行動を共にしていたから、いんちき手段についての知識を直接学びとっていた。したがって、彼がその知識を利用したかもしれないじゃないか?

理論を実行に移そうと試みたかもしれないじゃないか? 金はもうかるし――たいした金がね

――しかもあばき出されずにすむかもしれないんだからね。まったくだよ、トニイ。ロイ・テリスは安全だ。ぼくらがこれから気をつけなきゃならないのは、トニイ・クラグホーンだ。ぼくが町へ出かけるのも、あの男にきずがつかないようにしてやれるチャンスが、ありそうに思うからこそなんだぞ」

　トニイもこれには完全にどぎもを抜かれたとみえて、その後は町へ着くまで黙りこんでいた。

5

　ふたりがはいっていったときには、ヒマラヤ・クラブはちょうど閑散《かんさん》な時間だった。毎日のように、ここの榁《たるき》の見える食堂で、昼飯を食うことにしている常連は帰ったあとだったし、午後おそくから早朝にかけて、カード・ルームで一六《いちろく》勝負を試みるさらに多くの常連にいたっては、まだ来てもいなかった。

「ぼくらもあとで来なおしたほうがよさそうだね」とトニイは言った。

「ここで待っていたっていいじゃないか?」とビルは言って、テーブルの前に腰をすえた。「トニイ。どうだね、コールドハンズ・ポーカーでもやろうじゃないか?」

　トニイは疑わしそうな目で友人の顔を見つめた。

「何を賭けてだい?」と彼はきいた。

「なにも賭けなくてもいいじゃないか。賭けなしでやることにしよう――ただ勝負のおもしろさのためだけにね」

トニイは半信半疑で同意した。いつもなら、彼はこの友人に対しては絶対の信頼感をいだく人間なのだが、列車の中でのやりとりで、いまはすっかり心の平衡《へいこう》を揺るがせられていた。この自分が容疑者にされているとは。してみると、ビルのすることは、なにによらず、自分にとっては危険かもしれない。あいまいな訳のわからないやり方で、災難が襲いかかってこないともかぎらない――表面はなにげなく見せかけて。

彼は、それとわかるほど気のりのしない態度で、テーブルにつき、呼び鈴を鳴らしてカードを持ってこさせた。

ビルはちらと箱を見ただけで、あけてみようともしなかった。「ぼくは、このカードは嫌いなんだ。エンゼル・バックをもってきてくれないかね？」

「承知しました」とウェイターは答えた。

トニイの疑惑は倍加した。「カードになにか問題でもあるのかい？」と彼はきいた。

「ぼくは質のよいカードでやりたいんだよ」とビルは答えただけだった。ウェイターが要求どおりのカードを持って引き返してくると、彼の目はきらめいた。

彼は封を切り、箱をあけて、ゆっくりとカードを切った。

「きみはこのほうが好きなのかい？」とトニイはきいた。

「ずっと好きだよ。比較にならないほど好きだね」彼は、びっくりするほどの速さで、札を裏向けてくばった。「ハートのキング、ダイヤの2、ハートの8、スペードのエース、クラブの3、スペードの7、ハートの10、クラブの7、ハートの5、ハートの7」

「なんだいこれは？　手品か？」

ビルは肩をすくめた。「なんとでも好きなように呼ぶがいいよ。だが、きみの持ち札を調べてみれば、ハートで四枚のフラッシュができていることがわかるはずだ。あと一枚ひけば上がれるよ。山札の一番上もハートだからね」

「そういうきみのほうは？」トニイはあきれてきいた。

「スリーカードだ。まさしくスリーカードだよ。7が三枚だからなあ」ビルはにやりとした。

「山札から一枚とって、フォアカードになるという仕組かい？」

「それではひどすぎるよ。フルハウスでじゅうぶんだ。それならきみのフラッシュに勝てるわけだからなあ」

トニイは急にけたたましい笑い声を立てた。「わかったぞ！　そんなことがわからないでどうする」

「なにがわかったんだい？」

「きみは札を切るときに細工したんだ！」

「そんなことは見えすいていたよ」

「簡単に細工ができたというのも、きみはカードをすり替えたからだ――ウェイターの渡した新しいカードと――ぼくの持っていたやつとを！」

「はたしてそうかな？」とビルは挑戦するような言い方をした。

「げんにこのカードには印がついているじゃないか！」

「そのとおり」

「さっきのやつにちがいないよ。ただ、もしかすると――」

「はっきり言いたまえ」

「もしかすると」トニイの声はふるえ、急に額に冷や汗がにじみ出た。

「このクラブのエンゼル・バックには、一枚残らず、印がついているのかもしれないぞ！」

ビルはにっこりした。「その点だよ、ぼくが調べようとしているのは、もしかすると、全部が――いわば――堕落した天使《フォールン・エンゼル》かもしれないのだ」

トニイはすぐさまウェイターを呼んだ。「これをもう一組――もう二組――くれ。エンゼル・バックのほうだぞ」

ウェイターは首を振った。「すみませんが、それはできないのでございます」

「なぜだ？」

「エンゼル・バックは残り少なくなっておりますし、皆さまがこのほうをお望みになるのです。品質がいいものですから。それで、執事から、一組ずつしかお渡ししてはならないと申しつけられているのでございます」

トニイはポケットから紙幣を一枚ひき出した。「ぼくはエンゼル・バックが二組ほしいんだ。わかったか？」

「できるだけのことはしてみます」とウェイターは答えたが、数分後に一組だけ持って引き返してきた。「二組は無理でございました。残りが一グロス（十二ダース）を割っているしまつですし、これだけでも、わたしは命令にそむいているのですから」

トニイは黙ってあけないままの箱を友人にさし出した。「ビル、あけてみてくれ」

パーミリーは両手を背中にまわした。「きみが自分であけたまえ。ぼくがやったのでは、またすり替えたなどと言われそうだからね」

トニイはひとことも言わず封を切り、箱をさかさにして、バラバラとカードをテーブルの上に落とした。

「どうだね？」とビルはきいた。

「印がついている――印がついているぞ。一枚残らずだ！」

「堕落した天使！」とパーミリーはつぶやいた。「堕落した天使だ！　トニイ、執事と話をしてみる必要があるとは思わないかね？」

トニイは拳《こぶし》を握りしめた。「あいつが印をつけた本人だったりしたら、十分以内にくびにさせてやるぞ！」

「なにもそう興奮することはないじゃないか」と、ビルはなだめた。「執事がインチキをやってもうけになるはずもなかろう。あの男はぼくらの求めている犯人じゃないよ。その点は保証してもいい」

彼は、短気な友人が執事を呼び寄せ、事情を説明しているあいだ、黙って聞いていた。執事はカードを調べていたと思うと、顔色を変え、唇をかんだ。「これはどうも、なんとも驚きいったことでして――なんとも驚きいった――」

「そのとおりだ！」とトニイはおっかぶせた。

「自分の目で見なければ、わたしにはとうてい信じられなかったろうと思えますほどで。こんなふしぎな――なんとも合点《がてん》がまいりません！」

「きみはこれをどう説明するつもりだ？」

「わたしには――わたしにはどうも」

「きみがその犯人じゃないという証拠があるか？」

「そんな、わたしはもう二十八年間このクラブに勤めさせていただいているのでございます――この年になっていまさら方針を変え、詐欺師になるはずもございません。わたしがそんなことのできる人間だとは、まさかあなた様もお思いではありますまいけれど」

ビルが話に割りこんできた。「エンゼル・バックはあとどのくらい残っているんだね？」

「一グロスたらずでございます」

「なぜもっと注文しなかったのだね？」

「いたしましたのですが、だめだったのでございます」

「ほほう！」ビルはなかば目を閉じた。「最初にエンゼル・バックを買ったのは、いつごろだったね？」

「一年ばかり前でした。そのときの事情をお話しいたしましょうか？」

「聞かせてほしいね」

「通信販売店から見本を送ってまいったのでございます。国際供給会社という名前の店でした」

「その店のアドレスはどこになっていたね？」

「ニューヨーク市タイムズ・スクエア・ステーションの郵便局止めでした」

「話をつづけたまえ」

「見本はしじゅう送られてまいりますが、この見本はとくに優秀でした」

「エンゼル・バックならね——そりゃそのはずだよ！」

「それだけじゃなく、値段も極立って安かったのでございます。それで、このクラブでは、ほかの下級品と同じ値段で売っても、まだもうけがあるほどでした」

「それでも、きみはあやしいとは思わなかったのかね？」

「国際供給会社の説明によりますと、この型のカードは製造をうち切ることになっているが、当社には手持ちが多量にある。それで、全部を引き取っていただければ、破格の値段でお渡しする、ということでございました。わたしは自分の一存で買い入れたのではございません。クラブの委員会にこの問題をもちだしたところ、買えということだったのでございます」

「そのほかには、何か？」

「それだけでございます。わたしの予想どおり、このカードは皆様のお気にめしました。何カ月ものあいだ、このクラブではほかのものは使いませんでした。そのうちに、エンゼル・バックが残り少なくなってまいりましたので、わたしは買い足そうとしてみました」

「すると、国際供給会社に出した手紙が返ってきたというわけかね?」

「さようでございます。店がなくなっておりました」

ビルはにっこり笑った。「この臭跡は、たどって行くほど、興味のあるものになってくるなあ」彼は友人をふり向いた。「トニイ、これからどうする?」

「もちろん、残りのカードを調べるんだよ」

ビルの目がきらめいたが、彼はまじめにうなずいた。「きみがそれをやってくれたらどうだね。百組以上は残っているから、相当時間はかかると思う。だが、徹底的にやってもらわなきゃならん。一組一組調べて、その結果が目でわかるように表にしておいてくれ」

6

勢いこんだ友人が出ていくと、ビルは手でそばの椅子をさして、執事に掛けさせた。「きみにききたいことがたくさんあるんだが、すくなくとも一時間はクラグホーン君にじゃまされることもあるまい。あの男は一組一組調べてゆくだろうが、きまって一枚残らず印がついているにちがいないよ」執事は彼が言葉をつづけるのを待っていた。「まず第一にだね、このクラブのメンバーは変化が激しいんじゃないかね?」

「と言いますと?」

「新しいメンバーが選ばれる一方、古いメンバーがやめたり、来なくなったりするというふうに」

「そういうことが多すぎるのでして、たしかにおっしゃるとおりでございます」

「だいたいでいいんだが、一年まえにはしじゅう来ていて、近ごろでは来なくなっているメンバーが、何人くらいあるね?」

「二十人くらいだと思います」と執事は答えた。

「その人たちの名前を紙に書いてくれないか」

　執事は言われたとおりにした。

「ここでは、大きな金額の賭けがふつうなのだろうね?」と、ビルは追及した。

「さようでございます」

「しかし、さっきの二十人の全部がポーカーをやっていたわけではあるまい」

「さようでございます」

「それでは、さっきの二十人から、ほかのゲームをやっていた人たちの名前を消してみてくれないか。何人残るね?」

「ちょうど十一人でございます」

「それではべつの角度から見ることにしよう。この一年のあいだに、大きな勝ちかたをした人があったろうね?」

「ありました。すくなくとも八、九人は」

「そのうちポーカーで勝ったのは何人だったね？」

「五、六人でございました」

「その名前を書いて、二つのリストを比較してみてくれないか。近ごろ来なくなっているメンバーのうちで、大きな勝ち方をした者は——ポーカーでだよ——何人いるね？」

「ひとりだけでございます」

「その理由は見えすいているじゃないかね？　大きく勝っている者が、来なくなるということはないものだ。勝ち続けているかぎりは、ゲームに執着するものだからね」

「そのはずでございますね」

「だのに、大きく勝っている——ポーカーでね——ある男が、自分の運の変わるのを待たずに、クラブへ顔を出さなくなった」

執事はうなずいた。「わたしにも、まえから合点がいかなかったのでございます。その方はポーカーをおやりになり、このクラブ始まって以来の最強の勝負師だという、評判をおとりになりました。半年ばかり、毎晩のように勝負をしておられたのですが——」

「それからどうしたね？」

「わたしにはさっぱり訳がわからないのですけれど、急にぱたりとおいでにならなくなったのです」

ビルは鋭く相手を見すえた。「その男は——なにかの不思議な暗合で——一年ばかりまえに会員に選ばれたのじゃないかね？」

執事はようやく理解ができたようすで、うなずいた。「そのとおりでございます。アシュリイ・ケンドリック様は、わたしがエンゼル・バックを買い入れた一週間後に、入会申込みをなさいました。クラブの委員会はまえからルーズな点で評判が悪いのでして、ヒマラヤ・クラブにはいるのはわけないのでございます。ケンドリック様も、名前が掲示されて五日後には、会員に選ばれました」

「その男はポーカーをやったのだね？」

「さようでございます」

「エンゼル・バックでね？」

「さようでございます」

「そして、勝ったというわけか？」

「必ずでございました」

「それから、半年後に、エンゼル・バックが不足しかかるとともに、来なくなったんだね？」

「いいえ、それはちがいます」

「というと？」

「来なくなられたことはまちがいないのです。ですけれど、エンゼル・バックが不足しかかったころではありませんでした」

ビルは口笛を吹いた。「これはますますおもしろくなってくるぞ！」

「その当時は、エンゼル・バックだけしか使っておりませんでした。買い置きがじゅうぶんにありましたものですから。ケンドリック様はある晩、べつになんということもなく、姿をお見せにならなくなりました――それだけのことなのでございます」

「その男のアドレスはわかっているかね?」

「わかってはいますが、それが役に立たないのでございます。ここになっていましたのですから――ヒマラヤ・クラブ気付に」

「回送先がありそうなものだが?」

「それがございませんのです。入会されてから、ここでおすごしになった最後の晩まで、ケンドリック様宛てのお手紙は一通もまいりませんでした」

ちょうどそのとき、トニイ・クラグホーンが勢いこんで飛びこんできた。

「ビル、エンゼル・バックを調べたぞ」

「全部をかね? こんなに早く?」

「一組ごとに一、二枚ずつ調べればよかったのだ。全部印がついていたぞ」

彼は、この発表がセンセーションをまき起こすものと予想していたのだが、失望に終わった。

「そうだろう。ぼくもその報告は予期していたよ」ビルはおちつきはらって答えた。「きみの調べているあいだに、こちらも忙しかったぞ」

トニイは残念さをのみこんで、「どんな結果になった?」ときいた。

「トニイ、ぼくは袋小路にはいりこんでしまったよ。多少探り出したことはあるんだが、それが役に立たないときている――これっぽっちもね。行きづまりだよ。手がかりがますます有望になってきたと思ってたどって行くうちに、万策尽きてしまった」

「ぼくに手伝わせさえすれば、そんなことは起きなかったのだがなあ」とトニイは言ってのけた。

「たぶんね。たぶん」

「いまでもまだおそすぎはしないよ」とトニイは誘いこむように言った。

ビルは苦笑いを浮かべた。「わかったよ、トニイ。アシュリイ・ケンドリックという男をつかまえるにはどうすればいいか、教えてくれ」

「アシュリイ・ケンドリック？　アシュリイ・ケンドリック？　ああ、あの男なら、もう何カ月もここへはきていないよ」

「そんなことは知っているんだ」

「直接本人をつかまえる方法は知らないが、あの男のいちばん親しくしていた人間なら、紹介してあげられる」

「やはりこのクラブのメンバーなのかい？」

「以前はそうだった」とトニイは答えた。「ヴェンナーという男でね、いい人物なんだが、あんな不運なやつはなかったなあ」

ビルはちらと執事のほうへ目を向けた。「その名前はさっきの来なくなっているメンバーの表にはいっているのかね？」

「はいっております」

「――だが、勝った人間の表にはないんだね？」

「ございません。クラグホーン様のおっしゃったとおりに、ヴェンナー様は――運の悪いお方でした」

ビルははっとしたように息を吸いこんだ。「もしかすると……もしかすると……その男の不運は、エンゼル・バックが不足しかかったころに始まったのじゃないかね？」

執事はどきりとした。「そう言われてみますと、そのとおりでした」

ビルはぱっと立ちあがったと思うと、いつもに似合わない興奮ぶりで、両腕を頭の上で振りまわした。

「ぼくはなんというばかだったのだ！　なんというとんまな、抜け作だったのだ！　ひと目で見てとれたはずじゃないか！　すぐに想像がついたはずじゃないか！　あれほどはっきりと目の前にぶらさがっていたのになあ！」

トニイはぜんぜんわけがわからなかったし、友人の熱狂ぶりに加わろうともしなかった。

「ぼくにはきみの言っている意味がさっぱりわからないよ」

「ヴェンナーがいっさいを説明していることが、きみにはわからないのかい？」

トニイは多少非難をこめて、友人の顔を見つめた。

「ビル、ぼくのいる前でヴェンナーの悪口を言うのは、つつしんでくれ！　あんな好人物はちょっとないくらいなんだから――幸運には見はなされたにしてもね。どういうわけであの男がいっさいを説明していることになるのか、ぼくにはわからないいな」

ビルは超人間的な努力で表情をおちつかせ、もう一度椅子に腰をおろした。「トニイ、すまなかった。ぼくは熱狂しすぎたかもしれないね。それにしても、ヴェンナーのことを話してくれよ。その男のことを、なにもかも、聞かせてくれないか?」

トニイはどこまでももったいぶった。「ぼくには、ヴェンナーがこの事件に関係があるとは思えないがね」

「きみが思えなきゃ、思えないでいいよ」ビルはいらだたしさを抑えるのがやっとの思いだった。「とにかく、ぼくの知りたがっていることを教えてくれ」

トニイは、長らく友人の権威に服従してきたおかげで、友人の要求をはねのけるのが容易ではなかった。

「もしきみがあくまで知りたいと言うのなら――」

「まさにそのとおりなんだ」

「それなら、話してやることにしよう。だが、まえもってことわっておくが、ぼくの話はきみの役にはぜんぜん立たないよ」彼は執事に探るような目を向けた。「これは他へはもらしてはならない話なんだぞ。この三人だけの胸におさめていなきゃいけない」

「わたしはひとこともらしはいたしません。ですが、もしわたしがいないほうがよろしいのでしたら――」

トニイは鷹揚《おうよう》に首を振った。

「こちらもきみに疑いをかけたりしたのだから、きみにも聞く権利がある」

彼はパーミリーのほうへ向きなおって、始めた。「ヴェンナーはほぼ一年まえにクラブに加わった――りっぱな男だ――爪のさきまで紳士だ」
「つづけたまえ」
「彼はポーカーをやった。ぼく自身も幾度となく相手になったことがあった。めったに大きな金を賭けて勝負をすることはなかった――つまり、最初のうちはね。公平なゲームのやり方をしていた――成績も五分五分よりは少しましというところだったろう。ところが、不運なことに、ケンドリックに出あった。

もちろん、ぼくが言うまでもないことだと思うが、ケンドリックはまれに見るポーカーの達人だった。相手の考えていることが読みとれるのかと思うような男だった。いつも大きな賭けの勝負をし、賭けが少ないと見向きもしなかった。ヴェンナーはケンドリックに会って、この男に魅せられた。自分でゲームをやるのをあきらめて、ケンドリックの戦いぶりを見物した。いつもこんなすばらしい観物《みもの》はないと言っていた。ケンドリックのほうでもそれを喜んでいた。ケンドリックはいつもヴェンナーのために、自分のそばの椅子をとっておいてやった。

ふたりはひじょうに仲のいい友だちになった。別々にいるところなんか見たこともないほどだった。ケンドリックはヴェンナーに教えこみたがったらしいのだ。ヴェンナーの目はケンドリックから離れたことがなかった。勝負が終わったときにも、ふたりはいっしょに帰っていった。ケンドリックはたいていこのクラブに寝泊まりしていたのだが、たしかヴェンナーも一時はケンドリックの部屋に同居していたように思う。

そのうち、ある晩、ケンドリックが姿を見せなくなった。ヴェンナーはまるでこの世の最上の友でも失ったようなようすだった。ケンドリックがしじゅうゲームをしていたテーブルのまわりをうろうろしていた。いつケンドリックがはいってこないとも限らないと思うのか、戸口から目を離さなかった。会う人ごとに、ケンドリックを見なかったかとたずねたりした。

一週間ばかり、ヴェンナーは見張っていた。われわれの幾人かも、ことによるとケンドリックは凶行にあったのかもしれない、と言ったりした。そのうちには彼も、ケンドリックはもうこの世にいないものとあきらめた」

パーミリーの目は空間を見つめていた。

「そのときなんだね、ヴェンナーがケンドリックに代わって勝負をしだしたのは――大きな勝負をねえ？」

「そうなんだ。愚かな話なんだが、ヴェンナーは、ケンドリックのあとが継げるほど、じゅうぶんに教えこまれていると思ったらしい。また事実あとを継いだ――ひと晩かそこらはね。彼は勝った――大きな勝ち方をした――と思うと、運が変わってきた。ひと晩は勝ったと思うと、その次の晩には二倍も負けた。千ドル勝てば、三千ドル負け、二千ドル勝てば、五千ドル負ける、というふうだった。

ぼくはやめるように説いた。何度も説いたのだが、あの男はいつも、通常の礼儀上からも止めるわけにはいかないと答えるのだ。ほかの者たちには勝っているのだから、公平さを保つためにも、その連中に復讐《ふくしゅう》の機会を与えてやらなきゃいけないと言ってね」

トニイはちょっと言葉を切り、おもおもしくうなずいた。

「ヴェンナーはそういうことをやったのだ、騎士的でもあれば、紳士的でもあった、正気じゃないよね。きみはそうは思わないかい？」

ビルは執事のほうを向いて、「きみはどう思うね？」ときいた。

「わたしは、二十八年間このクラブに勤めていますうちに、時にはなにも考えないほうが利口だということを学びました」

ビルはうなずいた。「きみがどうやって二十八年間も勤務してきたかがわかるようだよ」彼はトニイのほうを向いた。「きみの話を片づけてくれ」

トニイは声を低めた。「これから語ることは、秘密にしておいてもらいたい部分なのだ。ヴェンナーは負けた。ヴェンナーは持っていた金を一銭残らずとられてしまった。クラブへ来ることもやめなければならなくなった。会費未納で掲示板にも名前を出された」

「いまはどこにいるんだね？　何をしているんだね？」

「だれにも言わないでくれるだろうね？　ヴェンナーはすっかりおちぶれたのだ。いまでは、ある安っぽい料理店のウェイターの職につくしかないことになり、おかげでぼくも、時おりそこで食事をして、腹をこわされているしまつなのだ」

パーミリーは相好《そうごう》を崩し、友人に感謝の視線を投げた。「トニイ、おかげで参考になったよ！　きみの想像もつかないほど参考になったよ」彼は立ちあがり、茶目っ気たっぷりに執事に目くばせした。「きみは謎ときはうまいかね」

「どういう謎でしょうか?」

「むずかしい謎だぞ。とけるかどうかやってみたまえ」彼はもったいぶった口調で問題を提出した。「ここにひとりの農夫がいて、年は二十五歳、コネチカットに住んでいる。その男が正午の列車でニューヨークへ行き、ヒマラヤ・クラブで午後をすごし、ついで、がんじょうな胃の持ち主だけに、ある安っぽい料理店で夕飯を食った、とするとだね――そのときのウェイターの名前は何か?」

「ヴェンナーです」と執事は即座に答えた。

「きみを優等生にしてやるぞ」とビルは言った。

7

パーミリーと、すっかり煙《けむ》に巻かれた彼の友人とが、八番街の北よりにあるうすぎたない二流の料理店へ出かけていき、そこでヴェンナーという名前のウェイターに会い、そのヴェンナーを、店内の個室に閉じこめて、罪を追及しないという約束で気を楽にさせ、金額をしだいにつりあげていってその堅く閉ざした口をゆるませ、いっさいをしゃべらせているあいだに、われわれのほうは時のページを二年ばかり逆にくり、ある世にもまれな物語の発端にさかのぼることにしよう。

その日は耐えがたいほど蒸し暑かった。幾層もの熱せられた空気が、まるで、タールでも上ってゆくようにうねりくねりながら、焼けつくような街路からのろのろとただよい上がった。アスファルトそのものもゴムのように柔らかくなっていた。雨の降らない日が一週間つづいたあとの息づまるような土埃《つちぼこり》が待ち伏せていて、それでなくても苦しんでいる人間の喉《のど》に襲いかかった。無数の窓口では、生気のないゼラニュームが無慈悲な陽光に照りつけられ、うなだれ、しおれていた。

街路と同じ平面に寒暖計を置いたとしても、温度は九十度（摂氏三十度）をじゅうぶん超していたにちがいなかった。同じ寒暖計を、近くの安アパートの一つの五階まで持ち上げたとすれば、水銀はますます上って、いちばんてっぺんの、上からはぎらぎらと照りつける陽光に襲われ、下からは焦げるような空気の上昇に襲われる、金属製の屋根のすぐ下では、百度を超す気温を示したにちがいなかった。それだのに、このあたりでもいちばん荒廃したビルディングの一つの最上階の、廊下の端にある地獄のような小部屋で、小さなテーブルの上にかがみこんでいるその男は、気温などという些細な問題には気もつかないほど、仕事に熱中していた。

その部屋の一つしかない窓はしめきられていて、ガラスの内側には石鹼《せっけん》が塗られていたので、通りの向こう側の建物からでも、この部屋の内部はのぞきこめそうになかった。入り口のドアにも鍵《かぎ》がかけてあった——鍵がかけてあるだけでなく、家具のいくつかをその前に移してバリケードがきずいてあった。おまけに、そよ風ひとつ通らないこの部屋の暑さにもかかわらず、その男の横に置いてある携帯用ストーブの上の鍋《なべ》は、さかんに湯気を立てていた。

彼の向かっているテーブルの上には、ボール紙製の箱が——幾ダースも、何十となく——きちんと天井にとどくほど積み上げてあった。彼の右側には、アルコールに似たにおいの、赤味がかった色の液体を入れた受け皿が置いてあった。左側にも、青味がかった色の液体を入れた受け皿がある。彼のすぐ前には、細いラクダの毛製の画筆が六本、ていねいにならべてあった。そして、この気温の上に、ストーブを燃し、部屋をしめきっても、なお暑さが足りないかのように、紐でつり下げた強力な電灯が、その男の手や、彼が夢中になって扱っている品物の上に、目もくらむようなぎらぎらした光を投げかけていた。

彼は立ちあがると、うずたかく積み上げてある紙箱の一つをおろし、煮え立っている鍋の上にたくみにそれをかざして、噴き出している湯気が紙箱のシールにあたるようにした。紙箱はぱっと開いた。彼はこまかな注意をこめてその箱をテーブルの上に置き、中身を出した。それぞれ封がしてある小さな紙箱がちょうど一ダースあった。その封を一つ一つ、噴き出している湯気にちょっとあてた。すると、たちまち封ははがれた。

その男はあけた小箱を片側にならべ、自分もまたテーブルの前にすわりこんで、まず、しみがつかないように両手の汗を入念に拭いたうえで、それらの小箱の一つを振って、一組のカードを飛び出させた。

彼はそのカードをテーブルにひろげ、画筆を一本とりあげると、色のついた液体につけて、長い練習を思わせる器用さで、それぞれの札の裏に顕微鏡的な小さな点をつけた。

かりにだれかがその部屋で観察していたとしたら、彼のつけた色がカードの裏の色と完全に合っていることに気がついたにちがいない。

なおふしぎなことには、その小さな点の湿気が乾いてしまうと、よほど綿密に調べないかぎりは、この札に手が加えられたことがわからないことにも気がついたろう。まだ濡れているあいだは、その液体の小さな点が目についていたが、いったん乾いてしまうと、それがじつにきれいにまわりの色彩に溶けこんでしまうので、この秘密を知らない人間には、とうていつけた印があばき出されるとは思えなかった。

この作業のあいだ、その男は札の順序を乱さないように気をつけていた。工場製のカードはきまって同じやり方に積み重ねてあるものなのである。彼は六、七枚の札を綿密に調べ、自分のつけた印が見分けがつかないことをたしかめると、ひと組をきちんと整理し、もとの小箱へ納める。ついで、もう一度その箱のシールを蒸気の上にかざした。彼は蓋をしめ、シールをおさえてもとどおりにぴったり封をすると、出来あがった小箱を片側へ置いた。

テーブルの下に積んである一ダースの大箱は、彼の数週間の労働を表わしていた。体力の許すかぎりの最大のスピードで働いても、彼の生産高は一時間十組を超さなかった——一つの大箱には一グロスの小箱がはいっており、彼の前にうずたかく積み上げてある大箱は少なくとも数百はあった。彼が手を止めて計算してみたとすれば、その計算の結果におじけづいてもよさそうなほどだった。一時間に十組、一日に八十組から百組。いくらうまくいっても、一週間に五グロス以上はできない。そうすると、彼がこの膨大な仕事を完成するまでには、一年近くの月日がかかりそうだった。

おそらくこの男も仕事にかかるまえにそうした計算はしていたのであろう。そのために要する月日を推定し、それだけの月日をかけるだけの価値はあると判断していたにちがいない。というのは、一組を完成して次の組にかかるときにも、彼は一瞬も手を止めなかったからである。彼は手早く、それでいて入念に、鞭を持った奴隷《どれい》使用人に背後からせきたてられているとしか思えないほどの集中ぶりで、仕事を片づけていった。熟練は彼に驚くばかりの技術をもたらしていた。一つのむだな動作もなければ、一つのエネルギーの浪費もなかった。すこしずつ未完成の箱の山は減っていった。すこしずつ完成された箱の山は高くなっていった。

七時かそこらには、彼は石油ストーブを消し、山のように積み上げてある箱の上に、清潔な白いシーツをかぶせて、からだを洗い、身装《みなり》をととのえると、外へ出ていき、ドアには南京錠をかけた。玄関に涼みに出ていた同じ建物のほかの居住者たちは、大股にとおりすぎる彼にいっせいに声をかけた。「今晩は、ケンドリックさん」

「今晩は」と彼も答えて、わき目もふらず歩いていった——角を曲がったところにある軽便食堂へ。

「あの男は何をして暮らしているんだい」と隣人のひとりがたずねた。

「著述家なんだよ」と事情通《つう》の男が教えてやった。

「どういう?」

「文学のほうなんだ。小説や、書物や、物語を書いているんだよ。朝から晩まで部屋に閉じこもって、書いている——書いてばかりいるんだ。あのひとが、おれにそう言った。労働者のように、きちんと時間をきめて仕事をしているんだって」

「そんなのは、仕事じゃない――ただ書いているだけじゃないか」と聞いていた男が批評したが、すぐに言葉をかえて、きいた。「きみはあの男の書いた物をなにか読んだことがあるのかい」

「まだだ。一年間はなにも発表しないつもりだと、言ってた。だが、なにか出版したら、しらせてくれることになっているんだよ」

われわれはその一年の終わりへ一足飛びに行くことにしよう。未完成の箱の山は小さくなって――ついには姿を消した。その狭い部屋には、たとい調べた者があっても、絶対にあけられた形跡はないと断言するに相違ない、ボール紙製の箱がきちんとうずたかく積み上げてあった。国際供給会社――別名ケンドリック――は、べらぼうな安値をつけた優秀なカードの見本を三つのクラブへ送りつけ――それらのクラブはいずれも、高額の賭けが行なわれるのと、縁もゆかりもない人間でも簡単に会員になれるのとで、有名なところだった――けっきょく、ヒマラヤ・クラブに全製品を売り渡す契約をした。

その次の日、この場合のためにとくに雇った荷馬車に、国際供給会社が自ら乗りこんで、印のついたカード数百グロスをヒマラヤ・クラブに引き渡した。

アシュリイ・ケンドリック氏がこの有名なクラブに入会を申しこんだのは、それから一週間もたたないうちだった。

彼は五日後には会員として認められていた。そして一カ月もたたないうちに、ヒマラヤ・クラブのカード・テーブルにも、かつてこれほどのポーカーの達人が出現したことはないと言われるまでになり、彼の著書なり、小説なり、物語なりを読むのを楽しみにしていた彼の以前の隣人たちは、なおしばらくは待っていたが――やがて、彼のことなんか忘れてしまった。

8

賭博師の天国と言えば、しじゅう勝負が行なわれ、大きな金が動き、気前のいい相手がおり、一枚残らず印のついているカードを備えている所、にちがいない。そういう信じられないほど祝福された場所に、いまケンドリックは身を置いたわけだった。それまでに彼はまる一年間働きどおしで計画を練ってきた。まる一年間、自分の貯蓄だけで倹約して暮らしてもきた。したがって、ついにその努力が報われたとしても、当然のことだと彼は思った。

それでも、彼はあまり上手すぎるという失策を演じないようにつとめた。ぜんぜんへまをやらない人間は相手に戦意を失わせるものだが、こちらが時おりたいして損にはならない負け方をしてみせると、犠牲者を大いに勇気づけることになる。使われているカードを一枚残らず知り抜いているケンドリックにとっては、まるで相手の手札がさらけ出されているのと同じくらい簡単に、相手の手を見てとることもできたし、積み札をとる番がくるたびに、とる価値があるかどうかを判断することもできれば、自分で自分に許している以上の勝ち方をすることもできた。だが、ひと晩のうちにすくなくとも一度は、ケンドリックがセンセーショナルな負け方をしない晩はなかったし、ひと続きの勝負のうち、すくなくとも一度は、みんなの注目を集めている勝負に敗北を喫しないことはなかった。それでいて、彼が勝負を始めたときより貧乏になって席を立ったことは一度もなかった。一度として、ゲームが終わったときに、ケンドリックが小切手帳を出さねばならない羽目に陥ったことはなかった。

彼は自分で勝ち高の最高限度をきめて、絶対にその限度を超さないように自制心を発揮した。それでも、その最高限度が相当大きな金額だったので、十日後には前年度の出費をとりもどすことができ、三カ月めの終わりには、彼の銀行預金額は膨大な額に達しかけていた。

四カ月目の終わりには、彼はその最高限度を大きく飛躍させて、銀行預金を二倍にし、五カ月目の終わりには、いっさいの抑制をかなぐり捨て始めた。彼は、腕達者なプレイヤーの集まっているヒマラヤ・クラブですら、その例がないほどの勝ちぶりを示しはじめた。彼は多額の予備金を貯えた。エンゼル・バックが不足しはじめる日に備えて、できるだけかせいでおこうというのが彼の計画だった。

ちょうどそのころだったのである、ヴェンナーがパーミリーに白状したところによると、ヴェンナーが登場してきたのは。

ヴェンナーは、人好きはするが甲斐性《かいしょう》のないろくでなしで、たいした額でもない親譲りの資産も蕩尽《とうじん》し、かぼそい収入源も急速に底をつきそうな状態になっていた。彼はかなりポーカーがうまかった。時にはいんちきをやることも躊躇しなかったが、大いにその不正手段を拡大してひともうけしてやろうという考えを起こし、クラブのカードを半ダース買って家へ持ち帰った。それは、カードに印をつけようという感心な意図にもとづいた行動なのであって、印さえつけておけば、クラブのカードとすり替える機会はあるだろうと彼は思っていた。

ところが、二、三組印をつけた頃になって、彼はこれらのカードにはすでに印がついているという驚くべき発見をした。自分の目が信じられないほどだった。彼は熱病やみのようにふらふらと立ちあがって、箱の封を破りあけてみると、自分よりまえにすでに不正行為の先駆者がいたことがわかった。ヒマラヤ・クラブでほかのカードもこっそり調べてみると、その驚くべき事実が確認できた。

ヴェンナーは小規模ないんちきをやるつもりだった。したがって、こういう巨大な規模の詐欺の実在を知ると、まるで雷にでもうたれたように呆然《ぼうぜん》としてしまった。一瞬彼は、この秘密を知っていれば、自分も好きなだけ勝てると考えた。だが、なお考えなおしてみると、いまこの瞬間にも腕をふるっているに違いないその大胆ないかさま師の手先になるほうが、はるかに少ない危険で、同じくらいのもうけが得られそうだということに気がついた。

数カ月にわたって、ケンドリックはセンセーショナルな勝ち方をつづけた。ヴェンナーは、この男の秘密を見抜いた二十四時間後に、彼と対峙《たいじ》した。

「きみはなにひとつ証明できないではないか」とケンドリックは言った。

「それはぼくも知っている」とヴェンナーは答えた。

「カードに印がついているなどと聞かされて、だれよりもびっくりしているのはこのぼくなんだぞ」とケンドリックは言いたてた。

「それなら、ぼくがこのことをほかの会員にも知らせ、ほかのカードを使わせるようにしても、きみは反対しないかね」

ケンドリックの目が細まった。彼にはわけなしにヴェンナーの腹の底が見抜けた。「でなければ、どうだと言うんだね」と彼はつっこんだ。

「ぼくと山分けにしてくれないか」と、ヴェンナーは声をひそめた。「きみの勝った金の半分をぼくにくれ。そうすりゃ、墓場のように口を閉ざしているから」彼はちょっと言葉をきった。「でなきゃ、きみの秘密をさらけ出してやるぞ。きみが何もかも白状したと言ってやる――」

「だれもそんなことを信じるやつがあるものか」

「そう思うのなら、ぼくの提案を拒絶してみるがいい」

ケンドリックは弱味のある立場にいたし、自分でもそれをじゅうぶん悟っていた。この解決方法はすぐに彼の頭に閃《ひらめ》いた――ヴェンナーの条件を受け入れたように見せかけておいて、永久に現場から姿を消すことだった。だが、この方法にはいやになるほど明白な弱点があった。ヴェンナーが恨みに駆られて警察に訴え、彼の行くえを捜索させないとも限らなかった。してみると、ヴェンナー自身もすっかり泥にまみれさせるまで待つほうがよさそうだと、彼は即座に判断した。ヴェンナーを共犯にまきこみ、秘密をもらせば自分の自由も危うくなる状態に陥れておいてから逃げるほうがいい。それに、かりに今後は勝った金を分けてやらねばならないにしても、短い期間に――たとえば二、三週間のうちに――相当の金が貯められるかもしれない。

彼は心をこめてヴェンナーの手を握った。

「きみはぼくの気にいったよ。きみの提案を受け入れることにする」

ついで、短いあいだではあったが、興味のある期間が始まった。そのあいだ、トニイの話によると、ヴェンナーはケンドリックのそばにすわって、その勝負を見学していたらしいことになっているが、ヴェンナー自身の白状したところによると、彼は共犯者に分け前をごまかされないように、勝った金額を正確に見とどけようとして、鷲《わし》のような目をして勝負の成り行きを見まもっていたのだそうであった。

それから数日後には、ヴェンナーは自分のほうから押しかけていって、ケンドリックの部屋に同居するようになった。そのほうがケンドリックの動静をつぶさに見張っていることができたからだった。こうして、短くはあったが幸福な二週間のあいだに、ヴェンナーの収入はどっとふえた。彼は服装をいっさい新調し、品物は小さくても金のかかる、スカーフピン収集の道楽を始めた。彼は自動車にすら目をつけた。生活事情が改善されてきたおかげで、自動車だって買えそうに思えたからだった。

そのうちに、ヴェンナーが重役会議を召集して、今後はケンドリックに、そのもうけの半分ではなく、四分の三を支払わせる決議をさせた日の夕方に、当の抜け目のない賭博師は姿を消してしまった。ヴェンナーは心配した。相棒が凶行にでもあったのだろうと正直に信じた。ところが一週間後に、メキシコへ向かう途中に出された手紙が真相をしらせてきた。ケンドリックは永久に姿を消したのだった。いままでに勝った金だけで余生を安楽に暮らすにはじゅうぶんだった。彼は、ヴェンナーのような好ましい男とでも、自分のもうけを分けあって暮らそうとは提案していなかった。それにしても、彼はヴェンナーに祝福を送り、自分がメキシコへ持ってきている、ヴェンナーの収集したスカーフピンをほめたたえる言葉も書き添えていた。

ヴェンナーはたちまち窮境におちいった。収入は消え去ったが、支出は続いていた。だが、エンゼル・バックが救いの神になってくれる見込みはあった。

彼はケンドリックに代わって大きな勝負に加わり、二晩は大きく勝った。三日目の夜には、思わずはっとさせられたことには、見慣れない型のカードが使われた。おかげでヴェンナーは、専門家になれる資格のあるような連中を相手にして、正直なポーカーを戦わせられ、まえの二晩で勝った分にまだ付けたさねばならないほどの負け方をした。

四日目の夜には、エンゼル・バックにもどったので、ヴェンナーも成績がよかった。だが、五日目と六日目の夜には、ほかのカードを出され、その結果は惨澹《さんたん》たるものであった。

その後は、まるで悪夢のような様相をおびてきた。ヴェンナーは借金をした。気が向こうと向くまいと、ポーカーをやるしかなかった。おまけに彼は急に、ケンドリックが当面していたよりもはるかに危険な情勢に、当面させられることになった。エンゼル・バックが不足してきて、他のカードが代用されるようになったために、ヴェンナーがエンゼル・バックのときには必ず勝ち、ほかの場合は全部負けると、やがてはその事実が、鋭敏な観察者の注意をひくおそれが生じた。

そうした場合のことや、いろんな恐ろしい情景が頭に浮かんできて、彼は、夜も眠れなくなった。エンゼル・バックをもっと仕入れ、印をつけてもちこんではどうかとも考えてみた。だが、この型のカードはどんなに高く出しても手にはいらなくなっていることがわかった。かりに手にはいったにしても、それをクラブへ持っていったのではあやしまれるにきまっていた。

彼は、クラブがエンゼル・バックの代わりに出しているカードに、印をつけようかとも考えた。だが、ゲーム中に全部をすり替える手さきの早わざはとうてい自分などのできることではないと悟った。以前ちょっとしたいんちきをやっていたころには、彼も時おりいかさま札のもちこみとして知られている、不正手段をやったことはあった。だがそれは、賭けの金額もすくなく、見物人もいない勝負だったからこそできたことだった。いまのように、二十人以上もの人間に注視されながら、大きな賭けの勝負をやっているときには、彼なんかよりもはるかに手練を積んだいかさま師でもなければ、そんなことができるものではなかった。

悪夢のような一週間のあいだ、ヴェンナーは地獄の苦しみをなめた。ケンドリックと同じように、彼も神々のお助けで印のついたカードがテーブルに出されたばあいは、自分の勝ちを制限するほうがいいと考えた。ところが、ケンドリックとはちがって、彼はあまりにもしばしばなじみのないカードで戦わせられたうえに、そのばあい、自分の負けを制限するなんてことは不可能だった。

その一週間のあいだに、彼は過去のいっさいの罪の倍にも当たりそうなほどのつぐないをさせられた。毎夜、心は苦悩にのたうっていながら、外面をつくろい、陽気そうな笑顔をしていなければならず、エンゼル・バックを出された場合にも、あまり勝ちすぎては疑惑を招くと思い、つぎつぎと大きな勝ちを見すてねばならない。それでいて、別のカードを出された夜には、いつもの勝負のしかたを変えるわけにもいかなくて、大きな負け方を――破滅的な負け方をするしかない。こういう苦しい日々を過ごさせられたのでは、ヴェンナーの頭が狂ってきたのもむりはなかった。

彼は乱暴な、無鉄砲な勝負の仕方をすることになった。ひとの心理を見抜くことに機敏な彼の相手は、その変化を感じとった。二晩連続した勝負で、彼はまる裸にされてしまった。最後の一本のたばこをとりあげることは礼儀上許されないが、最後の一ドルの金をまきあげることは礼儀も禁じてはいない。相手は彼に対してぜんぜん慈悲をかけてはくれなかった。ヴェンナーが最後にヒマラヤ・クラブを出ていったときには、友だちからは借りられるだけの金を借りているうえに、なにひとつ財産もなければ、ポケットも空っぽだった。

以上のことは、パーミリーとクラグホーンが、八番街の北よりの、薄汚ない二流の料理店でウェイターをしているヴェンナーという男の口から、最初はぽつりぽつりと、しまいには感情に駆られて水の流れるように、語って聞かされた話の内容であった。

9

ビルがようやく口を開いたのは、ふたりが料理店を出て、山手のほうへ三十分ばかりきた後のことだった。トニイは、生まれてはじめて完全に打ちのめされた形で、黙りこくってそばを歩いていた。

「ぼくらは、最初、ロイ・テリスがブリッジでいかさまをやったかどうかを調べることから、手をつけたのだったね？　あれからずいぶん長い道をたどってきたと思うと、おかしくなってくるなあ！　テリス――エンゼル・バック――ヒマラヤ・クラブ――ケンドリック――ヴェンナー――」

「あいつの名前なんか口にしないでくれ！」とトニイは言葉を挟んだ。

「なぜだい？」

「ぼくは、あいつのためと思って、胃を悪くするのもがまんしてきたと思うと、あいつに同情して、すくなくとも一週間に一回はあのごみごみした料理店で食事をしたと思うと！　ちぇっ」

「ヴェンナーのほうがずっとみじめじゃないか？　きみは客として行ったわけだが、あの男はあそこのウェイターなんだからね」

「当然のむくいだよ！」

「おそらくはね、おそらくは。天の配剤《はいざい》というか、何というか、勝負に不正を犯した者はけっきょくその報復をうけるようになっているものだよ。ヴェンナーもつぐないをしているんだ——大きなつぐないをしているんだ。トニイ、きみも人間らしさを持っているのなら、一週間に一度はあの料理店で食事をしてやるほうがいいぞ」

「なぜだい？」

「いつかはきみの力でヴェンナーを正しい道につかせてやれるかもしれないし、それが、きみがこの世に負うている負債を支払う方法でもあろう。そうは思わないかい、トニイ？」

「そうだなあ——考えてみることにしよう」

ビルはそれがいいと言うようにうなずいた。「つぐなうのだ！　つぐなうのだ！　人間はつぐないを免れられるものではない」

「それなら、ケンドリックはどうだい？」

「あの男だって例外ではあるまい。あれだけのめざましいことをやってのけるまえに、一年間、奴隷のような暮らしに耐えてきたことを考えてみたまえ。あれだけの精力を正直な仕事に向けていたら、いまごろはたいしたことをやりとげていたはずだし、どんなにりっぱな地位につけていたかもしれないじゃないか」

「あいつはメキシコで贅沢《ぜいたく》に暮らしているんだぜ」

「さよう、おそらく半年ぐらいはね」

「生涯暮らせるぐらいな金は勝っているよ」

「賭博師にはそういうやつが多いが、どういうわけかその金が長続きしないのだ。あんなふうにして作った金は絶対に長続きしない。天使と同じで――堕落した天使とね――そういう金には翼がある。正直な人間は自分の資産を護るために警察の保護を求めることができるが、ケンドリックにはそれができない。その事実を探り出されたとなると――場所がメキシコだからね――あの男にどれだけの機会があると思う？」ビルは激しく首を振った。「どうにもなるものか。あのふたりのうちでは、ぼくはヴェンナーのほうが運がいいと思うよ。ヴェンナーは現に生命をつないでいるからね。ケンドリックのほうは、ぼくはいまこの瞬間に二倍賭けてもいいが、生きてはいなかろう。あれだけ苦労して作った金だから、生命のあるあいだは手放すまいからね。ところがメキシコでは、人間の生命は安い――おそろしく安いんだ」

「そうかもしれない。そうかもしれない」とトニイも言った。彼はちょっとのあいだしきりに考えこんでいるようだったが、やがて友人のほうを向いた。「ぼくは、なぜきみがこの事件にこんな興味をもったのか、最初からふしぎでならなかったのだよ。どういうわけだったのだね？　冒険好きからかい？」

「六年間も放浪生活をしてきた人間が、まさかね」

「それじゃどういうわけだったんだね？」

ビルは愉快そうににやりと笑った。「けさ、きみに話したとおりに――あれはずっとまえのことだったような気がするね――きみの名誉を護ってやりたいという友情から出た希望以外には、なにもなかったのだ」

「ぼくの名誉?」トニイは信じられないように、おうむ返しにつぶやいた。「それだけだったのだ。テリスはきみに恥をかかされたあとで、ふと、きみがぼくの弟子だったことを思い出して、文句を言いに本拠へまっすぐ乗りこんできた」

「あの男がきみの所へ行ったのだって?」トニイはあえぐような声を出した。

「ぼくの言った意味はそういうことらしいな」とビルは肯定した。「テリスは無実だった。きみにもいまはそれがわかったはずだ。あの男には最初からわかっていたことだし、ぼくにもすぐに納得がいった。テリスは冤罪をすすぎたいと考えていたが、それだけがあの男の望みではなかったのだぞ。あの男は、もしあのカードに印がついていたとすれば、きみがやったことにちがいないと信じこんでいて、きみを——きみだけじゃない、きみの友人たちも——刑務所入りさせるつもりだった！　あの男は利口な人間だし、すばらしく回転の速い頭の持ち主だから、ぼくがこの事件を引き受けていなかったら、いまごろは形勢を逆転させて、きみを不利な立場に追いこんでいたにちがいないのだ！」

トニイの顔は紫色になった。「だってぼくは無実だ！　きみだってそれは知っているじゃないか」

「ところが、それを証明することがすこぶる困難な場合もあるんだぞ、トニイ。現にテリスは無実だったが、彼はそれを明らかにすることができなかったじゃないか」

トニイはごくりとつばをのみこんだ。「ぼくの友人たちも、当然テリスにはじゅうぶんに謝罪しなきゃならない」

「もちろんのことだよ！」

「そのほうは、いずれぼくの手でなんとかするつもりだ。ところで、その話のついでだが、きみがテリスに要求する謝礼のほうも、ぼくから払わせてもらおう」

「そうするのが公正な態度だね」

「それからきみの出費もね。いくらになろうと、ぼくが弁償するよ」

ビルはにやりと笑った。「それならね、きみも聞いたはずだが、ぼくはヴェンナーに、事実を話してくれたら、百ドルやると約束しているんだ」

「それはぼくが払おう」

「それじゃ、小切手を書いてやるときに、書きまちがえて、最後に0を一つ余分に加えてくれないか」

「どういうわけでそんなことをしなきゃならないんだい？」とトニイは抗議した。

「べつに理由はないんだがね、ぼくの感傷癖だよ。百ドルで——ただの百ドルばかりで——ヴェンナーが魂をさらけ出して見せたかと思うとね。自分の魂がすくなくとも千ドルの値うちはあるのだと信じさせて、多少はあの男に自尊心を回復させてやりたいんだよ」

トニイはうなずいた。「きみの気持ちは了解した。小切手は千ドルとなっているようにしておく。そこで、今度は謝礼だ」

「そのほうは高くつくぞ」

「それはぼくも予期しているよ」

「テリスも、それは予期していた。すばしこく頭の働くやつだよ！　ぼくを満足させるだけのじゅうぶんな金を用意したくて、きみの友人たちに弁償させることを主張した」

トニイはにっこりした。彼の財政は、この友人の模範に従って、見物しているだけで賭けごとには手を出さなくなって以来、好転してきていた。彼の銀行預金は多すぎるほどの額になっていたので、それを思うと、心が楽しかった。

「ビル、ぼくは聞かされて、きもをつぶすような人間じゃないよ。きみの望むだけを言ってくれ」

「きみにはつらいことになるぞ」

「つらくても、当然のむくいだよ」

「オーライ、それじゃ言うぞ」ビルは、片手をさし出した。「ぼくにはエンゼル・バックを五十二枚支払ってくれ──五十二枚の印のついたカードを──五十二の堕落した天使をね。記念品としてぼくの寝室の壁にずらりとピンでとめておくことにするよ」

【作者付記】　この話の中心になっている挿話は、ちょっとありそうにもない事件のようだけれども、有名なロベール・ウーダンの語ってくれた事実にもとづいたものなのである。
ビアンコというスペイン人いかさま師が、おびただしい数のカードに印をつけ、それをもとの箱に納めて封印をしなおし、ハバナのクラブに格安の値段で売りつけた。本人もそのカードの後を追ってキューバに出かけ、賭け勝負で多額の金を稼いだ。

すべてはつごうよくいっていたのだが、そのうちに、フランス人でラホルカードというかさま師が、自分用にカードに印をつけようと考えて、幾組かを家へ持って帰ったところ、驚いたことには、すでにそれらのカードには印がついていることを発見した。ビアンコがセンセーショナルな勝ち方をしていることは知っていたので、ラホルカードはすぐにあのスペイン人が犯人だと悟ったが、その罪をあばくことはしないで、もうけの分けまえをくれと申し込んだ。

この提案にビアンコは不承不承従ったが、数カ月後には、いやになって姿を消した。とり残されたラホルカードは自分だけでなんとかやっていっていたが、もともとビアンコほどの手練は持っていなかったので、いんちきを見破られ、逮捕された。裁判では、彼がカードに印をつけたのでもなければ、そういうカードをもちこんだのでもないことが証明された。彼がカードに印がついていると知っていたことを立証することも不可能だった。そこで検事側が敗れ、ラホルカードは無罪になった。

ついでラホルカードも姿を消し、彼もビアンコもその後はぜんぜん消息がわからなくなった。

夜鶯荘

アガサ・クリスティ
中村能三 訳

Philomel Cottage　一九二四年

アガサ・クリスティ Agatha Christie (1890.9.15-1976.1.12) はいうまでもなく、第一級のイギリス女流作家。多数の長短編の大部分が、いわゆる謎ときの本格小説だが、本編のようなすぐれたクライム・ストーリーも書いている。クリスティ短編の代表作である。

「いってくるよ」

「いってらっしゃい」

アリクス・マーティンは低い丸木づくりの門によりかかって、村のほうへ歩いて行く夫の後ろ姿を見おくっていた。

まもなく夫は角をまがって見えなくなったが、アリクスはなおも同じ格好のまま、顔にみだれかかったゆたかな茶色の髪毛《かみのけ》を、ぼんやりとなであげ、夢のように、遠いところを見つめるような目をして立っていた。

アリクス・マーティンは美しくはなかった。はっきり言うと、かわいくもなかった。しかし、花のさかりをすぎたその顔は輝きとやさしさをおび、昔、会社につとめていたときの同僚には、ほとんど見わけがつかないだろうと思われるほどだった。未婚時代のアリクス・キングは、てきぱきした、物腰がちょっとそっけない、あきらかに有能で実際的できちょうめんな、事務的な女であった。美しい茶色の髪をしていたが、ちっともかまわなかった。口は線がきついというほどではないが、いつもきっと結んでいた。着ているものはこざっぱりして、よくからだに合っていて、コケティッシュなところはみじんもなかった。

アリクスはきびしい学校で資格をとった。そして、十八の年から三十三まで十五年間、速記タイピストとして自活して来た（そのあいだの七年間は、病気の母を養って）。彼女の娘らしい顔のやわらかな線がかたくなったのは、生きるための苦労のせいであった。

じつをいえば、ロマンス——といったようなもの——がないではなかった。相手は同じ会社の社員のディック・ウィンディフォードであった。根はごく女らしい心をもっていたアリクスは、彼が自分を好きなことを知らないようでいて、まえから知っていた。うわべは、ふたりはただの友だちで、それ以上ではなかった。ディックは安い給料のうちから、むりをして弟を学校にやっていた。さしあたり、彼には結婚など考えもおよばないことであった。それにもかかわらず、アリクスは将来を考えるとき、自分がディックの妻になることを、すでになかば既定の事実と思っていた。ふたりは愛しあっているのだから、彼女はそのことを口に出して言おうかと思ったが、彼らはふたりとも分別のある人間だった。時間はたっぷりある。なにもあわてる必要はない。こうして年月がたってしまった。

ところが、とつぜん、アリクスは、思いもかけず、毎日のしんきくさい仕事から解放されることになった。遠い親戚《しんせき》が死んで、アリクスに遺産をのこしてくれたのである——数千ポンドで、年に二百ポンドくらいの収入はじゅうぶんあった。これはアリクスにとって、自由、生活、独立を意味した。これで、彼女とディックは、もはや待つ必要がなくなった。

ところが、それに対するディックの態度は思いがけないものであった。それまでの彼でも、あからさまに愛情をうちあけたことはなかったが、それがいっそうそうした傾向になった。彼はアリクスを避け、不機嫌で憂鬱《ゆううつ》になった。アリクスにはすぐにその理由がわかった。彼女が金持ちになったからだ。気がねと誇りとで、ディックはかえって結婚を申し込めなくなったのである。

彼女はそのためべつに彼がきらいになったわけでもなく、事実、自分のほうから話をすすめてはどうだろうと考えているとき、またもや思いがけないことに見舞われた。

友人の家でジェラルド・マーティンに会ったのである。彼はむちゃくちゃに彼女に惚れこみ、一週間とたたないうちに、ふたりは婚約してしまった。かねがね、自分のことを「恋愛なんて柄にない女」だと思っていたアリクスは、みごとに陥落してしまったのである。

意識せずに、彼女はまえの恋人の目をさまさせることになった。ディック・ウィンディフォードは怒りで口もきけないほどになって、彼女のところに来た。

「あんなやつ、きみにとってはまるで見も知らない男じゃないか。どんな素姓か、知れやしないじゃないか」

「あたし、自分があの人を愛していることは知っているわ」

「どうしてそんなことがわかる――一週間で？」

「女を愛していることを知るのに、だれでも十一年間もかかるわけじゃありませんよ」とアリクスは腹をたててどなった。

ディックの顔はあおくなった。

「ぼくは、きみに会ってから、ずっときみを愛していたのだ。そして、きみも愛していてくれると思っていたよ」

アリクスは正直だった。

「あたしもそう思っていたわ。でも、それは、愛というものを知らなかったからだわ」

ディックはふたたび激情をぶちまけはじめた。懇願、哀願、そして脅迫さえ——自分をおしのけた男にたいする脅迫。アリクスにとって、自分ではよく知っているつもりの男の、控えめな外観の奥にひそんでいた火山が爆発するのを見るのは、驚異であった。それと同時に、彼女はすこしこわくなった……もちろん、ディックがあんなことを本気で言うはずはない、ジェラルド・マーティンに復讐するなんて。ただ怒っただけなのだ……

いま、こののどかな朝、門によりかかっていると、彼女の心は、ディックと会ったそのときのことにもどって行った。結婚して一カ月たったが、彼女はおだやかな幸福にひたっていた。それでありながら、彼女にとってはすべてである夫が、ちょっとでも留守をすると、彼女の完全な幸福のなかに、かすかな不安がしのびこんでくるのであった。そして、その不安の原因は、ディック・ウィンディフォードであった。

結婚して以来、彼女は、三度同じ夢をみた。周囲の状況はちがっていたが、おもな事実は、三度とも同じであった。夫が死んで横たわっていて、ディックがかぶさるように立っている。そして、ディックがその手で夫を殺したことを、彼女ははっきり知っている、といった夢であった。

それはおそろしい夢にはちがいなかったが、もっともっとおそろしいことがあった——目をさましたときのおそろしさである。なぜなら、夢のなかでは、それがじつに自然で、当然のことのように思われたからであった。彼女、アリクス・マーティンは、夫の死をよろこんでいるのだ――その殺人者にむかって、感謝の手をさしのべ、時には、口でもそう言うことさえあったのだ。夢の終わりはいつでも同じであった。ディック・ウィンディフォードの腕に、しっかと抱きしめられるのである。

この夢のことを夫にはなにも話さなかったが、心の奥では、自分で思っている以上に悩まされていた。これは警告ではあるまいか――ディックに気をつけるようにとの警告ではあるまいか。彼はなにか秘密の力をもっていて、遠くから自分をあやつろうとしているのではあるまいか。彼女は催眠術のことはあまりよく知らなかったが、人間は意志に反して催眠術にかけられるものではないことを、たしかに聞いたおぼえがあった。

家のなかで、けたたましく電話がなったので、アリクスはもの思いからめざめた。そして、家にはいり、受話器をとった。急に彼女はよろめき、手をのばして壁でからだをささえた。

「どなたでございますか」

「おや、アリクス、どうしたんだい、その声は。気になるね。ディックだよ」

「まあ！　どこに――どこにいらっしゃるの？」

「〈トラヴェラーズ・アームズ〉だよ――正式にはそういう名なんだろう？　それとも、自分の村にそんな宿屋があるのを、きみは知らないのかい。休暇で来たんだよ――ちょっと釣りでもしようと思ってね。今夜、夕食後、おふたりをたずねて行ってはいけないかい」

「だめよ」とアリクスは強く言った。「来ちゃだめだわ」

ちょっと黙っていたが、すぐにまたディックが言った。その声にはそれと気づかないほどの変化があった。

「これは失礼したね」と彼は固苦しく言った。「もちろん、おじゃまするつもりなんか——」

アリクスは急いで口をはさんだ。ディックはあたしの態度を変におもったにちがいない。事実、変だったんだから。頭がめちゃくちゃに混乱していたのだ。あたしがあんな夢を見たのは、なにもディックのせいじゃないのだ。

「そうじゃないのよ、ただね、あたしたち——今夜は約束があるのよ」と彼女は、できるだけ普通の声をだそうとつとめながら説明した。「どう？——あすの晩に食事に来てくださらない？」

しかし、彼女の語調に誠意がこもっていないのを、ディックははっきり察知したらしかった。

「ありがとう」と彼はまえとおなじように固苦しく言った。「だが、あすにも帰るかわからないんでね。友だちが来ることになっているので、そのときしだいなんだよ。さよなら、アリクス」彼はちょっと間《ま》をおいて、それから、いままでとはちがった調子で、いそいで言いそえた。「ごきげんよう！」

アリクスはほっとした気持ちで受話器をかけた。

「ディックをこの家に来させるわけにはいかない、なんといっても来させるわけにはいかない」と彼女は心の中で幾度も言った。「まあ、なんてあたしはばかなんだろう。ひとりでこんなことを考えて。でも、やっぱりあの人は来ないほうがいいんだわ」

彼女はテーブルのひなびた麦わら帽子をとりあげ、また庭にでるとき、ちょっと足をとめ、ポーチに彫りつけてある標札を見あげた。〈夜鶯荘〉

「おもしろい名前じゃないの」と彼女は、結婚まえだったが、あるときジェラルドに言ったことがあった。彼は笑ったものだった。

「きみはロンドンっ子だろう」と彼はいとしげに言ったものだった。「夜鶯の声なんて聞いたことはないはずだよ。でも、聞いていてくれなくて幸いだ。夜鶯というのは、恋人のためにだけ歌うべきものだよ。これからは、夏の宵など、外で歌っているのを、ふたりいっしょに聞けるね」

そして、ほんとに夜鶯の歌を聞いたときのことを思いだし、わが家の玄関にたって、アリクスは幸福に顔をあからめた。

〈夜鶯荘〉を見つけたのはジェラルドであった。彼は興奮にはちきれそうになって、アリクスのところに来たものだった。ふたりにとって、まさにうってつけの場所――すばらしい――かけがえのない――一生にまたとない機会――を発見したと言うのであった。そして、アリクスもそれを見ると、心をうばわれてしまった。場所はすこし寂しいといえば寂しかったが――いちばん近い村から二マイルはなれていた――古色蒼然とした外観、がっしりして気持ちのいい浴室、温湯設備、電灯、電話などがあり、家そのものはひじょうに凝《こ》ったものだったので、彼女は見た瞬間からその魅力にとらわれてしまった。すると、障害が生じた。持ち主というのは金持ちで、この家を気まぐれでたてたのだが、貸すのはいやだ、売りたいのだと言うのだ。

ジェラルド・マーティンは相当の収入はあったが、資本にまで手をつけるわけにはいかなかった。出せる金は千ポンドがぎりぎりだった。持ち主は三千ポンドだと言う。だが、この家に惚れこんでいたアリクスが助け舟をだした。彼女の財産というのは、無記名証券だったので、すぐにも現金にすることができるのだった。彼女はこの家を買うのに、財産の半分を出そうと申しでた。こうして〈夜鶯荘〉は彼らのものになったが、アリクスはこの選択を一瞬間でも後悔したことはなかった。雇い人は田舎《いなか》の人里はなれた生活を喜ばなかったのは事実であるが――また、じっさい、いまのところ、召使はおいていなかった――家庭生活に飢えていたアリクスは、ちょっとしたおいしい料理をつくったり、家事をしたりするのを、心から喜んでいた。

花で目のさめるほどうずまっている庭は、一週に二度来る村の老爺に世話を頼んだ。そして、園芸に熱中しているジェラルド・マーティンは、ほとんどの時間を庭ですごした。

家の角をまがったとき、その老庭師が花壇ではたらいているのを見て、アリクスはびっくりした。びっくりしたのは、彼が来てはたらくのは月曜と金曜で、きょうは水曜だったからであった。

「まあ、ジョージ、そこでなにをしてるの?」と彼女は老人のほうへ行きながらたずねた。

老人は笑いながら腰をのばし、古びた帽子のふちに手をかけた。

「驚きなさるだろうと思っておりましたよ、奥さん。でもね、こんなわけなんですよ。金曜日に地主さんとこでお祝いがありましてな、そこでわしは考えたんですよ、マーティンさんだって奥さんだって、金曜日のかわりに水曜日に行けば、気をわるくなさることもなかろうってね」

「そんなことなら、かまやしませんよ」とアリクスは言った。「お祝いでは、せいぜい楽しく遊んでおいで」

「そのつもりでおりますよ」とジョージはあっさりと言った。「腹いっぱい食えて、しかも、金《かね》をはらうのは自分じゃないときたら、いい気持ちのものですからな。地主さんは、いつも小作人のために、ちゃんとしたお茶をしたくしてくれるんですよ。それに、奥さん、あんたが旅に出かけさっしゃるまえに、花壇をどうしておいたらいいか、おうかがいするために会っとくほうがいいとも考えましてな。いつお帰りになるかわからないんでしょう」

「でも、あたし、旅行になんか出かける予定はないのよ」

ジョージは目をまるくして彼女を見た。

「あす、ロンドンに行かっしゃるんじゃないんですかね」

「ええ。なんでまたそんなことを考えたの？」

ジョージは顔をあげてふりかえった。

「きのう、村でご主人にあいましてね、おふたりとも、あすロンドンに出かけるって、それから、帰りはいつになるかわからないというお話だったんですよ」

「そんなばかなことが」とアリクスは笑いながら言った。「きっとあんたが聞きちがえたのよ」

とはいうものの、老人にこんな妙なまちがいを吹きこむなんて、ジェラルドはどんなことを話したのだろうと、ほんとうをいえば彼女もふしぎだった。ロンドンに行くなんて？　二度とロンドンに行きたいなどとは思ったこともなかったのに。

「あたし、ロンドンはきらいなのよ」と彼女はだしぬけに、そしてあらあらしく言った。

「なるほど」とジョージはおだやかに言った。「それなら、なにかわしが聞きちがえたんでしょう。でも、ご主人ははっきりそう言いなすったような気がしましたがね。奥さんがどこにも行きなさらないと聞いて、わしもうれしいですよ。わしは、若いふたりがいっしょに出あるきなさるのはどうかと思うし、ロンドンなんか考えたこともありませんよ。あんなところに行く用もないしね。だいいち自動車が多すぎまさあ――近ごろじゃ、あれはやっかいものですよ。自動車を手にいれたが最後、その連中はじっとしているってことがないんですからな。この家の持ち主だったエイムズさんも――自動車を買わっしゃるまでは、りっぱな、おだやかな紳士だったのですがね。自動車を買って一月もたたないうちに、この家を売りに出したんですよ。寝室にはみんな水道をひくし、電灯やなんかと、この家にはたいそうな金をつぎこんだものでさあ。『あれだけの金がもどってくるわけのものじゃねえよ。世の中の人間みんながみんな、いわばだね、家んなかのどの部屋でだって、からだを洗いたいなんて思うとはかぎらないからね』とわしが言うとね、『ところが、わしはこの家は二千ポンドが一文欠けても売らないよ』とあの人は言ったもんですよ。そして、ちゃんとその値段で売りましたよ」

「三千ポンドだったのよ」とアリクスはほほえみながら言った。

「二千ポンドですよ」とジョージは言いはった。「そのとき、ちゃんとそう言っていましたからね。そして、なかなかいい値だと思ったおぼえがありますよ」

「ほんとは三千ポンドだったのよ」とアリクスは言った。

「ご婦人がたは、銭勘定《ぜにかんじょう》はわからないものですよ」とジョージは負けずに言った。「まさか奥さんだって、エイムズさんが、あつかましくも三千ポンドなんて、大きな声で言ったと、言わっしゃるんじゃないでしょう?」

「あたしに言ったんじゃないの」とアリクスは言った。「主人にそう言ったのよ」

ジョージはまた花壇にかがみこんだ。

「値段は二千ポンドですよ」と彼はなおも頑固に言いはった。

アリクスは老人相手に言いあらそう気にもならなかった。それで、遠いはしの花壇へ行って、腕いっぱいになるほど花をつみはじめた。日の光、花の香、いそがしそうな蜂のにぶい羽音などが一つになって、その日を申し分のないものにしていた。

香りたかい花をかかえて、家のほうへ歩いていると、花壇の葉のあいだから、小さな、濃緑色のものがのぞいているのに、ふと気がついた。足をとめて拾いあげてみると、それは夫のポケット日記であることがわかった。草とりでもしているときに、ポケットから落ちたものにちがいない。

彼女は日記をひらき、好奇心をおぼえながら、書いてあることに目をとおした。結婚生活のはじめから、衝動的で感情的なジェラルドには、きちょうめんな、規則ただしい一面があることに、アリクスは気づいていた。食事の時間がひどくやかましいし、一日の仕事でも、まえもって時間表をつくって、きちんと計画するのであった。たとえば、けさでも、朝食をすませたら――十時十五分に村へ出かけると言っていた。そして、十時十五分きっかりに家を出たものであった。

日記をくっていくうちに、五月十四日の記載事項を見て、彼女はうれしい気がした。それには『アリクスと結婚、聖ピーター教会にて、二時半』と書いてあった。

「おばかさんね」とアリクスはひとりつぶやいて、ページをめくった。その手が、急に動かなくなった。

「『六月十八日、水曜』――まあ、きょうだわ」

きょうの日付のところには、ジェラルドのきちょうめんな字で、『午後九時』と書いてあった。それきりである。午後九時に、ジェラルドはなにをしようと計画しているのだろう。アリクスは考えた。もしこれが、よく読む小説だったら、この日記帳から、おどろくべき事実が見つかることになっているのだが、と思って、彼女はひとり微笑した。たしかに、ほかの女の名前が出ているにちがいないのだ。彼女はなんとなくまえのほうのページをくってみた。日付や、約束や、商売上の取り引きに関する秘密の心覚えなどはあったが、女の名はひとりしかなかった――彼女自身の名だけだった。

それでいながら、日記帳をポケットに入れ、花をかかえて家のほうへ歩いて行くあいだ、彼女ははっきり正体のつかめない不安をおぼえた。ディック・ウィンディフォードのあの言葉が、まるで耳元でささやくようによみがえって来た。『あんなやつ、きみにとってはまるで見も知らない男じゃないか。どんな素姓か、知れやしないじゃないか』

それは事実であった。彼女はジェラルドについて何を知っているだろう。いずれにしろ、ジェラルドは四十なのだ。人間が四十にもなれば、そのあいだに、女のひとりやふたりはあったにちがいない……

アリクスはいらいらして首をふった。こんなことを考えていちゃいけない。先にかたづけなくてはならない、ずっと重要なことがあるのだ。ディック・ウィンディフォードから電話がかかってきたことを、夫に話したものだろうか、話さないものだろうか。

すでにジェラルドが、村でディックに会っているかもしれない。しかし、それならば、夫が帰ったらすぐそのことを話すはずだし、問題は彼女の手からはなれているはずだった。でないとすると――どうする？　アリクスはなんとなくこのことは話したくない気がした。ジェラルドは他人に対しては、つねに優しさを見せるのだった。「気の毒に」と彼は言ったことがあった。「あの男だって、ぼくに劣らずきみに夢中なんだ。捨てられたのは、運がわるかったのさ」彼はアリクスの気持ちには疑いの影すら持っていなかった。

もし夫に話せば、ディックを〈夜鶯荘〉に招待しろと言うにちがいない。その場合、ディックから来ると言ったことを説明しなければならないし、また、わざと口実をもうけて、来させないようにしたことも話さなければならない。そして、万一、なぜそんなことをしたのかと問いつめられたら、なんと返事ができよう。夢のことを話す？　そんなことをしても、夫は笑うだけだろう――でなければ、このほうがよけい悪いのだが、夫はなんとも思っていないのに、彼女のほうが、その夢をひどく気にかけていることに気づくだろう。そうなれば、夫は考えるだろう――ああ、なにを考えるかわかりゃしない！

けっきょく、いくらからしろめたかったが、アリクスはなにも言わないことにきめた。夫に秘密をもったことはこれがはじめてで、それを意識すると、なんとなく不安であった。

昼食ちょっとまえに、夫が村から帰ってくる音をききつけると、彼女はいそいで台所に行って、不安をかくすために、料理に夢中になっているふりをした。

ジェラルドはディックに会っていないことが、すぐにわかった。アリクスは安堵《あんど》したと同時に、困惑もした。こうなれば、なんとしても隠しおおせざるを得ない立場になったのである。それ以後、その日は、びくびくして、心がうつろになったようで、ちょっとした音にもはっとしたが、夫はなにも気がつかないようすだった。夫のほうも、なにかほかのことでも考えているらしく、彼女がなにかちょっとしたことを話しかけても、すぐには返事しないことが一、二度あった。

簡単な夕食をすませ、あけはなした窓から、紫や白のアラセイトウの香りをおびた、あまい夜の空気がながれこんでくる、カシの梁《はり》のみえる居間にふたりでくつろいだとき、はじめてアリクスは日記帳のことを思いだした。そして、ふたりのあいだの疑惑や当惑から心をそらすために、いそいそとそのことをもちだした。

「これで花に水でもやるつもりだったの？　こんなものが落っこちてたわよ」と彼女は言って、日記帳を彼の膝の上に投げてやった。

「花壇におとしていたのか？」

「ええ。これであなたの秘密がすっかりわかったわ」

「わかったって、なにもびくびくすることはないんだからね」とジェラルドは首をふりながら言った。

「今夜九時っていうのは、なんのこと?」

「うん、あれか――」彼はちょっとどぎまぎしたようすだったが、すぐに、なにか特別おもしろいことでもあるように、にこにこ笑った。「きれいな女との約束なんだよ、アリクス。その女のひとはね、髪が茶色で、目があおくて、きみにとてもよく似ているのさ」

「わからないわ、あたしには」とアリクスはわざとしかつめらしいようすをして言った。「あなたは大事なところを逃げているんですもの」

「そんなことはないよ。じつをいうと、それは今晩写真の現像をするつもりで、その心覚えなんだ。そして、きみにも手伝ってもらいたいんだよ」

ジェラルドは写真にのぼせていた。少々型はふるいが、すばらしいレンズのついたカメラをもっていて、暗室に改造したせまい地下室で、自分で現像をするのだった。彼はアリクスにいろんなポーズをとらせてあきることがなかった。

「そして、それは正確に九時にしなくちゃならないのね」とアリクスはひやかすように言った。

ジェラルドはちょっと困った顔をした。

「ねえ、おまえ」と彼は、すこしいらいらしたようすで言った。「なにかするには、いつも時間をはっきりきめておかなくちゃいけないよ。そうすれば、仕事がきちんきちんとかたづくというものだよ」

アリクスは黙ったまま、しばらく夫を見つめていた。黒い髪の頭を椅子《いす》の背にもたせ、きれいに剃《そ》った、彫りのふかい顔を、うすぐらい背景からくっきりと浮き出させて、彼はたばこをふかしながら、ゆったりと椅子にもたれていた。とつぜん、どこからともなく、いわれのない恐怖の波がおそってきて、彼女は口をおさえるひまもなく、叫びだしてしまった。「おお、ジェラルド、あたし、あなたのことがもっと知りたいのよ」

夫はびっくりして顔を彼女にむけた。

「だって、アリクス、きみはすっかり知っているじゃないか。子ども時代はノーザンバーランドで暮らしたことや、南アフリカでの生活や、この十年はカナダにいて、やっと成功したことなど、話してきかせたじゃないか」

「まあ、またお仕事のことなのね」

ジェラルドが急に笑いだした。

「わかったよ、きみの言うのは――恋愛事件なんだね。きみたち女というものは、みんな同じだ。個人的な生活しか興味がないんだね」

アリクスはのどがからからに乾くのをおぼえながら、聞きとれないほどの声で言った。「でも、なかったことはないでしょう――恋愛事件が。あたしね、ただ――知ってさえいれば――」

しばらくのあいだ、また沈黙がつづいた。ジェラルドは逡巡《しゅんじゅん》の色をうかべて、眉をよせていた。やがて口をきった彼の調子は、おもおもしくて、まえのように冗談めかしたところはどここにもなかった。

「それは利口なことかな、アリクス、そんな——青ひげ《ブルー・ベアド》の寝物語をきくなんて。ぼくの生活にも、そりゃ女はあったさ。なにも否定はしないよ。たとい、ぼくが否定しても、きみのほうで信じやしないだろう。だが、はっきりここで誓うが、そんな女なんか、ぼくにとっては、なんの意味もない女ばかりだったんだよ」

その声には真摯《しんし》さがこもっていたので、アリクスの心はやすまった。

「満足がいったかい、アリクス」と彼は微笑しながら言った。それから、今度は興味をおぼえたように、彼女の顔を見た。

「また今夜にかぎって、なんでこんな不愉快な問題に頭がむいたんだい。今までそんな話を言いだしたことなんかなかったじゃないか」

アリクスは立ちあがって、せかせかと歩きまわりはじめた。

「あたしにもわからないの」と彼女は言った。「きょうはいちんちじゅう、いらいらして」

「それは変だね」とジェラルドは、まるでひとり言でもいうように、低い声で言った。「まったく変だよ」

「なぜ変なの?」

「まあ、きみ、そんなに突っかかってくるものじゃないよ。ぼくはただ、いつものきみはやさしくておちついているから、変だと言っただけなんだよ」

アリクスはむりにほほえんだ。

「きょうは、なにもかもしめしあわせて、あたしを苦しめにかかるのよ」と彼女は話した。「あのジョージ爺《じい》やまでが、なんと思ってか、あたしたちがロンドンに行くなんて、つまらないことを考えているの。あなたから聞いたんだって」

「どこで爺やと会ったんだい」とジェラルドは鋭い口調でたずねた。

「金曜日のかわりにといって、きょう来たのよ」

「いいかげんなおいぼれだな」とジェラルドは腹だたしそうに言った。

アリクスはびっくりして目をみはった。夫の顔が怒りにひきつっていた。こんなに怒ったのを、いままで見たことがなかった。彼女の驚きぶりを見て、ジェラルドは怒りをおさえようとつとめた。

「あいつは、いいかげんなおいぼれだよ」と彼はなおも言った。

「爺やがあんなことを考えるなんて、あなたはどんなことを話したの？」

「ぼくが？　ぼくはなにも言いやしないよ。すくなくとも——うん、そうだ、思いだしたよ。なんでもない冗談のつもりで、『あすの朝、ロンドンへ行く』と言ったが、あいつ、それを本気にしたらしいね。でなきゃ、よく聞いていなかったんだよ。もちろん、嘘だと言ってやったろうね」

彼は不安そうに彼女の答えを待った。

「そりゃ、もちろんよ。でも、あの爺やときたら、一度こうと思いこんだら——なかなか思いかえさせるのがむずかしい爺さんなのよ」

そう言って、彼女は、この家の値段のことを、ジョージが二千ポンドと言ってきかなかった話をした。

ジェラルドはしばらく黙っていたが、やがて、ゆっくりした口調で言った。

「エイムズは現金で二千ポンド、残りの千ポンドはローンでいいと言ったんだ。どうもそこらあたりにまちがいの原因があったんだろうね」

「そうかもしれないわね」とアリクスも言った。

そのとき、彼女は時計を見あげ、いたずらっぽそうに、指でさしてみせた。

「もうはじめなきゃだめよ、ジェラルド。予定より五分おくれたわ」

ひどく妙な微笑が、ジェラルド・マーティンの顔にうかんだ。

「気がかわったよ」と彼はしずかに言った。「今夜は現像はよそう」

女心とは妙なものである。その水曜日の夜、ベッドにはいったときのアリクスの心は、満足してやすらかだった。一時、傷つきかけた彼女の幸福も、またいままでどおり、勝ちほこったように根をおろした。

ところが、翌日の夕方になると、なにか正体のしれぬ力が働いて、この幸福をむしばんでいるのに、彼女は気づいた。ディック・ウィンディフォードからは電話はかかってこなかったが、それにもかかわらず、彼の力が自分に働いているのを、彼女は感じた。いくどとなく、彼のあの言葉が心にうかんだ。『あんなやつ、きみにとってはまるで見も知らない男じゃないか。どんな素姓か、知れやしないじゃないか』そして、その言葉とともに、夫が『それは利口なことかな、アリクス、そんな——青ひげ《ブルー・ベアド》の寝物語をきくなんて』と言ったとき、彼女の頭にやきついたその顔の記憶がよみがえった。なぜ夫はあんなことを言ったのだろう。あの言葉をどんな意味で言ったのだろう。

あの言葉のなかには警告が——脅迫の気味がまざっていた。それはさながら、ほんとうは「ぼくの生活はのぞきこまないほうが身のためだよ、アリクス。そんなことをすると、いやな思いをしなきゃならないかもしれないぜ」とでも言っているようだった。事実、そのすぐあとで、夫は、いままでこれといってとりあげるような女はいなかったと、はっきり言うには言った——しかし、アリクスは、夫の誠実さを信じようとつとめたがむだだった。あれは追いつめられて言ったのではなかろうか。

金曜日の朝になると、ジェラルドの生活には、女がいたにちがいないと、アリクスは信じこむようになった——彼女からは極力かくそうとつとめている青ひげ《ブルー・ベアド》の寝物語があるのだ。彼女の嫉妬《しっと》心は、めざめるのはおそかったが、いまや猛然とたけりくるった。

あの晩九時に会いに行こうとしていた相手は、女だったのだろうか。写真を現像するという話は、そのときのはずみで考えついた嘘だったのだろうか。あの日記帳を見つけて以来、自分が拷問の苦しみを味わってきたのにアリクスは気づいて、妙な驚きをおぼえた。しかも、日記帳にはなんの記載もなかったというのに。これはまさに皮肉だった。

三日まえなら、夫のことは、なにからなにまで知りつくしていると、彼女は疑いもせずに言ったことだろう。ところがいまは、夫はなにひとつ知らない他人のような気がしてきた。いつもの人のいい態度とは似ても似つかぬ、ジョージ爺やにたいする理不尽な怒りのことを思いだした。それは、たぶん、とるにたりない事件ではあろう。しかし、自分が夫とした男を、ほんとにはなにも知らないことを示しているのだ。

金曜日には、こまごました用事が、村にいくつかあった。午後になると、アリクスは、ジェラルドが庭に出ているあいだに、その用事を片づけに行くと言った。ところが、驚いたことには、彼はつよくそれに反対し、彼女は家にいて、自分が行くと言いはった。アリクスはしかたなく夫の言葉にしたがったが、彼の言いかたの強さに、驚きもし、不安も感じた。なんでまた夫は、彼女が村に行くことを、そんなに一生懸命になってとめようとするのだろう。

とつぜん、万事がはっきり解釈できるような説明が、ふと心にうかんだ。彼女にはなにも言わないけれど、ジェラルドは、じっさいはディックに会ったのではなかろうか。自分の嫉妬心だって、結婚当時はねむっていたのに、あとで、目ざめたではないか。ジェラルドもそれと同じだったのではなかろうか。また自分がディックと会うのを、つとめてじゃましているのではなかろうか。この説明は、事実とよく合っているし、アリクスの乱れた心を慰めてくれたので、彼女はこの考えにとびついた。

それでいながら、お茶の時間になり、それが過ぎると、彼女はおちつきをうしない、不安になった。ジェラルドが出かけたあと、ずっと襲っていた誘惑と彼女はたたかっていた。ついに、部屋はよく掃除しなければという口実をもうけて、良心をなだめ、彼女は夫の化粧室へあがっていった。いかにも主婦らしい格好をつけるため、ほうきを持っていった。「ほんとのことがわかりさえすれば」と彼女はいくども自分に言いきかせた。「ほんとのことがわかりさえすれば」

疑いの種になるようなものは、ずっとまえに片づけられているにちがいない、と彼女は自分に言ってきかせたが、むだであった。それにたいして、男というものは、わざと大げさに考える感傷癖のため、どうかすると、おそろしい証拠を捨てずにいるものだ、と彼女は言ってきかせた。

けっきょく、彼女は負けた。自分の行動のはずかしさに頰をまっかにしながら、彼女は息をころして、手紙や書類の束をあさり、ひきだしを底までひっくりかえし、夫の服のポケットにまで手を入れた。あらためられないのは、ひきだしが二つだけであった。たんすの下のひきだしと、書き物机の右の小さなひきだしだけに、鍵《かぎ》がかかっていた。しかし、アリクスは恥も外聞もなくなっていた。彼女の心につきまとう、過去のこの女の証拠が、この二つのひきだしのどちらかにはいっているにちがいないと、彼女は思いこんだ。

ジェラルドが階下の食器棚《だな》の上に、鍵束をおきっぱなしにしていたのを、彼女は思いだした。それで、すぐにそれをとってきて、一つ一つあてがってみた。三つ目の鍵が、書き物机のひきだしに合った。アリクスは胸をどきどきさせながら開いた。小切手帳と紙幣でふくらんだ紙入れがあり、奥のほうに、テープでゆわえた手紙の束があった。

息をはずませながら、アリクスはテープをといた。ひとめ見ると、彼女は顔をまっかにし、その手紙をひきだしに投げこみ、また鍵をかけた。なぜなら、それは結婚まえにジェラルド・マーティンに送った、彼女自身の手紙だったからだった。

今度はたんすにむかった。それは、自分が求めているものを発見できるという期待よりも、あらゆる場所を捜しつくしたと自分で納得したい気持ちのほうが大きかったのである。

困ったことに、ジェラルドの鍵束のなかには、このひきだしに合う鍵がなかった。それでもあきらめず、彼女はほかの部屋に行って、自分の鍵束をとってきた。うまいぐあいに来客用の部屋の押し入れの鍵が、そのひきだしに合った。鍵をまわし、ひきだしを開いた。ところが、その中には、よごれ、古びて色のかわった新聞の切り抜きが巻いて入れてあるだけだった。

アリクスはほっと安堵《あんど》の吐息をもらした。とはいいながら、ジェラルドがこんなよごれた切り抜きを、わざわざしまっておくなんて、いったいどんなことが書いてあるのだろうと好奇心にかられ、その新聞に目をとおした。それはほとんどアメリカじゅうの新聞があつめてあって、およそ七年前のものだった。内容は、チャールズ・ルメートルという、悪名たかい詐欺師で二重結婚者の裁判の報道であった。自分の女を殺害したという容疑である。ルメートルが借りていた家の床下から白骨が発見されたし、彼が『結婚』した女のほとんどが、その後、行方不明になっているのだった。

彼はアメリカでももっとも有能な弁護士の応援をうけ、一点の隙もないほど、自分にかけられた嫌疑を弁護した。この事件は、スコットランド流の『証拠不充分』という判決が、もっとも適しているようだった。しかし、そうした判決がないので、彼は第一容疑に対しては『無罪』を宣告された。もっとも、告発されていたほかの罪状のため、長期の懲役の判決をうけた。

アリクスも、当時この事件がまきおこした興奮や、三年ばかりのち、ルメートルが脱獄したためにおこった騒ぎを、よくおぼえていた。彼はそれ以来逮捕されていない。その当時のイギリスの新聞でも、その男の性格や、女性を誘惑する異常な魅力が、法廷における彼の興奮しやすいこと、はげしい抗弁、知らないものは、彼の芝居だと思っているが、事実は心臓がよわいために、ときどき急におこる肉体的な虚脱などの記事とともに、いろいろと取りざたされたものであった。

いま手にしている新聞の切り抜きに、その男の写真がのっていたので、アリクスはすこし好奇心もてつだって、よくみた――ながいひげをはやして、一見学者風の紳士であった。これを見ているとだれかを思いだした。しかし、いまのところ、それがだれだったかわからなかった。ジェラルドが犯罪とか有名な裁判とかに興味をいだいていることを、彼女はついぞ知らなかった。もっとも、男のなかには、そんな気まぐれをもっているものが、ずいぶんいることは知っていたが。

この顔には見おぼえがあるが、だれだったかしら。とつぜん、それはジェラルドだったと気づいて、彼女はぎくりとした。目と眉のあたりが、じつによく似ている。たぶんそのために、彼もこの切り抜きをとっておいたのであろう。写真のそばの記事を、彼女の目が追った。どうやら、犯人の手帳には、いくつかの日付が記入してあって、それは、彼が犠牲者を殺した日付であると主張されていた。そのうちに、ひとりの女性があらわれ、その男には、左の手首、手のひらのすぐ下のところにほくろがあるという事実から、その容疑者が本人であることにまちがいないと証言した。

アリクスは手にした切り抜きをおとし、立ったままよろめいた。夫の左の手首、手のひらのすぐ下のところに、小さな傷あとがあるのだ。

部屋がぐるぐるまわった……。後になってみると、なんでそんな絶対的な結論に、一足とびにとびついたか、思えばふしぎであった。ジェラルド・マーティンは、チャールズ・ルメートルなのだ！　彼女はそれを知り、一瞬のうちにその事実を受けいれた。ばらばらの断片が、嵌《は》め絵遊びの一片一片のように、頭の中でぐるぐるまわり、ちゃんと一つの事実におさまった。

家を買うためにはらった金——彼女の金——彼女だけの金。彼にあずけておいた無記名証券。あの夢でさえ、真実の意味がふくまれていたのだ。心の奥ふかくでは、意識下の彼女が、つねにジェラルドを恐怖し、彼からのがれようと願っていたのだ。そして、この意識下の彼女が、ディック・ウィンディフォードに救いをもとめていたのだ。それだからこそ、疑いもいだかず躊躇《ちゆうちよ》もせず、こんなにすぐ事の真相を納得することができたのだ。彼女もやがてルメートルの犠牲になるところであったのだ。それも、おそらく、ちかいうちに……

あることを思いだして、なかば悲鳴にちかい声が、彼女の口からもれた。水曜日午後九時。地下室、すぐ持ちあげられる敷石がしいてある！　まえにも彼は犠牲者のひとりを、地下室にうずめたことがあるのだ。なにもかも、すっかり水曜日の夜と計画をきめてあったのだ。でも、あんなにきちょうめんに、まえから書いておくなんて——正気の沙汰《さた》じゃない！　いや、そのほうが筋道がとおっている。ジェラルドは仕事の予定があると、かねがね覚え書きをつくっている。彼にとって、人殺しはほかの仕事と同様に商売なのだ。

でも、なんのために自分は助かったのだろう。そんな理由があるわけはないではないか。いよいよというときになって、憐れみをもよおしたのだろうか。いや、そんなことじゃない。すぐにその答えが心にうかんだ——ジョージ爺やなのだ。

いまになってみると、夫の手ばなしな怒り方の理由もわかった。疑いもなく、翌日はふたりでロンドンに行くと、会う人ごとに言っておいて、あらかじめ逃げ道をつくっておいたのだ。そこへ予定していなかったジョージがきて、彼女にロンドンのことを話し、彼女がその話を嘘だと言ったのだ。ジョージがそんなことを言っているというのに、その晩、彼女を片づけるのは危険だとさとったのだ。だが、なんという危い瀬戸際《せとぎわ》だったろう。もし、なにかのことで、あんな些細《ささい》なことを話題にしなかったとしたら——アリクスはぞっとした。

しかし、こうなれば一刻もぐずぐずしてはいられない。すぐにも逃げださなくては——夫が帰ってこないうちに。もうとても一晩でも、夫と同じ屋根の下ですごす気にはなれない。彼女は大急ぎで新聞の切り抜きをもとにもどし、ひきだしをしめて鍵をかけた。

そのとたん、彼女は棒をのんだように身動きもできなくなった。道に面した門のきしる音が聞こえたのだ。夫はもう帰っているのだ。

一瞬アリクスは化石したように立っていたが、すぐに足音をしのばせて窓ぎわに歩いて行き、カーテンの陰から外をうかがった。

たしかに、それは夫だった。ひとりなにかほくそえみ、鼻歌をうたっている。手に持っているものを見ると、おびえきったアリクスの心臓は、ほとんど鼓動がとまらんばかりであった。それは新しいショベルなのだ。

アリクスは本能的に事態を察知した。今夜にちがいない！

だが、まだ逃げる機会がないことはない。ジェラルドはあいかわらず鼻歌をうたいながら、家の裏手へとまわっていった。

「地下室においておくつもりなのだ——すぐ間にあうように」とアリクスは思ってぞっとした。

一刻の逡巡もなく、彼女は階段をかけおり、家の外へとびだした。ところが、玄関から出たとたん、夫が家の反対側から姿をあらわした。

「おい」と彼は言った。「そんなにあわてふためいて、いったい、どこへ行くんだい」

アリクスは必死の気持ちで、ふだんどおりに平静な態度をよそおおとつとめた。いまのところ、逃げる機会は失われたが、彼に疑いをおこさせないように気をつけていれば、また機会が訪れてこないともかぎらない。いまだって、たぶん……

「表の道のはしまで散歩でもして来ようと思ったのよ」と彼女は言ったが、その声は自分の耳にさえ弱々しく、不安そうに聞こえた。

「そうか。じゃ、ぼくもいっしょに行こう」

「いえ——そんなこと。あたし——いらいらして、それに頭痛がして——ひとりで行きたいのよ」

彼はアリクスをじっと見つめた。一瞬、その目に疑いの色が浮かんだように彼女は思った。

「どうしたというんだい、アリクス。顔をまっさおにして、ふるえているぜ」

「なんでもないのよ」彼女はわざとそっけない調子で言った――ほほえみながら。「頭痛がするだけなのよ。散歩でもすればよくなると思うわ」

「ぼくに来ちゃいけないなんて言ったってだめだよ」とジェラルドは、例の気楽そうな笑い声をあげて言った。「ぼくは行くよ、きみがなんと言おうとね」

彼女はそれ以上さからわなかった。万一、自分が知っていると、彼に疑われでもしたら……どうやら彼女はふだんの態度をいくらかとりもどした。それでも、夫が、まだすっかりは安心できないように、ときどき横目で自分のほうを見ているような不安をおぼえた。彼の疑いが完全には晴れていないのを、彼女は感じたのである。

家のなかにはいると、彼はむりに彼女を寝かせ、オーデコロンを持ってきて、こめかみを濡らしてやった。いつもと変わらず、彼は愛情ぶかい夫であった。アリクスは罠《わな》に手も足もとられたような、どうにもならない気持ちであった。

ちょっとの間も、彼はアリクスをひとりにしておかなかった。台所までもいっしょに行って、彼女がすでにしたくしておいた、簡単な冷料理を運ぶ手伝いをした。食事もろくろくのどを通らなかったが、それでも彼女はむりに食べ、陽気に、ふだんのとおりに見せかけようと努力した。いまは命がけの闘争をしているのだということが、彼女にもわかっていた。助けを求めようにも、人里とおく離れているし、まったく生殺与奪《せいさつよだつ》の権をにぎられて、この男とふたりきりでいるのだ。のこされた唯一の機会といえば、なんとかして彼の疑いをやわらげ、ほんのわずかのあいだでいいから、彼女をひとりにさせることだけである――玄関の間の電話まで行き、助けを求めるだけの時間を。いまでは、それがただひとつの望みであった。逃げようとしても、救いの手までとどかないうちに、つかまるにちがいない。

彼がまえにも計画を放棄したことを思いだし、ちょっと希望が心をかすめた。ディック・ウィンディフォードが今晩来ることになっていると話したらどうだろう？

言葉がふるえながら、舌の先まで出かかった――しかし、彼女は急いでそれをおしとどめた。彼は二度も実行をためらう男ではない。おだやかな物腰の奥には、おそろしくなるような決意と勝ちほこったようすが見える。そんなことを話したら、たちどころに彼女を殺し、それからおちついてディックに電話をかけ、急に用事ができて外出するからとかなんとかごまかすのではないか？　ああ、ディックが今夜来てくれさえしたら！　ディックが、もし……

とつぜん、ある思いつきが心にひらめいた。彼女は心の中を読まれやしなかったかと危ぶむように、するどく横目で夫を見やった。計画ができあがるとともに、勇気がよみがえってきた。そして、自分でもおどろくほど自然な態度がとれた。ジェラルドはすっかり安心しているようだった。

彼女はコーヒーをいれ、それをポーチに運んで行った。晴れた夜には、よくふたりでここに出て、コーヒーを飲んだものであった。

「ところでね」とジェラルドがやぶから棒に言いだした。「あとで写真の現像をやろうじゃないか」

アリクスは戦慄が全身をはしるのをおぼえたが、平静な調子で答えた。「あなた、ひとりでやってくださらない？　あたし、今夜はすこし疲れているから」

「そう手間のかかる仕事じゃないから」彼はひとりほほえんでいた。「それに、いまから言っておくけど、疲れるようなことじゃない」

この言葉が、彼にはおもしろそうだった。アリクスはぞっとした。計画を実行するなら今だ、でなければ、もう機会は永久にこない。

彼女はたちあがった。

「あたし、ちょっと肉屋さんに電話をかけてきますわ」と彼女はなんでもなさそうに言った。

「どうぞ、あなたはこのままにしていて下さいな」

「肉屋に？　こんなに夜おそく？」

「お店はしまっているわ、もちろん。でも、家にはいるわ。あすは土曜日でしょう、だから、犢肉《こうし》のカツレツを、ほかの客に取られないうちに、早目に届けてもらいたいのよ。あの店じゃ、あたしの注文なら、なんでもきいてくれるんだから」

彼女は急いで家の中にはいり、ドアをしめた。ジェラルドが「ドアをしめちゃいけないよ」と言うのが聞こえたので、彼女はいそいで軽く答えた。「蛾《が》をいれないようにしめるのよ。あたし、蛾がだいきらい。あたしが、肉屋さんと電話でいちゃつくとでも思ってるの？」

家にはいると、すぐ彼女は受話器をとり、〈トラヴェラーズ・アームズ〉の番号を言った。

電話はすぐ通じた。

「ウィンディフォードさんは？　まだいらっしゃいます？　ちょっと電話口までお願いできませんかしら」

とたんに、彼女の心臓がどきんと大きくうった。ドアが開いて、夫がはいってきたのだ。

「来ないでちょうだい、ジェラルド」と彼女はむっとして言った。「あたし、電話をかけているとき、ひとに聞かれるのはいやなのよ」

彼はただ笑って、椅子にどっかと腰をおろした。

「電話の相手は、ほんとに肉屋なのかい」と彼はからかうように言った。

アリクスは絶望した。計画は失敗したのだ。もうすぐディックが電話に出るにちがいない。一か八か、大声で助けを求めたほうがいいだろうか。ジェラルドから電話をとりあげられないうちに、ディックは彼女の言う意味をのみこんでくれるだろうか。でなくて、冗談だと思いはしないだろうか。

ところが、手にしている受話器の小さなボタンを、神経的におさえたり離したりしているうちに、また一つの計画がひらめいた。このボタンをおしていれば、こちらの声が相手に聞こえるし、離せば聞こえなくなるようになっているのだ。

「これはなまやさしいことじゃない」と彼女は心に考えた。冷静にして、適当な言葉をさがし、ちょっとでも言いそこなったりしてはならない。でも、できないことはないはずだ。いや、ぜひやらなくてはならないのだ。

ちょうどそのとき、ディックの声が聞こえた。

アリクスはふかい息をついた。それから、ボタンをしっかりと押して話しはじめた。

「こちらはマーティンの家内ですの――〈夜鶯荘〉の。（ここでボタンをはなして）あすの朝、犢肉《こうし》のカツレツの上等を、六人まえ持って（ここでボタンをおして）どうぞ来て下さいな。大事なことですから聞きのがさないでね。（ここでボタンをはなし）すみませんでしたわね、ヘックスワーシーさん、こんなにおそく電話なんかかけて、でも、この犢肉のカツレツは、あたしにとっては（ここでボタンをおして）生きるか死ぬかの問題なのよ。（ここでボタンをはなして）ええ、けっこうよ――あすの朝（ここでボタンをおして）できるだけ早くね」

彼女は受話器をもとにかけ、夫のほうに向きなおった。呼吸がけわしくなっていた。

「きみは肉屋にあんな物の言い方をするんだね？」とジェラルドが言った。

「女ってあんなふうに言うのよ」とアリクスは軽く言った。

彼女は興奮でいても立ってもいられないほどだった。夫はなにも感づいてはいない。ディックは、たとい話がわからなくても、来てくれるにちがいない。

彼女は居間に行って、電灯をつけた。ジェラルドが後からついてきた。

「急にまた、ひどく元気がでたようだね」と彼が、いぶかしそうに彼女を見ながら言った。

「ええ」とアリクスは言った。「頭痛がよくなったのよ」

彼女はいつもの椅子に腰をおろし、向かい側の自分の椅子に腰をかけた夫に笑顔をむけた。これで助かった。まだ八時二十五分にしかならない。九時までには、じゅうぶんディックが来てくれるはずだ。

「さっきのコーヒーはあまりうまくなかったようだね」とジェラルドが言った。「ばかににがかったよ」

「新しいのを試してみたのよ。あなたがおいやなら、これからよすことにするわ」

アリクスは編み物をとりあげ、針をうごかしはじめた。ジェラルドはしばらく本を読んでいた。やがて、二、三ページも読むと、ちらと時計を見やって、本を投げだした。

「八時半だ。地下室に行って、仕事をはじめよう」

編み物がアリクスの指の間からすべり落ちた。

「まあ、まだいいじゃないの。九時になったらはじめましょうよ」

「だめだよ、おまえ――八時半。ぼくはそう時間をきめておいたのだ。そのほうが、きみだって早くやすめるよ」

「でも、九時にしたいのよ、あたし」

「八時半だよ」とジェラルドは執拗《しつよう》に言った。「ぼくがいったん時間をきめたら、かならずそれを守るのは、きみだって知っているじゃないか。さあ、おいで、アリクス、もう一分だって待っちゃいられないよ」

アリクスは夫を見あげた。そして、われにもあらず、恐怖が全身をはしるのをおぼえた。仮面ははずされたのだ。ジェラルドの手はぴくぴく動き、目は興奮にぎらぎら光り、舌は乾いた唇をたえずなめまわしていた。もはや自分の興奮をかくそうともしていなかった。

アリクスは考えた。「これは嘘じゃない――待っていられないのだ――狂ってる」

彼は彼女に歩みより、肩に手をかけて、ぐいとひきおこした。

「さあ、おいで――来なきゃ、抱えてでも連れて行くよ」

口調は陽気そうだったが、その奥にはあらわな残忍さが感じられ、彼女は立ちすくんでしまった。せいいっぱいの力をふるって、彼女は身をふりほどき、からだを小さくして壁にすがりついた。抵抗しようにも、まるで無力であった。とても逃れることはできない――どうにも方法がない――しかも、一歩一歩彼は近づいてくる。

「さあ、アリクス――」

「いけない――いけない」

彼女は、彼を追いはらうように、力なく両手をのばしながら叫んだ。

「ジェラルド――やめて――あなたに話したいことがあるのよ、告白したいことが――」

ジェラルドは立ちどまった。

「告白したいことが?」と彼はふと興味を感じて言った。

「ええ、告白したいことが」その言葉は、いいかげんに使ったものだったが、それにひきつけられた彼の注意をそらすまいと、必死につづけた。「まえから話しておかなければと思っていたことがあるのよ」

軽蔑するような表情が、彼の顔をかすめた。呪縛《じゅばく》はやぶれた。

「昔の恋人のことだろう」と彼はひやかして言った。

「そうじゃないの」とアリクスは言った。「ほかのことなのよ。まあ言ってみれば、そうね——犯罪とでも言うのかしら」

たちどころに、彼女には的を射あてたことがわかった。ふたたび彼の注意をひいたのだ。それを見ると、彼女は勇気がよみがえってきた。ふたたび自分がこの場の主導権をにぎったのを知った。

「まあ、もう一度おかけなさいな」と彼女はしずかに言った。

そして、自分ももとの椅子にもどり、腰をおろした。編み物さえとりあげた。しかし、その平静さの奥では、熱にうかされたように考え、頭をめぐらせた。なぜなら、これから考えだす話で、助けが来てくれるまで、彼の興味をつなぎとめておかなくてはならないからである。

「あたし、十五年間、速記タイピストをしていたって、まえに話したわね」彼女はゆっくりと言った。「でも、それはすっかりほんとじゃないの。そのあいだに、二度、ほかの時期があるのよ。最初のは、二十二のときだったわ。あたし、小金をもった年輩の男に会ったの。その男はあたしを愛して、結婚してくれと言うの。あたし、承知して、結婚したのよ」それから、ちょっと間をおいて、「あたし、その男にすすめて、あたしを受取人にした生命保険に加入させたのよ」

夫の顔に、とつぜんはげしい興味の色がうかぶのを見て、彼女はいっそう自信をもってつづけた。

「戦争中、しばらくのあいだ、あたし、ある病院の薬局につとめていたの。そして、そこでめずらしい薬や毒薬などを扱っていたのよ」

　彼女はその当時のことを思いうかべるように、ちょっと言葉をきった。夫はいまではつよい興味にひかれていて、それには疑問の余地はなかった。殺人犯人が殺人事件に興味をよせるのは当然のことである。一か八かやってみて、うまくそれが当たったのだ。彼女はそっと時計を見やった。まだ九時二十五分まえであった。

「薬局にある毒薬があったの——白い粉末だったわ。ひとつまみの量で人を殺すことができるのよ。あなたも毒薬のことは、いくらか知っているでしょう?」

　彼女はびくびくものでたずねてみた。知っていると言ったら、よほど注意しなくてはいけない。

「いや」とジェラルドはいった。「毒薬のことは、あまり知らないね」

　彼女は安堵の吐息をもらした。これで仕事はやりやすくなった。

「あなただって、ヒオスシンという毒薬の名ぐらい聞いたことがあるでしょう。これは、毒性はつよいけど、絶対に形跡ののこらない薬なの。どんな医者だって、心臓麻痺の死亡証明書を書いてくれるわ。あたし、この薬をすこしばかり盗みだして、そっとしまっておいたのよ」

　彼女は言葉をきって、気力をととのえた。

「それから?」とジェラルドが言った。

「もうよしましょう。こわいんですもの。とても話せないわ。またこのつぎ」

「いまつづけて話したまえ」と彼は待ちきれないように言った。「聞きたいんだから」

「あたしたち、一カ月結婚生活をおくったわ。あたし、その年をとった夫に、とてもやさしく、愛情こめてつかえたの。夫は近所界隈《かいわい》に、あたしのことを褒めちぎって話していたわ。あたしがどんなに献身的な妻か、知らないものはないくらいだったのよ。あたし、毎晩、いつも自分で夫にコーヒーをいれてやったわ。そしてある晩、ふたりきりのとき、あたし、その毒薬をひとつまみ、夫のコップのなかに入れたの」

アリクスは言葉をきって、ゆっくりと針に糸をとおした。いままでついぞ芝居などしたことがなかったアリクスも、この時ばかりは、世界で一流の女優に匹敵するほどだった。冷血無残な毒殺者の役柄に、なりきっていたのであった。

「ほんとにおだやかなものだったわ。あたしはじっと夫を見まもっていた。いちどちょっとあえいだと思うと、息苦しいと言うの。それで、窓をあけてやったわ。そのうちに、椅子から立てないと言うの。まもなく、死んでしまったわ」

彼女は微笑をうかべて、言葉をきった。九時十五分まえであった。きっともうまもなく助けが来るにちがいない。

「いくらだったんだい」とジェラルドが言った。「その生命保険は?」

「二千ポンドばかりだったの。あたし、それで投機をして、すってしまったの。それで、またもとの勤めにもどったわ。でも、いつまでもそこに勤めている気はなかったのよ。そのうちに、またほかの男に会ったの。あたし、勤め先では、実家の姓をなのっていたのよ。だから、その男は、あたしがまえに結婚したことがあるのを知らなかったの。年が若くて、ちょっと美男子で、とても金持ちだったわ。あたしたち、結婚して、サセックスでひっそりと暮らしていたの。その男、生命保険にははいろうとしなかったけど、もちろん、あたしのために遺言状はつくってくれたわ。この男も、最初の夫と同じように、あたしからコーヒーを入れてもらうのが好きだったわ」

アリクスは当時を思いかえすように、笑顔をたたえ、それから、あっさりとつけくわえた。

「あたしのいれたコーヒーは、とてもおいしいんですもの」

それから、彼女は話をつづけた。

「あたしには、その村に何人か友だちがあったの。その人たちは、ある晩、夕食後、夫が心臓麻痺で急死したときいて、とても気のどくだと言ってくれたわ。でも、あたし、医者は気にくわなかった。あたしのことを疑ったとは思わなかったけど、たしかに、夫の急死におどろいたようすだったわ。それから、ふらふらとまた勤めにもどったんだけど、なぜそんなことをしたか、自分でもわからないわ。まあ、習慣みたいなものになっていたのね。二番目の夫は、四千ポンドばかり残しておいてくれたわ。今度は、あたし、投機はしなかった。ちゃんとした投資をしておいたわ。そこへもってきて、あなたも知っているとおり——」

だが、そこまで言うと、話をさえぎられた。ジェラルドが顔をまっかに充血させ、息もつまらんばかりになり、ふるえる人差し指を、彼女のほうにむけているのであった。

「コーヒー——ああ、コーヒーだ」

彼女は彼を見つめた。

「さっきのコーヒーが苦かったわけが、いまになってわかった。こんちきしょう。おれに毒を盛ったんだな」

彼の手が椅子の腕を、ぎゅっとつかんだ。いまにも飛びかからんばかりの勢いである。

「おれに毒を盛ったんだな」

アリクスは暖炉のほうへじりじりと逃げていった。おびえきった彼女は、口をひらいて、それを否定しようとした。だが、そのまま黙っていた。もうすぐにも彼はとびかかりそうだった。彼女はあらんかぎりの気力をふるいおこした。目は、じっとおさえつけるように、相手の目からはなさなかった。

「そうよ」と彼女はいった。「毒を盛ったのよ。もう毒がまわっている。いまだって、あなたは椅子から立てないのよ――動きもできないで――」

この男を椅子に釘づけにしておけさえすれば――それも、ほんのしばらくでいいから――

ああ！　あれはなんだろう。表の道に足音がする。門がきしる。つづいて、外の小道に足音が。表のドアが開いた――

「あなたはもう動けないのよ」と彼女はまた言った。

それから、彼女は夫のそばを通りぬけ、部屋をとびだし、なかば気を失って、ディック・ウインディフォードの腕のなかへ、からだごとたおれこんだ。

「おお、アリクス！」と彼は叫んだ。

それから、彼はいっしょに来た男のほうをふりかえった。警官の制服をきた、背のたかい、屈強そうなからだつきの男だった。

「部屋へはいって、なにがおこったのか見てくれたまえ」

ディックはアリクスをそっと長椅子にねかせてかがみこんだ。

「おお、よしよし、かわいそうに。どんな目にあったの？」

彼女のまぶたがすこし動いて、唇が彼の名を聞きとれないほどの声でつぶやいた。

警官から腕をさわられて、ディックは混乱した思いからわれにかえった。

「あの部屋は、なんということはありませんぜ、ただ、男がひとり、椅子に腰かけているだけでさ。どうやらなにかひどい恐怖をうけて、そのため――」

「そのため？」

「それが、その――死んでるんですよ」

アリクスの声にふたりははっとした。まるで夢でも見ているような口のききかただった。

「そして、まもなく」と彼女は、なにかの本から引用でもしているような調子でいった。「死んでしまったわ」

茶の葉

E・ジェプスン&R・ユーステス
阿部主計 訳

The Tea Leaf　一九二五年

エドガー・ジェプスン Edgar Jepson (1863.11.28-1938.4.11) と**ロバート・ユーステス** Robert Eustace (1869.1-1943) 合作になる作品。ほとんどのアンソロジーに必ずといっていいほど収録されている古典的名編の一つである。密室の殺人、意外なトリック、そして女性探偵と道具だてはそろっている。

アーサー・ケルスタンとヒュー・ウィラトンは、セント・ジェイムズ地区デューク街のトルコ風呂で知り合って、一年余りのちにその同じトルコ風呂で喧嘩別れをした。ふたりとも気むずかし屋で、ケルスタンは意地悪だし、ウィラトンは激情家だった。まったくいずれ劣らぬむずかし屋なので、ふたりが急に交わりを結んだと知ったとき、私は彼らの友情をまず三カ月どまりと踏んだものだった。ところが一年はつづいたのである。

ふたりの仲違《たが》いのはじまりはケルスタンの娘のルースのことについての喧嘩であった。ウィラトンがルースと恋におち、ふたりの仲は婚約にまで進んだ。六カ月後ふたりは明らかに互いに深く愛し合ったままであるにもかかわらず、婚約は破棄された。ふたりともその理由はなにもいわなかったが、私はウィラトンが彼の虫の居どころの悪いときのあさましい不機嫌ぶりをルースにぶつけてしまい、女からもそれ相当のしっぺがえしを食ったのにちがいないと判断した。

ルースという女は、見かけたところケルスタン家の一員とはうけとれない娘だった。

ヴァイキングの子孫にしてカヌートの従者であるリンカンシャー地方の土着の氏族の多くの者の例にもれず、ケルスタン一族はみな共通の風貌があって、金髪、美しい膚《はだ》、淡青色の目、りっぱな段鼻が特徴だ。が、ルースは母親似だった。黒い髪、素直に高い鼻、よく髪の毛の形容をいうのに用いられるような「暗褐色」の目、そうしてくちづけしたくなるような唇。気位が高く、孤独を愛し、教養と思慮に富み、自我が強い。それも、つむじ曲がりのごうつくばりの父親ケルスタンと生活を共にするには必要な性質だろう。妙なことには、父親はいつも娘を頭からおさえつけることばかり考えているのに、ルースは父親を好きだったようだ。そうして、ケルスタンのほうでも、内心は娘が大いに気に入っていたのだ。たぶん世界中でケルスタンが心から気に入っている物はこの娘だけだろう。ケルスタンは応用化学の専門家で、ルースは父の実験室でその仕事を手伝っていた。父は娘に一年五百ポンドの手当を与えていたので、ルースとしては非常にいい環境に恵まれていたわけである。

　ケルスタンは娘の破約にたいへん機嫌を悪くしたようすだった。彼はウィラトンがルースをもてあそんだ末に、捨てたのだと思ったらしい。ルースも同様に気を悪くしたふうで、彼女のあたたかい風情もだいぶ色あせて見えたことだった。例の唇の愛嬌も薄れて無愛想にきつくなった。ウィラトンのほうも、人柄がまえよりいっそうとっつきにくくなった。彼は頭痛持ちの熊のごとくに見えた。私は友人としてふたりの仲をもう一度和解させるようにつとめるのが自分の役目のような気がしたのだが、とりなしは見事に失敗した。ウィラトンは私に毒づいたし、ルースは怒って、私になんの関係もないことにかかわってくれるなといった。にもかかわらず私がそのとき受けた印象は、ふたりがいぜんとして互いに憎からず思っており、彼らの愚かな自尊心が許すなら、喜んで再び結ばれることを望んでいる、ということだった。

ケルスタンは全力をあげてルースのウィラトンに対する憎しみを持続させようとしていた。一夜、私はケルスタンにいってやったものだ――それは私のすべきことではなかったかもしれないが、私はケルスタンの機嫌などは問題にしなかった――彼がちょっかいを出すのは愚かなことで、若いふたりをそっとしておいてやるがいいと。私の言葉がケルスタンをかんかんにさせたことはいうまでもない。彼はウィラトンが下劣な猟犬のような神経と下司《げす》な悪党の目でケルスタンの行動を探り、私に物をいわせたのだ、と受け取ったらしい。すくなくともケルスタンがウィラトンについていったことの中では、そんな言葉がいちばん手きびしくないほうだった。彼の機嫌と私の言葉の与えた刺激からは、これより穏やかな結果は求められそうもなかった。それに、彼は身心ともにいたんだ人のようで、すっかり打ちひしがれているらしく見えた。

ケルスタンはウィラトンをきずつけようと懸命の努力をはらった。ケルスタンの行くクラブというクラブ――アセニアム・クラブ、デヴォンシャ、サヴィルと、至る所でケルスタンは会話をウィラトンのうわさへと持っていくことに巧みな才能を発揮した。そうしてウィラトンこそ最もけちなタイプの悪党だと述べ立てるのだった。もちろんそれはウィラトンを傷つけることにはなったが、ケルスタンの望むほどにはいかなかった。ウィラトンは、技師として稀有《けう》の存在だったし、自己の仕事に精通している人間を誹謗《ひぼう》するほどむずかしいことはないものだ。世間がその人を必要としているからである。しかしもちろん多少の影響はあったし、ウィラトンはそれがケルスタンのしわざであることを知った。私はウィラトンに友情からそれとなく教えてやったという友人にふたりまで出会ったが、ウィラトンのケルスタンに対する悪感情がこの事によっていっそうたかぶるようすはなかった。

いまロンドン市中にどんどん建っていく鉄筋コンクリートのビルディングの建築技師として、ウィラトンは、ケルスタンが自己の専門の領域において有名であると同じほどに抜きんでていた。すぐれた頭脳においても、気むずかしさにおいても、ふたりはまったくよく似ていた。私の考えでは、好みや思考力もよく似た方向へと働いたのではないかと思う。ともかく、ふたりとも、婚約の破棄がもとで生活を変えるつもりはさらさらないように見えた。

ふたりとも、毎月第二と最後の火曜の午後四時に、デューク街のトルコ風呂通いがまえからの習慣になっていた。仲違いののちも、ふたりはその習慣をやめなかった。で、いやでもそこでその火曜日に顔を合わせねばならぬということも、ふたりの習慣を変える原因にはならなかったので、その入浴の二十分間というもの、互いに視線を合わせざるをえない羽目になっていた。ふたりは通いつづけた、以前のとおりに、同じ時刻に行きあわせつづけた。意地っ張りか？　ふたりともまさにそのとおりだった。どちらも同じ浴室の中で、相手に気づかぬふりなどはしなかった。憎々しげに相手を見た。はいってから出るまで、ほとんどにらみつづけていた。私も、ときどきその時刻にトルコ風呂へはいりにいくことがあるので、そのようすをよく知っていた。

婚約解消からおよそ三月ほどのちのことだった。彼らふたりはそのトルコ風呂で最後の対面をし、最後の別れをつげたのである。

ケルスタンはそのころまで六週間ばかりずっとからだの具合が悪いらしかった。顔色が悪くやつれて見えた。体重も減る一方だった。十月の第二火曜の四時ちょうど、彼はいつもどおりにすこぶるうまい緑茶を入れた魔法瓶を持って例の浴場へやってきた。発汗がじゅうぶんでないと思ったときには、この蒸《む》し風呂《ぶろ》の熱い浴場の中でその茶を飲むし、思うように汗の出たときは、入浴をおえてから飲むのである。ウィラトンはケルスタンより二分遅れてやってきた。ケルスタンが服を脱いで浴室へはいっていったのも、ウィラトンよりも二分早かった。ふたりはだいたいいっしょに最初の温室で汗を出しからだを馴らしたが、さらに奥の熱室にはいっていったのは、ケルスタンのほうがウィラトンより一分ほどあとだった。そこへはいるまえに、更衣室へ残してきた例の魔法瓶を取ってきて、それを持って熱室へはいった。

ところで、そのとき、熱室にいあわせた浴客は、ケルスタンとウィラトンだけだった。二分ほどしてから、まだ温室にいた四人の客の耳に争いの声が聞こえてきた。ケルスタンがウィラトンに向かって卑劣な犬、下司な悪漢と呼ぶのが聞こえ、なお罵詈雑言《ばりぞうごん》のあいだに、もっといくらでも意地悪をしてやるぞという言葉もあった。ウィラトンは二度ばかりケルスタンに向かって、覚えていろちくしょうといった。ケルスタンがなおも罵《のの》りやまないので、ウィラトンがはっきりどなり返す声がした。「ええ黙れ、老いぼれ！　ただでは置かないぞ！」

ケルスタンはだまらなかった。二分ほどしてウィラトンが熱室から出てきた。しかめ面で温室を横切ってマッサージルームへはいり、からだをマッサージ師の手にゆだねた。二、三分ののち、客のひとりのヘルストンという男が温室から熱室へはいっていったかと思うと大声をあげた。ケルスタンが寝椅子の上に仰向けに倒れていて、血は心臓を突いた刺し傷からまだしきりに流れ出していた。

大騒ぎが起こった。警官が呼ばれた。ウィラトンが逮捕された。もちろん彼はすっかり逆上して、犯行についてなんら知るところはないと激しく抗議し、警官を罵ったが、警察側に信じてもらえそうなようすもなかった。

現場ならびに死体を調べた結果、担当の警部は、ケルスタンは例の茶を飲んでいる最中に刺殺されたのだという結論に達した。魔法瓶は床《ゆか》に転がり、茶がこぼれた跡がはっきりしている、というのはいくらかの茶かすが床の上の、倒れた魔法瓶の口に近いあたりに残っていたからである。瓶に茶を詰めたメイドが、茶がらのまじっているのもかまわず、いいかげんに入れたのであろう。ちょうどケルスタンは茶をらっぱ飲みしていたので、瓶で目の前をさえぎられて危険のせまるのが見えない姿勢であったのを犯人が利用したようにも思われた。

事件は簡単に解決しそうに見えたが、ただ一つ、かんじんの凶器が見つからない。ウィラトンが身に巻きつけた浴用の大タオルの中にかくして浴室へもちこむことはわけのないことだ。だが、犯行後、どうやってどこへ隠したろう？　トルコ風呂にはなにもかくせるような場所はない。空《から》っぽの納屋同様、一目で見渡せるところだ。そうしてウィラトンはその中でもいちばんむき出しの場所にいたのである。警官はその、陰もない室内をくまなく捜しまわった――がじつは現場ではあまり必要もなかった。ウィラトンはあのとき、熱室を出て温室を通ってマッサージルームへはいっていったのであり、ヘルストン氏が「人殺しだ！」と大声をあげたのを聞きマッサージ師たちといっしょに熱室へとんで帰ってきて、それからずっとそこにいたのだ。犯人は彼にちがいない状況だったので、マッサージ師たちも他の浴客もずっと彼に注意を集中していた。彼らを置いてウィラトンがひとりで更衣室のほうへ行ったりしなかったことは、みながはっきり証言できた。第一そんなことは、したくても一同がさせるはずもなかった。

ウィラトンが凶器をタオルにかくして浴室へもちこみ、またそのタオルにかくしてもちだしたことは確かと思われた。彼はそのタオルをマッサージルームで自分がマッサージを受けている寝椅子のそばへ置いたままであった。一行がそれを調べに戻ったとき、タオルはまだそこにあって元のままだったが、なかには凶器らしいものもなく、血のあともなかった。もっともタオルに血のあとがなかったことはたいしたふしぎでもない。ナイフにせよ短刀にせよ、ウィラトンは凶器をケルスタンの横たわっていた寝椅子で拭くこともできたわけだ。だが寝椅子の上にもそんな痕跡はなかったが、傷口から流れ出した血がその上にかぶさってしまったのかもしれない。しかし、なぜ、タオルの中に凶器がなかったのだろう？　凶器はついに見当たらず、捜すべき場所もなかった。

検屍した検察医は、傷は直径四分の三インチほどの円筒形で先のとがった凶器による刺傷であるという結論に達した。三インチ以上も深く突き刺されていて、柄が僅か四インチぐらいの物と想像されるとしても、全長はかなり大きな凶器にちがいない。人目につかずに運べるような小さな物ではない。検察医たちはまた、ケルスタンが茶を飲んでいるときに刺されたのだというさらにたしかな証拠を発見した。刺傷の深さの半ばほどの所に、二つに切れた茶の葉が一枚はいっていたのである。明らかに、からだの上にこぼれたところを突き刺されて体内に食いこみ、かつ凶器によって二つに切断されたのだ。また、解剖によってケルスタンが癌《がん》を病《や》んでいたこともわかった。このことは新聞には公表されなかった。私はデヴォンシャ・クラブで聞いたのである。

ウィラトンは司直の手に渡されたが、人々が驚いたことに弁護士を依頼しなかった。彼は証人席に着いて、ケルスタンに手も触れなかったこと、相手の肉体に影響を及ぼすようなことはなにひとつしなかったこと、いかなる武器もトルコ風呂へ持ち込まず、したがって隠すべき凶器も方法も持たなかったこと、検察医の述べたような形の凶器など見たこともないこと、などを誓った。彼は公判に付せられることとなった。

新聞紙上は、この事件で持ち切りだった。世間のうわさもそうだった、だれもの心を占める疑問はただ一つ――ウィラトンはどこへ凶器をかくしたのか？　人々が新聞に投書して暗示した真相への推論はたいていきまっていた。かくさずに眼前に見え過ぎているために、かえって人の注意をひかずに見過ごされてしまうような、人の心理的盲点をついた明けっぱなしの方法で、ウィラトンは巧みに凶器をむき出しにしたまま置いたのだ、という。あるいはまた、円筒形で先のとがった物、それは大きな鉛筆によく似た形だ、いや鉛筆にちがいない、だから警官だってうっかり見のがすわけだ、と唱えるものもあった。警官はどんな大きな鉛筆でも見のがしはしなかった。いや、捜してもそんな鉛筆などなかったのである。警察はイングランド全土をあさって――ウィラトン自身が大いにけしかけたのだが――ウィラトンに、そういう奇妙な珍しい武器を売った男を捜し求めた。ウィラトンにはもとより、だれにでも、そんな妙な物を売った男は見つからなかった。けっきょくケルスタンは鋼鉄か銑鉄かの鉄片、鉛筆様の金属棒、そういう物で殺された、という結論に達しただけだった。

あの場でケルスタンを殺しうる状況にあったのはウィラトンだけだ、という事実にもかかわらず、私には彼のしわざだと信じられなかった。ケルスタンが力をつくして職業的にも社交的にもウィラトンをきずつけようとしていたことは、決してウィラトンの犯行の強い動機とはならぬはずだ。ウィラトンほどの知的な男には、役にたつ人物の信用を落とそうとする話を心ある人々はあまり問題にしないものだということなどよくわかっているはずだし、また、社交上の面目など、あまり気にする性格ではない。加えてかっとなれば簡単に人殺しもしかねない癇《かん》癪《しゃく》持ちだが、冷血な計画的な殺人をもくろむような陰険な男ではない。もし緻密《ちみつ》に計画した殺人を行なうとしたら、それはケルスタンのほうだろう。

親友の身として、私は留置所にウィラトンをたずねた。彼はちょっと感動したふうで、ありがたがった。私はここへの訪問者が私ひとりだったことを知った。ウィラトンはすっかりうちひしがれて、おとなしくなっているようすだった。今後もずっとこうした人間に成りきるのではないかと思われるほどだった。事件のことは、ためらわずにじゅうぶんに語ったが、当然、面食らっているようすがよくわかった。彼はきわめてあけすけに、前後の状況からして、きみがぼくのしわざでないと信じてくれるとは思わないが、と言い、だが実際自分のしたことでないし、また、何者のしわざか、どう考えても見当もつかない、と語った。私はウィラトンの犯行でないことを信じた。彼の話しぶりの中に、そう信じさせるなにかが含まれていたのだ。私は彼がケルスタンを殺したのでないことを確信するといった。ウィラトンは信じられないもののようにしばらく私をじっと見つめていたが、その目はやがて再び感謝のまなざしに変わるのだった。

ルースはもちろん、父の死で悲嘆に暮れていた。しかし、愛人ウィラトンの危急という一大事が、心を満たした哀惜《あいせき》の念をあるていど薄めるのに役だっていた。女は、男を相手にいくらでも激しく争うが、そのじつ相手が死をもって罰せられることを望んではいない。いまやウィラトンが死刑をのがれる見込みはきわめて薄い。しかもルースはウィラトンが父親を殺したのだとは、一瞬たりとも信じようとしなかった。

「いいえ、そんなことはありません――絶対に」ルースは強く言い切った。「父がヒューを殺した、というならわかります。父のほうには理由がありました――とにかく、父自身は、ある、と思いこんでいました。でも、ヒューが父を殺す、どんな理由がありますの？　父が一生懸命ヒューの悪口を言っていたことを、ヒューが気にしていたなんて、思うだけでも滑稽ですわ。人間はみんなそんなやり方で、人をきずつけ合っていますけれど、けっきょくたいした害を与えることはないじゃありませんか。そんなこと、ヒューのよく心得ていることですわ」

「そりゃあ、そのとおりだ。ヒューだってあなたのお父さんのおっしゃる悪口がたいしてききめがあったとは思わんでしょう。しかしね」と私は言った。「ヒューのあの怒りっぽい性質も考えてみなくちゃね」

「いえ、それもわかってますけど」とルースは言い返した。「あの人なら、いきりたって逆上したはずみに、人を殺すことぐらいあるかも知れません。でもあれは、だれがやったとしても、まえもってすっかり用意して、凶器を持っていってやったことですもの」

私といえどもルースの言い分はいちいちもっともだと認めざるをえなかった。が、それならだれのしわざだろう？　私はルースに向かって、あのとき浴場内に居合わせた者はことごとく、マッサージ師も浴客も警察側がひとりひとりくわしく調べたが、ケルスタンの係りだったマッサージ師以外は、ひとりとして時間的に犯行をなしえた者のなかったことを指摘した。

「その人たちの中か、殺しておいてさっと逃げて行った者があったのか、それともなにか罠《わな》が」といって、ルースは眉をひそめて考えこんだ。

「わかっている者以外に、あのとき浴場内にいた人がいたとは思えないが」と私は言った。

「いや、事実、そんなことはありえませんよ」

ついに裁判所はルースを検事側の証人として召喚した。それは多少不必要であり、妙であるとさえ感じられた。容疑者と被害者とのあいだの悪感情についてはすでに証拠は山ほどあって、いまさらルースを引っ張り出すにもおよばなかったからだ。犯行の動機を証明するためにあらゆる手を打っておきたいのだろう。ルースは事の真相を根底まで突き止めるために知能をしぼったと見えて、右の眉の上に深い縦皺《たてじわ》ができて、消えぬままであった。

公判の朝、私は朝食後ルースを誘って私の車でニューベイリーの法廷まで連れていった。ルースは寝不足のように青ざめて、もっともなことだが、おさえがたい興奮に悩んでいるようだった。内心の興奮をあからさまに見せているようすは、彼女らしからぬことだった。上ずった声で一言、「きっとそうよ！」と言ったきり、あとは口をきこうとしなかった。

私たちはもちろん、ウィラトンの弁護士のハムリーという人とじゅうぶんに連絡をとっていたので、ハムリー氏はわれわれふたりの席を自分の席のすぐうしろにとっておいてくれた。彼はルースをこの場に加えることによって、光を投ずることができるような疑点が現われてくればいいと願っていた。なんといっても、ウィラトンとケルスタンとの関係についてだれよりもよく知っているのはルースだからである。私たちはちょうどうまい時刻に到着した。いま陪審員が着席したところである。もちろん、廷内傍聴席は女でいっぱいだった。貴族夫人、著述家夫人、政治家夫人、たいていは過度に着飾り、香水の匂いをぷんぷんさせていた。

いよいよ裁判長登場、同時に廷内はあの、殺人事件の公判に特有の、神経の張りつめた雰囲《ふんい》気《き》にとざされてしまった。臨終の病室のような雰囲気、いや、もっと悪い。

ウィラトンがはいってきて、被告席に座を占めた。めいって、すっかりしおれて見えたが、それでも腹は据えたらしく堂々としっかりした声音《こわね》で、自分は無罪であると述べた。

主任検事グレイトレクス氏の論告によって、起訴事実が開陳《かいちん》された。そこには、警察側がその後なんら新事実を発見したらしい形跡はなかった。検事は陪審団に向かって、凶器が発見されていないという事実をあまり重視しないでほしいと述べた。もちろん、彼としてはそう言わざるをえないわけだ。

ついで、例の浴客ヘルストン氏が、刺殺されたケルスタンを発見したときの状況について証言し、また、いっしょだった三人の浴客もともにウィラトンとケルスタンの口論を聞いたことや、ウィラトンが、しかめ面で明らかに憤慨したようすで熱室から出てきたことなどを述べた。四人の浴客の中のひとり、アンダウッドというおしゃべりらしい老人は、あんなすごい口論はいままでに聞いたことがないと述べた。四人とも、行方不明の凶器をそのときウィラトンがタオルの下にくるんで出てきたかどうかについては見当もつかなかった。ウィラトンが手にはなにも持っていなかった、ということは四人とも断言した。

次は検察医の証言だった。解剖医に対する交互尋問で、ウィラトンの顧問弁護士ヘイゼルディーン氏は、凶器がかなり大きな形の物だという事実をはっきりさせた。先をとがらせた丸い刃の部分は直径半インチ以上、長さは三インチと四インチの間。それだけの厚さの棒をあれだけ深く体内に打ちこむには柄の部分がすくなくとも四インチはなくてはならない、それでなければしっかりと握れない、というのが医師たちの一致した意見であった。鋼か、銑鉄か、鉛筆のように先をとがらせた延べ棒の類である見込みが大きい、ということも認めた。とにかく、かなり大きな物で、浴場内で簡単にかくせたり消え失せたりするようなものでないことは確かだ。ただしヘイゼルディーンは、茶の葉についての医師の証言をゆるがすことはできなかった。医師たちは確信をもって、それが凶器と共に傷口へ突き込まれ、刃によって両断されたものであると述べ、つまりケルスタンの刺されたのは魔法瓶から茶を飲んでいる最中であったことを明示する結果となった。

　事件担当の警部ブラケットは、見えざる凶器捜索の経路について非常に長い交互尋問を受けた。そうして、トルコ風呂の建物の中にはどこにも、熱室はもちろん、マッサージルーム、更衣室、待合室、帳場にも、凶器は絶対になかったことを明らかにした。蒸し風呂も全部空にして調べた。屋根も上って調べた。もっとも温室の天井（犯行現場だった熱室ではないが）には明かり取り窓があるが、犯行時には閉じられていたので、そこから投げ出すことも不可能だったわけであるが、念のため屋根もくまなく調べつくしたという。検事の再尋問にこたえて警部は、ウィラトンに共犯がいて、彼の代わりに凶器を持ち去ったのかもしれないという考えを一笑に付した。

　マッサージ師は、きわめて周到に事に当たっていることがよくわかる陳述ぶりであった。ウィラトンがあまり物凄い苦《にが》い顔をしてはいってきたので、こんなに機嫌を悪くするなんて何ごとが起こったのかとあきれたほどだったと述べた。今度は、父親とともに弁護士をつとめているヘイゼルディーン氏の子息アーバスノット氏がこの男に反対尋問を試みて、まず、もしウィラトンが隠し場所のない熱室に凶器をかくして置いてきたのでなければ、タオルの中にかくすほかはなかった、ということを、まえよりはっきりさせた。それからさらに、次の事について、明確な陳述をマッサージ師から導き出した。すなわち、ウィラトンが、自分のマッサージを受けている寝椅子の傍にタオルを置いたこと。騒ぎを聞いてウィラトンが温室のほうへ戻っていったときも、マッサージ師はその姿をずっと見ていたこと。したがってマッサージ師の目をごまかしてなにか細工をする余地はなかったこと、マッサージ師が温室からマッサージルームへ戻ってきたとき、ウィラトンはまだ温室に残って事件のことを皆と話しあっていたこと。そのときタオルは先刻ウィラトンが置いたままのようすで床の上に置かれてあり、凶器も中にかくされてはいず、血の跡もなかったこと。

ウィラトンの共犯が忍び入り、タオルから凶器を取り出して、また忍び出ていったという可能性については、先に警部が否定していたので、いま、マッサージ師の証言と合わせて、結局凶器は熱室を出ていないはずだということが明らかになった。

次に検事はケルスタンとウィラトンの仲違いの状態についての証言を求めた。三人の有名なかつ信用ある人物が、ウィラトンの名誉をきずつけようとするケルスタンの努力や、ケルスタンの口にした悪口について、陪審員に説明した。三人の中のひとりは、これをウィラトンに教えてやることを、友人としての義務と感じてそうしたこと、聞いたウィラトンが激怒したことを述べた。そこでアーバスノット氏は反対尋問によって、ケルスタンがだれのどんな悪口を言おうと、彼の最高級のつむじ曲がりは皆がよく知っているので、たぶんに割引して聞かれるのが常だったという証言を引き出した。

マッサージ師に対する交互尋問の終わりごろから今の三人の紳士の証言のあいだじゅう、ルースがもじもじしながら、だれかを待ちかねるように法廷の入り口のほうを振り返って見ているのに私は気がついていた。それは、ちょうどルースが次の証人台へ呼ばれたときだった。ひとりの丈の高い、猫背の、髪もひげも半白の六十歳ばかりの男が、厚紙にくるんだ包みを持ってはいってきた。見覚えのある顔だと思ったが、はっきり思いだせない。男はルースと目を見合わせてうなずいた。ルースは激しい安堵《あんど》の吐息をつき、身をかがめて、なにか手の中に持っていた紙片を弁護士に渡すと、はいってきたごま塩ひげの男を手で招いて弁護士を指さした。それから静かに証人席に歩いていった。

ハムリーはその伝言を読むとすぐにかがみこんでそれをヘイゼルディーンに手渡し、なにか話した。私はその声をひそめた口調の中に興奮の現われを聞きとった。ヘイゼルディーンもその手紙を読んで同じように驚いたようすだった。ハムリーは席をぬけ出て、例のごま塩ひげの男の所へ行った。そのとき男はまだ正面通路のドアをはいった所に立っていたが、ハムリーに向かって熱心になにか話しだした。

検事グレイトレクスがルースへの審問を開始したので、おのずから私の注意もルースのほうに向けられた。検事の審問はやはりケルスタンとウィラトンの険悪な間柄の究明に向けられた。ルースはケルスタンの脅迫的な行動についていくらかを陪審員の前に語らざるをえない羽目になった。ついで検事は、ルース自身とウィラトンの関係、婚約の破棄、それがいかに父のケルスタンを怒らせたかについて問いただした。ルースは、父の怒りはすこぶる激しく、なんとしてでもウィラトンをやっつけてやろうと決心したと言ったことを認めた。私はルースが、父親のこの決心を強調しようとして過ちをおかしているように思った。これは陪審団のウィラトンに対する偏見をさらに強め、父親の正しい怒りに対する同情を起こさしめ、ウィラトンが危険な敵であるという印象をますますはっきりさせるのに役だつばかりだと私には思われた。しかしルースは、ウィラトンがルースに対し不誠実だったという父ケルスタンの考えは間違いだと主張しようとするのだった。

ヘイゼルディーンが立って、ルースに対して、自信に満ちた態度で反対尋問をはじめた。そして、婚約の破れるまではケルスタンとウィラトンの友情はすこぶるこまやかなものがあったことを、ルースの口から引き出した。

さらにヘイゼルディーンはたずねて、「婚約の解消後、容疑者が一度ならずあなたに許しを請《こ》い、婚約の更新を望んだというのは事実ですか？」

「四度、そう言ってきました」とルース。

「で、あなたは拒絶なさった？」

「はい」とルースは言った。そしてからかうような目つきでウィラトンのほうを見て、つけ加えた。「こらしめてあげようと思いまして」

裁判長が聞いた。「では、けっきょくは許してやるつもりだったのですか？」

ルースはちょっとためらった。そしてどうやら率直な答えを回避しようと思ったらしかったが、ウィラトンのほうを見て、はっきり顔をしかめて見せてから、言った。

「ええ、まあ、せく事はなかったんですの。私さえその気になればあの方はいつでも結婚してくれるでしょうから」

「お父さまもそれをごぞんじでしたか？」と裁判長。

「いえ、父には話しませんでした。私もウィラトンさんに対して、腹をたてておりましたから」とルースが答えた。

短い沈黙があった。それからまたヘイゼルディーンが問題を変えて尋問をはじめた。同情に満ちた口調で彼はたずねた。「お父さまは癌でひじょうに苦しんでおられたというのはほんとうですか?」

「最近はひどくなっていたようでした」とルースは悲しげにいった。

「遺言書を作成して身辺をすべて整理されたのは、亡くなられる数日まえだったのですか?」

「三日前でした」とルース。

「自殺したいというようなことを、もらされたことはありませんでしたか?」

「しばらくはがんばるつもりだが、けっきょくは自分で片をつけるよ、と申しておりましたが」とルースはいって、ちょっと言葉を切ってから、いいたした。「そして、その言葉どおりにしたのですわ」

いうならば、法廷はこの瞬間に飛びあがった。廷内のだれもが一様に身動きしたので、服のすれあう音が一体となって一種の響きを起こした。

「いまおっしゃった事の理由を法廷に対して説明していただきたいのですが」とヘイゼルディーンがいった。

ルースは勇気をふるい起こそうとしているようだった——たいそう疲れて見えたが——が、やがて静かな、冷静な声で語りだした。

「私、ウィラトンさんが父を殺したなどと、ほんのちょっとでも信じたことはありませんでした。父のほうがウィラトンさんを殺したというなら、それはまた別問題ですけれど。もちろん、皆さんと同じに私も凶器の問題で頭を悩ましました。凶器の正体が何であったか、いえ、どういう物でなければならなかったか、と考えました。私にはそれが先のとがった半インチ幅の鉄の棒だとは信じられませんでした。もしだれかが私の父を殺して凶器をかくす、というつもりでトルコ風呂へ来るとしたら、そんな大きくて隠しにくい凶器をわざわざ使おうとはしないでしょう。婦人帽の留めピン一本でもじゅうぶん役にたちますし、隠すのにずっと楽ですもの。そこで私がいちばん頭をひねりましたのは、傷口の中にあった緑茶の葉のことでした。瓶から出た茶かすは、傷の中のもの以外は全部床にこぼれていました。ブラケット警部がそう教えてくださいました。で、中の一枚だけがちょうどうまく父の心臓の上の所の、凶器の刃先の当たる一点にひっかかって、刃先といっしょに体内へ突っ込まれたのだとは、信じられませんでした。納得《なっとく》しにくいほど、うますぎる偶然です。でも、皆さんと同じように、それ以上は私も、考えてもなかなか真相に近づくような解釈が浮かびませんでした」

ルースは言葉を切って、水を一杯もらえまいか、昨夜一睡もしないで疲れているので、と頼んだ。コップはすぐ運ばれた。

やがてルースはいままでどおりの静かな声で話をつづけた。

「もちろん、私は、父が『けっきょくは自分で片をつける』といった言葉を覚えておりました。でも、あんな傷を負った人間が、立ちあがって凶器をかくす、などということはできるわけがありません。だからあのばあい、自殺ということはありえないように思えました。ところが、おとといの晩、私、夢を見ました。私が父の研究室へはいっていきますと、鋼鉄の棒が一本、先のとがったのが、いつも父の仕事をしていた机の上に転がっている、そういう夢なのです」

「夢とは！」と検事グレイトレクスはちょっと憐れみを含んだ口調でつぶやいた。裁判の進行ぶりが気に食わないという態度だ。

「もちろん、私もそんな夢のことなど、あまり気にもとめなかったのです」とルースはつづける。「あまり長いあいだ、事件のことばかり思いつめていたのですから、そのくらいの夢を見るのは当然ですもの。ところが、朝食のあとで、急に、もし私が事件の真相をつかみうるとしたら、その鍵《かぎ》は父の研究室にあるのではないか、という感じに襲われましたのです。私は『勘《かん》』というものを、あまり信用するほうではありませんけれど、そのときはその感じが強くなる一方でした。そこで、昼食をすませてから、研究室へ行っていろいろと調べにかかりました。

戸《と》棚《だな》も引き出しも全部開いて見ましたが、なんの手がかりも見当たりません。そこで部屋中をぐるっと見まわって目にはいる物一つ一つの中身まで見落とさないようにのぞきこんで歩きました。実験器具も、レトルトも、チューブも、その他なにひとつ見のがさないように調べました。それから部屋の真ん中に立って、ゆっくりと周囲を見まわしました。入り口に近い壁に接して、仕事を終わって取り除けるつもりらしく、ガスのシリンダーが一個置いてありました。なんのガスがはいっていたのかとそれをひっくり返してみましたが、ラベルが貼ってないのでわかりません」

ルースは言葉を切って、ここが聞きどころですよというように廷内を見わたしたが、やがてまた話をつづけた。

「これは妙なことなのです。ガスのボンベには必ずラベルが貼ってあるものでございます――なにしろガスは危険なものが多うございますから。私はシリンダーの口を開いてみましたが、なんのガスも漏れてくるようすがありません。空っぽなのです。そこで、研究室へ買い入れた品全部が記帳してあるノートを調べてみますと、父が亡くなる十日まえに、二酸化炭素のシリンダー一缶と、氷を七ポンド手に入れていることがわかりました。そしてそれから死ぬ日まで毎日七ポンドずつの氷を買い入れているのです。氷と二酸化炭素、私、それでわかりました。二酸化炭素、いわゆる炭酸ガスは凝固点が非常に低くて――零下八十度です――、その状態でシリンダーから吹き出されて、空気とまじりますと、たちまちひじょうに細かい雪片ようの固形になります。その雪に、圧力を加えて固めると、最も固い氷ができます。私の頭にひらめきましたのは、父がこの雪を集めて、型に入れて固めて武器を造ったかもしれない、その凶器ならあの傷を負わせられるだけでなく、すぐ蒸発して消えてしまう、ということです！　まったく、どんな凶器であったかは、あの場所の熱気を考えに入れなければわからなかったのです」

もう一度言葉を休めてルースは、どんな語り手でも本懐とするであろうほど夢中になって聞いている満廷の人々の顔を見渡した。それからまた話をつづける。

「私にはそのとき、父のしたことがすっかりわかりました。はっきりとつかめたのです。二酸化炭素の氷、いわゆるドライアイスならば固い丈夫な短刀になりましょうし、トルコ風呂の熱室の中でならすぐ蒸発してしまい、無刺激性の物ですから匂いも残しません。だから凶器は見当たらないはずです。それで、お茶の葉のことも同時に説明されます。父がドライアイスの短刀をつくりましたのは、それを使う一週間まえだったかもしれませんし、一日まえだったかもしれません。とにかく、造るやいなや、魔法瓶におさめたのでしょう。魔法瓶はご承知のように、外部の熱も冷気も遮断して中へ通しません。が、それでも短刀を使おうとする間ぎわまで少しも溶けないことを確実にするために、魔法瓶を氷の中に漬けておいたのです。それではじめてお茶の葉のことが説明できます。瓶の底にあった葉が短刀の先にくっついて取り出され、体内へ刺し込まれたのです！」

ルースはまた言葉を休めたが、同時に法廷そのものがほっと深い安堵のため息をもらしたようだった。

「しかし、なぜあなたはその推論をすぐに警察へ話してはくださらなかったのですか？」裁判長がきいた。

「でもそれはだめですわ」とルースは、すぐに言いかえした。「私ひとりで納得したところでなんにもなりません。皆さんに信じていただかなければならないんです。証拠を見つけなければなりません。それを捜しにかかりました。なにかあるにちがいない、と心の底から感じられたのです。私が見つけたかったのは父が二酸化炭素の雪を入れて圧縮して短刀の形を造った鋳型のような物でした。ありました！」

凱歌《がいか》のように声を張ってルースはウィラトンに微笑みかけた。そして言葉をついだ。「すくなくとも、その型の破片は見つかりました。実験の屑やきれはしや破損器具を捨てるのに使う箱の中に、いくつもに割れてばらばらになったエボナイトのきれはしがありました。一目見て、なにかの容器のこわれたものだとわかりました。その中身になるくらいの大きさの棒を蠟を丸めて造り、こわれたエボナイトの枠をそのまわりに貼りつけてみました。おおよその形ですけれど、――一部分はどうしても見つからないきれはしもありましたので――ほとんど一晩中かかりました。でもいちばんかんじんの所はありました――とがった刃先です！」

　ハンドバッグへ手を突っ込むと、長さ九インチ、厚さ四分の三インチばかりのなにか黒い物を取り出して、皆に見えるように高くさし上げて見せた。

だれかが、思わず拍手し出した。あらしのような喝采《かっさい》が起こって、「静粛《せいしゅく》に」という廷丁《ていてい》の声を打ち消してしまった。

　その喝采が静まるのを待って、ヘイゼルディーンは呼吸をはかってここぞとばかり言った。

「それまでです。この証人に対し、これ以上質問はありません」そうして静かに腰をおろした。

　その巧みな演技は、深く私の眼底に焼きついてとどまる感があった。陪審員たちも同じ思いだなと私は感じた。

　判事は身をのりだして、ルースに向かい、少し驚きにうちひしがれたような声でいった。

「あなたは、あなたのお父さまほどの高名な方が、被告を無辜《むこ》の罪で死刑にしようと計画して亡くなられたのだ、ということを、陪審員諸氏に信じさせることを望まれるのですか？」

　ルースは裁判長を見て、ちょっと肩をゆすって答えたが、その態度には、もっとずっと年長の婦人のみがもっているはずの、清濁《せいだく》ともにやむをえぬ人間性の現われとして冷静に受け入れる、世馴れた感受性が見られるのだった。「はあ、つまり父はそういう人間だったのでございましょう。それに父としては、ウィラトンさんを殺してもさしつかえない、じゅうぶんな理由があると信じていたにちがいございません」

その声音にも態度にも、確かにケルスタンがそういう人物であったたし、その性質に従って行動した当然の結果だったのだと、人々に納得させるものがあった。

検事グレイトレクスは、ルースに対して再尋問を試みないで、ヘイゼルディーンと打ち合わせをした。それから、ヘイゼルディーンが立って法廷は弁護の段階にはいった。ヘイゼルディーンは、自分は法廷の時間を空費することを望まない、すでにケルスタン嬢がその父上の死の謎を解かれたことは明瞭であるという見地から、ただひとりだけ新しい証人を喚問したい、それはモズリー教授である、と述べた。

半白の頭髪、半白のひげの猫背の老人、遅れて入廷したさいぜんの人はいま証人席にはいった。見覚えがあったはずである。新聞紙上の写真で幾度も見た有名な顔だ。彼はまだ厚紙に包んだ荷物をさげていた。

ヘイゼルディーンの質問に答えて博士は、二酸化炭素からそういう凶器を造ることは、可能どころか容易なことで、それはじゅうぶんに固く、丈夫でかつ鋭くて、ケルスタンの死因をなしたような刺傷をつくりうるはずだと述べた。

製作の方法は、かもしかの皮をまるめて袋の形につくり、手袋をはめて保護した左手でその袋を持ち、液体二酸化炭素を詰めたシリンダーの口の上からあてがい、右手で栓を開く。二酸化炭素はひじょうに早く気化するので、そのあいだに凝固点の氷点下八十度にはすぐ達する。そして雪状に固形化して袋の中にたまる。ガスを全部はらってからその雪状体を必要な容積のエボナイトの容器にすくい取り、エボナイトの棒を使って押し詰めて必要な固さに突き固める。その間も溶けないように容器を氷で包んで冷やしているほうがよいと教授はつけ加えた。それからできあがったドライアイスの棒、すなわち凶器を魔法瓶の中へ入れて、必要なときまでたくわえておくわけである。

「で、そういう棒を、あなたも造ってこられたのですか?」とヘイゼルディーン。

「さよう」と教授はいって、紙包みの紐を切りながら、「ケルスタン嬢がけさ七時半に、寝ている私を叩き起こしましてな、彼女の発見を話しにきたといわれるのです。そのとき私は、父上の死の謎の解決をえられたのだなと、すぐさとりました。あれは私もさんざん考えてわからないでおりましたので。そこで急いで朝食をすませてから、私も法廷の皆さんの合点のいくように、自分でそういう凶器を造ってみなけりゃならなかったようなわけで。これです」

教授は紙包みから魔法瓶を取り出し蓋を取って瓶を逆さにした。手袋をはめた手の上へ、僅かにきらりと光りながら落ちたのは、長さ八インチばかりの白い棒だ。教授はそれを陪審団に見せるためにさし出しながらいった。

「この二酸化炭素の氷は、知られている範囲では最も固くて丈夫な氷です。ケルスタン氏がこれと同様の物で自殺されたことは疑いないと思います。彼の用いた物とこの棒との相違は、氏の用いたものは先がとがっていたということです。私はそういう型を持っていませんので。しかしケルスタン嬢がつぎあわせて見られたエボナイトの型は先が尖っています。疑いもなくケルスタン氏は特別に注文して造らせたのでしょう。多分ホーキンズ・スペンサー会社ではないかと思うが」

教授は棒を魔法瓶の中へ戻してその口を締めた。

ヘイゼルディーンは腰をおろし、グレイトレクスが立ちあがった。

「その棒の先端についてですが、教授、それはあの蒸し風呂の熱気の中で、少しも溶けずに、人の膚を突き通しうるほどの鋭さがくずれないものでしょうか？」と検事はたずねた。

「私の考えでは、だいじょうぶだと思いますな」と教授は答えた。「私もその点はよく考えてみましたが、考慮すべきことは、ケルスタン氏が職業がら、手先の操作がきわめて鮮かな人物であり、必要な操作をよく心得ておられる科学者であったことで、彼が凶器を瓶から取り出してここと思う場所へ押し当てるまでには一秒以上は要さなかったでしょう――いやおそらくはもっと早かったろうと思う。彼はそれを左手で握って右手でその柄の尻をたたいてつっこんだのだ、と私は思います。すべてで二秒とはかからなかったでしょう。それに、もし棒の先端が溶けかかっていたとしたら、茶の葉も凍りつかずに落ちてしまっていたでしょう」

「ありがとう。それだけです」と検事グレイトレクスはいって、ふりかえって検事団と打ち合わせていたが、やがて裁判長に向かっていった。「われわれは本件に関し、これ以上の審理を要請いたしません」

陪審員の代表がすぐに立ちあがっていった。「陪審団もこれ以上の審問をうかがう必要を認めません。じゅうぶんな満足をもって被告の無罪を認めます」

「よろしい」と裁判長はいって、形式的に陪審団に判定を求めた。答申された評決はもちろん「無罪」だった。ウィラトンは放免された。

私はルースといっしょに法廷を出てウィラトンを待った。

まもなく、彼は出口から出てきたが、立ち止まってからだをゆすった。それからルースの姿を見つけてこちらへやってきた。ふたりはお互いに挨拶《あいさつ》の言葉も交さなかった。ルースはさっと男の腕の下へ手をくぐらせた。そうしてふたりは裁判所構内を出ていった、ふたりを祝福する人々の歓声をあとにして。

キプロスの蜂

アントニー・ウィン
井上一夫 訳

The Cyprian Bees　一九二六年

フリーマンのソーンダイク博士のように、このユーステス・ヘイリー博士も医師兼探偵である。ヘイリー博士は**アントニー・ウィン** Anthony Wynne (1882.5.22–1963.11.29) の長短編の推理小説に登場する主人公。短編集 *Sinners Go Secretly* (1927) に収録。

警視庁《スコットランド・ヤード》のバイルズ警部は、ヘイリー博士の前のテーブルに、小さな木箱をおいた。

「ねえ博士、いくらあなたでも、ちょっと解けそうもない謎があるのですが」

警部は陽気な口調で言った。

ヘイリー博士は大頭をのり出して、箱を克明にながめた。ただの木ぎれをくりぬいて、同じような木の蓋をいっぽうのはしに釘でとめた箱である。蓋はその釘を中心にまわるようになっている。博士はその蓋をあけようと手を出したが、バイルズ警部がすぐにそれを押しとどめた。

「危ない！　その箱には、生きてる蜂《はち》が三匹はいってるんですよ」大声で言ってから、説明をくわえる。「最初は四匹はいっていたんですが、役所の同僚が、中身が何か調べもせずにうっかりあけてしまったので、その一匹に刺されたんですよ」

警部はあらためて椅子《いす》の背によりかかると、ヘイリー博士にもらったすばらしい葉巻きを、ふかぶかと一服した。警部がだまりこくっていると、おもてのハーリー街を、重いトラックが轟音《ごうおん》をたてておりすぎる。やがて、警部は口をひらいた。

「きのうの晩、うちの部下のひとりが、ピカデリー広場のクライテリオン劇場の前で、溝のなかにこの箱がおちているのを見つけたんです。ふしぎに思って、その男は本庁《ヤード》にもってきました。職員のなかにも、ちょっと名のとおった養蜂家というのがひとりいまして、その男の説では、これはみんな働き蜂で、働き蜂をこんなふうにして持ち歩くのは正気じゃないというんです。女王蜂なら、箱にいれて運ぶということも間々《まま》あるようですがね」

ヘイリー博士は眼鏡《めがね》をあげて、目にあわせた。

「それは私も聞いている」博士はかぎたばこの箱をあけると、大きくつまんで鼻につめた。

「もちろんバイルズ君、この小箱が蜂をいれるまえは何に使われたものか、ごぞんじだろうね」

「いえ――知りませんね」

「血清だよ――ジフテリヤの血清か、なにかそんなような種類のものだ。じっさい、そういうものを作っとるメーカーは、みんなこういう容器を使っているね」

「へえ！」警部は椅子からのりだした。「そうすると、どうみてもこれは、蜂の持ち主は医者ということになりますな。これはおもしろい！」

ヘイリー博士はかぶりをふった。

「そうはいかんよ。この箱は、医者が中身を使ってから、その病人の家においてきたものかもしれん。それを患者が、こんどの目的に使ったとも考えられるよ」

バイルズはうなずいた。ちょっと口ごもっているようだったが、やがて口をひらく。

「わざわざあなたをわずらわせたわけは、じつはきのうの晩、ライセスター広場で女の死体が見つかったんです。自動車の運転台で死んでたんです。車はクーペで、窓はしまってました。その女は、死ぬ直前に蜂に刺されているんです」

警部の口調は静かだったが、いま打ちあけている話が警部の心にかなり重くのしかかっているということは、その声にあらわれていた。警部は話をつづけた。

「死体はすぐに医師の検死をうけたんです。おでこのところに、蜂に刺されたあとがあるのがわかりました。死んだ蜂は、あとで車の床から見つかりました」

話しながら警部は、ポケットから別の箱をだして蓋をひらいた。それを博士のほうにさしだす。

「この蜂の死骸には、かなり珍しい特徴があるのにお気づきでしょう。この黄色い輪です。役所の専門家の意見では、これはキプロス蜂という特殊な種類の蜂の特徴で、たちが悪いので有名な蜂なんだそうです。おかしなことには、その木箱のなかの蜂も、やはりキプロス蜂なんです」

ヘイリー博士はかたわらのテーブルの上の大きな虫眼鏡をとると、その蜂の死骸にあててみた。蜂に関する博士の知識はたいしたものではなかったが、この蜂が普通のイギリスの茶色い蜂とは種類がちがうことはわかった。博士は虫眼鏡をおくと、楽にすわりなおした。

「たしかに、ずいぶん変わった事件だな。きみになにか考えでも？」

バイルズ警部は首を横にふった。「なにもないんです。あの女のばあいは、おそらく蜂に刺されたショックで頓死《とんし》したのだろうという推定だけです。その女があわてて車を端によせて止めたところを見ている人間がいます。だから女は、自分がどうなるか予感はしていたんでしょう。しかし、蜂に刺されて心臓がいかれるなんてことが、あるもんでしょうかねえ？」

「ないとはいえんがね」博士はまたかぎたばこをつまんだ。「一度、古い話だが、私もそんなような事件に直接ぶつかったことがある。あれは養蜂家だったが、養蜂をやめて何年かたってから蜂に刺されたんだ。五分ばかりで死んでしまった。しかしあれは、過敏症《アナフィラキシ》のわかりきった症例だった」

「私にはわかりませんが」

ヘイリー博士はちょっと考えてから説明した。「アナフィラキシというのは、医学界でももっともおもしろい現象の一つにつけられた名前でね。人体というものは、血清とか血液とか、あるいは動物のからだから抽出した液やなにかを注射されると、あとになってその物質に対して恐ろしく敏感になるんだ。たとえば、あひるの卵白《らんぱく》を人体に注射して、一週間かそこらたつと、その人間はあひるの卵白には恐ろしく敏感になり、それ以上その注射をしたら、即死するかもしれなくなるんだ。

あひるの卵を食べるだけでも、激しい嘔吐《おうと》をしたり失神したりするかもしれん。そのくせ、鶏の卵ならなんともないのだ。ところが、おかしな話だが、その注射がたとえば最初の注射から一日以内になら、くりかえしてもなんの故障もおこらないのだ。感受性が過敏になるのに、最初の注射から次の注射まで、かなりの時間が必要だからだ。一度その過敏な性質ができてしまうと、これは何年も消えない。私がたまたまたちあった、急死したその養蜂家も、まえにはさんざ蜂に刺されていたのだが、かなりながいあいだ、蜂から離れて刺される機会がなかったんだ」

「驚きましたなあ！」警部の顔は、あらたに興味をかきたてられたような表情だった。「そうすると、ほんとうにこいつは――殺人事件かもしれないといえるんですね」

警部は殺人という言葉に、なんトンという畏怖《いふ》の重みをこめていった。ヘイリー博士には、すでに警部の人狩りの本能が目ざめているのが見てとれた。

「ただ、ありうるというだけのことだよ。ねえ警部、人殺しがこんな手を使うには、あらかじめその犠牲者に蜂の毒をある程度の量、あたえておかなければならない――しかも注射でだよ。これを忘れてはいかんよ。一度刺されたぐらいでは、それほど過敏にはなりっこないのだから。つまり、かなりむりなことをしなければならないし、当然そんなことをすれば、最初の目的ははたせなくなるだろう。ただ、犯人が医者なら話は別かもしれん」

「ああ、だから血清の木箱が！」警部の声がふるえた。

「そうかもしれん。医者ならたしかに、蜂の毒をもっていたら、血清や普通のワクチンのかわりに、その毒液を注射することはできる。かなり痛いだろうが、患者はどうせ注射は痛いものと覚悟しているだろう」

警部は腰を浮かしてたずねた。「調べようはないんですか？　つまり、死体にいまうかがった過敏性があったかどうか、痕跡を調べる手だては？」

「ないなあ」

「では、情況証拠を手がかりに捜査をするしかありませんな」警部は鋭く息をすった。「女の身許《みもと》は、バードウェルという絵描きの後家さんだとわかってるんです。パーク・マンションズという高級アパートに、つづき部屋のぜいたくなやつをもっていて、かなりいい暮らしをしていたようです。しかし、まだいまのところ、身よりというようなものはひとりも見つかっていません」ちらっと時計をのぞいて、「もう行かなくては。いっしょにきていただくわけにはいかんでしょうな?」

ヘイリー博士のかなりひややかな目が、ぱっと輝いた。返事のかわりに立ちあがると、そのまま警部の前に仁王立《におうだ》ちになる。

「バイルズ君、きみにすすめられたらわたしがことわれないのは、知ってるはずだよ」

パーク・マンションズのそのつづき部屋は、ぜいたくといえばかなりぜいたくだが、そうでないといえば、そうでもない。むやみと家具調度をかざりたててあるのだが、なにかおちつかないところがある。ちょうど、部屋の主《ぬし》がそういう快適な雰囲気をおちついて楽しめなかったという感じだ。とにかく部屋は家財道具でいっぱいで、無造作にならべてあるからまだ助かっているのだが、さもなければひどくいやらしく見えるだろう。ここに住んでいた女は、なんでもかまわず買いこんでしまって、しかもみんなほったらかしにしてしまったのだ。たとえばその食堂では、凝《こ》ったアン王朝風のサイドボードが、まがいもののクルミ材《ウオルナット》で作った見るもおぞましきヴィクトリア風肘掛け椅子と仲むつまじく同居している。居間でも、すばらしい黄金の筋に美をたたえた、ベニスのガラス細工の最高期の花瓶があると思うと、そのとなりにはぎょっとするほどいやらしい、ボヘミヤの三流工場で作った金メッキ・ガラスの典型がならんでいる。

ヘイリー博士は、死んだ女の心像を作りはじめた。移り気で強欲で派手で、しかもある種の本能的な魅力をそなえている女だろう。若くて美しかったら、男など頭から丸のみにしてしまうような女だ。そういう種類の女がその愛人たちを、浪費や不貞により自棄《やけ》に追いやることがよくあるのは、博士も経験から知っていた。その蜂の持ち主は、自分より力のあるライバルにこの女を奪われるという屈辱からのがれるため、この恐ろしい道をたどることになったのではないか？　それとも、その男はただ、鼻についてきたこの女をじゃまに思って、片づけてしまっただけなのであろうか？　いずれにしても、もしこれが殺人であるという意見が正しかったら、犯人とこの殺された女とには、医師と患者という関係があったにちがいない。しかも犯人は、きっと自分の養蜂場をもっているはずである。

バイルズ警部にテドキャスターと紹介された若い刑事が、すでに部屋のなかはこまかに捜査をすませていた。手がかりになりそうなものはなにも見つからず、写真一枚出てこなかったのである。しかも、両どなりの住人も、役に立つようなことはなにも知らないのだった。ミセズ・バードウェルには、いつも暗くなってから訪ねてくる男の友だちが何人かいたことはわかったが、その連中は彼女に手紙をよこすような習慣はなかったらしく、手紙があったとしても、彼女はみんな破り捨ててしまっていたらしい。ここ数週間は、メイドも使っていないようだった。

「では、なにも見つからなかったわけだな？」警部はがっかりしたように言った。

「はあ――ただ、もちろんたいした手がかりにはならないと思いますが、こんなものが――」

テドキャスターはまるめた紙きれを出してみせた。〈タイムズ〉ブック・クラブの、『ロバート・ブラウニングの愛の詩集』のレシートだった。客の名はもちろん書いていない。

バイルズ警部はそれをヘイリー博士に渡した。博士はしばらくだまって見ていたが、やがてたずねた。

「どこで見つけました?」

「寝室の暖炉のなかです」

博士は考えこむように目を細くする。

「ここの主が、そんな詩集に興味をもつとは思えんが」

博士はその紙片をたたむと、ていねいに自分の財布にしまって、話をつづけた。

「しかし、ブラウニングの愛の詩にぐっとくるようなご婦人もいるわけだ」博士は眼鏡をなおすと、若い刑事のほうをながめた。「それで、かんじんの本は見つからなかったでしょうな?」

「ええ。寝室に小説本はすこしありましたが、詩集はぜんぜんありませんでした」

ヘイリー博士はうなずいた。その本を見せてくれといって、本棚《ほんだな》をくわしく調べる。小説はすべて、毒々しいポルノ小説ばかりだった。博士の予想どおりだった。一冊ずつひらいてみて、とびらのページに目をとおす。なにか書いてあるものは一冊もなかった。博士は警部のほうにふりかえった。

「そのブック・クラブのレシートは、ミセズ・バードウェルが金を払ったものでないことは、賭けてもいいね。それに、その本というのが、彼女のために買ったものでないことも、賭けてもいいくらいだ」

　警部は肩をすくめた。

「そうかもしれない」と気のない返事。

「では、なぜそのレシートがこの部屋にあったか？」

「ねえ博士、そんなこと、私にわかるわけがないでしょ？　たぶん、そのレシートをもっていた男が、ここで捨てちまう気になったんでしょうよ」

　博士はかぶりをふった。

「恋歌の詩集なんて、男が自分で読むために買うものではないよ。それに、そういう意味では、女も自分では買わないな。そんなものを買うのは、ほとんど判で押したように、自分たちが関心をもっている人間のために買ってやるのだね。そんなことは、だれでも知っていることだと思うな」

　博士は口をつぐんだ。バイルズ警部がじれったそうな顔をする。

「それで、どうなんです？」

「したがって、たいていの男は、ほかの女にそんなものを買ってやったことを、女にはかくすものだ。つまり、ミセズ・バードウェルと親密な仲の男が、ほかの女に関心をもっているというわかりきった証拠のようなものをこの部屋にのこしていって、彼女の嫉妬《しっと》をかりたてるようなことをするとは、ちょっと信じられないな。この気の毒なご婦人に、この本を贈るような男がいなかったことは、きみにもわかるだろう」

警部は肩をすくめた。この話は証拠としては裏づけがないように思えたのである。困ったような目つきで、寝室をじろりとながめまわす。

「なにか手がかりがあればいいのだがなあ――なにかはっきりした、だれか特別の人間を示すような手がかりが」

警部の言葉は、部下とヘイリー博士のどっちともつかずに向けられたものだった。部下の刑事は知らん顔をしていたが、博士はまるで食いつきそうな顔になる。眼鏡をずり上げて、博士は調整しなおした。

「ねえバイルズ君、はっきりした手がかりはあるんだよ。いま話そうとしたところに、きみが口をだしたんだ。この本のレシートは、たぶん本を買った男の、ポケットの穴から落ちたんだ。男が蜂の小箱から、元気で荒っぽい蜂を一匹だして飛ばし、これでよしと、ピカデリー広場でミセズ・バードウェルの車をおりてから、放す必要のなくなった残りの蜂のはいっている小箱を、あとで落としてしまったのと同じ運命をたどったわけさ」

博士はここで一息ついた。警部はあらためて興をおぼえたらしく、博士のほうに向きなおる。ふとヘイリー博士の心に、バイルズ警部が物的証拠をつかむほどの鋭さで、人間性というものを見ぬく力を造物主にあたえられていないことを哀れむ気持ちがおこった。夢中になったときのくせで、眼鏡がずり落ちるのもかまわず、博士はたずねた。

「男が品物を買って金を払い、レシートをもらったときにどうするものか、おそらくきみは気をつけて見たことはないだろう？　じつに人間性というものについての示唆《しさ》に富んだ光景なのだぜ。レシートを渡すのはたいてい女の店員だ。男はそれをもらうと、たいてい手近のポケットにつっこむ。その場で床に捨てたら、だらしのない無精者と思われるからね。ねえ警部、われわれ人間にとって、内気とか礼儀正しさとかきちょうめんさというものは、みんな美徳のうちだからね」

博士はまた一息ついて、こんどはかぎたばこを一つまみやった。警部と部下の刑事は、いらいらしながらそれを見つめていた。

「上着のポケットに穴のある男――そうたいして大きな穴ではないが、この部屋を歩きまわっているうちに、丸めた紙きれがポケットから落ちるくらいの、穴のある上着を着た男――これは手がかりにはならんかね？　医者で、おそらく心の底にはミセズ・バードウェルのような女に欲望をいだいているような男――安っぽいが色気のある女にひかれる男――」

「しかし、博士はさっき、そいつは恋歌の詩集をほかの女のために買ったという意見をのべておられましたよ」バイルズ警部はぴしりときめつけた。

「そのとおり。ミセズ・バードウェルぐらいの魅力をもったほかの女性で、ただ、ミセズ・バードウェルにはおよびもつかない、うわべだけでも教育がある女らしい」ヘイリー博士の人のよさそうな大きな顔が考えこむような顔つきになる。「男ってものは、いつもひとりの女にだけ誠意を見せるものではないかもしれないが、たいていのばあい、いつも同じタイプの女に心を捧げるものだと思ったことはないかね？　ふたり目の妻というのが、よきにつけ悪《あ》しきにつけ、最初の妻と気だてても外見も同じようだという例を、私はいくらも見てきているよ。たしかに、初恋と最後の恋は精神的に似ているといってもいいくらいだ。必要と欲望から相手を見つけ、選ぶのだから、人間の必要とか欲望というものは、一生かかったって変わるものじゃない。変わるとしても、ほんのわずかしか変わらないからね」

「それにしても、博士」

バイルズ警部はますます途方に暮れたような顔になった。しかし、博士は話に夢中で歯牙《しが》にもかけない。

「もしミセズ・バードウェルがほんとうに殺されたものなら、犯人の人柄を描きだしてみせるのはそうむずかしいことではないと思うね。中年になったばかりの医者だ——殺された女もすくなくとも三十になっているからね。田舎《いなか》で開業しているが、趣味は都会風。ポケットの穴を気にしないところを見ると、着るものにはちょっとむとんちゃくだな。それに感傷屋のエゴイストだ。殺人計画をいだきながら、ブラウニングの詩集なんか買うのだから——」ここで口をつぐんでちょっと考える。「ミセズ・バードウェルが金のかかるぜいたくな女だったことは考えられる。こういう女はまた、頼りにする男を奪われそうになると、まるで虎のように戦うものだ。しかし、彼女はその男を強く、おそらく恐ろしいくらいがっちりとつかんではいたようだが、結婚するまでにはいたらなかったようだな」

警部のほうにふりかえると、博士は眼鏡を押しあげた。

「なぜミセズ・バードウェルは、その医者と結婚してもらえなかったと考えられる?」博士は警部にたずねた。

「見当もつきませんな」警部はまるではきだすように、歯切れよく答えた。

ヘイリー博士は部屋の反対側の窓ぎわにある書きもの机のところへいった。紙を一枚とると、それに小さな丸を描く。そのまわりに、もっと大きな円を描く。博士はじっとそれを見つめているふたりの警官のほうにふりかえった。

「ここがロンドンだ」と、博士は小さいほうの円を示した。「それから、これは四十マイルの距離の郊外だ——つまり、車で二時間のところだね。問題の医者はちょくちょくロンドンに出てきているらしいから、この半径内にいると見て、まあさしつかえあるまい。四十マイル以上離れたら、そうちょいちょい出てこられる距離とはいえなくなるからね」

博士は鉛筆で大きいほうの円を二カ所ばかり区切り、扇形をつくった。

「ここがサリー高原だ。このあたりでヒースが生えているのはここだし、したがって、養蜂家はほとんどこのあたりに集まっている」

博士はふたりの警官のほうに顔をあげた。ふたりとも興味を呼びもどされたらしい。

「この一帯に、キプロス蜂を飼っている開業医で、定期的にロンドンに現われ、ポケットに穴のある外套を着て、妻と別居して暮らしている男がいるかどうか、調べてみるのは不可能とはいえんのじゃないかな」

「こいつは驚いた!」警部ははっと息をのんで言った。探偵としての直観が、これはいけるぞと力づけてくれる。警部はすっかり太っ腹なところを見せて、熱心に博士の顔を見た。しかし、若いほうの刑事はいぜんとして、いささか批判的な顔をしていた。

「なぜその医者は、女房《にょうぼう》と別居してなきゃならんのです?」刑事はたずねた。

「それは、もしその医者が妻に飽きたとして、妻のほうですぐに逃げだしていなかったら、とうの昔に夫に殺されてしまっていただろう。そうなっていたら、その医者はミセズ・バードウェルと、最初に恋の焔が燃え上がったときに結婚していたことはまちがいないからさ。小説などにもよく派手にあつかわれるこういう好色男のことは、私にもわかっている。こういう連中は、結婚してやるということを、信じられないくらい女を引きよせる餌に活用するものなのだ」

話しながら博士は、ちらっと時計をのぞいた。本業のほうの約束があったことを、急に思いだしたのである。

「ねえ警部、もしきみがこの手がかりをたどってみるなら、結果は知らせてくれるね」その部屋から引きあげながら、博士はいった。「医師会名簿というやつが、最初の踏みだしには役にたってくれるはずだ」

翌日はヘイリー博士は一日じゅういそがしかったので、キプロス蜂の謎の事件をそれ以上追究することはできなかった。しかし、午後も遅くなって、博士は警視庁《スコットランド・ヤード》のバイルズ警部に電話してみた。かなりがっかりしたような口調で、ロンドン郊外には博士がいっていたような医者は存在しないという返事を聞かされる。

「それに、ミセズ・バードウェルはメイドをひとり雇っていたんです」警部はつけくわえた。「ちょうど暇をもらって家へ帰っていたんです。きのうの晩、そのメイドが帰ってきまして、ご主人は自室に男の客はあまりいれなかったし、そのなかに医者はいなかったといっています。

もちろんメイドのいなかったこの二週間に、医者が呼ばれてきたことは考えられないことじゃありません。しかし、こういう情況からすると、いきなり殺人と断定するのは、ちょっと行きすぎかもしれませんね。けっきょく、死んだ女は車をもっていたんですから、蜂に刺された日の朝のうちに、彼女のほうから郊外に出ていったのかもしれませんしね。蜂ってやつは、よく車のなかにとじこめられてしまうことがあるものですよ」

ヘイリー博士は受話器をおくと、かぎたばこを一服した。大きな肘掛け椅子におさまって、これまでに集めた証拠の切れはしを、新しい見方の光に照らして見ようと、目をつぶった。もし死んだ女が医者を自宅に呼ばなかったとすると、ふたりが親密な仲だったという説はなりたたなくなる。そうすると、彼の推理はすっかりだめになってしまうだろう。博士は立ちあがると、ハーリー街を〈タイムズ〉ブック・クラブまで歩いた。あずかっておいたレシートを見せて、この本を売った係りの店員に会いたいと頼んだ。当の女店員は、その客のことをはっきり覚えていた。一週間ばかりまえのことだった。その詩集を買った男は、若い女をつれていたという。

「そのつれというのが、どういう女かおぼえていませんか？」ヘイリー博士はたずねた。

「とても厚化粧していたようでしたわ。髪は明るい色ですが、よく見たわけではないので」

「それで、男のほうは？」

女は肩をすくめてみせた。「よくおぼえてないんです。たぶん、事務屋さんみたいだと思いました」ちょっと考えて、「そう、女の人よりかなり年上だったようですわ」

ヘイリー博士は店を出て、ハーリー街にもどった。すくなくとも一つだけ、博士の勘《かん》に狂いのなかった点がある。詩集を買ったのは男で、しかもミセズ・バードウェル以外の女性のために買ったものだった。バイルズ警部の話によると、死んだ女は赤毛だという。なぜその男は、本を買ってから、そんなにすぐに彼女をたずねたのだろう？　博士はため息をついた。やはり同じことだ。なんになるというのだ？　バイルズ警部の考えていることは正しい。世界中のどの陪審員だって、本を人に買ってもらって読む人間がどんな人間かなどという推理をもとにした証拠では、本気で耳をかしてくれはしない。自宅の戸口について、なかにはいろうとすると、一台の車がそのわきでとまった。パーク・マンションズでバイルズ警部に紹介された、テドキャスターという若い刑事が車からおりてきた。

「先生、ちょっとおじゃましたいんですが」

いっしょになかにはいると、テドキャスターはポケットから一通の手紙をだし、ヘイリー博士にわたした。ミセズ・バードウェルの便箋に書いた処方箋で、署名は頭文字だけ、しかも判読できないような署名だった。

「あなたがお帰りになってから見つかったんです」若い刑事は説明した。「ごらんのように、近所の薬局が調剤していました。きょう、その薬剤師にあってみましたが、まえにもほかに同じような薬を作ったことがあると言っています。しかし、だれが書いた処方かは、見当もつかないそうです。ミセズ・バードウェルは、四、五日まえにこの処方の薬を買っています」

ヘイリー博士は、処方箋を読んでみた。ただの鉄剤の強壮剤にすぎないものだった。署名は判読もできない。博士は首をふった。

「残念ながら、あまり役にたちそうもないな」

「署名から、どこの医師だかわかりませんか?」

「だめだね」

「そうなると、こっちはまるっきりお手あげですね」テドキャスターの声には、失望がありありとあらわれていた。どうやら彼は、この謎の事件をといて男をあげたいと思っていたらしい。「こういってはなんですが、きのうのあなたの推理には、ひどくまいりましてね」

ヘイリー博士はちょっと頭をさげたが、その目はぼんやりと宙を見つめていた。では、死んだ女を最近医者が訪れているのだ――それに、もっとまえにも訪れたことがあるらしい。医者で、しかも近所の薬局ではその処方箋にあまりなじみがないという。博士は若い刑事のほうに向きなおった。

「バイルズから聞いたんだが、メイドが帰ってきたそうだね。彼女がこの医者の往診をおぼえているかどうか、きみは知らないかね?」

「あのメイドには、自分で聞いてみたんです。そんなことはなにも知らないといっていました」

ここでまた、博士は遠くのほうを見つめるような目つきになった。処方箋がミセズ・バードウェルの便箋に書いてあったということは、彼女の部屋に往診にきて書いたということを示している。どういう理由で、死んだ女は医者のきたことをメイドにわざわざかくそうとしたのか?

「お手数だが、きみ、よかったらわたしを、またパーク・マンションズにつれていってくれないか？　じつは、そのメイドに二、三たずねたいことがあるんだ。医者というものは、素人《しろうと》にはわからないことを見つけることがあるものだからね」

　混みあった通りを車を走らせながら、ヘイリー博士はこの新しい捜査にのりだす原因となった疑問を、また自問自答していた。どんな理由で、ミセズ・バードウェルは医者にかかっていることをメイドにかくそうとしたか？　たとえその医者が彼女の恋人であったとしても、べつにかくす理由はないと思われる。博士は目をあけて、車のまわりを行き来する、家路を急ぐロンドンの住人の流れをながめた。かわいい娘たち、りっぱな若者たち、それにまじって人生の絶望を目に浮かべている女たちや、いつもどおり顔にしかつめらしい仮面をかぶった男たち。ひとりひとりがそれぞれの希望と不安、欲望と意図をいだいている巨大な人間のこの流れから、名もわからないひとりの男をさがしだそうというのだから、警察が絶望的になるのもむりはない。

　車がとまった。ふたりはエレベーターにのると、目ざす部屋の戸口につく。テドキャスターが呼び鈴を鳴らした。やがて、若い女がドアをあけてなかに招じいれた。警察からまたきたというので不安を感じたらしく、それをかくしきれないような口調だった。女はドアをしめると、薄暗い玄関の廊下を案内して、居間のドアをあける。

　窓からさしこむ光が女の顔にあたると、ヘイリー博士は口もとまで出かかった歓声をおさえた。急に新しい考えが浮かんだように、ぎょっとする。女の頬がかすかに赤くなった。博士は眼鏡をあげると、すばやく目にぴたりとあわせる。

「お手数だが、ミセズ・バードウェルの健康状態について、二、三あんたに聞きたいことがあってな」博士は彼女に言った。「最後の発作をおこすまえのことだが、あんたなら役にたつようなことを聞かせてくれると思って。じつは私は、警察の手つだいをしている医者のひとりなんです」

「ええ、どうぞ」

女の声は低かった。かわいらしい、厚く白粉《おしろい》をつけた顔は、不安で苦《にが》い顔をしていて、その目はおずおずとふたりの男を見くらべている。おちつかない手つきで額をおさえ、まるで金髪の巻き毛を白い膚に押しつけようとでもするようだった。

「あんたとふたりきりで話したほうがいいかもしれんな」

ヘイリー博士の口調は、いやにやさしかった。そういいながらテドキャスターを見ると、刑事はすぐに腰をあげて、部屋から出ていった。そこで博士は女のほうに向きなおる。

「奥さんはあんたを、二週間まえに首にしたね？」博士は質問をはじめた。

女はひどくびっくりして、頬の血がすっかり引いてしまった。よく光る大きな目が、激しい不安で博士を見つめる。

「うそっ！　ちがいます！」

「ねえ娘さん、こういってはなんだが、あんたはほんとうのことを言っても、なにも損はないし、むしろ得をするんだよ」

博士の言葉はひややかだが、そのくせその声にはなにか力づけるようなひびきがあった。博士は、この娘の性格にある弱さが、ちょっとだけ不安にとってかわったのを見てとった。その弱さこそ、ミセズ・バードウェルの恋人をひきつけたものであり、ある微妙な形にではあるが、恋歌の詩集が贈りものにされたという理由も説明がつくのである。博士は同じ質問をくりかえした。女は首をうなだれて、それを認める。博士は眼鏡がずり落ちるのもかまわずにつづけた。

「ご主人が前から自分の友だちだと大事にしていた男と、あんたが仲よくなったからだ」

「あら、ちがいます。ちがうわ！　それはうそです」

もう一度、女の目が博士の目をにらみかえす。ぐっと頭をそらすと、女はふっくらした喉《のど》のあたりを惜しげもなく見せた。巻き毛の金髪がキラリと光る。この美しさなら、主人の恋人を横どりすることもできるだろう。

「まあ、お聞き」ヘイリー博士の顔がきびしさをました。「あんたは、この部屋には医者はきたことがないと言った――すくなくとも、知らないといったね。ところが、近所の薬局では、ミセズ・バードウェルの薬を、処方箋によって調剤したことが何回もあるのがわかっている。だから、彼女が医者の往診をうけたことをあんたに知らさないように苦労してかくしていたか――さもなければ、あんたがうそをついたということになる」

「奥さんは、そんなことはわたしには話しませんでした」

博士は手をあげた。「その質問の答えは簡単だよ。ご主人が本当に医者のきたのをあんたにかくそうとするのなら、きっと薬局へいくときは、処方箋は自分でもって、自分でいったはずだ。そのことは、いずれ薬局を調べればわかるだろう」

　ここでまた、女の気持ちがぐらついてきた。色気たっぷりに小さなレースのハンカチを目にあてて、しくしく泣きだす。

　ヘイリー博士は深く息をすった。次の質問を出すまえに、しばらく待ってから、口をひらく。

「男が罪を犯すのに女が手つだったら、その女も法律の目からは有罪なのは、わかっているだろうね」

「それは、どういう意味です？」

　これで、すっかり防御はくずれてしまった。女は博士の前に立ちあがった。恐怖のあまり、目をすえて、唇をわななかせておびえている。

「つまり、あんたがきょうここへ現われたということは、こんどの事件に片棒かついだということだ。なにしにこの部屋へ帰ってきたのだね？」

「だって——だって、それは」

「つまり男が、あんたがかばおうとしているその男が、警察がここでなにをしているのか、さぐり出してほしいからだね？」

　彼女はよろよろっと博士に近づくと、両手を博士の腕にかけた。

「ああ、神様！　私、こわい」蚊の鳴くような声でいう。

「そのはずだ——こわいはずだ」

　博士は女を椅子のところへつれていったが、ここで女は、急に新しく力をとりもどしたようだった。博士の腕を固くつかむ。

「わたし、あの人にあんなことさせたくなかったんです」苦しそうな口調で、女はしぼるように叫んだ。「私じゃない、誓います。それに、いまでもあの人がなにをしたのか、私は知らないんです。ほんとうです。私たち、結婚するはずでした――すぐに」

「結婚！」博士の声は、傍点でも打ったように力がこもっていた。

「ほんとうです。おたがいに、天地神明《てんちしんめい》に恥じるところのない、誠実なものでした。ただ、あの人にはあんな女がいて、しかもあの人のお金を湯水のように使って――」

ここではじめて、彼女の言葉はほんとうらしく聞こえてきた。女は話をつづけた。

「あの人の奥さんというのも、別居はしているけど、やっぱりとてもお金がかかるんです。でも、そっちはひと月まえに死んだんです」

博士と女は、じっと向かいあって立っていた。静まりかえった部屋に、マントルピースの派手な置き時計だけが、こちこちとはっきり音を立てている。

ヘイリー博士は前にかがみこんだ。

「彼の名前は？」

「だめ、いいませんわ」

女はまた、かすかな勇気をとりもどした。弱々しいなかにも、一瞬その勇気が、女の目から光を発していた。漠然とながらも、彼女がささやかな道ならぬ愛情をその男にささげていることが、博士にもわかってきた。博士がもう一度、男の名を問いただそうとしていると、部屋のドアがあいた。テドキャスターが、小さな革表紙の本を手に、はいってきた。

女はかん高い悲鳴をあげて、彼にとびかかる。だが、ヘイリー博士にはそれはまえからわかっていた。博士は彼女をしっかり押えつけた。

「ブラウニングの『愛の歌』の詩集ですよ」刑事は言った。「となりの部屋に、ひらいておいてあるのを見つけたんです。マイケル・コーンウォールという献辞の署名があります」

刑事は本をよく見せようと博士のほうにさしだしたが、ヘイリー博士の顔もかたわらの女と同じくらいにまっ青になっていた。

「マイケル・コーンウォール」博士は夢にうなされでもしているように、その名前をくりかえしつぶやいた。

その屋敷は木立の間にかくれていた。ヘイリー博士は、通りからゆるい段々道を歩いていった。一晩じゅう悩んできたのだが、いまこの美しいハムステッドの屋敷にやってきた使命を考えると、博士の心は死のような重荷を負わされたような気がするのだった。名医の集まったウィンポール街でも有名な細菌学者マイケル・コーンウォールは、アッピンガムの学校では博士といっしょだったのである。いまだにふたりは友人どうしだった。

玄関について呼び鈴を鳴らそうとすると、博士の会いにきた当の男が、老人と若い女をつれて家の横手から出てきた。

「ヘイリー――こいつはおどろいた！」

コーンウォール博士は手をさしのべながら歩みよってきた。くぼんだ、どちらかというと険のある目が、まったくすなおな喜びを見せて、友人を歓迎する。彼はお得意のせかせかした態度で、つれのふたりを紹介した。「叔父のコーンウォール中佐と従妹《いとこ》のミス・パッシー・コーンウォールだ。お祝いを言ってやってくれたまえ、彼女は婚約したてのほやほやなんだから。これから庭をひとまわりしようというんだ。きみもきたまえ。それがすんだら、昼食だ。ところで、きみはどうせなにか用があってきたのだろうから、大事な用だったら、その話を聞いてもいい」

態度とよくあった彼のちゃかすような口調は、昔とちっとも変わっていない。ぬけめなくて癇癪《かんしゃく》もちで、ひどく見栄坊な彼は、昔仲間から山猫というあだ名をつけられていた。

一同はぶらぶらと芝生の上をわたり、煉瓦塀《れんがべい》のところへきた。長い年月と風雪ではじめてできるような、豊かな赤茶色の煉瓦塀である。コーンウォール博士はその塀のドアをあけて、つれを先にとおすようにあとにさがった。

一同を迎えたのは、夢のように美しい光景だった。アルプスの落日の雪をばらまいたように、あらゆる色に燃えあがる果樹の列が、ここイギリスの庭に幾列にも満開の花を咲かせているのだ。しかし、ヘイリー博士には、その美しさを観賞している余裕はなかった。博士の目は、つき当たりの塀に日光を浴びて光っている、白いペンキ塗りの蜂の巣箱の列を食いいるように見つめていた。パッシー・コーンウォールが、心からの感嘆の声をあげる。そこでまた彼女は、塀ぎわの大きな温室に、大きな深紅のチューリップが咲きみだれているのを見つけて、また歓声をあげた。父親と従兄《いとこ》は小道をぶらぶらといってしまったので、ますます暗い目つきになっていったヘイリー博士に、彼女はその花をごらんになってという。彼女は温室のせまい通路に博士とならんで、うっとりした目ですばらしい花に見とれていた。

「みんなはこの花を集めて、どこか花のないところへ持っていきたいと思いませんか?」

彼女は博士のほうにふりかえったが、博士はぱっと彼女のわきからとびだしていた。

悲鳴が一声、のんびりした朝のしじまを破って、かん高く恐ろしくひびいてきたからである。彼女の目に、父親と従兄がおびただしい虫の大群に追われて、庭木戸のほうに走っていくのが見えた。

やみくもに必死になって、ふたりは恐ろしい襲撃から逃げようとしている。老人がつまずいたが、甥《おい》に腕をとってもらわなければ、倒れてしまうところだったろう。彼女はちらっと父親の顔を見た。まるで彼女は、死神の顔を見たような気がした。

「蜂だ!」

ヘイリー博士の口から、絶望のうなりのような言葉がもれた。博士がしめておいた温室のドアにいって、あけようとしたとき、血迷った蜂の一匹が、そのわきのガラスにぶつかった。やがて、もう一匹——また一匹——さらにまた一匹。博士はくるりと娘のほうにふりかえった。「通路に横になるんですッ!」せいいっぱいの大声でどなる。「どこかガラスが割れてるかもしれない」

彼女は恐怖にすくんだような目で博士を見た。

「父は――ああ、神様！」

「命がだいじなら、横になるんだ！」

博士はそのわきに立って、もし蜂が温室のなかにはいりこんでくるようだったら、たたきおとそうと、見はりをはじめた。一度だけ博士はその監視の目をそらしてみたが、そのとき博士の目にうつった光景は、あらためて唇から恐怖の叫びをさそうものだった。

おそろしい蜂の群れは、庭木戸の上に土埃《つちぼこり》のようにうずまいていて、すばやい波を描いて上ったりおりたりしている。それがまた、無数の金ぴかの胴体と光る羽なので、きらきらぴかぴかと輝いているのだった。静けさを破るように、かすかにかん高いぴーという音。塀のドアがあいて、庭にはもう何もいなくなった。


バイルズ警部が膝をのりだした。

「ミセズ・バードウェルのメイドが、けさ、昼飯前にすぐにコーンウォール博士に電話したことを白状しましたよ。向こうにもっとまえに知らせておこうとしたんですが、たまたま彼が泊まりがけで田舎の別荘へいっていたんですね。女主人の死は彼があやしいと、警察でうたがっていることを、メイドが彼に知らせたのは、彼が第二の犠牲者の叔父さんを、瀕死の状態で庭から運びだした直後だったんです」

警部はマッチをすって、葉巻きに火をつけなおした。ヘイリー博士は、いたましげな目つきで彼を見つめていた。

「十分後には、ごぞんじのとおり、コーンウォールは脳味噌を撃ちとばして自殺してしまったんです。あれでも、勝負は負けだとわかるくらいの才覚はあったんです。もちろん自分もひどく蜂に刺されていましたが、長年蜂とつきあっているから、ほかの人ほどだいじにはいたらないんですよ。それに、いずれにしても計画をうまく成功させるためには、そのくらいの危険は覚悟してたでしょう」

大きな診察室に静寂がみなぎる。やがて博士が口をひらいた。

「ミス・コーンウォールは、最近婚約したんだって？」

「そうなんです」バイルズ警部は深く息をはいた。「従兄の殺人計画に拍車をかけたのが、その婚約だったんですね。ミセズ・バードウェルのぜいたくのおかげで、彼は借金で首がまわらないくらいだったんです。叔父さんの財産――これがかなりの額なんですが――それだけが頼みの綱だった。もしミス・コーンウォールが結婚してしまえば、彼が金をもらう望みは消え、浮気な彼の胸にある女との結婚の夢も破れてしまうのです。たしかめてみたのですが、ひと月ばかりまえに、彼はこの親娘《おやこ》をくどいて、春風邪《かぜ》の予防注射をむりやりにうったそうです。ひどく痛い注射だったそうです。ミセズ・バードウェルもそのころ、同じ注射をやられたことはまちがいありませんね。つまり、三人がそれぞれ、あなたの言っておられたような、蜂に一度刺されただけでも即死してしまうような注射をやられていたのです」

ヘイリー博士はうなずいて言った。

「蜂の群れを見たとたんに、真相がぱっとひらめいたね。やっと見つけたあのキプロス蜂も、きみのとこの養蜂をやってる人のいうように、ひどく性《たち》がわるいね。しかし、どんな蜂だってあらかじめ怒らせておかなければ、巣に近づきもしない人間を襲うものじゃない。わかりきったことだね。最初にあの恐ろしい光景を見たとき、この蜂の群れは周到に用意して計画されたものの一部だなとわかったよ」

警部は立ち上がって手をのばした。

「あなたがいなかったら、ミス・コーンウォールもきっと父親と同じ運命をたどらされて、わたしも聞いたこともないような悪魔的なこの殺人が、疑われもせず罰せられもせずに、なしとげられてしまうところだったんですよ」

イギリス製濾過器

C・E・ベックホファー・ロバーツ
井上一夫 訳

English Filter　一九二六年

C・E・ベックホファー・ロバーツ Carl Eric Bechhofer Roberts (1894.11.21–1949.12.14)の作で、「密室」のトリックの古典作のひとつ。密室といっても、完全なそれではなく、「窓のある密室」である。ただし、その窓からは絶対に人間が出入りできない。しからば犯人は、いかなる方法を用いたか？

友人の科学者A・B・C・ホークスとローマを訪れたときのことは、わたしは終生忘れることはあるまい。《ABC》は——わたしはいつも彼をそう呼んでいるのだが——わたしたちが行くことをただひとりの人間にしか連絡しておかなかった。彼の旧知の細菌学者カースターニ教授である。ところが、いざついてみると、駅にすくなくとも百人はいる出迎えの群れを見て、わたしたちは仰天してしまった。

カースターニ教授はそのほとんどを紹介してくれた。長々とつづく大仕事だった。それに、派手なことのすきなイタリア人の天性から、教授がローマ学界のあらゆる部門の代表を糾合《きゅうごう》しているらしいのに気がついて、わたしはおもしろいと思った。だから例えば、ホテルまで歩いていく途中も、わたしとならんで歩いているのは年輩の歴史学者。フランス語はろくに知らないし、英語はもっとだめという人なのだが、この二つの言葉をちゃんぽんに使って、たてつづけにわたしにしゃべりかけてくれるのだった。しかも、反対側にはもっとお年よりの哲学者がいて、この人はイタリア語しかしゃべらないし——イタリア語はわたしにはちんぷんかんぷんなのだが、先方はそんなことは意にも介さず、わたしに向かってさかんに話しかけてくれる。

お定まりのグレイのフロック・コートに膝の出たしわくちゃズボンのホークスは、胸にバラなどつけて、おしよせた群集の間に沈みこんでしまっていた。歓迎と祝いの喝采《かっさい》がおこる。われわれの到着は、喜劇的大成功だった。

しかし、宿につくとすぐに彼らは挨拶《あいさつ》をし、握手をして退散していってくれた。

「まったく神経をすりへらされる思いだったよ」ＡＢＣとホテルの部屋へたどりつくと、わたしは言った。

「まったくだ。しかも、かんじんの会いたい人はきていなかったし」ホークスが答える。

わたしはそれがだれだかたずねてみた。

「リボッタさ、物理学者の。きっともういい年だろうし、じつはわたし自身、彼をそう高く買ってるわけではないんだ。ただ、つい最近のことだが、原子磁気学のじつにすばらしい論文を発表してね。五十年も遅れていた彼の研究をどうやって最先端までもってこれたのか、知ったかぶりをして見のがす気はないね。とにかく、わたしがローマくんだりまできたのは、そのためなんだ」

ドアにノックの音がして、イタリア人の青年がはいってきた。

「ぼく、ドルシーと申します。カースターニ先生の助手です」その男は、非の打ちどころのない英語で言った。「先生から、あなた方のローマでのご案内役をやってくれといわれましたので」

「それはそれは、教授もあなたも、ご親切なことで」ホークスは礼をのべた。「しかし、そんなご迷惑をかけては……」

「ほんとうに、喜んでお役にたちたいとぞんじます。学界でも有名な先生とお近づきになれるのは、ぼくとしても名誉なことだと感謝してるんです。もちろん、いまは旅行のお疲れでお休みになりたいでしょうから、ぼくは下でお待ちいたしますが」

ホークスはあきらめたように笑顔を浮かべた。

「じつは、このジョンストンとわたしは、さしあたっては早目の昼食をとりたいんです。まだ十二時になったばかりですが、腹ごしらえにかかってもさしつかえないでしょう。ドルシー君、あなたもつきあうでしょうね?」

昼食に招待したこのドルシー君は、ものわかりのいい教養のある青年だった。イギリスの学校にもいったことがあり、英語やイギリス人の好みなどについても、健全な知識をもっているのだった。ホークスもやはりこの青年に好感をいだいているのが、わたしにも見てとれた。

「ところでドルシー君」ウェイターがコーヒーをもってきて、一同が葉巻きに火をつけると、ホークスは口をひらいた。「わたしは三時にカースターニ教授のところへ挨拶にいくつもりだったんだが、先方のつごうはどうだろう? いいね? よろしい。わたしがどうしてもたずねてみたいのは、あとはリボッタ教授だけだ。教授の最近の仕事に、とても興味をもっていてね」

「それはなんの造作《ぞうさ》もないことです」ドルシーは言った。「よかったら、いますぐでも――きっと研究室におられますよ。それに、あそこへいかれるなら、教授の助手にも会ってお話しされるようおすすめしますね」

「なにかいわくがあるようだな」ホークスは、ちらっとぬけめのない目つきをして言った。

ドルシーは笑顔を浮かべた。

「じつはこうなんですよ、先生」と口をひらく。

「やめてくれっ！　わたしを先生とは呼ばないでくれ」ホークスは大声をだした。「どういう呼び方をしてもいいが、それだけはまっぴらだ。わたしのいちばんきらいな、アカデミックな学問の世界の欠陥のすべてをにおわせている言葉だ——虚栄、衒学《げんがく》、だらしのなさ、つまらん嫉妬《しっと》に暴君のような独裁！」

「ドルシー君、彼がこんな乱暴な口をきくのは、勘弁《かんべん》してやってくれたまえ」わたしは笑いながら言った。「癇癪《かんしゃく》もちのこの人は、いつでもそれで爆発するんだ」

ドルシーは有名なこの科学者の燃えるような赤毛を、おもしろそうにこっそり見ると、さらに派手な笑顔を浮かべた。

「ええ、じゃあホークスさん」こう切りだすと——（そのほうがいい、とホークスはつぶやく）——「こんなことをいっては出すぎているかもしれませんが、あなたがむだに時間をつぶされてはもったいないので。リボッタ先生は——このばあいは、とくに先生とはっきり申しておきますが——あなたのお話しの論文にはなんの責任もないんです。名前だけは教授が貸してますが、じっさいには助手のラヴァレロ君のものなんです。こちらの大陸の大学がどんなばかげた組織になっているかは、ごぞんじでしょう。昇進というものは、年功順なんです。地位についたら、死ぬまでしがみついて離れない。すくなくとも、うんと年とった連中ばかりで、しかも長生きして、恩給生活に引きさがろうとしない年よりのものなんです。リボッタ教授もその例ですよ。いまがんばっている教授の椅子《いす》だって、三十年まえにはたしかにふさわしい地位だったでしょうが、いまではもう、そんな資格はないんですよ。いずれご自分の目でごらんになればわかるでしょう。それにひきかえラヴァレロは――まったく、一流の素質をもった新進で、研究者としてはイタリアじゅうでも比肩する者もない、科学の天才ですよ」

「まえにもそんな例は聞いた」ホークスはいった。「その人にも会うことにしよう。親切にいってくれてありがとう。では、いくかね？」


われわれ三人は、リボッタの研究室に出かけた。そこは、パンテオンの近くの、ローマでも古い地区だった。研究室の入り口は大学の正面入り口からかなり離れたところにあり、ドルシーの話では、その入り口からはリボッタとその助手の部屋にしかいかれないということだった。なかにいた守衛がわれわれを見て帽子をとると、小さな部屋に案内してくれる。ドルシーは、そこが研究室の事務員の部屋だと説明してくれた。暗いせせこましい部屋で、テーブルの上には残飯がのっているし、壁の釘には汚れた上っぱりが二着ばかりぶら下がっていた。

もう一つのドアの前で足をとめる。守衛がドアをノックした。

そのドアは、リボッタが手ずからあけてくれた。ドルシーが簡単にわたしたちを紹介する。長い頬ひげを生やした、目の鋭い老教授は、それを聞いてわたしたちをなかへ招じいれた。教授はＡＢＣに心のこもった挨拶をすると、わたしたちを机のところへ案内し、腰をおろすように手ですすめた。すわったまま前にのりだして、片方の耳に手をあてる。

「ホークス先生、あなたはイタリア語はおやりにならんのでしょうな？」ここにはちょっと正確に再現できないような、でたらめ英語で言う。「話せますと？　まあ、いいでしょう、わたしは英語で話したい。ええ、イギリスという国が大好きでしてな。四十年まえにはわたしも、ケンブリッジにいって、お国のりっぱな先生方に教わったもんですよ」彼は有名な教授の名をいくつか並べあげた。「こういう先生たちに、いろいろ教わりました——しかし、お見うけしたところ、あなた方はお若いからごぞんじないでしょう。わたしもイギリスへはそれっきりですが、いまだにイギリスのものにはとても愛着をもってましてな。この研究室にも、みごとなイギリスのものをたくさん揃えてますよ。助手を呼びましょう。あれがお目にかけるでしょう。ラヴァレロ！　ラヴァレロ！　ああ、聞こえんらしい。いや、いいですよ、事務員を呼びにやります。カルロ！」と声をかける。

「しょうがないやつだ！」口数の多い老人はさらに言葉をつづける。「わたしの言うことはどうしてもきかん。ラヴァレロ君の仕事ばかりしおって、わたしの研究室は掃除もせんのですよ。もどってきたら、こごとを言ってやる。しょうがないから、いまは自分の助手を自分で呼ぶようなことをしてますが」

教授は部屋の反対側のドアをどんどんたたいた。椅子をうしろへ引く音、ばたんとドアのあいてしまる音が聞こえてきた。廊下側のガラスのはいっていない格子窓から、男がひとり通りすぎるのが見えた。ほかの窓はみんなぴたりとしまっているので、どうやらこの窓がこの部屋の唯一の換気窓らしい。

リボッタ教授はくすくす笑って言った。「へんに思われるかもしれませんな。助手はとなりの部屋にいるのですが、間のドアからはいってくるわけにはいかんのです。いや、これはわけがあってやったことでしてな。わたしはだれかに自分の部屋にはいられたくないんです。だから、二十年前にこのドアには鍵をかけてしまい、いまだにしめきってあるわけです。あれも、あなた方のはいってこられた、ただ一つの入り口からはいってくるよりしょうがないんです。それに、その入り口にもエール錠をつけてますから、わたし自身がいれるのでなければ、わたしと事務員しか出はいりはできません。鍵をもってるのは、事務員とわたしだけでね。守衛も、ここにははいることを許しとらんのです。わたしは静かなのが好きでしてな。こうしておけば静かなもんです。ああ、あれはラヴァレロでしょう」

教授はドルシーに合図し、われわれを案内してきたドルシーが、すっと戸口へ鍵をあけにいった。若い男がはいってきた。鋭そうな色の黒い男だが、年のわりにはいやに若々しい。ただ、一つだけ、あとで気がついたことだが、かなり神経質なようだった。わたしはその青年を興味をもってながめた。このすばらしい青年こそ、その研究によりホークスをはるばるローマまで呼びよせた本人なのだからである。

「かけたまえ、ラヴァレロ、おかけ」リボッタは大きな声で言った。「いや、そうじゃない。きみを呼んだのはこのイギリスから見えたお客さんに、イギリスからきたすばらしいものをきみからお目にかけてもらおうと思ってな。まず皆さんに、わたしの濾過器で濾《こ》した水を一杯ずつさしあげてくれんか」

一言もいわずに、その青年は大きなガラスのタンクのところへいった。上に蓋のない濾過装置のようなものと、蛇口《じゃぐち》のついているタンクである。妙に殺風景なこの部屋で、それがまず第一に目につくしろものだった。彼はグラスに水をつぐと、われわれのところへもってくる。リボッタ教授は、それをホークスの鼻先につきつけた。

「のんでみたまえ！　なんとすばらしい澄んだ水だろう！　ローマの水はのめたものじゃないが、わたしのこの英国製濾過器で濾すと――これなら安心して喜んでのめますぞ。ラヴァレロ、この灰皿の中身をすてて、それから、マッチをくれんか」

顔色ひとつ変えずに、ラヴァレロはすなおにいいつけにしたがった。それから教授は、引き出しから葉巻きを出すようにいいつけると、ＡＢＣとドルシーやわたしにすすめた。われわれはもちろん辞退したが、教授はそのくさい葉巻きに火をつけてくゆらす。しかも、ラヴァレロにだけは、その葉巻きをすすめもしなかったのにわたしは気がついていた。

「さて、これで濾過器はごらんになったわけだ」教授はべらべらとしゃべりつづけた。「次にはイギリスものの顕微鏡を見ていただかなくては。ラヴァレロ、顕微鏡をもってきて、ホークス教授にお目にかけるんだ」

研究室の道具としてはいたってありきたりのものだと、わたしにもわかるようなものだったが、老教授はまるでそれを奇跡かなにかのように悦《えっ》にいってながめる。

「たいへんおもしろいと思いますが」ＡＢＣが口ごもりながらいった。「磁気学のご研究の、なにか新しい成果はございますか？」

「いや、いまここにはなにもありません。近ごろはわたしも、実験は自分ではやらんで、若いものにまかせとるのです。ラヴァレロの部屋へいらしたら、あれがお目にかけるでしょう。なかなかよくやってますよ。方針は、わたしの指示にしたがってやっとるんですがな。頭はわたしで、彼が手です。そうすべきだと思いますが、そうでしょ？」

お義理でわたしたちもあいづちをうった。

「水のお代わりはどうです？　ホークス教授。もういらん？　ほう、しかしいい水ですぞ。イギリスの濾過器のおかげですよ。では、お友だちのほうは？　いや、あなたはどうぞ。ラヴァレロ、水のお代わりだ。早く！　ラヴァレロ、きみももっとこの水をのめば、そうでぶでぶ太らんだろうに。ローマには、これほどの水はありませんぞ」

わたしにとっては、べつにほかの水と変わりもないように思えたが、ここはひとつ派手なお愛想をいってやらなければ悪いような気がした。

「あまりおじゃましてはいけませんから」ホークスが言って、腰を浮かした。「もしよろしかったら、ラヴァレロさんのお仕事をちょっと拝見して、そのままおいとましたいと思いますが」

「お目にかかれてなによりでした」リボッタ教授はわたしたちと握手しながら言った。「外国の学者の方に研究室にきていただくのは、いつでも大歓迎です。とくに、イギリスの方はな。ラヴァレロ、きみはこの方たちに、きみの――いや、われわれの研究をお目にかけて、年よりでも若いものに遅れずにやれとることを見せてあげてくれ。あ、そのまえに、マッチをおいてってくれんか」

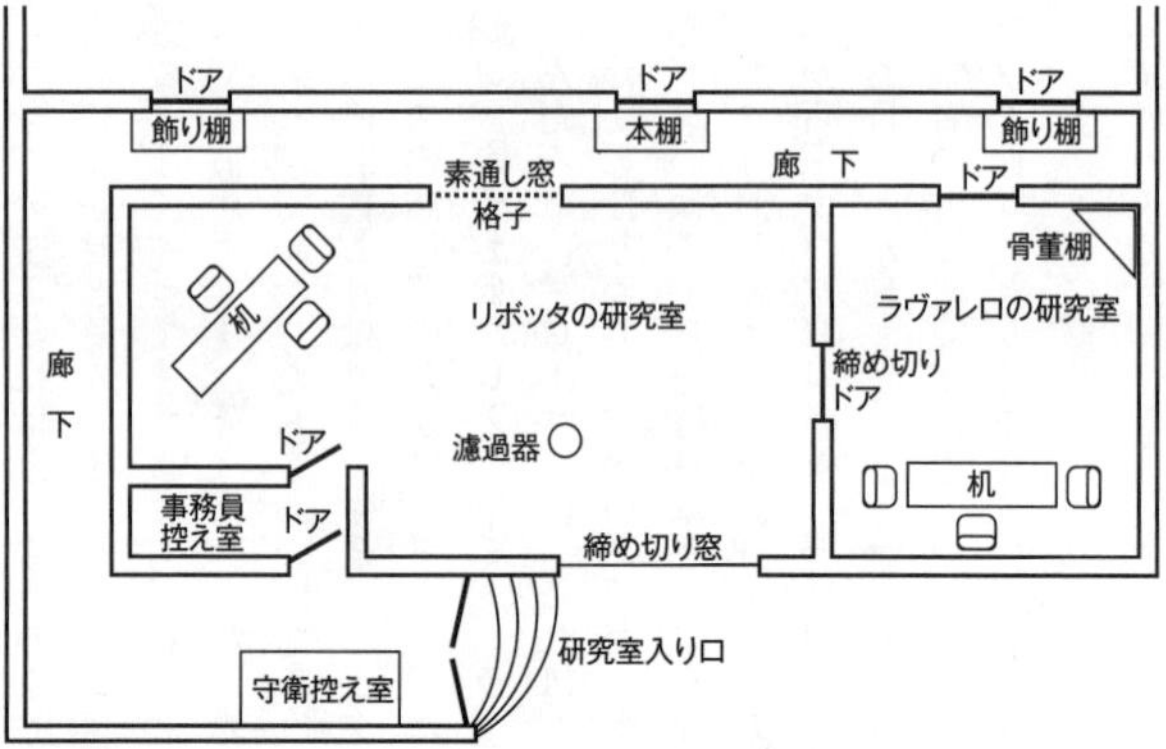

リボッタ教授の研究室見取図

研究室を出て小さな控え室をぬけると、事務員がとんでくるところだった。人相の悪い男で、闇夜にあったらだれでもよけてとおりたくなるような男だと思った。われわれとすれちがいに教授の部屋にはいっていく。彼はドアを合鍵であけていた。老教授が雷を落としているのが、こちらの耳にまで聞こえてきた。

廊下をぐるりとまわるとラヴァレロの部屋がある。ドルシーが声をひそめて、建物のほかの部分に通じるドアが、飾り棚や本棚でふさいであるのを教えてくれた。これもまたリボッタ教授が、研究室を外界から孤立させようと主張した一つの現われだという。格子のはまった窓のわきをとおるとき、事務員が机のわきに立って、すごい目つきで教授をにらんでいるのが見えた。老教授は手ぶり激しくどなりたてていたが、われわれのとおりすぎる気配に気がつくと、ふりかえって手をふってみせた。

ラヴァレロの研究室にいってみると、老教授の部屋とは、どこからどこまで大違いだった。ＡＢＣと彼は、すぐに熱心にノートや曲線図表の上にかがみこみ、ときどき机の上にある校正刷りなどを引っくりかえしたりして話に夢中になる。

ふたりとも、ドルシーやわたしのことはすっかり忘れてしまっている。話していることも、こちらには歯の立たないむずかしいことなので、わたしたちは暇つぶしのおしゃべりをしていた。

ドルシーはさんざ隣室の老教授をこきおろしてから、「ホークスさんも、こっちのほうがずっとおちつかれているようですよ」といった。

リボッタ教授のわがままや、ごくありきたりの濾過器や顕微鏡を自慢するばからしさ、さらに助手のラヴァレロにいばりちらすところなどを彼がこきおろすのを聞いて、わたしももっともだとは思ったが、とにかくこちらはよそ者なのだから、へたに意見を出さないのが何よりだと思い、部屋を見まわして話題を変えるきっかけをさがした。

「やあ、わたしにもすこしはわかるものがあった」わたしはほっとしたようにいった。

部屋のすみのキャビネットに歩みよる。そこには、イタリアとかギリシャ・ローマの骨董品《こっとうひん》らしきものがならんでいたのである。貨幣とか小さな像、指輪や玩具など、こまごましたものがあった。

ラヴァレロがふと顔を上げて、彼の収集品を見ているわたしたちに気がついた。にこりと笑うと彼は、キャビネットの扉の鍵をあけてくれた。

「道楽でしてね」とわたしに向かっていう。「わたしの国には――ごぞんじのとおり、わたしはシシリア人なんです――シシリアにはこういうものがとくにたくさんありましてね」

「それは何です?」ドルシーが小さな白いものを指さして言った。わたしはよく見て知っているものだった。

「ナックルボーンズですよ。われわれの祖先は、こんなもので遊んだんですよ。そのうしろにある妙なグラスは、コッタボスという、これも玩具です。その同じ棚にある四角いのは、テッセラェといって、いまでいうサイコロみたいなものです」

ＡＢＣが彼を書類に呼びもどしたので、ドルシーとわたしは古代の風俗習慣を論じ、その現代に生き残る影響を話しあった。

Ａ・Ｂ・Ｃ・ホークスが帰り支度をするまで、かなり時間がかかった。それから三人は、ラヴァレロの部屋を辞して、リボッタに気づかれぬよう足音をしのばせて廊下をもどった。老教授に呼びこまれて、これ以上の長談議を聞かされてはかなわないと思ったからである。格子をはめた素通し窓からちょっとのぞいてみると、教授が机の前にすわっているのが見えた。寵愛の英国製濾過器が見え、そのまえの壁には時計がかかっている。運よく彼は新聞に夢中になっているので、わたしたちの通るのには気がつかなかった。

「こいつはえらいこった!」ＡＢＣは声をひそめて言った。「もう三時だよ!」

わたしたちは守衛控え室の前を急いでとおりすぎた。そのなかでは、研究室の事務員が守衛に激しい口調でなにかまくしたてている。

「あの事務員もリボッタ教授に対しては、われわれ同様、あまり敬意をはらっていないらしいな」外に出るとき、ＡＢＣはわたしに話してきかせた。「わたしのイタリア語が――すくなくともローマ会話がまちがっていなければ、やっこさんは老教授を、飢えた狼《おおかみ》にくわれればいいと言っていたよ。それに、もし狼どもや、なにかそういうような呪《のろ》いの手先がやるべきことをやらなかったら、自分が直接手をくだしてもいいとまで言っていた。正直な話、リボッタとラヴァレロの能力をくらべてみたら、わたしもあの事務員の思いにいささか同感をいだくね」

「ラヴァレロは、いい人間かね？」わたしはたずねてみた。

「一流だね。偉大な科学者的素質をもった、頭脳明晰《めいせき》にして発明の才のある人物だ。欠点があるとすれば、性急に結論を出そうとする傾向だろうな。ながい辛苦を必要とする方法を使うべきところに、一気に結果への近道をたどろうとすることだ。しかし、あの男はかなりやるよ。彼があの老いぼれ山師みたいな教授に押えつけられているのを見ると、やりきれなくなるね。それに、爺《じい》さんがラヴァレロの研究の成果を盗んでいるのは、あれはきみ、科学への冒瀆《ぼうとく》だよ」一瞬、ホークスの人のよさそうな丸顔が怒りに燃えたが、すぐにいつもの笑顔をとりもどした。

わたしたちはちょっとカースターニを訪問して、午後はそれからずっと古代ローマのフォロ・ロマーノ見物でつぶした。わたしたちはただの観光客としてでなく、賓客《ひんきゃく》として扱われていたので、一般には公開されないいろいろのコレクションや出土品を見せてもらえる招待をうけていたのである。

一度だけわたしは、ホークスより知識のあるところを見せる機会があった。彼のおどけた畏《い》敬《けい》の表情をしりめに、自分がイギリス国内の考古学的発掘で掘り出すことに成功したいろいろな品物や標本との類似点をたどって見せたりしたものである。しかし、ABCもある種の古代科学器具については心得ていて、その用途の解明などについては、一家言をもっていたと、いまではわたしにもわかっている。わたしはまた、そこにいた発掘のさいの指導者から、ラヴァレロも初期の発掘には力を借したと聞かされた。

わたしたちは夜の食事には、〈ウルピア〉でドルシーと落ちあうことになっていた。彼の説によると、そこがローマでもいちばん雰囲気《ふんいき》のあるレストランだということだった。いってみるとその店はバシリカのなかにあり、そりのある煉瓦《れんが》の壁が屋根まで弓なりになって、明るい食卓や電灯の奇妙に陰気な背景となっているのだった。ローマの典型ともいうべき新旧の混合が、こまかいところにまでゆきわたっている。たとえば、電気スタンドは古代型式のとって付《アンフ》き壺《オラ》になっており、メニューも古式ゆかしい羊皮紙の巻き物に似せてあるというぐあいであった。この店はわたしたちを楽しませてくれたので、ふたりはしんぼう強く、ドルシーのくるのを待っていた。

一時間たって、もうこないだろうとあきらめ、先に食事をはじめることにした。十時になって、さあ帰ろうというときに、ドルシーは現われた。

「遅くなり失礼しました。たいへんなことがおこったものですから。リボッタ教授が殺されたんです」

「殺された？」わたしは思わず大声をだした。

「きょうの午後、研究室で毒殺されているのが発見されたんです」とドルシーはつづけた。話しながら、口もとに青白い薄笑いが浮かぶ。「毒はどうやら、ご自慢の濾過器にいれられていたらしいんです」

「だれが？」ＡＢＣがたずねた。

「研究室の事務員が行方がわからないので、警察では彼をさがしています。警察署長がいま研究室にきております。教授が生前最後にあった者を調べていて、あなた方からもお話をうかがいたいといっています。宿のほうへ使いを出そうとしていましたが、ここにいらっしゃるのを知っていたので、わたしがそういってお迎えを買って出ました」

わたしたちはすぐに勘定《かんじょう》をすませると、だまってレストランを出た。暖かい夜の町を研究室まで歩いていく。研究室には煌々《こうこう》と明かりがついていた。死人の部屋に一団の男が立っていた。ラヴァレロも守衛もそのなかにいたが、ふたりともあまり身動きもしない。

死体は近所の死体置き場に、検屍のために運ばれていた。話によると教授は、その午後わたしたちが足音をしのばせてとおったときに見たのとそっくりの姿勢で、机の前にまっすぐにすわっていたという。手には水のはいったコップを固くにぎり、その水を半分ばかりのんだようだ。目はじっと虚空《こくう》をにらんだままだったという。

署長が、ホークスに立てつづけに質問して、その返事を手帳に書きとめていた。

「あの事務員が悪党だということは、まちがいなさそうですね」ドルシーがわたしに言った。

「わたしたちはみんな、あの喧嘩の声は聞いていて、老教授に対しておどし文句をはいてるのも耳にしましたよ。それに、あの事務員は、三時ちょっとすぎに、ここを出るところを見られてるんです。じつはそいつは、われわれが帰ってからは、夕方まで研究室にはもどってないんですがね。ラヴァレロは、五時十五分すぎに風呂に出かけるとき、廊下から格子窓ごしにリボッタに声をかけたというんです。ラヴァレロは毎日、減量のために午後に風呂にいってるんです。守衛も、ラヴァレロがその時刻に出かけたことは裏づけています。ところで、かんじんな証拠なんですが、事務員は五時半に帰ってきて、自分の小さな控え室にはいっているんです。どう見てもしらふとはいえなかったし、まだ老教授に対するおどし文句をつぶやいていたと、守衛はいっています。ごぞんじでしょうが、この研究室にはいるには、その控え室からよりはいれないんです。

そいつは十分後には出てきて、それ以来姿を見せていません。六時に、事務員がいなくなってから二十分後ですが、守衛が教授に伝えておくことがあったので、内側のドアをノックしました。返事がないのでびっくりして、格子窓のところへまわって、声をかけてみたんです。老教授が身動きひとつしないので、守衛はとおりかかった学生を呼んだのです。もちろん、みんなでドアを破ってはいったんですが、そこで教授がコップを手にしたまま死んでいるのを見つけたんです」

それらの事実を考えていると、表がざわざわして、ふたりの警官が事務員をつれて現われた。

署長が、おまえは教授殺害の容疑をうけているというと、その男は乾いた唇をなめて、激しく罪を否認する。午後の行動を詳しく説明するように命ぜられて、男は教授のやり方に堪忍袋《かんにんぶくろ》の緒を切らし、かっとなってとびだしてしまったのだと話した。それが三時ごろのことだったろうという。

それから、酒場にいって何杯かのみ、市から数マイルの田舎《いなか》の実家に帰ってしまおうと腹をきめたが、途中でここの部屋に私物がすこしあったのを思いだし、とりにもどってきたのだという。私物を包みにまとめてまたとびだしたが、そのときは研究室にははいらなかった。それから汽車に乗って実家に帰り、そこで警察につかまって、すぐにつれもどされたというのだった。

二度目にちょっと帰ってきたときには、教授の研究室には一度もはいらなかったと、彼はくりかえし言っていた。自分の小さな控え室で荷物をまとめただけだと言いはった。

その日の午後早く、教授の命をおびやかすようなおどし文句をはいたろうという質問に、彼は最初のうちは否認していたが、守衛やわたしたちの証言にあって、心中の怒りにまかせて、そんな言葉を口にしたかもしれないと認めざるをえなかった。

ほかの点での彼の自供は、それまでのいろいろな証言と符合していた。しかし、まだやっかいな事実はのこっている。この研究室の鍵をもっているのは、彼と死んだ教授だけということ、さらに自分でも認めているように、五時十五分にラヴァレロがリボッタ教授の生きている最後の姿を見てから、六時に死体となって発見されるまでのあいだに、事務員の控え室に彼がはいっているという事実である。

署長がだしぬけに守衛のほうにふりかえった。「おまえはどうなんだ？　そのあいだに、研究室にはいったんじゃないのか？」ＡＢＣがこの質問と答えを、すっかりわたしに通訳して聞かせてくれた。

「先生はわたしをなかにいれてくれたことは一度もありません」守衛は答えた。「それに、わたしは鍵をもってません。だれも鍵はもっていないんです。先生と事務員だけで、ラヴァレロさんだってもってないんでさあ」

「だれかがきて、教授がドアをあけたかもしれんし、犯人がもう一つの鍵を手にいれたかもしれんだろう？」

「それにしても、わたしの部屋はこの控え室のまっ正面でさあ。だれかがはいったら、気がつくはずですよ。だれもきませんでしたね。研究室には、ほかに入り口はないんですよ」

署長は歩きまわって、その点をたしかめた。守衛の言ったとおり、研究室には控え室のドアからはいるより、ほかに入り口はなかった。ラヴァレロの部屋に通じるドアは、まだボルトをさしたままだし、それをあけていないことははっきりしていた。天窓やほかの窓につもったほこりも、そういう窓をあけたてしていないということを証明している。廊下の素通しの窓も、格子がモルタルでしっかり止めてあって、赤ん坊でもそこからもぐりこめそうもなかった。

わたしたちは死体置き場まで、みんなといっしょにきてくれといわれた。かけてあったシーツをそっとまくると、死顔があらわれる。わたしはじっと事務員のようすを見つめた。彼は身ぶるいをすると、そっと十字を切る。彼のこういうようすを見て、有罪の証拠だという人もいるかもしれない。

死顔が妙にこわばっているのが、ホークスの関心を引いたようだった。ポケットから眼鏡《めがね》を出すと、じっと宙をにらんだ死人の目を、しばらくの間しげしげとながめていた。やがて彼は、部屋のすみで仕事をしていた医師たちと話しはじめた。

死体の前からのがれたい一心で、わたしたちはそこを出てきたが、ABCはなかなか出てこなかった。激しく抵抗する容疑者が警官たちにつれ去られてからも、ドルシーとわたしは外で待っていた。やっとホークスが出てくる。

「諸君、悪いけどわたしは失礼する」彼は言った。「ジョンストン、ドルシー君をホテルにおつれして、もてなしてくれたまえ。それから、ラヴァレロさんも、よかったらどうぞ。わたしはこれから、検屍解剖の手つだいをする」

「なんて気味のわるいことを！」わたしが言った。

「博学なきみのことだから、わたしが生理学と心理学の境界に関心をもっていることは、心得ておいてくれなくてはこまるよ。では、さようなら」ホークスはそう答えると、さっさと死体置き場のなかに引っこんでしまった。

わたしたちは恐ろしいこの事件のことを話しながら、ホテルまで歩いて帰った。

「毒殺されたというのは、たしかなんでしょうね？」わたしは言った。

「もちろん、疑う余地はないですよ」ドルシーが答える。「医者たちは最初から、そうじゃないかと疑っていたし、ホークスさんも同意してましたよ。あの方は、なんでも知ってるんですね。みんなの考えでは、毒物はストリキニーネ系統の猛毒だそうです。ストリキニーネそのものではないかもしれませんがね」

「事務員がその毒薬をどこで手に入れたか、見つけだすのは簡単でしょう」わたしは言った。

「イギリスではそうでしょうが、ローマではそうもいかんのじゃないですかね」ラヴァレロは笑った。「しかし、部屋にはいって濾過器に毒を投入することができたのは、あの事務員だけなのだから、毒の出所の問題はどうでもいいでしょう」

「壁のすき間とか、天井や窓から投入することはできませんかね?」わたしはたずねてみた。

「むりですよ」とドルシー。「あの老人は愚かで耳が遠いが、目はとてもいいんです。しかも、濾過器は目の前にあったんだから、濾過器になにかしようとしたら、きっと気がついたでしょう。それに、部屋のまんなかにあるんですよ。だれがそんな芸当ができます?」

わたしも、ふたりの言うとおりだと認めないわけにはいかなかった。

ふたりはわたしといっしょに部屋に寄ろうとはしなかったので、ホテルの入り口で別れた。わたしは部屋にもどって、しばらくはすわりこんでいたが、事務員が犯人だという考えをゆるがすようなことは何一つ思いつかなかった。どうやら、疑問の余地はないようだった。

ホークスは一晩じゅう帰らず、翌朝わたしがサン・ピエトロ大聖堂とヴァチカン宮殿の画廊の一つを見に出かけるときにも、まだ帰ってこなかった。大聖堂のそばの小さなレストランで昼食をとり、ホテルに帰ったのは午後もなかばになっていた。

ＡＢＣはわたしを待っていてくれた。彼の顔つきから、徹夜で調査にあたっていたのだろうと見当がついた。

「どうだい、なにかニュースは？」向こうからたずねてくる。

「こっちから聞きたいところだよ。あの事務員は白状したかね？」

「まだだ。だが、あの男にとっては、前途はまっ暗だね」

「疲れているようだね。ちょっと横になって一休みしたらどうだね？」

「いささか疲れたよ」彼も認めた。「ここだけの話だが、リボッタという男は、生きているときより死んでからのほうが、科学のために役にたっているよ。ただ、どちらも同じ程度にうんざりするようなことでだがね。死人にこんなことをいうのは、きみは悪趣味だと思うだろうね。とにかく、わたしは横になる気はない。どうだね、トルコ風呂にいかないか？　いや、ここではローマ風呂というべきかな？　あの太ったラヴァレロ君は、毎日午後に風呂にいってるんだ。あの人物は古代ローマの習慣を愛しているらしいし、それに、きょうは彼といっしょに風呂に行こうと約束しておいたんだ。きみもいっしょにきてくれるだろうね」

わたしはふたつ返事で承知すると、いっしょに車で研究室へ行き、ラヴァレロを呼びだした。わたしたちはちらっと死んだ教授の部屋をのぞいたが、事件についてのわたしの印象はまえのとおりで、ますます強まるだけだった。だれも事務員の控え室をとおらずに、この研究室にはいれそうもなかった。

まもなくわたしたち三人は、入浴の喜びを味わっていた。そばの台にながながと横たわったラヴァレロが、古代ローマ人が毎日味わっていた楽しみだと説明する。彼はあまりにもＡＢＣに敬服しているので、彼にばかり話しかけ、おかげでわたしが不当にのけものにされてしまっていると、ＡＢＣが気をもんでいるようだった。

「ねえジョンストン、野辺のスミレのまねはやめないか。そんなに遠慮することはない」ＡＢＣはにこりと笑って言った。「こういう場所にふさわしい話をしようじゃないか。きみみたいな考古学者は、ラヴァレロ君のような同好の士と話をするのはうれしいはずだよ。いや、われわれはもうラヴァレロ教授と呼ぶべきだな。わが有能な助手どの、古代ローマ社会で、よくこういう風呂にはいりながらやった、暇つぶしの遊びというのを講義してくれたまえ」

「しかしねえ」わたしは言った。「きっとラヴァレロさんのほうが、わたしより資格があるんじゃないかな。こちらのコレクションを拝見したが、どうして専門家だよ」

「そいつはどうかな」ホークスは言った。「お忙しいから、きっとそっちまでは手がまわらないだろう。そうでしょ？」

「さあ、どうですか」ラヴァレロは答えた。「暇を見つけて、ものによってはかなり研究したものもありますが」

「机の上の理論だけでは！」ＡＢＣは嘲笑するように言った。「たとえば、賭けてもいいが、ラヴァレロ君、あんたはあのキャビネットにあった古いナックルボーンズの正しい持ち方も知らんでしょうが」

「ナックルボーンズなんか、昔と同じに、いまでもかなりやってる人がいるでしょう?」イタリア人は負けずに説明した。「いちばん簡単でいちばんむずかしいのは、次々と一つずつ宙に投げ上げて、三つなり五つなりを、一ぺんに手の甲でうけることです。むずかしいですよ。しかし、ながいこと練習したおかげで、わたしにもできるようになりましたよ」

「すると、きみは理論と実践を兼ね備えてるってわけか」ABCはあやまった。「お見それして、失敬しましたな。ではジョンストン君、きみが考古学者としての面目をとりもどすチャンスを、もう一度やろう。古代ローマ人がこんなふうに、熱く蒸されながらやった遊びで、なにかほかのものをあげてみたまえ」

「そんなことは簡単さ」わたしは言った。「きのうも見せてもらったよ。ラヴァレロさんは、キャビネットのなかにそれももってましたな。コッタボスという古い遊びさ」

「ほう、ラヴァレロさん、それはどういう遊びです?」

「どうやらわたしの知識は、ナックルボーンズまでのようですな」彼は笑いながら言った。「おっしゃるとおり、わたしも全能というわけにはいきませんので」

「それ、すばらしきジョンストン先生、栄光もてその身をかざりたまえ。そのコッタボスというのは、昔は正式にはどうやって遊んだものか、話してくれたまえ」

「わたしの記憶では、あれは酒席でやる遊びだったようですな。ゲームの目的は、特殊な形のグラスで、酒をこぼさないように宙を飛ばすんだった。これは、なんでも知らないことはないというドイツの学者の説によるのだが、グラスに特殊な回転運動をさせながら中身を投げるんだそうだ。床に埋めた水槽に、小さな金属の皿を浮かべ、それに酒を投げて注いで沈めるというねらいでね。そうでしょ、ラヴァレロさん？」

ちょうどそこへ、ドルシーがはいってきて、わたしたちのはだか同然の姿を見てにやりと笑った。

「なんてむし暑い！　ホークスさん、わたしをお呼びになりましたね？」

「そう、リボッタ教授殺害の犯人を見つけたことをお知らせしたくてね」

「犯人を？」みんなが口をそろえて言った。

「犯人は、きのう警察でつかまえたと思いましたが」ドルシーが言った。

「いや、ドルシー君、あれはちがう。あの事務員は犯行には手を出していないよ」

「しかし、動かぬ証拠が――」わたしが口をひらきかけた。

「たしかに、あの男が五時半にしばらくあの建物にはいっていたという証拠はあるよ。死体は六時まで発見されなかったのだから、あの男が教授の部屋にはいって、濾過器に毒をいれたと見なされたのだ」

「そのとおりだ」わたしは言った。

「しかし、わたしは死体を見たときすぐに、目が妙に赤くなっているのに気がついて、びっくりしたんだ。ストリキニーネに属する毒物で、こういう徴候を示すある毒物がある。しかも、その毒物なら、ほとんど即死だ。きみも知ってるだろうが、目というのは写真機と同じでね。乾板のようにたえずいろいろな映像を結ぶ網膜というものが、目の奥にあるのだ。そこで、この毒薬が目の透明さを曇らせて、光がはいらないようにしてしまう毒物だとすると、眼球はちょうど、シャッターをおろした写真機のようなものだ。

そこで思いついたのだが、死の瞬間に網膜にうつった映像がそのまま残っているかもしれないとね。もちろん、その映像をわれわれが直接に見るわけにはいかない。しかし、もしかしたらその像を現像できるのではないかと考えたわけだ。検屍の医師たちも、わたしにやってみてもいいと同意してくれた。気味のいい話ではないから、方法のこまかいことは説明しないが、最初に手がけたほうの目はだめだった。思ったよりむずかしい仕事だった。しかし、もう一つの目から、ぼんやりした映像を作ることができたよ。もちろん、スタジオでとった写真みたいなわけにはいかんが、当面の目的にはじゅうぶんだった。その映像から、知りたいことがわかったわけだ」

「何がわかったんだ?」わたしはたずねた。

「壁の時計がうつっていたのさ。その上に、きょうの午後わざわざ見にいったのもそのためなのだが、午後の日ざしが落ちていた。おかげで、この死人の網膜の映像から、彼が生前最後に見たものがはっきりわかった。彼の死の瞬間、時計の針は正確に五時をさしていたんだ!」

「五時?」ドルシーは大声をたてた。「ではあの事務員はまだ研究室にきていなかった」

「自分の控え室へ、あの運の悪い最後の訪問をするまえだよ」ABCはおごそかに言った。「教授はもう死んでいたんだ」

「しかし、ほかにはだれも、あの研究室にははいらなかったんだぜ」わたしは異議をとなえた。

「そう、だれもはいらんよ。だからこそ、わたしはこんなにコッタボスの遊び方を知りたがったわけさ。そうだろう？　ほんとうにコッタボスがうまい人間なら、そのためのグラスをもって廊下に立てば、格子窓から濾過器に毒を投げこむこともできようさ。たしかに、むずかしいことかもしれないが、練習すればできる。机の前にすわった教授も、部屋のなかを飛んでくる液体には気がつかなかったろう」

「ラヴァレロ、わかったろう！」ホークスがきびしく言った。

若い科学者はうーんと唸って虚空《こくう》をつかんだ。やがて、急にがくがくっと床の板の上に倒れる。ドルシーとわたしがかけよって、かかえおこそうとしたが、ABCが手をふって押しとどめた。

「手おくれだよ。この男が心臓が悪いことは、わたしにはわかっていた――こんな熱い蒸し風呂にはいるなんて、ばかなやつだよ。風呂の熱さと、犯したばかりの罪の緊張、それに尻尾《しっぽ》をつかまれたと気がついたのが重なって、彼は息絶えたのさ。うちあけていうと、わざとこんなところを舞台にえらんだのも、じつはそうなるように考えたうえでのことなんだ。これでわれわれも、ひどくいやな醜聞《しゅうぶん》というやつはさけることができる。それにひきかえ、こんな事件が公判にでもかけられて明るみにでたら――」ホークスは首をふった。「たしかにラヴァレロ青年は、科学の実験者としてはたいしたものだったが、野心が大きすぎたんだね。真の科学者というものは、結果を待つもので、しいて結果を作ったりはしない。たとえ、愚かで無能な爺さんがじゃまになったとしてもね」

殺人者

アーネスト・ヘミングウェイ
大久保康雄 訳

The Killers　一九二七年

ヘミングウェイ Ernest Hemingway (1899.7.21-1961.7.2) の強烈なハードボイルドのスタイルが推理小説に影響をあたえたとするならば、この短編こそ、その最たるものであろう。簡潔できびきびした迫力のある会話が、わずか数ページの小品をすばらしい文学作品にまで高めているし、また現代の殺し屋の原型が、この中で創造されている。黒ずくめの服装、さりげない凄味をきかせたせりふ、ピストルでかすかにふくらんだポケット、現在の推理小説がこの殺し屋スタイルの呪縛を破るのはいつの日のことであろうか？

ヘンリー食堂のドアが開いて、ふたりの男がはいってきた。カウンターの前に腰をおろした。

「何をさし上げますか?」とジョージがきいた。

「さて」とひとりの男が言った。「アル、おまえ、何を食うかね?」

「さあ、何にするかな」とアルは言った。「おれにも何が食いたいんだかわからねえ」

表は暗くなりかけている。窓の外の街灯がついた。カウンターの前のふたりの男はメニューを読んでいる。カウンターの向こうの端から、ニック・アダムズは、このふたりを見まもっていた。彼がジョージと話をしていたところへ、このふたりがはいってきたのである。

「おれはヒレ肉のロースト・ポークにリンゴ・ソースをかけたやつ、それにマッシュ・ポテトをつけてもらおう」と第一の男が言った。

「それはまだできないんですが」

「なんだってできもしないものをメニューにのせとくんだ?」

「それはディナーなんです」とジョージは弁解した。「六時になったらできます」

ジョージはカウンターのうしろの壁にかかっている時計に目をやった。

「まだ五時ですから」

「あの時計は五時二十分になってるじゃないか」と第二の男が言った。

「あれは二十分すすんでいるんです」

「ちぇっ、そんな狂った時計、たたき壊しっちまえ」第一の男が言った。「いったい何ができるんだ？」

「サンドイッチならなんでもできます」ジョージは言った。「ハム・エッグス、ベーコン・エッグス、レヴァー・ベーコンまたはステーキ」

「グリン・ピースにクリーム・ソースをかけたチキン・コロッケ、それにマッシュ・ポテトをそえたのをくれ」

「それはディナーなんです」

「おれたちのほしいものは、みんなディナーなんだな、え？　うめえもんだな、おまえのやり口は」

「ハム・エッグスならできますよ、それとベーコン・エッグス、レヴァー……」

「おれはハム・エッグスにするぜ」とアルと呼ばれた男が言った。山高帽《ダービー・ハット》をかぶり、黒のオーバーを着て胸のボタンをきちんとかけている。顔は小さくて色が白く、口をむすんでいる。絹のマフラーをし、手袋をはめている。

「おれにはベーコン・エッグスをくれ」と、もうひとりの男が言った。アルと同じくらいなからだつきの男だ。顔つきこそちがうが、このふたりは双生児かと思うほどそっくりな身なりをしている。ふたりとも、きっちりしすぎるくらいのオーバーを着ている。カウンターに両肘《ひじ》をかけて、のしかかるように腰かけている。

「飲みものは何かねえのか？」とアルがきいた。

「シルヴァ・ビーアとビーヴォとジンジャー・エールです」とジョージが答えた。

「酒はねえのかときいているんだ」

「ただいま申しあげただけで」

「ここは、ひでえ町だぜ」と、もうひとりが言った。「いったい何という町だい？」

「サミットです」

「おい、聞いたことがあるか？」とアルは仲間にきいた。

「ねえな」と仲間は答えた。

「ここでは、夜は何をやるんだ？」とアルがきいた。

「ディナーを食うのさ」と相棒が言った。「みんなここへきて、豪勢なディナーをやらかすってわけさ」

「そのとおりで」とジョージが言った。

「じゃ、おれたちのいうとおりだというんだな？」とアルがジョージにきく。

「そうです」

「おまえはなかなかりっぱな兄《あん》ちゃんだな」

「そうです」とジョージは答えた。

「ところが、そうでもねえようだぜ」と、もうひとりの小男が言った。「こいつ、ほんとにそうかね、アル？」

「阿呆《あほう》だよ」とアルは言い、ニックのほうへ向きなおった。「おまえはなんという名前だ？」

「アダムズ」

「りっぱな兄《あん》ちゃんが、またひとりふえたぜ」とアルが言った。「そうじゃねえか、マックス？」

「この町は威勢のいい兄ちゃんでいっぱいさ」とマックスが言った。

ジョージはハム・エッグスとベーコン・エッグスと二つの皿をカウンターの上に出した。それからフライにしたジャガイモの小皿を二枚そのそばにおき、調理場に通じる仕切り窓をしめた。

「どちらがあなたのでしたっけ？」と彼はアルにきいた。

「おぼえてねえのか？」

「ハム・エッグスのほうでしょう？」

「なるほど頭のいい兄ちゃんだ」とマックスが言った。彼は身を乗り出してハム・エッグスの皿をとった。ふたりとも手袋をはめたままで食べた。ジョージはふたりの食べるのを見まもっていた。

「何を見てるんだ？」マックスがジョージをにらみつけた。

「何も見てやしません」

「うそをつけ。おれを見てたじゃねえか」

「なあに、マックス、おおかた冗談のつもりか何かさ、気にすることはねえや」とアルが言った。

ジョージは笑った。

「笑うこたあねえぜ」とマックスはジョージをきめつけた。「これっぽっちでも笑ってみやがれ、いいか、わかったか」

「わかりました」とジョージは答えた。

「わかりましたときたね」マックスはアルのほうに向きなおった。「こいつ、わかりましたってよ。うめえことをいうじゃねえか」

「まったくりこうなやつだよ」とアルが言った。ふたりは食いつづけた。

「カウンターの端にいる、兄《あん》ちゃんの名前はなんといったっけ?」とアルがマックスにきいた。

「おい、兄ちゃん」とマックスがニックに声をかけた。「おまえ、カウンターの向こう側へまわって、相棒といっしょにならびな」

「どうなさるつもりですか?」とニックが尋ねた。

「なんのつもりもねえよ」

「向こう側へまわったほうが身のためだぜ、兄ちゃん」とアルが言った。ニックはカウンターのうしろへまわった。

「どうなさるつもりで?」とジョージが尋ねた。

「おまえたちの知ったことじゃねえ」とアルが言った。

「調理場にいるのはだれだ？」

「黒人です」

「黒人ってなんだ？」

「コックの黒人です」

「そいつに、こっちへはいってこいと言いな」

「どうなさるつもりなんで？」

「こっちへはいってこいと言え」

「あなた方は、ここをどこだと思ってるんですか？」

「そんなこたあ百も承知よ」とマックスと呼ばれた男が言った。「おれたちをそんな間抜けだと思うのか？」

「くだらねえことを言うなよ」とアルは仲間に言った。「なにもこんな小僧を相手に議論するこたあねえやな。おい、いいか」とジョージにむかって言った。「黒人にこっちへはいってこいと言うんだ」

「あの男をどうしようというんです？」

「なにもしやしねえよ。頭を働かせてみなよ、兄《あん》ちゃん、おれたちが黒人に何をするつもりかってことをさ」

ジョージは奥の調理場に通じる仕切り窓をあけて、「サム」と呼んだ。「ちょっとこっちへきてくれ」

調理場へ通じるドアが開いて、コックの黒人がはいってきた。「何か用かね？」と彼はきいた。カウンターの前のふたりは、じろりとそのほうを見た。

「よし、おい、黒人、ちょっとおまえ、そこに立っているんだ」

黒人のサムはエプロンをかけたままそこに突っ立ち、カウンターの前に腰をかけているふたりの男を見た。

「ようがす、だんな」と黒人は言った。アルは腰掛けから降りた。

「おれはこの黒人とあの兄《あん》ちゃんとを連れて調理場へ引っこむぜ」と彼は言った。「おい、黒人、調理場へ引っ返すんだ。兄ちゃん、おまえもいっしょに行くんだ」小男のアルは、ニックとコックのサムのあとについて調理場へはいって行った。彼らの背後でドアがしまった。マックスと呼ばれた男はジョージと向かい合ってカウンターの前に腰かけていた。彼はジョージのほうは見ず、カウンターのうしろに横に長くはめこんである鏡を見ていた。ヘンリー食堂は、以前酒場だったのを簡易食堂に模様がえしたのである。

「ところで、兄ちゃん」とマックスが鏡をみつめたまま言った。「なんだって、おまえは口をきかねえんだい？」

「いったい、何がはじまるんですか？」

「おい、アル」とマックスが大声で呼んだ。「こっちの兄ちゃんがな、何がはじまるのか知りてえとおっしゃるぜ」

「聞かせてやりゃいいじゃねえか」アルの声が調理場からきこえてきた。

「おまえは何がはじまると思うかね?」

「わかりません」

「おまえはどう思うかというんだ」話しながらマックスは絶えず鏡をみつめている。

「言いたくありません」

「おい、アル、こっちの兄《あん》ちゃんは、これからはじまることをどう思っているか、そんなことは言いたくねえとさ」

「わかったよ、きこえてるよ」とアルが調理場から言った。彼は皿を調理場へもどすための仕切り窓を押しあけて、ケチャップの壜《びん》を突っかい棒にした。

「おい、兄ちゃん」と彼は調理場からジョージに呼びかけた。「カウンターに沿ってもうすこし離れて立つんだ。マックス、おまえも、もうちょっと左へ寄ってくれ」まるで集合写真をとるとき人物の位置をさしずする写真屋みたいだ。

「おい、兄ちゃん、おれに話してみな」とマックスが言って、「おまえ、これからどんなことが起きると思っているんだ?」

ジョージはなんとも答えなかった。

「聞かせてやろうか」とマックスは言った。「おれたちは、スウェーデン人をひとり、ばらそうってわけよ。おまえ、オウル・アンドルソンという大男のスウェーデン人を知ってるだろう?」

「知ってます」

「やつは毎晩ここへ飯を食いにくるだろう?」

「ときどき来ます」

「いつも六時にくるんだったな?」

「くるときは、そうです」

「おれたちはなんでも知ってるんだぜ、兄《あん》ちゃん」とマックスが言った。「何かほかの話をしようや。おまえ映画は見に行かねえのか」

「たまにしか行きません」

「もっとたびたび見に行かなくちゃいけねえな。おまえみてえな兄ちゃんにはためになるぜ」

「なんでオウル・アンドルソンを殺すんですか? あなたがたに何かしたんですか?」

「何かしようにも、そんな機会はやつにゃ一度もなかったよ。おれたちに会ったことさえねえんだから」

「これからおれたちに、たった一回お目にかかろうってわけさ」とアルが調理場から言った。

「そんなら、なんで、あの人を殺そうっていうんですか?」ジョージがきいた。

「仲間のためにばらしてやるのさ。仲間に頼まれたからばらしてやるだけのことだよ」

「もうよせ」とアルが調理場から言った。「おまえ口が軽すぎるぞ」

「なに、おれはただこの兄ちゃんをおもしろがらせているだけのことよ。そうだろう、兄ちゃん?」

「おまえは口が軽すぎるよ」とアルが言った。「黒人と、こっちの兄ちゃんとは、手前《てめえ》たちだけでけっこうたのしくやってるぜ。おれはふたりをしばりあげてやったんだ、修道院の仲のいい娘っ子同士みてえにな」

「おまえ、修道院にいたことがあるのか？」

「どうだかよ」

「おまえはきっとユダヤ修道院にでもいたんだろう。おまえがいたのは、どうせそんなところさ」

ジョージは時計を見上げた。

「もしだれかがはいってきたら、コックがいねえからと言うんだ、それで相手がぐずぐず言ったら、それじゃ私が奥へ行って料理してきますと、そう言うんだぜ。わかったな、兄《あん》ちゃん？」

「わかりました」とジョージは答えた。「そのあと、私たちをどうするつもりですか？」

「そいつはなり行きしだいだな」とマックスが言った。「そのときになってみなきゃわからねえことってものがあるが、つまりそれさ」

ジョージは時計を見上げた。六時十五分。通りに面したドアが開いた。電車の運転手がひとりはいってきた。

「よう、ジョージ」とその男は言った。「夕飯は食えるかい？」

「サムが外出して、いないんです」とジョージは言った。「三十分もしたらもどってくるでしょうけど」

「そんなら別の店へ行ったほうがよさそうだな」と運転手は言った。ジョージは時計を見た。

六時二十分だ。

「うめえぞ、兄《あん》ちゃん」とマックスが言った。「あれだけやれりゃ、りっぱな紳士だよ」

「まごまごするとおれの銃で頭をふっとばされると知ってるからさ」とアルが調理場から言った。

「そうじゃねえ」とマックスが言った。「そんなんじゃねえさ、この兄ちゃんは、しっかり者だよ。気のきいた男だ。おれは気にいったよ」

六時五十五分になると、ジョージが言った。「これは、きそうもないですね」

それまでに食堂には、ほかにふたり、客があった。一度は、サンドイッチを持って帰りたいという客があり、ジョージは調理場へはいって行って、持って帰れるようにハム・エッグス・サンドイッチをつくってやらなければならなかった。調理場へはいって行くと、アルは山高帽《ダービー・ハット》をうしろへずらし、銃身を短く切りつめた散弾銃《ショット・ガン》の銃口を棚《たな》の上にもたせかけて、仕切り窓のうしろの腰掛けに腰をおろしていた。ニックとコックはすみっこのほうで背中あわせにしばられ、それぞれタオルでさるぐつわをかまされていた。ジョージはサンドイッチをつくって油紙に包み、紙袋に入れて持って行った。

客は代金をはらって出て行った。

「この兄ちゃんはなんでもやれるんだな」とマックスが言った。「料理でもなんでもやってのけるじゃないか。おまえのかみさんになる女の子は大助かりだぜ」

「そうですかね」とジョージは言った。「お待ちかねのオウル・アンドルソンは、きそうもないですね」

「もう十分待ってみよう」とマックスは言った。

マックスは鏡を見、時計を見た。時計の針は七時をさし、やがて七時五分をさした。

「出てこいよ、アル」とマックスが言った。「もう行こうぜ。やつはきそうもねえや」

「もう五分待ってみたほうがいい」とアルが調理場から言った。

その五分のあいだに、ひとりの男がはいってきた。ジョージはコックが病気なので、と言ってことわった。

「そんなら別のコックを雇ったらよさそうなもんじゃないか」と男はいやみを言った。「食堂をやってるんじゃないか」そして出て行った。

「アル、行こうぜ」とマックスが言った。

「この兄《あん》ちゃんふたりと黒人はどうするかね?」

「ほっといてだいじょうぶだよ」

「ほんとにそう思うか?」

「そうよ。一件はもうとりやめだよ」

「おれはどうも気になるな」とアルが言った。「うかつだぜ。おまえはしゃべりすぎるよ」

「ちぇっ、なにを言ってやがる」とマックスが言った。「場つなぎに、ちょっとしゃべったまでじゃねえか」

「それにしたって、おまえは口が軽すぎるぞ」とアルは言った。彼は調理場から出てきた。短く切りつめた散弾銃《ショット・ガン》の銃身が、ぴったりしすぎるオーバーの下の腰のあたりからすこしふくれ出ていた。彼は手袋をはめた手で上着の形をととのえた。

「あばよ、兄《あん》ちゃん」と彼はジョージに言った。「おまえは運がいいぜ」

「まったくだ」とマックスが言った。「おまえ、競馬やってみるといいぞ、兄ちゃん」

ふたりの男はドアから出て行った。ジョージは窓ごしに彼らが街灯の下を過ぎ、往来を横ぎって行くのを見まもっていた。きっちりしすぎるオーバーと山高帽《ダービー・ハット》のふたりのすがたは一組の寄席《よせ》芸人ふうに見えた。ジョージは自在戸を押して調理場へはいり、ニックとコックのいましめをほどいてやった。

「もうこんなことはごめんだ」と料理人のサムが言った。「もうこんなことはまっぴらだよ」

ニックは立ち上がった。彼もタオルを口へ押しこまれたのはこれがはじめてだった。

「へん」彼は言った。「なんだ、これしきのこと」彼は虚勢《きょせい》を張って、なんでもないように見せようとつとめていた。

「やつらはオウル・アンドルソンを殺すつもりだったのだ」とジョージが言った。「食事をしにはいってきたところを、撃ち殺そうとしていたのだ」

「オウル・アンドルソンを？」

「そうだよ」

コックは両手の親指で口のすみにさわってみた。

「やつら、行っちまっただかね？」と彼はきいた。

「うん」とジョージは言った。「もう行っちまったよ」

「わしは好かねえだ」とコックは言った。「あんなこと、わしはもうまっぴらだよ」

「おい」とジョージがニックに向かって言った。「おまえ、オウル・アンドルソンとこへ行って、ようすを見てきたほうがいいぜ」

「そうだね」

「かかわり合いにならねえほうがいいだぞ」とコックのサムは言った。「よけいなことに首を突っこんだりしねえほうがいいだ」

「行きたくなかったら、よしたほうがいいぜ」とジョージが言った。

「こんなことに巻きこまれたら、ろくなことはねえだぞ」とコックは言った。「いらぬおせっかいはやめたがいいだ」

「おれはようすを見てくるよ」とニックはジョージに言った。「あの人は、どこに住んでいるんだい?」

コックはそっぽを向いた。

「ごりっぱな紳士がたは、さすがに分別があんなさるだて」と彼は言った。

「ハーシュの下宿屋に住んでいるよ」とジョージがニックに言った。

「じゃ、おれは行ってくる」

表へ出ると、街灯が街路樹のはだかの枝々の間を漏れて輝いていた。ニックは電車線路に沿って通りを行き、次の街灯のところで横町へ折れた。横町を入って三軒目がハーシュの下宿屋である。ニックは玄関さきの階段を二段あがってベルを押した。女が戸口へ出てきた。

「オウル・アンドルソンさんはおいでですか?」

「お会いになりたいんですか?」

「ええ、もしおいでなら」

ニックは女の後について階段を上がり、廊下を奥のつきあたりまで行った。女はドアをノックした。

「だれだね?」

「どなたかお客さんですよ、アンドルソンさん」と女が言った。

「ニック・アダムズです」

「おはいり」

ニックはドアをあけて部屋へはいった。オウル・アンドルソンは外出着のままベッドに横になっていた。彼は以前へヴィ・ウェイトのボクサーであり、そのベッドは彼のからだには少々ちいさすぎた。枕を二つ重ねて頭をのせていた。ニックのほうを見もしない。

「何用だね?」と彼はきいた。

「私はそこのヘンリー食堂にいたんですが」とニックは話しだした。「そしたら、ふたり組の男がはいってきて、私とコックを縛っちまったんです。やつらは、あなたを殺すのだと言っていました」

口に出して話してみると、なんだか間が抜けてきこえる。オウル・アンドルソンは何も言わない。

「やつらは私たちを調理場へ押しこめました」とニックはつづけた。「あなたが食事をしに見えたら、撃ち殺そうとしていたのです」

オウル・アンドルソンは壁を見つめたまま何も言わない。

「ジョージも、一応あなたにお知らせしたほうがいいだろうというもんで」

「おれにもどうにもならねえんだ」とアンドルソンは言った。

「その連中がどんなようすをしていたかを、お話ししましょう」

「どんなようすをしていたかなんて、そんなことおれは知りたくないよ」とオウル・アンドルソンは言った。壁を見つめている。「だが、わざわざ知らせにきてくれてありがとうよ」

「そんなことはいいんです」

ニックはベッドに横たわっている大きな男を見つめていた。

「警察へ行ってきましょうか？」

「いいや」オウル・アンドルソンは言った。「そんなことをしたって仕方がねえんだ」

「何か私でお役に立つことはありませんか？」

「いや、どうにも方法がないんだ」

「もしかすると、ただのおどかしだったかもしれませんね」

「いや、ただのおどかしじゃあるまいよ」

オウル・アンドルソンは壁のほうへごろりと向きをかえた。

「ただ一つ問題なのは」と彼は壁にでも話しかけるように言った。「おれに外へ出て行く決心がつかないことだけだ。おれは、きょうは朝からこうしていたのだ」

「町をぬけ出すわけにはいかないんですか？」

「だめだ」とオウル・アンドルソンは言った。「もう逃げまわるのはやめにしたんだよ」

彼は壁を見つめている。

「いまとなっては、どうしようもねえ」

「なんとか話をつける方法はないんですか？」

「だめだ。おれはやりそこねたんだ」相変わらず抑揚《よくよう》のない声で言った。「どうしようもない。もうしばらくしたら外へ出て行く決心がつくだろう」

「では私は引き返して、ジョージに話してみます」とニックは言った。

「すまなかったな」とオウル・アンドルソンは言った。ニックのほうを見ようともしない。

「わざわざきてくれてありがとうよ」

ニックは外へ出た。ドアをしめるとき、外出着のままベッドに横たわって、壁を見つめているオウル・アンドルソンを見た。

「あの人は一日じゅう、部屋に閉じこもったままなんですよ」と階下で下宿のおかみさんが言った。「気分でも悪いんじゃないかと思いますわ。わたし言ってみたんですよ、『アンドルソンさん、こんな気持ちのいい秋日和《びより》には、外へ出て散歩でもなさったらいいのに』ってね。だけどそんな気分になれないんだそうですよ」

「あの人は外へ出たくないんです」

「気分が悪くてお気の毒ね」と女は言った。「とてもいい人なんですよ。以前はボクサーでしてね」

「そうだそうですね」

「顔にボクシングの傷痕がないと、とてもそうとは思えませんね」と女は言った。ふたりは玄関のすぐ内側で立ち話をしていたのだ。「とてもおとなしい人なんですもの」

「ではハーシュ夫人、さようなら」とニックは言った。

「わたしはハーシュ夫人じゃありませんよ」と女は言った。「それはここの持ち主のことですよ。わたしはただ、かわって管理しているだけなんです。わたしはミセス・ベルというんです」

「ではミセス・ベル、さよなら」とニックは言った。

「さよなら」と女も言った。

ニックは暗い横町を引き返して街灯のある角で曲がり、それから電車道に沿ってヘンリー食堂へ行った。ジョージは店のカウンターの奥にいた。

「オウルに会ったかい?」

「会った」とニックは言った。「部屋に閉じこもったきりで、外へ出たがらないんだ」

ニックの声を聞きつけてコックが調理場との境のドアをあけた。

「わしは、そんな話、聞きたくねえだ」彼はそう言って、またドアをしめた。

「あのこと話してやったのか?」とジョージがきいた。

「もちろん何もかも話したさ。だけど彼は事情を知っているらしいよ」

「それで、どうするっていうの？」

「何もしようとしないんだ」

「だって殺されちまうぜ」

「おれもそう思うよ」

「きっとシカゴで何か事件に巻きこまれたものにちがいない」

「そうかもしれないね」とニックは言った。

「いやなことだな」

「おそろしいことだ」とニックは言った。

ふたりとも、それ以上口をきかなかった。ジョージは手をのばして布巾《ふきん》をとり、カウンターの上を拭いた。

「いったい何をやらかしたんだろうな」とニックが言った。

「だれかを裏切ったんだよ。裏切った人間をつけねらうのがやつらの常法なんだ」

「おれはこの町を出て、よそへ行くよ」とニックが言った。

「そうだな」とジョージが言った。「そのほうがいいかもしれないな」

「あの人が、いずれ殺されると知りながら、部屋のなかにじっとして待っているなんて、考えるだけでもたまらない。まったくおそろしいことだよ」

「だけど」とジョージは言った。「あまりそんなことは考えないほうがいいぜ」

窓のふくろう

G・D・H&M・I・コール
井上勇 訳

The Owl at the Window　一九二八年

すべての人が、これがウィルスン警視の物語では、いちばんいいという、とエラリー・クイーンがいっている。それで収録した。初出の際の題名はIn a Telephone Cabinet。**コール夫妻** G. D. H. (1889.9.25–1959.1.14) & M. I. (1893.5.6–1980.5.7) Coleは著名なイギリス社会主義の経済学者夫妻。一九二五年の『百万長者の死』は、いまやれっきとした古典の一つである。

ダウンシャー・ヒル殺人事件（新聞はあの事件をそう命名した）は一九二〇年五月のある日曜日の朝、わたしたちの国の風土が、夏はどのように作るべきものかを真実知っていることを示そうと試みたかとも思われるような、さわやかなある朝、九時半すぎに発見された。ニュー・スコットランド・ヤードのヘンリ・ウィルスン警視は友人のマイクル・プレンダガスト医師と連れだって、ハムステッドのダウンシャー・ヒルのあたりを散歩していた。それはあのセンセーショナルな、百万長者ラドレットの死のずっとまえのことである。だれもが記憶しているように、ラドレットの死は英国とアメリカをプラカードでうずめ、ウィルスンは元内相の非行を看破するという許すべからざる罪をおかしたがために、私立探偵業に韜晦《とうかい》するのやむなきにいたったのである。しかしいま話しているころにはまだ犯罪捜査課《C・I・D》の人間で、いつなんどきベッドからたたき起こされて、公務にたずさわらなくてはならぬかわからない身分だった。そして、いっしょに暮らしている姉の勧めにしたがって、せめて一日を電話のとどかない場所ですごすことにしてみたものの、なんとなく気がかりでないこともなかった。けれどもその日はすばらしい朝だった。それに数少ない親友のひとりであるマイクル・プレンダガストが土曜日の夕方からきてひと夜をいっしょにすごし、しきりとすすめるものだから、ふたりの男はフランネルのズボンにテニス・シャツというでたちで、いまリッチモンド行きの列車をつかまえようと、北ロンドン駅への道を急いでいるのだった。

「このあたりにくると、すっかりもう田舎《いなか》にいる感じだね」プレンダガストは感心したように言って、家々の小さな前庭いっぱいに茂っている木々や、道路の行く手をとざしているヒースの若緑をつくづくながめていた。「ゆうべはひと晩じゅう、ぼくの部屋の窓のそとで、ふくろうがぽうっ、ぽうっと鳴いていたよ」

「このあたりでは、人家のすぐまぢかまで来るんだ」とウィルスンは答えた。「だが、人家の軒に、実際に巣を作ったふくろうの話は、いままで聞いたことがない」

「ぼくもだ。だが、なんだってそんなことを言いだしたのかね」ウィルスンは答えるかわりに、百ヤードばかりさらに下のほうの、ライラックや栗の苗木の茂みのあいだからわずかにすいてみえる小さな家のきづたにおおわれた壁を指さした。そして「あそこの木の枝のあいだから見えるきづたのなかを、出たりはいったりして飛んでいるものがいるだろう」と言った。

プレンダガストは目を丸くしてウィルスンを見た。「きみはいい目をしているね。ぼくはあのライラックをながめていたんだが、なにも見えなかった。それにしても、こんなに遠いところから、どうしてあれがふくろうだとわかるんだい」

「わかりはしないさ」とウィルスンは言った。「そうではないかもしれん。はっきり見えたというわけじゃないんだ。だがほかの鳥にしては大きすぎる。とにかく、ほかにもあれに気づいたものがあるようだ」ふたりは、いまではそのきづたの家にだいぶ近づいていた。家の西のがわはかくれて見えないが、表のほうはすっかり開けていて、門のそばの舗装道路にひとりの男が立っており、その男にはそれがひどく興味をひいたらしかった。ふたりが通りかかると、その男は話しかけたものかどうか迷っているように思われる、決しかねたようすでこちらを見あげた。プレンダガストはだれとでも相手を選ばずおしゃべりがしたくてたまらぬ男で、さっそく相手の気持ちを見てとるとそれに応じた。そして、

「あなたも、ふくろうを見たのですか」ときいた。

「ふくろう」とその男は言った。「ふくろうなんか見ませんよ。だが男がひとり、あそこへはいっていくのを見たんですよ」相手はその家を指さした。「なんのためにはいっていったのか、それが知りたいんで」

「たぶん自分のうちなんでしょう」プレンダガストは言ってみた。

「ほう」と男は言った。「それなら、なんでまた窓なんか抜けてはいりこんだのか、それが知りたいです。死人でも目をさましかねないほどドアをどんどんたたいていましたよ、その男は。そしてわたしを見ると『どうもへんだ。返事がない』と言ってナイフをとりだし、窓をこじあけてはいっていったんです。それに、自分のうちならなんでまた、あんなたたきかたをするのか、いったいなにが変なのか、知りたいもんで」男は腑《ふ》におちかねたように、唾《つば》をぺっとはいた。

　まもなくこの男の疑問にたいする回答は、はなはだ劇的な方法で与えられた。家のなかで足音がした。門からわずか二十ヤードくらいしかはなれていない表のドアがとつぜんにひらき、

小さな男がまっ青になって、おびえきったようすで顔をだし、こんな体格の人間からよくも出ると思われるような大声をはりあげて叫んだ。「ひとごろしだあ！」

三人ともびっくりしてしまった。実際、その叫びはすくなくともカムデンの町くらいまで届くかと思われるほどにひびきわたった。三人のおどろいた顔を見ると、戸口の男はなんだか狼《ろう》狽《ばい》したようすで門までおりてくると、かなり低い声になって言った。「警官をよんできてくれませんか、おねがいです、みなさん。カアルークさんが殺されています」

それから男は門をしめて、家のほうにひきかえそうとするようなそぶりをした。しかしプレンダガストがウィルスンにちょいとうなずいて見せ、通路を男のあとについていった。そして、「わたしになにかできることがありませんか」と、愛想よくきいた。「わたしは医者です」

「かわいそうに、あの男にはお医者の必要はありません」と小柄な男は言った。「魚のように冷たくなっています。何時間もまえに死んだにちがいない」男は玄関のドアに手をかけて立ちどまった。「あなたがたのほうで警官を呼んでくだされば、わたしはここであの男といっしょにいます。家をあけておいてはいけないと思います。だれもいないのです」

「そのほうはだいじょうぶです」あとに残って門の男と話していたウィルスンが、そのときふたりのそばにやってきた。「わたしはスコットランド・ヤードのものです。これに名刺がありますウィルスンはシガレット・ケースから名刺を一枚ぬきだした。マイクルはリッチモンドでウィルスンがそのいかめしい公の肩書きをなんに使うつもりだったのか怪しみながら、おもしろそうにながめていた。小柄な男はその名刺を、まるで蜘蛛《く も》でもあるかのように用心してうけとり、あきらかに気にくわないようすで持ち主の服装をながめていた。警察官は警察官の身なりをすべきで、フランネルのズボンをはいてうろつくべきではないと考えたのは、かなりはっきりしていた。

「さっきの男にそう言って、ロスリン・ヒルの署へ使いにだしておきました」とウィルスンは言葉をついだ。「まもなく向こうからひとがくるでしょう。だがあなたのいわれるとおり、このうちをあけておくわけにはいかない。死体がある場所に案内してくだされば、わたしは予備調査に着手できますし、そのひとがどういうふうにして殺されたか、この友人が調べてくれるでしょう。殺されたのはたしかなんですか、ミスター——」

「バートンです」と小柄な男は言った。「エドワード・バートン。あの男が殺されたのはまちがいありません。頭を撃ちぬかれています。脳みそが床《ゆか》じゅうにちらばっていて——かわいそうに。こちらです」男は自分の診断に疑いを持たれたので、いささか気を悪くしたようだった。

「なるほど。なにはともあれ、みてみましょう」ウィルスンはなだめるように言った。「どこにいるのですか」

「電話室です」バートン氏は指さしながら言った。「あの階段の右手です。あのガラス戸で。足がじゃまして開いたままになっています。わたしは手を触れないでおきました。死んでいるのをたしかめただけです、かわいそうに」

ウィルスンが小さくてうす暗い電話室のドアをひきあけたとき、一同を迎えたのは気持ちのいい光景ではなかった。そして、バートンが自分の判定に自信をもったのはまったく当然だったことが立証された。床の上にはうずくまるようにして片足をドアの敷居越しにつきだし、五十歳と六十歳のあいだくらいの年配の、かつては元気ものだったにちがいない男が横たわっていた。死体は電話機のほうを向いてまるくなって倒れていて、両手の指はなにかつかんでいたのがあとで落ちたかのように、ひん曲がっていた。しかし死因は充分明白だった。顔の前面全部と頭の一部に何カ所も穴があいて、傷口から噴きでた血と脳みそが床一面をおおっていた。マイクル・プレンダガストは従軍経験があり、当人は死体には馴《な》れていると思っていたが、陰気なかび臭い血だらけの場所にずたずたになって横たわっている老人を見たときは、もう完全にそんなものは征服したと信じていた感情がこみあげてきて、思いきって敷居口をまたぐまえから、激しい嘔吐《おうと》感と戦わねばならなかった。

「気をつけてやってくれよ、マイクル」ウィルスンが注意した。プレンダガストはウィルスンがその場の光景にぜんぜん無感動らしいのを見て、恥ずかしくてとまどいした。「必要以上に足を踏みこまないようにしてくれ。手にはいる手がかりは全部ほしいから」ウィルスンは床をおおっている血痕のなかにまぎれもない足跡をいくつか見つけて、不快そうにそれを点検していた。「バートンさん、あなたはここにはいったのですか」

「もちろん、はいりましたよ」とバートン氏は傷つけられたような口調で言った。「なにかしてやれるかと思ってはいってみたんです、むろんのこと。どうにもならないことがわかると、どこかにピストルかなにか落ちてはいないかとあたりをさがしました。自分で撃ったとすれば、ですね――自殺だとすればなにかあるかと思って」

「あかりをつけてくれないか」プレンダガストの声が死体の上にかがみこんでいる場所から聞こえた。「このくらやみじゃ、なんにも見えない」

「故障しているんです」とバートンが言った。「はいったとき、わたしもつけようとしたんです」それでもバートンはおとなしく、いわれたとおりに旧式な焼きもの製のスイッチに手を伸ばそうとした、しかしそのとき、ウィルスンがその先まわりをした。手のまわりにハンカチをまいて、ウィルスンは二、三度スイッチを前後にまわしてみたがだめだった。

「故障している、たしかに」とウィルスンは言った。「たぶん、球《たま》が切れているんだろう。ぼくの懐中電灯でまにあわせてくれるほかない、マイクル、だができるだけはやくやってくれよ。いまとなっては、この気のどくな男をどうもしてやれないのは、まずあきらかだ、殺したやつを見つけてやるほかにはね。そしてぼくはできるだけはやく、そのほうにとりかかりたい」プレンダガストが検死を終わるあいだ、ウィルスンは敷居口にじっと立って、向こうのはしのすこし高めの棚《たな》の上にちょこなんとおかれた電話機、古い電話帳が二、三冊のせられているその上方の棚、電話機の棚から床までたれさがっているベイズのカーテンなど、その中身を頭にたたきこんでいるかのように小さな部屋を凝視していた。

「あのカーテンのおくにはなにがあるか、ごぞんじですか」ウィルスンはバートンにきいた。

「靴や――いろんな、古いがらくたものでしょう」相手は答えた。「カアルークさんはいつも、いらないものはなんでもあそこにほうりこんでいました」

「すると、あなたはこのひとをかなりよくごぞんじだったんですね」

「まああです」バートン氏は言った。「世間のひと並みにはといったところです。このひとはあまり友人が多くないほうでしてね、いささかへんくつな老人でした。どんなにひとりぼっちだろうが、へいちゃらでした」

　プレンダガストが腰をのばして立ちあがった。「ここでぼくにできることは、これでおしまいだ」と医者は言った。「このかわいそうな男は、むろん死んでいる——死後十二時間というところだ。撃たれたあと、数秒も生きてはいなかったろう」

「至近距離で撃たれたのか」ウィルスンがたずねた。

「たいへんに近くからだ。数インチ以上ではないといいたいね。そして撃たれたのは、らっぱ銃だよ」

「らっぱ銃！」ほかのふたりはびっくり声をだした。

「らっぱ銃か、それとも無蓋《むがい》弾頭のばら弾《だま》をしこたまつめた銃だ。うんと小さな弾をね。この通り床でふたつ拾ったが、頭のなかにもいくつかある。何十という弾がこめられていたにちがいない」

「おどろきましたね」バートン氏は、とても信じられない、けしからんといった口調で言った。

「いったいなんでまた、だれがらっぱ銃なんかで、かわいそうなカアルークを撃ったのだろう」

「それを見つけねばならんわけですよ」ウィルスンが言った。「バートンさん。あなたは家の勝手をごぞんじなので、どうでしょう。どこか話のできる部屋へ案内してくれませんか」

小柄な男は見たところ、書斎か居間《モーニング・ルーム》といったようすの小さな部屋へ案内をし、身ぶりをしてウィルスンとその友人に椅子《いす》をすすめた。あかるい昼間の光線のなかで、プレンダガストはいくぶんかの興味をもってこの男を観察したが、その吟味に報《むく》いるものはべつに見当たらなかった。ごくふつうの中産階級の会社員か商人といったタイプで、四十五歳か五十歳くらいの年配で、頭のてっぺんが禿《は》げて、そのぐるりをもとは赤黄色だった白髪まじりの髪が縁どり、乱れた赤黄色の口ひげをはやし、顔かたちにもかくべつ特徴はない。自分がおかれた立場にひどく狼狽して心を悩ましているようすで、もちろん友人が殺されたとなればだれしもたいへんにつらい思いをするだろうが、この男のようすはプレンダガストが予期した以上にといっていいほどだった。しかしひどく動揺はしていても、ウィルスンの質問にはまずははっきりと受け答えをした。

「カアルークさんのフル・ネームと、どういう事情で友人になられたのか、そのいきさつを話してくれませんか」とウィルスンはきりだした。

「ハロルド・カアルークです」とバートン氏は答えた。「たださきほども申しあげたように、わたしたちは正確にいうと友人ではなくて、知り合いといった程度のものです。勤め先が同じなもので知り合いになったのでして、ちょいとチェスをしたり、ときおりいっしょに散歩をしたりなんかしていました」

「勤め先というのはどこですか」

「キャピタル・アンド・カウンティーズ銀行です、ハムステッド支店で。カアルークさんは出《すい》

「あのひとには親戚《しんせき》があるかどうか、ごぞんじじゃありませんか。結婚していたのですか」

いや、結婚はしていなかったと、バートン氏は言った。そして親戚があるとは思えない。一、二度、甥《おい》の話をしたことがあるが、その甥というのは若い乱暴もので、カアルーク氏になにか迷惑をかけているらしい。だが知っているのはそれだけである。カアルーク氏は家族のことをひとに話したりなどする人物ではなく、またこちらから質問のできるようなひとでもなかった。開けっぴろげな性格ではなかった。

「どういうわけなのですか」と、ウィルスンはたずねた。「みたところ、この家でひとり暮らしをしていたらしいですが。召使はおかなかったのですか」

召使はおいていなかったと、バートン氏は説明した。カアルーク氏はどうやら、やかまし屋の年寄りめいたところがあり、召使たちがうちのなかをうろちょろするのを好かなかった。それで通いの女をひとり雇っていて、その女はカアルーク氏が朝、勤めにでかけたあとやってきて掃除をし、夕食のしたくをしておいて、カアルーク氏がもどってくるまえに帰ってしまう。日曜日にはぜんぜんやってこない。「あんながみがみ屋って、どこにもいませんよ」とバートン氏はつけくわえた。「帰ってきたときに、その女がまだうちにいようものなら、それこそたいへんでした」

「病気にでもなったら、どうするんです」マイクル・プレンダガストが職業柄、もっともな口だしをした。しかしそんな問題はおこらなかったらしかった。カアルーク氏の健康は申しぶんがなくて、銀行を一日も休んだことがなかった。

「その日雇いメイドは鍵《かぎ》を持っていたのでしょうね」ウィルスンがきいた。

「そうだろうと思います。しかしその女は日曜にはまいりません。それにわたしがはいったとき、ドアには閂《かんぬき》をさして、錠をかけてありました」

「表のドアのことですか」

「そうです。だが裏のドアも錠をおろして、閂がさしてありました」

「おお」ウィルスンはその言葉をききとがめた。「するとあなたはひとを呼ばれる前に、いちおう家のなかをみてまわられたのですか」

「二階だけです」バートンは舌で唇をなめ、おびえた、訴えるような目でウィルスンを見た。「あのひとにはもうなにもしてやれないことがわかったので、わたしはちょっと見てみようと思ったのです――そこいらあたりにだれかほかにいるかどうか」

「それで、いましたか」

バートンはかぶりを振った。「いや、そのけはいはありませんでした。しかしわたしは、長くさがしたわけじゃありません。それからすぐドアをあけたのです」

「なるほど」とウィルスンは言った。「あなたはどうやってはいりました?」

「あの窓を越して」――と言って指さした。ウィルスンはでかけていって、その窓を見た。かけがねがあきらかにこじあけられていた。

「なぜ錠前《じょうまえ》をこわしてはいったのですか」

「返事がなかったものですから。わたしはカアルークさんと打ち合わせがしてあったので、いっしょに散歩にでかけるためにたずねてきたのです。それでノックしたり、呼び鈴をならしたのですが、聞こえたようすがなかったのです。それにまた約束の時間にすこしおくれていたので、いささか心配になったのです。――ひょっとして病気かもしれないと思いました。それではいりこんだのです」

「なるほど。最後にあのひとに会われたのはいつですか」

「ゆうべです」

「何時《なんじ》ごろ？」

「だいたい――だいたい九時ごろでした」バートン氏は唇をなめ、かなりしょげこんだようすで言った。プレンダガストははっとして、からだを硬くした。それから自分は事実上、法律を代表していることを思いだして気持ちをおちつけ、ウィルスンと同じに平静にみえるようにつとめた。この小さな男が恐慌の徴候を示しているのも無理はない。当人自らの立場はたしかに疑わしかった。

「どういういきさつだったか話してくれませんか」とウィルスンはたずねた。バートン氏がウィルスンの顔をなんども神経質にうかがうように見ざるを得なかったのも当然で、実際そうした。バートン氏はカアルーク氏から食事《ハイ・テイー》とチェスに招かれてでかけていった。しかし細君がヘンドンのご近所からお茶によばれていて、それを迎えにいく約束だったので、九時ごろに辞去しなくてはならなかった。だがふたりは、日曜日に田舎へ散歩にゆく打ち合わせをした。バートンはそれから朝九時に友人を誘いに来る約束をして辞去し、カアルークはそれを見送ってうちをでて、いっしょにウィロウ・ロードまで歩き、そこで別れた。それからバートンは細君を迎えにいった。ところが思ったよりもずいぶんながくパーティーにいたために、ヘンドンの自宅に帰ったときには一時近くになっていた。おそくなりそうなのがわかるとすぐカアルーク氏に電話をかけて、次の朝の出発の時間をもっとおくらすように相談をもちかけようとした。しかし一度は友人のうちから、次には自宅に帰ってから二度も電話をかけたが、応答がなかった。「外出しているのだと思いました」とバートンはいった。「わたしと別れるとき、もうすぐ寝るといっていましたので、すこしへんではありましたが。あの男は早寝をするのが好きだったんです。それでまたかけてみました、それでも応答がありません。それでわたしは眠っているのだろうと思いました。それでけさは待っているだろうと思って、できるだけはやく来たようなしだいです」

「なるほど」とウィルスンはまた言った。「あなたはお別れになったとき、だれかに会われませんでしたか。つまり、カアルークさんといっしょだったとき、という意味ですが」

「会いませんでした、厳密な意味では」とバートンは言ったが、ひどく神経質になっているようすだった。「あたりにひとはおおぜいいいましたけれど——いい晩だったものですから——でもわたしたちはだれにも会いませんでした。でもわたしたちは、あの谷底の《犬とあひる亭》のそとで一、二分立ち話をしました。そのときあの店の主人が戸口にでていました。——わたしは主人を見たのです——それで向こうもわたしたちに気づいたかもしれません。あの主人はカアルークさんをかなりよく知っています。あっ、そうか」バートン氏はいきなりせきこんだような大きな声をだした。「あなたがなにをねらっていられるかわかった。すると、どういうことになるかわかった。あのひとがわたしと別れたあとまっすぐに帰って家に錠をおろしたとすれば、あのひとが生きているのを見た最後の人間はわたしだということになる。だがわたしが別れたときには生きていて、絶対に元気でしたよ――それは誓ってもいいです」バートン氏は席から腰をうかしかけたがすわりなおし、恐怖にみちた目で相手を見つめていた。

「まあまあ」ウィルスンはなだめるように言った。「わたしはなにもあなたに疑いをかけようとしているのではありませんよ、バートンさん。だがわたしどもとしては、どういうことがあったのか知らなくてはなりませんものね。ところでわたしは、あなたがたおふたりに失礼して、いまからこのうちをひととおり見ておきたいと思います。一、二分したら警察がやってくるはずです。そうしたらバートンさん、あなたはおさしつかえなかったら連中といっしょに署までご足労をねがい、いまわたしたちに話されたことを、係官に話してやっていただきたいと思います」ウィルスンは立ちあがった。「それはそうと、マイクル、死体にはなにか格闘の形跡はみつからなかったかね」

「そんなものはなにもなかった」プレンダガストは即座に答えた。「ぼくにいわせると、なにごとが起こっているか気づくひまもないうちに撃たれたのだよ」

「ぼくの印象もそうだ」ウィルスンはうなずいて、ホールに姿を消した。プレンダガストはウィルスンについていって、スコットランド・ヤードの人間が殺人の現場をどのように処理するか見たくてたまらなかっただろうが（ウィルスンとのつきあいは、それまで完全に、おたがいの職業をはなれたものだった）はっきりと友人の公の地位を心得ていて、それを尊重していたし、また必要があれば、ウィルスンは自分を誘ってくれたはずだと考えた。それでできるだけのがまんをして、その居心地の悪い、小さな書斎にすわっていた。一方バートン氏は、暖炉の反対側の椅子にちぢこまって、おちつかぬさまで爪をかんでいた。

長く待つことはなかった。三分もたたないうちに、門に通じる通路で重々しい足音がして、それから高い、正式のノックの音が家じゅうにひびきわたった。バートンとプレンダガストはふたりとも席からとびあがったが、ウィルスンがそれよりも先だった。ふたりがホールにでてみると、ウィルスンが恐縮している部長刑事に、事情を早口に説明している声が聞こえた。

「レン巡査があなたの鞄《かばん》をとりにいっています」部長刑事は説明した。「ご連絡をうけとるとすぐフィッツジョーンズ・アヴェニューにとりにやりました。これはまた」そのときには一同は電話室のドアのそばまできていた。「すると一発くらわされたんですね、まちがいなしだ、かわいそうに」と部長刑事は言った。「なんでしょうね。どうやらぶどう弾のように見えますが」

「プレンダガスト医師はらっぱ銃だといっている」とウィルスンは言った。「だがすぐ署に運んだほうがいいだろう。救急車はあるかね。よろしい。きみの部下をのせて行って、署の医者に、できるだけはやく調べるようにいいたまえ。それからバートン氏もいっしょにお連れして、供述書をとりたまえ。カトリング警部は向こうにいるかね」

「すぐおいでになります」と部長刑事は言った。「電話しておきましたので、部下が帰りつくころには、おいでになっているでしょう」

「よろしい。それでことはうまくはこぶだろう。きみはぼくといっしょにここに残ってほしい。ふたりで家を調べるとしよう。巡査をひとり入り口にたてて、見張りをさせてくれ。マイクル、気のどくだがね」――ウィルスンはプレンダガストのほうをふりかえって言った。――「どうやらかわいそうなカアルークのおかげで、ぼくたちの遠足はとりやめになりそうだ。ぼくはいかないでも、きみひとりで出かけるか、それともここに居残ることにするかね」

「のこることにしたい、なにかの役にたつものなら」プレンダガストは小学生のように熱をこめて言った。ウィルスンはちょっと微笑して、うなずいた。「バートンさん、あなたはおさしつかえないなら、巡査たちといっしょに署までご足労をねがいたいのですがね」ウィルスンはうしろのほうでうろうろしていた、ふきげんそうな小男に言った。「そして警部に説明してやってください。だがその前に、一、二、おたずねしておきたいことがあります。カアルークさんはこのうちに、金《かね》とか貴重品とかを預かっていたかどうか、ごぞんじじゃないですか。つまり銀行のためにですがね」

「わたしが知っているかぎりでは、そんなことはありません」とバートンは言った。「だが預かっていたとしても、わたしにそんな話はしなかったでしょう。銀行のこととなると、牡蠣《かき》のように口がかたかったですから」

「ありがとう。次はあなたが話された例の甥ですがね。名前とか住所とか、その甥についてなにかごぞんじですか」

バートンは考えていた。「エドガー・カアルークという名前です。船の事務長をしているのだと思います。そしていまはたしかに、上陸しているはずです。しかし住所はぞんじません」

「するとここには泊まらないのですか、上陸したときは」

「一度そうしたことがありました」とバートンは言った。「だが、ふたりは金のことでけんかをしました。それからは二度と招かれなかったのです。わたしはちょうどそのいざこざのさいちゅうにたずねてきたので、その一度のことをたまたま知っているわけなのです」

「どういうことなのですか——金のことというのは」

「おお、エドガー・カアルークがいくらだかほしいといったのを、伯父がくれてやらなかった、とでもいうところでしょう。わたしはよくは知りません。——それ以上のことはきかなかったのです。でもたぶん、カアルークさんは書類のなかに、その甥のことをなにか書いているかもしれません、お知りになりたいなら」

「書類はどこにしまっていたか、ごぞんじですか」

「二階の寝室の金庫のなかです。この上の部屋です」

「ありがとう。銀行の支配人——その支店の支配人ですが、名前はなんといいますか」

「ワーレンさんです。ベルサイズ・パークに住んでいますが、いまは留守です」

「ありがとう。ときに、電話室にあかりがほしいんですが、電球が切れているらしいのです。もしかして、カアルークさんが予備をしまっている場所をごぞんじではないですか」

「知っています。台所のガス・ストーブの左手の食器戸棚のなかです」

「お手数ですが、ひとつ見つけてくださいませんか、どこにあるかごぞんじなので。中くらいの明るさのやつをお願いします」ウィルスンは台所の入り口に行って、バートン氏が食器戸棚を手さぐりして電球をひきだすのを待っていた。

「これでどうでしょう」バートン氏は包み紙をはがしながら言った。「四十ワットです」

「ありがとう」ウィルスンはその電球を相手からうけとった。「では部長刑事、きみの部下をよび入れて、できるだけものをかき乱さぬように、あの男を運びだすようにいってくれ。おいきみ」ウィルスンはホールの入り口で見張りに立っていた巡査を呼んだ。「すぐバートンさんをお連れしてカトリング警部のところに行き、供述書をとってもらってくれ。それから警部に、部長刑事とわたしは屋内を捜査し、できるだけはやくどういう状況か知らせると言ってほしい。それから、きみ――」ウィルスンは巡査をすこしかたわきにひきよせて、話はささやき声になった。そのあいだに一方では救急車の連中がはいってきて、縁起でもない荷物を運びだしにかかっていた。プレンダガストはカアルーク氏の遺骸《いがい》が電話室からでてくると、またもやぞっとしたが、警官たちがその仕事をする冷静なおちつきぶりに驚嘆を禁じ得なかった。話が終わると、ウィルスンはその巡査を放免し、巡査はしょんぼりとしたバートン氏を後ろにしたがえて、しっかりした足どりで大股《おおまた》にでて行った。

「ひどい事件ですね」ふたりの後ろでドアがしまると、部長刑事が口をきった。

「ひどい」ウィルスンはあいづちをうって、巡査が持ってきたケースをあけはじめた。なかには主としていろんな種類の小びんがはいっているようだった。「部長刑事、きみはあのカアルーク氏を知っているかね。なぜ殺されるようなことになったのか、なにか心当たりがあるかね」

「いや、さっぱりです」部長刑事は言った。「おだやかな口のききかたをして、申しぶんのないりっぱな老紳士でしたがね。ちっとばかり非社交的だという話でしたが、それはべつにどうということもありません。わたしにいわせると、敵なんかとうていありそうもないひとでした」

「バートン氏もそう思っているようだ」ウィルスンはうすい手袋をとりだしてはめながら言った。「それじゃ、とりかかったほうがいいだろう。この事件は犯人を捕えようと思えば、時を失ってはならんような気がする。部長刑事、きみは家をひとまわりしてドアや窓を調べ、犯人がどうやって逃げだしたか見つかるものなら見つけてくれ。マイクル、きみは食器戸棚をのぞいて、六十ワットの電球があるかどうか見てくれないか。これは要するに使わないでおこうと思う」ウィルスンはそう言いながら、四十ワットの電球を棚にのせた。部長刑事はとつぜん目をあげてなにか言おうとしたようだったが、どうやら思いなおしたらしかった。プレンダガストはたいして苦労もなく注文された電球を見つけて電話室にもちこみ、古いのと取りかえようとした。そのときウィルスンがそれをひきとめた。「ぼくがやろう」と言った。そして手袋をはめた手で用心しながら古い電球をまわし、ソケットからはずした。部長刑事はくすりと笑った。

「指紋をおさがしになるんですか」と部長刑事は言った。「犯人がその電球に手をかけるなんことは、たいしてありそうもないじゃないですか。それに切れているときては」

「おお。なんとも言えないよ」とウィルスンは言った。「おい、マイクル、こちらにはいってきてきみの考えを聞かせてくれないか。もう足もとを気にせんでもいい。連中がはいりこむ前に、足跡は慎重に見ておいた。あの男はどういう殺されかたをしたか、きみの考えをきかせてほしい」しゃべりながらウィルスンは切れた電球と、手に持った一枚のカードに小さなびんから粉をふりかけていた。

プレンダガストは奥行き七フィートに間口三フィートばかりの広さの小さな電話室を、じっと見まわしていた。「ここで撃たれたんだ」と、やがて言った。「撃たれたあとで運びこまれたなんてことはありえない。どこかよそから運んでこられたのなら、あんなに出血するはずがない」

「そうかね。で、どこから撃たれたのかね。犯人はどこにいたんだ」

「そこだ、部屋の向こうのはしだ。弾の方角から見てわかるだろう。電話機の正面の壁に一発めりこんでいる」

「そしてカアルークが立っていたのは――どこだ」

「電話のすぐそばだ、と思う、倒れかたから見て。いずれにせよ、ずっと奥のほうだ」

「すると撃ったやつはどこに立っていたことになるかね。そんな余地はなさそうに思えるがね。するときみはカアルークが、まっすぐにらっぱ銃に向かって歩いていって、その真正面につったったというのかね」

「くらかったものね。電球は切れていたし」

「それはそうだ、おおマイクル。だがホールにあかりがついていれば、だれか電話室にいると充分見えるぐらいにあかるいよ。カアルーク氏が家じゅうをまっくらにしていたとは考えられないものね。きみ、自分でためしてみたまえ」

プレンダガストはホールに行ってためしてみたが、ウィルスンが言ったとおりだった。もどってくると友人は電話機に粉をばらまいていた。「カーテンの後ろにいたにちがいないよ」とプレンダガストは言った。

「カーテンの後ろだって。きみ、そんな場所はありゃしないよ。靴でいっぱいだ。たとえ靴をどけたとしても、棚全体の幅は一フィートしかない。人間がその下にはもぐれない。きみ、やってみたまえ。いやいますぐにじゃないよ。ここへ来てこの電話機をみたまえ。なかなかおもしろい」

「これが指紋なのか」プレンダガストは黄色い粉がわずかばかり粘着している電話機をながめながらきいた。「ぼくにはただ粉がついているほか、なにも見えないがね」

「いや指紋はない。電話機はきれいにふいてある。そのこともなかなか興味がある。ふつうの通いのメイドは、たいていそうまで気がきかないものね。だが、ぼくがいうのはそんなことではない。そのすぐそばの棚をみたまえ」

「血痕がついているね」とプレンダガストは言った。「カアルークのだろう。だがなぜそこについていてはいけないのかね」

「それはだ」ウィルスンは言った。「血痕が電話機のすぐ下になっているからだ」

「なあんだ。するとあの男は殺されたとき、まちがいなく電話をかけていて、あとどうにかこうにか電話機をもとの場所にかえしたのだな。そんなことができたとは考えられないがね」

「ぼくにも考えられないよ」とウィルスンは言った。「それにぼくはあの男がそんなことをしたとは思わない」

「すると犯人がしたことになる。それにしてもいやに冷静なやつだったんだね。それはそうとハリー、するとなんとかして死亡時間がたしかめられないかね。電話の交換手は呼び出しの記録をとっているんだろう。あの男の最後の呼び出しの時刻をきいてみれば、ほぼ正確な時間がたしかめられるだろう」

「たぶんね」とウィルスンは言った。「電話をかけていたのなら。だがはたして電話をかけていたかどうか、まだわかっていない。それにきみはまだ、犯人がどこにいたかをいってくれていない」

「それがだ、くそっ」プレンダガストはしばらく黙りこんでいたあとで言った。そのあいだを利用して、ウィルスンは電灯のスイッチに粉をふりかけていた。「カーテンのうしろにいなかったとすれば、ぼくにはどこにいたのかわからない。電話室の反対側のはしにいたのだろうか――いやそんなことはあり得ない。弾はすべて逆の方角からきている。するとカアルークが電話をかけているとき、こっそりとはいりこんできて面とむきあい、ちょうど耳もとから撃ったにちがいないと思う。だが、そんなことをするなんて、まるで正気の沙汰《さた》じゃない」

「そうだよ」とウィルスンは言った。「まったくだ」

「では、きみは犯人がどこにいたかわかっているのか、そしてなぜ、らっぱ銃なんか使ったのか。なにしろとんでもない武器に思えるものね。なぜピストルを使わなかったのだろう。そこいらじゅうにざらにあるのに」

「犯人がいた場所――というよりも、むしろいなかった場所については、ぼくにはひととおりの考えがあるように思う」とウィルスンは答えた。「たんに考えにすぎないがね。それにいまのところ、それをどうやって証明するか、てんで見当がつかない。それから犯人がなぜらっぱ銃を使ったかについては、ぼくにはかなりはっきりとわかっているつもりだ。らっぱ銃の特性を考えてみたまえ。きみ自身でその疑問に答えられるはずだ」ウィルスンは電話機のそばに立って、その上の棚をのぞきこんでいた。「こいつはありがたい。問題の通いのメイドは、電話機を見て想像したように、行きとどいた女ではないんだね。これをみたまえ」プレンダガストが棚をながめてみると、名にしおうロンドンの塵埃《じんあい》がかなりの厚さに積もっていた。ウィルスンが指さしていたかたはしに、直径五インチくらいの丸いくぼみが埃《ほこり》のなかにできていた。

「なにか丸いものがおいてあったのだ」と彼は言い、これは少々わかりきったことを言ったものだと思ったようだった。

「そうだ」とウィルスンは言った。「ごく最近おろしたばかりだ。ながいあいだ載せてあったのではない。あとがついている個所の埃は、棚のほかの部分と事実上、同じくらいに厚い――ただおしかためられているだけだ。さてマイクル、あたりを見まわして、なにがあの跡をつけたか言ってみたまえ」

「電話機だ」とプレンダガストは即座に答えた。たしかに見渡したところ、それらしいものは電話機だけだった。

「そうらしいね。だが、たしかめたほうがいい」とウィルスンは言って、電話機と丸いくぼみの直径を慎重にはかりはじめた。「ところで、たぶんきみは、なんでまたカアルーク氏があんな不便な場所に電話機をおいたのかわかるだろうね。ぼくにだってかろうじて手がとどくだけだ。そしてぼくは、あの男くらいの背たけはあると思うがね」

「もっと高いよ」と、科学者は機械的に答えた。そして、なぜあんな手も届きかねるような棚に電話機をうごかさなくてはならなかったのだろうと、脳みそをしぼった。犯人がはいりこむ場所をあけるためというのが、考えうる唯一の答えのようだった。それにしても電話機をとりのけたところで、犯人にどれだけの場所ができたというのだろう。プレンダガストはウィルスンに言ったように、電話機くらいの大きさの小人の殺人鬼が腕にらっぱ銃をかかえて、棚の上にすわっている姿を頭に描きだすことができただけだった。それで、ウィルスンが勇気づけるように微笑したのを見ると、むしろ意外だった。

「そのほうがましな考えかただ」とウィルスンは言った。「どうやらきみも頭を使いはじめたらしい」

「頭を使った結果が、小鬼をおびきだしただけでは」とプレンダガストはいまいましそうに言った。「使わなかったも同じだと思うね」ちょうどそのとき、プレンダガストは目のたまがほとんどとびだすほど、びっくりさせられた。とつぜん電話のベルが、静まりかえっている家のなかでけたたましく鳴りひびいたからである。

「だれかがカアルーク氏に電話をかけてきたのかな」とプレンダガストが言っているまに、ウィルスンが受話器をとりあげた。

「いや署からだ」とウィルスンは言った。「そうだよ、警部。そう。こちらはウィルスンだ……」プレンダガストがぶらりとホールにでると、ちょうど部長刑事が家を綿密、かつ正式に捜査しおえ、階下におりてきているところだった。

「なにしろあの気のどくな男をやっつけたやつは何者か知らんが、そやつには羽が生えていたんですよ」と部長刑事は言った。「どこにも出口はありません。裏口のドアは鍵がおりて、閂がかかっている。窓はすべてしめきって、この天気だというのにしっかりと掛け金がかけてあります。だれひとりだって外から押しもどしておいたなんてことはありえない。二階にあいた窓がひとつありますがね、ひとが出入りした形跡はありません。それにその窓は小さすぎて、くぐりぬけるとどうしたってあとがのこります」

「煙突はどうでしょう」とプレンダガストは言ってみた。「犯人は煙突をよじのぼったのかもしれないと思う」

「ガスの排気口じゃよじのぼれませんよ、ドクター」と部長刑事は言った。「家じゅうガスを使っていて、排気口はすべてしっかりとしめてあります。そうですとも、羽が生えてとんでいったんです。犯人がやったのはそれですよ。そうでなかったら、自分のからだをぶった切りにして、ひと切れずつほうりだしたんです。家のなかで人間がかくれていられそうな場所はすっかり見てみましたが、だれもみつかりませんでした」

そのとき電話のベルがちりんと鳴って話が終わったことを告げ、ウィルスンがホールにでてきた。「部長刑事、きみの署にはなかなか有能な人物がいるね」とウィルスンは言った。部長刑事はうれしそうに頰を染めた。「もうバートンの陳述の裏づけをすませてしまっている。あの男の話はまちがいないそうだ。《犬とあひる亭》の主人は、あの男とカアルークがゆうべ、店の前を通ったのを覚えていて、現にカアルークが自分の家のほうへ帰ってゆくのを見ていたそうだ。それからヘンドンのお招《よ》ばれ先にも当たってみたところ、バートンは九時半にきて、一時近くまでいて、細君とむすこはあの男がまっすぐに家に帰ったと言っている」

「どうやらまちがいないようですね」と部長刑事は言った。「一時をすぎてからひきかえしてきたのならべつですが」

「ひきかえしてきたとすると、二時近くになっていたろう」とウィルスンは言った。「その時刻には、バスも地下鉄もとまっていたはずだし、あの男は車をもっていないものね」

ウィルスンは目に問いただすような表情をうかべてプレンダガストを見た。

「一時過ぎというのは論外だね」とプレンダガストは答えた。「カアルーク氏が真夜中よりもずっとまえに死んだことは、かなり確実だ。むろん一時間まえとか、正確なことは言えないが──十二時よりずっとまえに死んだことには、かなり確信をもっている。きみはでは、バートンのアリバイがあやしいと考えたのか」

「いや」とウィルスンは言った。「そうではない。しかし、とにかく調べるだけは調べてみる必要があった」

「それに、いずれにせよ」と部長刑事が言った。「たとえひきかえしてきたとしても、どうやって出ていったのでしょうね」部長刑事は、それが困難なわけを説明した。「さて、いまからどうしましょうか」

「家を徹底的に捜査するんだ」とウィルスンは答えた。「それから書類も。鍵はぼくがとっておいた。手伝うよ。ただ急いでやらんといけない」

「なにか、とくに捜すものがあるのですか」

「おお、書類についてはね――この事件に関係がありそうなものは全部――それにだれかほかのものが書類にさわった形跡はないかどうか。そしてそのほかには――凶器だ」

「らっぱ銃ですか」

「それか、それに似たなにかだ。しかし分解してばらばらにしたかもしれないね。らっぱ銃の部分品と考えられそうなものならなんでもいい、捜すのだ。この家のどこかにあるはずだということに、ぼくはかなりの確信をもっている。だがどこかは見当がつかない」

「ドクター、わたしの信じるところでは」ふたりが捜査にとりかかると、部長刑事が感心したように言った。「ウィルスンさんにはもうすっかり、すべてのことが解決ずみなんですよ」

「半分解決しただけだよ、部長刑事」とウィルスンはむしろ不安そうな顔で、部長刑事をふりかえって言った。「動機がわかっていないし、凶器も見つかっていない。どちらかをはやいとこ見つけないと、犯人もつかまらないのじゃないかと心配だ」

死んだ男の持ちものをいちいち調べていくのは、時間のかかる気のめいる仕事だった。刻々時がたち、ウィルスンの顔はますます緊張していった。プレンダガストは念入りな捜査というものが実際はどんなものか、その朝まで知らなかったような気がした。ウィルスンは隙間という隙間はすべてほじくり、クッションや布切れはいちいちふるい、マットレスや椅子の縫い目を手でさわり、ごみ箱や汚水だめをかきまわし、排水管の下をのぞき、小さな庭にまで出ていって家をとりまく砂利道やそのほとりの花壇をすべて捜査したが、みんな無駄骨だった。らっぱ銃はおろか、もっとありふれた銃器すらなにひとつ見つからず、らっぱ銃の部品だったかもしれないと思われるようなものすらなにひとつなかった。やがて二時間のうえ捜査したあと、今度は金庫にとりかかることになり、ウィルスンが死んだ男の鍵でそれをあけた。

「めぼしいものはたいしてなさそうですね」と部長刑事がきちんと揃えられた書類の束をながめながら言った。

「それにしても、やってみるほかはない」とウィルスンは言って、最初の束を調べはじめた。「ねえ、きみ」二、三分たってウィルスンは言った。「ぼくにはだれかが、われわれより先にこの書類に手をつけたように思われてならんがね。ほんのすこしばかりようすがへんだ。順序がどうなっていたかよく知らない人間が、もとどおりにきちんとしまいなおそうとしたらしいふしがある。だれかほかのものが掃除したあとの書棚のように。だがそのだれかがなにをさがしたのか、ぼくにはぜんぜん見当がつかない。それがなんだったにしろ、そやつが持ち去ったとすれば、どっちみちあとはのこらないわけだ。それにしてもいったい、なにがほしかったのだろう。問題の謎めいた甥のことも、さっぱり手がかりがない。カアルーク氏は私的な書類は破るか焼くかしてしまう習慣だったらしい」

「きみは」とプレンダガストはさきほどの質問にたいしてまだ返事をうけとっていなかったので、また持ちだしてみた。「きみは電話の交換手があの男の死んだ時間を教えてくれるかもしれないという、ぼくの考えを一顧の値打ちもないと考えるのかね。それにしてもこれはよくアリバイのきめてになるものだよ」

「わかっているよ」とウィルスンは言った。「だが困ったことには、あの男が死んだとき、電話なんかかけていなかったことについて、ぼくはかなりの確信をもっているんだ」

「だってかけていたんだよ」プレンダガストは叫んだ。「きみはあの手のことを忘れている。――つまり指のことを。どんな曲がりかたをしていたかおぼえていないのか。ぼくにはいまもありありと目に見えるね。ひとが電話機をつかむときと、そっくりそのままの角度をしていた」――プレンダガストは自分の手で実際にやってみせた。――「すこしひらきすぎていただけだ。――ちょうどもぎとられでもしたように。そして死後硬直で、そのままのかっこうで固まったように。ぼくは覚えているが、あのときそれに気づいて、いったいなにを握っていたのだろうといぶかった。そしてらっぱ銃だったかもしれないと考えた。――しかしらっぱ銃だったとしたら、もちろんまだ握っていただろう。しかし電話機のほうがさらにもっともらしい」

プレンダガストは得意になって言葉をきった。ウィルスンが書類を取り落として、しんから感心したようにしてこちらをながめていたからである。

「いようマイクル、きみの図星らしい」とウィルスンは言った。「ぼくは手のことをすっかり忘れていた。いいかげんばかだよ。部長刑事、きみはもしかして最近、郵便局で電話機が紛失した話をきかないか」

「電話機といいますと。きかないようですね」部長刑事はくっくっと笑ったが、プレンダガストは自分の発言が思いがけない結果を生んだのに、あっけにとられていた。「郵便局では紛失した物件は、自分のところで処理しています」

「それなら電話をかけて、できるだけはやくたしかめてみてくれ」というのが返事だった。

「急ぐんだぜ、きみ、万事それひとつにかかっているかもしれない」

「なんでまたきみは電話が紛失したなんて考えるんだね」プレンダガストがきいた。

「たんなる推測だ」ウィルスンは答えた。「だが当たっていると、ものごとはかなりはっきりしてくる」

部長刑事は、長いあいだ、もどってこなかった。そのあいだにウィルスンとプレンダガストは、おだやかな老紳士のくそおもしろくもない個人書類を辛抱強く、たんねんに調べていた。部長刑事はもどってくると、ほとんど尊崇《そんすう》に近い表情を面《おもて》にうかべてウィルスンを凝視した。

「どうしておわかりだったんですか」と部長刑事は言った。「一台紛失していました。ここ一、二週間のことですが、ゴルダーズ・グリーンの空きアパートから一台盗みだされたそうです。正確な日取りはわからず、だれが盗んだのかも心当たりがないそうです。しかしどうして、あなたにはそれがわかったのですか」

「なあに、よく考えてみると当然、そういう結論になるじゃないかね」とウィルスンは言った。「どこへ行ったかもこれと同じくらいにはっきりしていてくれるといいのだがね。さあ、そいつを見つけねばならん。家から持ちだされたはずはない。そのひまはなかった。それに捨てる場所はどこにもない。――あっ、そうだ」ウィルスンは席からとびあがって、ドアのほうへ駆けだした。「ふくろうだ」

「どうしたんだ」とプレンダガストは言って、息もつかずウィルスンのあとを追い、階段をかけおりた。

「なんてまぬけだ。ふくろうだよ、もちろん」プレンダガストが得た答えはそれだけだった。

「いや、しばらく待っておれ。すぐ帰ってくる」

プレンダガストと部長刑事はぽかんと口をあけて、ホールの入り口に立っていた。そのあいだにウィルスンは道路に走りでると、百ヤードばかり丘をのぼっていった。そこに五秒ほど立ちどまって、家をすっかり視界からさえぎっている立ち木をじっと見上げていた。それから同じ駆け足でひきかえしてきた。「浴室の窓だと思う」家に帰りつくとウィルスンは言った。そして階段を矢のようにかけあがり、ほかのふたりもそのあとにつづいた。浴室につくと、ウィルスンは窓を広くさっと押しあけた。部長刑事がさきほど開いているのを見つけた、あの同じ窓である。ウィルスンは、からだをできるだけ遠く左手にのりだして、片手でもって壁を蔽《おお》っているきづたの茂みのなかをさぐっていた。二、三秒間さがしていたが、やがて勝ち誇ったような叫び声をあげた。

「あった」とウィルスンはいった。「きっと、そうだと思う。きみたちふたりはどうか、よく見ていてくれよ。これには証人がほしいから」ウィルスンは手をひきもどすと、キャピタル・アンド・カウンティーズ銀行のマークがはいった分厚い封筒をつかんでいた。そしてそれを部長刑事に渡した。

「凶器は?」と部長刑事はけげんそうにいった。

「まだあるよ」とウィルスンは言って、またきづたのなかに手をつっこんだ。

「これは用心して扱ってくれ」ウィルスンは二度目に、からだを起こすといった。手にはちょっと見たところではふつうの電話機のようなものをつかんでいた。しかしよく見ると、電話機の吹きこみ口とてっぺんとをとりはずして、そのかわりにずんぐりとした金属製の銃口軸がはめてあるのがわかった。プレンダガストは近よってその黒い口をじっと見おろしていた。

「これはおどろいた。らっぱ銃だ」と言った。

「そうらしいね」とウィルスンは言った。「分解して、どういう装置になっているか見なくてはならんだろうがね。だが犯人のやったことは充分はっきりしているように思う。この機械の中身をとりだして、発射管を入れる場所を作ったんだ、そして受話器のフックを引き金に連結したのだ。くらやみで——電球が切れていたのを覚えているだろう、部長刑事。あれはおそらく、犯人が切っておいたのだ——くらやみで電話のベルに答えようとして受話機をとりあげると、銃が発射されるというしくみだ。それでらっぱ銃を使ったわけがわかる。——そしてらっぱ銃はプレンダガストさんが指摘したように、軟頭弾のようなひろくひろがる、一風かわったやっかいなばら弾を使う。電話に答えるとき、その人間の頭が、どこにくるか、確実には、予測できない。だがらっぱ銃だと、相手がどこにいようと命中することはだいたいまちがいなしだ。この受話器と送話器の双方に、いくつか指紋がついている」――ウィルスンは話しながらそれに粉をふりかけていた。――「きっとカアルークのものにちがいない。だが階下でくらべてたしかめることができる。あの男が運びだされるまえに、カードに指紋をとっておいた。さてマイクル、さきほどぼくがきみにした質問に、いま答えることができそうだ――犯人がそのいけにえを殺したときにどこにいたかという質問だ。答えは――ヘンドンの私宅の電話口だ。部長刑事、きみは署に連絡して、エドワード・バートンを、ハロルド・カアルーク殺害に関する容疑で拘置するようにいいたまえ。まだあの男は向こうにいると思う」

「おどろきいりましたね」と部長刑事は言った。「じつに凶悪ですね。するとやつは、この仕掛けをして帰っていき、あのかわいそうな老人が、あとで電話にでると撃ち殺されるようにしておいたといわれるんですか」

「そしてあとで電話をかけて、死んだかどうかたしかめたんだ。覚えているだろうが二度だ。最初のときは外出していたのかもしれないというのでね。電話局を調べればその不通だった呼び出しをたしかめることができるだろう。だがむろん、カアルークは二度目の電話がかかるずっとまえに死んでいたんだ」

「おどろきましたね」部長刑事はまた言った。「冷血きわまる悪党だ。なぜまた殺したのでしょう」部長刑事は、ウィルスンを、いっさいのことの目撃者と考えているかのように話していた。

「それはまだわかっていない」とウィルスンは言った。「だがきみがいま手に持っている封筒の中身が、その点について光明を投じてくれたって、おどろくにはあたらないと思う」そしてウィルスンが封筒を破ってあけると、キャピタル・アンド・カウンティーズ銀行あてに振りだされた小切手の小さな束がでてきた。ポケットから拡大鏡をとりだすと、ウィルスンはてっとりばやくその署名を調べた。

「むろんぼくは、キャピタル・アンド・カウンティーズ銀行のハムステッドのおとくいは知らないがね」とウィルスンは言った。「だがぼくにいわせると、この小切手の何枚かは疑いもなく偽造だ。拡大鏡でこの線の起伏をみたまえ。ほんものの署名じゃない」ウィルスンは小切手と拡大鏡を部長刑事にわたし、部長刑事はうなずいてウィルスンの意見に賛成した。「察するところ、あのバートンが自分でこれを書いたか、または偽造と知っていて見のがしてやったのだろう。そしてカアルークが、それを見つけたのだ。銀行の支配人と会えば、たぶんいきさつがすっかりわかるだろう。だがきみはもうでかけて行って、犯人をしっかりおさえておくほうがいい。カトリングは拘置する理由に困っているのじゃないかと思う」

「きみは、ぼくの視力を実際以上に買いかぶったんだよ。ぼくがふくろうだと思ったものは、じつは書類をかくしていたバートンの手だったんだ」とウィルスンは言った。「言いわけをさせてもらうと、ぼくはちゃんとあの場所をながめてはいなかったんだ。ただ、網膜の片すみでかすかにとらえたにすぎない。よく見ようと目をすえたときには、もう見えなくなっていた。きづたのあの個所がどうにか見える地点は、道路上に一カ所しかない。――そしてその地点は窓からは見えない。バートン当人はだれも見ていないと思ったにちがいない。それにしてもあのとき自分の印象を大急ぎでたぐっていなかったら、もうすこしで手がかりをなくしてしまうところだった」

「ぼくによくわからないのは」とプレンダガストが言った。「なぜきみが凶器をむきになってさがしたか、ということだ――なぜ凶器は持ち去られたものと考えなかったか、ということだ」ふたりはバートンの処刑後、またこの事件のことを論じ合っていた。偽《にせ》小切手と、有罪の確証となる電話機をつきつけられると、バートンはおそれいって全部を自供した。――ついでにいうと、バートンは金を手渡した小切手偽造の実行者の名前も白状した。帰ってきた支配人は、偽造小切手が一枚見つかってその調査がすすめられていたこと、被害者は支配人が帰ってきしだい、その問題で会って話したいと求めていたことなどの情報を提供した。そこでカアルークを殺す必要が生じたのだ。犯罪の他の部分はウィルスンが指摘したとおりだった。――ゴルダーズ・グリーンのあきアパートから電話機を盗み、電球を念入りにこわしておいたことだ。

「それがだ」とウィルスンは言った。「ああするよりほかには、あの男には凶器を始末する方法はなかったとぼくは考えたのだ。あの男はほんの数分しか家のなかにいなかった、と門のところにいた男が言った。――よそに持っていくひまはなかった。もちろん身につけていることもできたかもしれない。だがいずれ警察に行かねばならぬことを知っていただろうし、そんな危険をおかすとはぼくは考えなかった。家のなかで見つからないばあいは、ぼくは最後の手段として、あの男の身体検査をしようと思っていた。だがそれは思いとどまった。完全なアリバイが成立すれば釈放しなくてはならないだろうし、そうなれば凶器をとりだして破棄し、または国外に逃亡するに充分な時間を与えることになりかねないからだ」

「するときみは、あの男が犯人であることをはじめから知っていたのか」とプレンダガストはきいた。「どうして知った?」

「それはさ。電話室をひと目みるとすぐ、あの男に疑いをもちはじめたのだ。そうだろう、あの部屋の大きさや撃った方角から見て、犯人がぜんぜんあの部屋のなかになんかいたのでないことは明白だった。それはきみも見て知っていた。ただきみは、いたにちがいないとはじめからきめてかかっただけだ。しかしはいれるだけの余地はなかったし、出ていった形跡もない。見えたのはバートンの足跡だけで、あの死体と血だまりをまたいで出るには、どうしても血だまりに足を踏み入れざるを得ない。ぼくは自分でためしてみた。その結果、あの男は殺されたときひとりきりだったこと、なにか機械的な方法で殺されたことがわかった。電球が切れていたことは——きみも気づいたにちがいないが、新品同様だった——それが切れていたのは、罠《わな》をかけるのにいかにも注文どおりであやしいと思われた。ぼくはバートンの指紋をとる目的でべつの電球をとりにやった。そしてあとで、それに切れていた電球と同じ指紋がついているのを発見した。もちろんこれは決め手にはならないが暗示的だ。電球はバートンの手の届かないところにあった。だからして、ふつうのばあいだとわざわざとりかえるなんてことはしなかったはずだ。ついでにいうと、そこがあの男の重大な失策だった。あの男はほかのあらゆるものをきれいにぬぐっておいた。――ほんものの電話機をぬぐったのは、むしろ疑いを増したといっていい。――だがあの男は電球のことを忘れたのだ。

そこでだ。あの男が殺されたときひとりでいたとすれば、明らかに犯人は鉄壁のアリバイを持つことになる。だからして、予備調査にあたってはどんなアリバイも問題にしないでよかったのだ。現にバートン氏自身のアリバイは、完璧《かんぺき》すぎていささか疑わしい点があった――慎重に準備した疑いが濃厚だった。そこで、あの男からひきだしたかったことをすっかりひきだしてしまうと、ぼくはきみにあの男をまかせておいて、さらに調査をつづけることにしたのだ。するときみに見せたように、電話機の下にい血痕があるのを発見し、犯罪のあとで電話機をその上においたことがわかった。カアルーク自身にはきみもいったとおり、電話機をもとにもどせたはずがない。撃たれると同時に倒れたにちがいない。さらに補足的な証拠として、ぼくは電話機を調べたとき、カアルークがぜんぜんそれに手を触れていないことを発見した。それはほかのだれかが、カアルークの死んだあと電話機をもとにもどし、動かしたあとできれいにぬぐったことを意味する。ところでわれわれが知っているかぎり、カアルークが死んだあと電話室にはいったのはバートン氏だけだった。そこでぼくは、バートン氏の行動をもうすこし調べてみることにした。そしてまず第一に、電話機がごく最近に、とうてい手の届きそうもない棚の上に数時間おかれていたこと、第二に電話機がおかれていたすぐ真下のところに、血のついただれかの爪先のあとがあり、下の棚の上に、膝をついたような、へんなあとがついているのを見つけた。それでぼくは、電話機を移動し——死体を《発見》してからまたもとの場所にもどしたのは、てっきりあの男だという、かなりの確信をいだくにいたった。

だがなぜ、そんなことをしたのか。ここで白状しなくてはならないが、ぼくはお話にならないくらい愚鈍だった。あの偽ものの電話機のことを、すぐに思いつくべきだった。それをぼくといえば、まだふつうのらっぱ銃をさがしていたのだ——おそらく上の棚にしかけておいて、なにか機械的な装置で発射したのだろうと思いこんでね。——そのときぼくが幸運にも死体の手のことを思い出してくれて、それがぼくに手がかりをあたえた。あとは順風に帆をあげたようなものだった。改造電話を見つけさえすればよかった」

「なぜあの男は、あんなにしてすぐ騒ぎたてないで、もうすこし待っていて、改造電話をばらばらにしてしまわなかったのだろう」

「たぶん門の男に疑念を起こさせるのがこわくて、ぐずぐずしている勇気がなかったのだろう」とウィルスンは言った。「もちろんぼくたちまでがいようとは予期しなかったのだ。門の男を警察に走らせれば、じゃまがはいらぬ時間が二十分はあり、きれいさっぱりしまつがつけられると考えたのだ。そこへぼくたちが出現したのは、あの男にとってはいささか運が悪かった。それにあの立ち木のあいだの隙間もそうだ。そのほかの点は電球を見落としたことをのぞいて、あの男はなかなか頭のいいところを見せたと思う。電球の一件はきわめて容易に見つからずじまいになったかもしれない。あの男のいかにも自分は無実で、心配でおろおろしているのだといった演技は、実際きわめて自然で、アリバイもぼくがすでに疑いをいだいていなかったら、じつに整然としていて、つじつまが合いすぎているというほどのこともなかった」

「動機について、きみは見当をつけていたのかね」プレンダガストはたずねた。

「いや、つけていたとは言いかねる。ただあのふたりは同じ銀行に勤めていたので、動機は充分あるとにらんだだけだ。しかし動機なんてものは、ほかにいくらでもあるかもしれなかった。なにぶんきみにもわかるだろうが、あのばあい、いちばんかんじんなのはてっとりばやくやることだった。動機をさがして手間どっていたら、あの男はけっしてつかまらなかったろう」

完全犯罪

ベン・レイ・レドマン

村上啓夫 訳

The Perfect Crime　一九二八年

〝推理小説で終わる推理小説〟とエラリー・クイーンは本編をこう評している。推理小説の逆説をテーマにした作品である。完全犯罪論争から出発した物語は、完全犯罪で終わる。

作者の**ベン・レイ・レドマン** Ben Ray Redman (1896.2.21-1961.8.2) はアメリカのジャーナリスト作家。

世界で最も偉大なこの探偵は、手にしたポートワインのグラスを満足げにすすりながら、テーブルごしに親友の顔をしげしげとながめた。彼はもう何年間も、友人たちと歓談するといった楽しみをもったことがなかったからだ。相手のグレゴリー・ヘアは、友の顔を見返しながら、耳をすませて、その言葉を待った。

「このことには疑問の余地がないと思うね」トレヴァーは、グラスをおきながら、くりかえした。「完全犯罪は可能だよ。ただ、それには完全な犯人が必要なわけだ」

「そりゃ、そうだろう」ヘアは肩をすくめながら言った。「しかし、完全な犯人なんて……」

「そんなものは、生きた人間の世界では会えそうもない、神秘的な存在だと、きみは言うんだろう?」

「そうさ」ヘアは大きな頭をうなずかせた。

トレヴァーはため息をつき、ふたたびぶどう酒をすすると、細いとがった鼻の上の眼鏡《めがね》をなおした。「いや、ぼくもじつをいうと、まだそんな男にぶつかったことはないがね。でも、希望だけは、すてたことがないよ」

「出し抜かれる希望をかね?」

「いや、完全な探偵方法がどの程度まで可能なものか、その限界を試してみたい希望だよ。きみも知ってるように、天才的な探偵は、その血管に多少とも探偵犬の血をもった勇ましい警官よりも、また精確一途《いちず》な科学者よりも、もっと上のものだ。それに彼は芸術批評家でもあるから、一般の芸術批評家と同じように、二流の材料をつかった定食には満足できないわけだ」

「そうだろうね」

「二流品はたしかにありがたくないからな。でも、それさえ最悪のものじゃないよ。考えてみたまえ、毎日行なわれている犯罪は、たいてい三流か、四流か、いや何流かわからぬようなものばかりじゃないか。〈クラシック〉といわれる名画だって、よく見ると、色調も線もくずれたずいぶんひどいものがある。にせものもあれば、へたなつぎはぎ仕事もある、それと同じだよ」

「殺人犯人は、たいていばかだからね」と、ヘアが口をはさんだ。

「ばかだよ！　むろん、やつらはばかさ。でもわかってるだろうね、きみはそいつらを今まで、ずいぶん弁護してきたんだぜ。それはまあいいとして、困るのは殺人というものが最高の精神の最大の努力を喚起しないことだよ。一般に行なわれている殺人は、たいていその能力もないくせに手のとどかぬ完全さをねらって悪知恵をしぼるやつらの仕業か、それでなければ激情に目がくらんで、一時その能力を麻痺させてしまった人間の仕業なのだ。もちろん、これ以外にきみのいう殺人狂といったものもいる。そして、彼らはしばしばあざやかな手ぎわを見せるけれども、おしいことには、想像力と変化が欠けている。おそかれ早かれ、彼らが行き詰まってしまうのは、いつも同じことしかくり返せない弱点のためだよ」

「反復は愚鈍の証拠だものね」と、ヘアはつぶやいた。「そして愚鈍は、だれかも言ったように、一つの許しがたい罪悪だね」

「まったくだよ」と、トレヴァーはあいづちを打った。「これまで、かなりたくさんの殺人者がそのために失敗のうきめを見ているのだ。だが、それと同じくらい、やつらは虚栄心からもひどい目にあっている。じっさい、殺人者という殺人者は――偶然の行きがかりから、心ならずも罪を犯した人間でない限り――そろいもそろって手に負えない自惚れ屋《エゴティスト》だよ。そのことは、きみも知ってるだろう。やつらのもっている力の意識はたいしたもので、そのためにやつらは、口に蓋をしておくということができないのさ」

ハリスン・トレヴァーの眼鏡が、きらりと光った。彼はその眼鏡からぶらさがっている黒いひもをたえず引っぱりながら、自分の意見を迅速かつ精確にのべた。それは彼の得意な問題だったので、自分がいまどんなことをしゃべっているかをちゃんと心得ていた。この二十年間、犯罪者は彼の専門的研究の対象だったと同時に、彼の合法的獲物でもあったのだ。彼はあらゆる土地をまわって犯罪者を駆りたて、彼らを捕えることに成功してきた。二階の寝室の化粧簞《だん》笥《す》の引き出しには、その成功の具体的シンボルの詰まった大きな赤革の箱がはいっていたが、その中におさめられた金銀の輝かしい勲章とリボンの数々は、どれも、ヨーロッパ諸国の政府が、有名な事件の解決にさいし、この世紀の偉大な人間狩りの名人に対しておくった感謝のしるしでないものはなかった。たとえトレヴァーに、殺人問題に関して独断的なところがあったとしても、彼にはそうなるだけの十分な資格があったのである。

これに対して、ヘアは善良な、尊敬すべき聞き手の役をつとめていたが、長い経験をつんだ刑事弁護士として、彼もまた独自の意見をもった人物だった。だから、自分の意見をのべるのをさし控えることによって、なんらかの法律的利益が得られるばあいのほかは、つねにその意見を表明した。いまも彼は、静かな口調で自前の考えをそれとなくもらした。

「すべての殺人者は大うぬぼれ屋だというのだね？　では、大探偵たちはどうかね？」

トレヴァーは、ちょっと目をしばたたいたが、すぐ眼鏡の黒いひもをつかみながら、冷たい微笑をもらした。「なるほどきみの言うとおり、たいていの探偵は大ばかだよ。ろばのようにとんまか、七面鳥みたいにひとりよがりさ。ほんとうに偉大な探偵というのは、かぞえるほどしかいないものだ。ぼくも三人しか知らんがね、ひとりはいまウィーンにいるし、もうひとりはパリにいる。それから三番目は……」

ヘアはそれをさえぎるように頭を上げて、言った。

「三番目、というよりも一番目だろうが、それはいま、この部屋にいるというのだろう」

世界最大の探偵は、言下にうなずいた。

「そのとおり。にせの謙遜《けんそん》をしてみても、はじまらないからね」

「まったくだよ。ことに、ハリントン事件の直後とあってはね……。かわいそうなあの男も、とうとう一週間まえに、その苦悩から解放されたわけだな？」

トレヴァーは鼻を鳴らした。「うん、あいつをかわいそうな男と呼びたければ、そう呼ぶのもいいだろう。だが、あいつは慎重な殺人者だったよ。ところで、われわれの完全犯罪論にもどることにしよう」

「きみの、だろう」と、ヘアはていねいに相手の言葉を訂正した。「ぼくはまだ、完全犯罪の可能性を承認してはいないのだからね。第一、かりに完全犯罪が行なわれたとしても、そのばあい、きみはどうしてそれを知ることができるのかね？　完全犯罪なら、犯人は永久に発見されないはずだろう？」

「もしその男が多少とも芸術的誇りをもっていたら、死後に出版するために、くわしい記録をのこしておくにちがいない、と思うね。それに、きみは完全な探偵方法ということを忘れている」

ヘアは静かに口笛を鳴らした。「ではひとつ、きみのために、ちょっとした理論的問題を提出しよう。完全な探偵が完全な犯人を捕えにのりだしたら、そのときはいったいどんなことになるんだ？　絶対不動の物体と、不可抗的な力との関係に、似てやしないかね。そっくりだと思うのだがね。もちろん、完全というわけにはいかないのが、玉にきずだが」

トレヴァー博士はきっとすわりなおして、相手をにらんだ。

「犯罪の探偵方法には、完全なものがあるよ」

「なるほど。たぶん、あるかもしれない」と、ヘアはやさしく笑った。「だがね、トレヴァー、これはぼくの推測だが、きみのいう意味は、不完全な犯罪を探偵するための完全な方法はある、ということじゃないのかね？」

そのときはもう、博士の顔にあらわれたきびしさは消えて、前と同じ愛想のいい微笑が浮かんでいた。

「たぶん、ぼくの言おうとしたことは、そうかもしれない。しかし、それはそれとして、ぼくがぜひやってみたいと思っている、小さな実験が、一つあるのだがね」

「それは？」

「それはだね、まず、ある犯罪の遂行にぼくの全知能を傾注する。それから、なにもかもいっさい忘れてしまって、こんどは自分のつくりだしたその謎を解くために、ぼくのもっているあらゆる技術と知識を駆使する、という実験だよ。ぼくが、ぼく自身を首尾よく捕えることができるか、あるいは、取りにがしてしまうか？　そこが問題なのさ」

「たしかにおもしろい競技だと思うね」と、ヘアは賛成した。「しかし、残念ながら、勝負を決めることは不可能だろうな。些細《ささい》なことだが、忘れるということが、むずかしいよ。でも、その結果がわかると、おもしろいだろうがね」

「うん、おもしろいと思うのだが」博士はふだんとちがった、夢見るような調子で言った。「でも、われわれは、自分が見たいと思う遠くまで、見ることはできないのだ。ぼくの使っているタナカという日本人は、むずかしい質問をうけると、いつもきまって逃げこむ諺《ことわざ》を知っていてね、にやりと笑って、こう答えるのだ。〈フジサンニ、ノボッタラ、サゾ、トークマデ、ミエマショウ〉とね。じっさい困るのは、いろいろな問題にぶつかるごとに、いつも感じるのだが、われわれはフジサンに登れないってことだよ」

「タナカはなかなか賢い男だね。だが、トレヴァー、きみはいったい完全犯罪というものを、どんなふうに定義づけているのだ？」

「残念ながら、まだ正確には定義を下せそうもないが、頭の中では一応の輪郭《りんかく》はできている。ひとつそれをできるだけうまく話してみよう。では、図書室に行くことにしよう。あそこのほうが、ずっとくつろいで話ができるし、そのあいだにタナカも、テーブルのあと片づけができるだろうから。きみの葉巻きをもってきたまえ」

主人を先に、ふたりは狭い階段をのぼっていった。トレヴァー博士の家は、こぢんまりしたれんが造りの建物で、マディスン・アヴェニューからほど遠くない東五十丁目にあった。装飾の細かい点だけが変わっている、一列に並んだ、何軒かの住宅の一つで、ほかの家と同じように、光った真鍮《しんちゅう》の手すりと、両側に円柱のあるスマートな白堊《はくあ》の玄関と、草花の鉢をおいた低い窓をもっていた。家の絵のような外観は、主人の性格にあまり似つかわしくなかったが、そのこぎれいな簡素さは、主人そっくりだった。富裕なニューヨーク人の標準からいえば、けっして大きな邸宅ではなかったが、設備の整っている点では完全と言っていい家で、その面積も街路から見た感じよりはずっと広かった。というのは、以前裏庭だった土地いっぱいに、博士の手で建て増しされたからだ。この新築の部分は、階下が台所と召使たちの居間にあてられ、二階は主人の研究室と仕事部屋になっていた。どんな工業関係の化学者も、研究室の化学者も、この部屋の設備を見て垂涎《すいぜん》をもよおさぬ者はあるまい。また部屋をとりまいている廊下に整然と並んだ分類ケースは、どんな新聞の調査部に比しても劣らぬほど完全なものだった。図書室と研究室とは、一つのドアによって連絡されていたが、この図書室がまた、あらゆる研究者の理想とする部屋に近いものだった。周囲の壁は一面に床《ゆか》から天井までの高さの書棚《しょだな》——下のほうが扉《とびら》つきの戸棚になっている——でおおわれ、わずかに、赤々と燃えた暖炉を枠どっているこ古風なマントルピースの真上にだけ、白い壁をのぞかせていた。この部屋の主人は書物で、こはまるで書物によって完全に占有されているように見えた。が、室内のあちこちにおかれたふかぶかとした椅子《いす》と低いテーブルとは、訪問者にはこの部屋を居心地のいいものに思わせた。

要するに、ハリスン・トレヴァー博士のこの家は、独身者にとっては理想的な住居だったので、博士はこれを他の形式に変えようなどとは一度も考えたことがなかった。この家では、女はごく小さな役割しか与えられていなかった。ひとりの通いメイドが毎朝やってきて、午前と午後だけここで働き、昼間の仕事をおえると、自分の家に帰っていった。これに反してタナカと料理人のキドは、新築のほうの階下に彼らの部屋をもっていたし、トレヴァーの秘書の若いイギリス人——そのときは休暇をとって、家にいなかったが——は最上階に寝室を与えられていた。博士自身の寝室と化粧室は、図書室と同じ階の、家の正面にあった。これまで幾人もの男の客が「トレヴァーもこれならひとりでじゅうぶんやっていけるわけだ」と言ったのも当然だった。

ヘアも、主人がさし出した上等な葉巻きをくゆらし、タナカが椅子のそばのテーブルの上においていったリキュールを静かに味わっていると、同じような考えが、脳裡《のうり》をかすめた。彼もまた、独身生活の気楽さを楽しんでいるひとりだったが、これほど徹底的に楽しむ手があろうとは、知らなかった。彼は、自分の日常生活にも多少改善をほどこす余地があると考えた。

「もちろん、完全犯罪は殺人でなければならない」トレヴァーの声が、ふたりが図書室にはいってからずっとつづいていた沈黙を破った。

ヘアはそのふとったからだをちょっと動かしてから、たずねた。「ほう、なぜだね?」

「なぜって、殺人はわれわれの道徳的通念に従えば、あらゆる犯罪のうちで最も非難すべきものだが、それだけに、ぼく自身の興味からは、最上のものと思えるのだ。人命は、われわれが最も高い価値をおいているもので、それを守るためには全力をおしまない。その人命を、あらゆる捜査の目をくらますような巧みな手を使って奪い取ることは、疑いもなく理想的な犯罪行為だと思う。それには、他のどんな犯罪にも見られない、一種の美があるよ」

「ふむ!」と、ヘアはうなった。「きみはいかにも楽しそうにそれを言うね」

「ぼくはいま素人《しろうと》であると同時に、犯罪学者として、しゃべっているのだよ。きみは外科医が、〈美しい症例〉という言葉を使うのを聞いたことがあるだろう。つまり、ぼくの態度はちょうどそれさ。そしてぼくのばあいにも、彼らの症例の大部分と同じように、患者は死ななければならない」

「わかった」

トレヴァーは目ばたきをして、眼鏡のひもをひっぱり、それから、再び言葉をつづけた。

「だからその犯罪は、どうしても、殺人でなければならんよ。それも特殊な種類の殺人、最も純粋な種類の殺人でなければいけない。では、〈最も純粋な〉種類の殺人とは、どんなものか？　ひとつ考えてみよう。激情的な犯罪は、まっさきに除外していいだろう。なぜなら、それは完全であることが、ほとんど不可能だからだ。激情は技巧とか術策にはなんの寄与もしないよ。たぎりたった血は無数の失策を生むだけさ。次に、利欲のための殺人はどうか？　ウィリアム・パーマーは、この種の殺人者の典型的な実例だが、彼のような男は殺人を手段として利用するだけで、殺人そのものを目的とはしていない。この連中が人殺しをやるのは、相手をなきものにするのが目的ではなくて、相手の死によって利益を得んがためなのだ。パーマーはブレイドンの金《かね》がほしかった。またブライに借金を払わないですませたかった。彼は女房《にょうぼう》の生命保険金がほしかったし、弟の生命保険金もほしかった。クックの金もぜひ必要だった——そこでパーマーは彼ら全部を殺してしまったのだ。だが、もし彼に必要なだけの現金があったなら、もし彼の持ち馬のネットルがオークスの競馬でとつぜん駆け出して、彼の騎手を振りおとさなかったなら、これらの連中はおそらく殺されずにすんだかもしれない。このことから考えても、われわれは利得のための殺人を、完全犯罪を生み出し得る殺人のタイプと認めることはできないよ」

とがった鼻の博士は、ちょっと言葉をやすめて、薄い唇の間に葉巻きをくわえた。ヘアはふしぎそうにその顔を見つめた。こういう問題を論じるのに、感情をぜんぜんまじえない人間を見るのは愉快なものではなかった。

トレヴァーは葉巻きを下においた。「とにかくこの世のパーマー一族には、期待することができないよ。では、つぎに政治的または宗教的殺人はどうか？　これもほとんど即座に除外していいだろう。理由は簡単だよ。この種の殺人者はつねに、自分は民衆に奉仕している、神に仕えている、という信念をいだいているので、自分の罪を隠蔽《いんぺい》しようとすることが、ほとんどないからだ。ところで、ここにもう一つ考えられるタイプの殺人者がある。それは、人を殺すことに純粋の楽しみを感じて人殺しを行なう連中、つまり血への渇望によって支配されている連中だ。きっときみは、彼らの行なう殺人こそ、最も純粋な型の殺人だと考えるにちがいない。けれども、さっきも言ったとおり、狂人は必ず同じことをくりかえす。そしてこの反復ということは、必ず発覚を伴うものだ。それに、もっと重要なことは、芸術家には選択能力があるけれども、生まれながらの殺人者には、それがぜんぜんないということだ。彼らの行為は、自分からすすんでなす行為ではなくて、なんらかの力に強制されて行なわれる不可抗的行為だよ。ところが、完全犯罪なるものは、必然の働きではなく、あくまで技術的技巧的な働きでなければならない、とぼくは思っている」

「きみはあらゆる可能性を、じつにじょうずに言いつくしたようだね」とヘアが言った。

博士はいそいで頭をふった。

「いや、まだ全部じゃないよ。もう一つ殺人の型がのこっている。それこそ、われわれがいま求めているものだがね。それは抹殺のための殺人、つまり相手をこの世から消してしまうことだけを唯一の目的としている殺人、言いかえれば、その存在が殺人者にとって望ましくない人間を除いてしまうことを、唯一純粋の目的としている殺人だ」

「しかし、そうなると、さっききみが言った激情の犯罪に逆もどりすることになるのじゃないかね？　たとえば、嫉妬《しっと》による殺人は、事実上、抹殺のための殺人ではないだろうか？」

「ある意味では、そうだが、純粋な意味ではちがうね。さっきも言ったように、激情は絶対に完全犯罪を生み出すことはできないよ。それはじゅうぶんに研究され、周到にもくろまれ、完全な冷酷さをもって遂行されなければならないものだ。さもなければ、まちがいなく不完全なものになってしまうだろう」

「この問題に対しては、冷酷なまでに、きみは追及の手をゆるめないね」じょうずな聞き手は、博士がちょっと言葉を切ったのを見て、言った。

「もちろんだよ。そしてそれだけが完全犯罪を行ないうる唯一の方法だと、ぼくは信じている。ところで、ぼくはいま動機と事情に関するかぎり理想的と思える純粋な抹殺殺人を想像することができるのだがね。かりにきみが十五年間の長日月を費して、ピンダロス（ギリシャの抒情詩人前五二二―前四四二）のある頌詩《しょうし》の中の疑問の一節を解読したと仮定しよう」

「おや、おや！」と、ヘアはおどけた調子で相手の言葉をさえぎった。「ぼくがやったと仮定するんだね」

「ところで」と、ハリスン・トレヴァーはそれにかまわず話をつづけた。「ここに、もうひとりの学者があって、その男がきみの解釈を完全にくつがえすだけの論拠を発見することに成功したとする。そして、彼は自説の内容をきみに知らせるが、ほかの人間にはまだだれにも口外していないと仮定する。これできみには、完全な動機ができ、完全な状況がつくられたことになる。あとは殺人方法の実行という問題がのこっているだけだ」

グレゴリー・ヘアは、きっとなってすわりなおした。「なんだって、きみ、それはいったいどういう意味なんだ、〈殺人の方法〉とは？」

博士は目をパチクリさせた。「おや、きみにはわからないのかい？　きみは、その論敵をなきものにすることによって、古代詩に対するきみの解釈を論破されることから救うという、りっぱな理由をもっているわけじゃないか。ひとたびきみの論敵がこの世から姿を消し、その証拠が破棄されてしまえば、だれもきみにそんな動機があったと気づく者はないにちがいない。そこで、きみは自由に計画を練り、二つの重要な点に努力を集中すればいいわけだ。殺人の方法と、それから言うまでもなく、死体の処理という二つの点にね」

「死体の処理？」ヘアは相手の最後の言葉を思わず口に出してくりかえした。

「そうだよ。それこそ非常に重要な、いや、じっさいにはいちばん重要な事項かもしれない。口はばったいことを言うようだが、これでもぼくは――」と、博士はちょっと得意げに笑いをもらした。「このことについては、相当価値のある研究をやったのだよ」

「ほお、きみがね」と、ヘアはつぶやいた。「それで、どんなことを発見したのかね？」

「いずれきみには、話すよ」と、トレヴァーは約束した。「しかし、きみ以外の人間にはだれにも、生きているあいだに話そうとは思っていない。というのは、じっさいそれはあんまり簡単すぎて、しかも危険なことだからね。でも、ちょうどいい機会だから、きみには言っておくが、完全犯罪の遂行には、死体の処理ということが、なによりもだいじな措置だよ。罪《コーパス・》体《デリクタイ》がないことは、警察にはとてもやっかいなことなのだ。ハリントンだって、あのときウエストの死体をなんとかうまく処理してしまっていたら、おそらく二週間まえに電気椅子にすわるようなことにならずにすんだかもしれんよ」

ヘアはきっとすわりなおして、大きな声で言った。

「あの男がかい？　いや、じつは、今夜きみと話したいと思って来たのは、そのハリントン事件のことなのだがね」

「ああ、そうだったのか？　では、さっそく話すことにしよう。ところで、ついでだが、あれはかなり抹殺殺人に近いものだったね。しかし、あの事件には金の要素が、それも巨額な金の要素がからまっていた。そして金というやつは、それが犯罪とかかりあうと、とかく強烈なにおいを発するのでね。ハリントンのばあいも、動機はすぐ突きとめることができた。だが、彼の地位が地位だったので、われわれは動かぬ証拠をつかむまでは、彼に手を触れることができなかったのだよ」

「動かぬ証拠？　ぼくがききたいと思っているのも、それだよ。きみも知ってるとおり、ぼくは先週まで海外にいたので、ハリントンが逮捕されたのを出帆まぎわまで知らずにいたのだよ。北アフリカの新聞はあまり報道が敏速でないのでね。ぼくはハリントンとウェストのことをかなりよく知っていたし、それ以上にウェストの細君のことをよく知っていたので、特別にこの事件に関心をいだいたことは、きみもわかってくれるだろう」

「わかるよ。ウェストの細君って、すてきな女じゃないか。ふたりは別居して、彼女のほうはこの二年半ずっとヨーロッパで暮らしていたそうだね」

「うん、その期間の——大部分をね」

「大部分じゃない、ずっとだよ。そのあいだ、一度もアメリカに帰ってきていないもの」

「帰ってこなかったかな？　うん、ぼくが最後に彼女に会ったのは、モンテ・カルロだったが、まあ、それはいまのところたいした問題じゃあるまい。ぼくがききたいのは、きみはいったいどんなふうにしてハリントンの犯跡をつかんだのだね？」

ハリスン・トレヴァー博士は、満足げに微笑し、眼鏡をなおしてから、彼独特の話しぶりで語りはじめた。「なあに、簡単そのものだよ。たった一つのきずは、ハリントンが最後になって自白したことだったが、これにはかなりうんざりしたね。なぜって、われわれにはもう自白なんか必要でないほど、状況証拠が完全だったのでね」

「状況証拠がね？」

「そうだよ。きみだって、殺人に対する判断はたいてい状況証拠を基礎として決めるだろう。だれも、人殺しをするのに招待状を出す者はないからね」

「もちろん、そうだろう。残念ながら」

「さてと。たぶんきみも知ってると思うが、一年ちょっとまえのある夜、ウォール街の仲買人で千万長者（新聞記事によると）のアーネスト・ウェストが、心臓を撃ち抜かれて死んでいるのが発見された。彼はロングアイランドのスミスタウンの近くに、鴨猟と釣りのときに使う、一軒の小屋を持っていた。彼がそこで使っていたたったひとりの召使は、年とった家政婦で、土地の人間だった。彼はできるときには簡単な生活をするのが好きで、この小屋へは運転手をつれていったことさえなかった。彼が殺された晩には、家政婦はジャマイカにいる病気の娘のところへ行っていてるすだった。彼女の証言によると、ウェストは自分で軽い夕食と朝食ぐらいはつくれるからと言って、彼女を出してくれたが、翌朝もどってきて彼女は息がとまるほどびっくりした、というのだ。ウェストは、彼の狩猟道具いっさいと数冊の本がおいてある銃器室のようなところで、射殺されていた。そこは居心地のいい部屋で、この家では最上等の室だった。格闘したらしい形跡はぜんぜんなく、大きな肘掛け椅子にはまりこむようにすわったまま、殺されていた。彼を殺した銃弾は、二五口径のものだった。殺人係のファースト警部は、自分たちの手で手がかりがつかめそうもないと知ると、すぐ、ぼくに電話をかけてきた。で、ぼくはすぐ、出かけていった。なにしろ、ウェストは有力な人物だったのでね」博士はちょっと気にして、眼鏡のひもを引っぱった。「で、ぼくはすぐ出かけていったが、その結果いろいろなことを発見した。第一は、その家がさびしい場所に孤立している一軒家だったので、多少とも有益な証言を与えてくれそうな人間が近所にはひとりもいない、ということだった。死体は、七時半ごろ電報をもってきた配達夫によって発見されたのだが、検屍の結果、犯行はそれよりも約一時間まえに行なわれたことが判明した。屋内には、役にたちそうな発見物は一つしかなかった。銃器室の床の上から掃きあつめたゴミ類を念入りに検査したところ、明らかにツイードの服から落ちたものらしい、短い糸の切れはしが見つかったのだよ。この糸は、ウェストの服のものではなかったし、ひょっとすると数カ月まえのものかもしれないので、初めぼくはその糸にあまり注意を集中しなかった。ところで、屋外には、それよりも、もっと注意を引くものが、たくさんあった。第一に、地面が湿っていたので、二組の足跡がはっきり残っていたのだ。一つは男の足跡で、もう一つは女の足跡が……」

「女の？」ヘアは全身を耳にしたように緊張して、ききかえした。

「うん、家政婦のものだよ、もちろん」

「ああ、そうか、家政婦のね」

「まちがいないよ。しかし、それが家政婦のだと確認するのは、むずかしかった。というのは、男のほうがどうも神経過敏になっていたらしく、犯行の現場を立ち去るまでに、道路に通ずる小道を何回も行ったり来たりしているのだよ。その結果、女の足跡をほとんど一つ残らず、ふみにじってしまったのだ」

「おかしな話じゃないか？」

「そう、ちょっと見ればおかしいが、しかしよく考えてみると、なんでもないのだよ。犯人はとどめの一発を放ったのち、あわてて屋外にとび出したが、そこで躊躇《ちゅうちょ》した。彼は気が転倒していたので、小道のはずれに乗ってきた自動車がおいてあるにもかかわらず、これからどうしたものかと迷った。そこで、気を静めて考えをまとめるために、数分間、その小道を行ったり来たりしたのだと思うね。そこは狭い小道だったので、彼のこの行為がほかの足跡をふみ消してしまったことは、偶然であると同時に不可避的でもあったのさ」

「彼は車をおいてあったのだね？」

「そうだ。大型のツーリング・カーだよ。そのタイヤの跡が、はっきり残っていた。その日の午後、ウェストが家政婦のために呼んでやったタクシーのタイヤの跡とならんでね。このタイヤの跡には、一つの興味ある特徴が見られた。それはタイヤの一本に、大きな固いこぶができていることだった。このこぶは、車輪がまわってそれが地面にふれるたびに、泥の上にはっきりそれとわかるくぼみを残していたのだよ」

「わかった。で、ふたりの足跡は同じ地点で終わっていたのだね？」

「当然だよ。タクシーも、あとで犯人が車を止めたのと同じ地点に停車して、女を乗せて行ったのだから」

「ふむ！」ここでヘアは、新しい葉巻きに火をつけ、考え深げにそれをふかしながら、たずねた。

「では、きみは女がその男といっしょに車に乗っていかなかったと確信するんだね？」

トレヴァーは、相手をじっと見つめて、大声で言った。「きみは、たしかにどうかしているぞ。ヘア。その女は家政婦だったのだよ。だから、犯行が行なわれるすくなくとも二時間まえに、タクシーに乗って出かけたはずじゃないか。ハリントンも、最後に自白したとき、ぼくの推理が正しかったことを、認めたよ」トレヴァー博士は明らかにいらいらしながら、そうつけ加えた。

「うん、もちろん、彼は認めただろう。ぼくはすっかり忘れていた。失敬失敬。ところでどんなふうにして、きみは彼を取り押えたのか、ひとつ聞かせてくれないか」

一瞬、博士は、ヘアが自分をなぶっているのではないかと疑いでもするように、いぶかしげに彼をながめた。というのは、ヘアの質問のしかたが、用心深い彼のいつものたずねかたと、ちがっていたからだった。なにか裏にかくしているように思えた。だが、トレヴァーはすぐその疑念を一擲《いってき》し、自分の勝利の記録を物語る楽しい仕事にもどった。

「銃弾と、足跡と、タイヤ跡と、糸くず——この四つのものを手がかりとして、ぼくは捜査の仕事をすすめることにした。なすべきことはまず、これらをひとりの人間に正確に結びつけることだった。そしてその結果、だいたい犯人の目星はついた。だが、まもなく捜査は、われわれとして慎重に動かなければならない段階にはいった。ぼくは自分の手に入れた物的証拠を前にして、ウェストを殺す動機をもっていたものと見られるある個人をしっかりとつかむ仕事にとりかかった。だれにきいても、ウェストには敵がなかった。が一方、親しい友人もほとんどなかった。彼は、ひとりで旅する者は最も早く旅する、という格言を信じていたのだね。しかし、ウォール街では彼は幾人かの人間をかなりひどい目にあわせていた。で、ぼくがすぐ注意を集中したのは、彼の投機活動だった。ウォール街にはいろいろ調査の便宜があったので、まもなくぼくはいくつかの興味ある事実を発見した。ウェストが死ぬまでの三週間は、エリオット電力会社の普通株が騰勢《とうせい》をつづけて五十七ポイントも高値を示していたのに、彼が射殺された四日後に、それは六十三ポイントも暴落しているのだよ。調べてみると、ウェストが殺されたその日に、ハリントンが同じ株を十三万株も売り出していることが判明した。彼はそれまでもずっとこの株を売りつづけてきたが、それをかたっぱしからウェストが買いつけていたこともわかった。ハリントンの財力もけっして小さなものではなかったが、彼の相手の財力にはほとうてい及ばなかったらしい。ここでエリオットの普通株の相場を大幅に下落させることができなければ、身の破滅になると知ったハリントンは、彼として考えられる最も確実な最後の手段をとったのだね。ウェストを抹殺してしまったのだ。金のための殺人だよ」

トレヴァーは、ここで相手に強い印象を与えるために、ちょっと話を休んだ。が、ヘアは一言も発しなかった。

「これで話というのは、だいたい全部だよ。あとは型にはまった探偵談さ。部下のひとりが四本のタイヤを発見した。そのうちの三本は完全なものだったが、これらのタイヤは、殺人事件のあくる日、ハリントンの大型車からはずされて、新しいタイヤに替えられ、とりはずしたタイヤは、ハリントンの田舎《いなか》の家のガレージの屋根裏に、かくしてあったよ。そのうちの三本は、いまも言うとおり完全なものだったが、残りの一本には、いいかね、大きな固いこぶができていたのだよ。ハリントンの靴は、ウェストの小屋の横の小道に残っていた足跡にぴったり一致したし、糸くずのほうも彼のもっている背広の織り糸と完全に一致した。それだけじゃない。最後に——彼が逮捕されてからのちの話だが——彼の家の金庫の中から、柄に真珠の飾りのついた二五口径のピストルが発見されたのだよ。このピストルは、弾丸を一発発射したまま、掃除もされていなかった。ハリントンの運転手は、殺人のあった日の午後、ハリントンがひとりで大型車を引き出したことを証言した。この男は、その日がたまたま自分の女房の誕生日に当たっていたので、はっきり日時をおぼえていたらしい。これで事件は簡単に解決し、それまで興味をひいていた事柄まで、ハリントンの自白ですっかり興ざめになってしまったくらいだよ。

新聞はこの事件でぼくが果たした役割をひどく大げさに書きたてたけれどもね」博士は照れくさそうに微笑をもらした。「じっさい、謎の事件《ミステリ》でもなんでもなかったのさ。もし関係者があれほど金持ちで有力な連中でなかったら、事実、問題にもされなかったろうよ。だが、われわれとしては、ちょうどいい時期に彼を取り押えたわけだ。やつは次の週の船でヨーロッパへずらかろうとしていたのだからね……」

「そのピストルはどんなピストルだと言ったっけね」ヘアの質問があんまり唐突《とうとつ》だったので、トレヴァーは答えるまえにびっくりした。

「ええと、二五口径で、柄に真珠の飾りのついたニッケルメッキのやつだった。ちょっとしゃれたピストルだったが、ハリントンは、こんなおもちゃを持っていることについて、すこしばかり弁解していたよ」

「ぼくも、彼が弁解しただろうと思うね。そのピストルは、柄の右側がすこしかけていなかったかね？」

トレヴァーは、とつぜんからだをまえにのり出させた。「うん、かけていたが、いったいどうしてそんなことを知っているんだい？」

「いや、それは、アリスがダヴォスで岩の上に落としたときにかけたんで、知っているんだよ。ぼくら四人が、ホテルの裏で射撃の練習をやっていたときだ」

「アリス！」と、トレヴァーは叫んだ。「アリスとはいったい何者だね？　またぼくら四人というのは、どういう意味なんだ？」

ヘアは静かに答えた。「アリス・ウェストのことだよ、きみ。もうわかったろうが、あれは彼女のピストルだよ。またぼくら四人というのは、ウェストと、ハリントンと、アリスと、かくいうぼくのことさ。ぼくらは四年まえ、スイスで同じホテルに泊まっていたことがあるのだ」

「彼女のピストル?」博士は興奮しながら、しゃべりつづけた。「では、アリスがそれをハリントンに与えた、と言うんだね?」

「いや、アリスは彼をとても愛していたから、それは疑問だと思うね。おそらく彼が、ごく最近、彼女から取りあげたのではないだろうか」

「きみはさっきから謎のようなことばかり言うが」と博士は乱暴に口を入れた。「それはいったいどういうことなんだ?」

「はっきり言えば、その小さな武器のおかげで、まちがった男が処刑されることになった、ということだよ」と、ヘアは憂鬱《ゆううつ》そうに言った。

「まちがった男!」

「そうだよ。それも解釈のしかただが、しかしこの事件では、どう考えても真犯人は男ではなくて、女だったと思うね」

トレヴァーの明らさまな興奮はすでに消えて、彼はスフィンクスのような平静さをとりもどしていた。「きみの考えていることを、正確に話してくれたまえ」と彼は言った。

ヘアは、葉巻きの吸いさしをわきにおいた。「いっさいは四年まえ、ダヴォスではじまったのだよ。ハリントンはアリス・ウェストにぞっこん惚れこみ、彼女もまた彼を深く愛するようになった。が、ウェストは〈かいば槽《おけ》の中の犬〉の役（イソップ物語から。意地悪屋の意味）を演じ、妻をして離婚させもしなければ、自分も彼女を離婚しようとしなかった。もちろん、ふたりは別居したけれども、それはアリスとハリントンの結婚を助けることにはならなかった。ことわっておくが、この問題については、ぼくは最初からその内幕を知っているのだよ。初めは偶然にだが、のちにはみんなが程度の差こそあれぼくを親友視して、その秘密をうち明けてくれたからだ。ウェストは、もうそのときは彼女を愛していなかったので、かなり卑劣なふるまいに出た。つまり、彼女をどんなことがあっても（すくなくとも合法的には）ほかの男のものにさせまいと、かたく決心したのだ。そして彼は、彼女に殺されるまで、この考えを変えなかったのだ」

　彼女に殺された？　と、大探偵は小声で言った。

「まちがいないよ。現場を見たように、ぼくにははっきり言えるね。もちろん彼を撃ったのは、さっききみが証明したように、彼女のピストルだった。だが、ダヴォスで、おもしろ半分にビンやなにかを撃っていたとき、何十回となくそのピストルを見たのでよく知っているが、ハリントンがあんなものを借りるわけがないよ。彼は自分の家にりっぱな小兵器庫をもっているのだからね」

「うん、われわれも、彼の家から大型の軍用拳銃二丁と、自動拳銃を一丁発見したよ」

「そうだろう。その彼があんなオモチャを使うはずがないよ。それに、あの男はとても殺人なんかできる男じゃない。分別がありすぎるのだ。ところが、アリスのほうは極端にヒステリックなタイプで、ぼくは彼女が怒りに逆上して失神しそうになったのを見たことがあるよ。たしかに美人だが、危険なタイプの女で、根は臆病なんだね。彼女はついにそれを証明したわけだ。だから、ぼくはハリントンを一度も羨ましく思ったことはないよ」

「しかし、きみ、殺人が行なわれたときは、彼女はヨーロッパにいたはずだぜ」

「ヨーロッパにはいなかったんだよ、トレヴァー。ぼくの知るところでは、あの日、彼女はモントリオールにいたのだ。モントリオールはロングアイランドからそう遠くはない。彼女はそのリッツ・ホテルで、ハリー・サンズに行き合ったと見えて、ぼくが最後にモンテ・カルロで彼女に会ったとき、彼らはその思い出話をしていたよ。彼女は殺人の行なわれたまえとあとにはヨーロッパにいたが、殺人が行なわれたときにはヨーロッパにいなかったのだ。しかし、これで話が全部終わったのじゃない」

「では、そのあとの話というのは、どんなことだい」トレヴァーの口調は無気味なきびしさをおびていた。

ヘアは指で銀のマッチ箱をもてあそびながら、ちょっとの間《ま》、答えるのをためらったが、すぐ口早に要点にふれていった。

「残りの話というのは、こういうことだよ。さっきも言ったように、アリスはヒステリックな女で、この数年間、飲酒も麻酔も彼女にはなんの効き目もなかった。ぼくがモンテ・カルロを去る直前の、あの晩のことだが、彼女は完全に自制を失ってしまった。ぼくらはそのとき、彼女の夫の死について話しあっていたのだが、ぼくはいったいだれが殺したのだろうと心の中で推測してみた。そのときはまだ、ハリントンは逮捕されていなかった。そこで、ぼくは彼女に、あなたとハリントンはすぐ結婚するつもりじゃないのか、とたずねた。彼女は明らかに当惑したようすで、ぼくの質問をはぐらかした。が、そのあとでとつぜん、彼女は死んだ夫のことを猛烈に弾劾《だんがい》しはじめ、口をきわめて罵《ののし》ったあげく、最後に、持っていたイブニング・バッグをあけて、一通の手紙を取り出したのだ。それは彼女に宛てた手紙で、消印の日付によると、一年以上もまえのものだった。いままでに何度も何度も読んだとみえて、紙の折り目のところがほとんど破れかかっていた。彼女はそれをぼくのほうへ押しやり、どうしても読めと言い張った。それはウェストから来たものだったが、たしかに残忍酷薄《ざんにんこくはく》な手紙で、ぼくもいままであんな手紙を見たことがないね。それは猫が鼠に与えた手紙、獄吏が囚人に与えた手紙だった。ウェストは、彼女を自分の好きな立場に追いこみ、永久にその立場にしばりつけておくつもりらしく、そのことをじつに巧妙に手紙の中でくりかえしているのだ。あまりのあくどさに、ぼくはしまいまで読む気がしなかったが、彼女はとうとうそれをぼくに読ませてしまった。ぼくがそれを返すと、彼女は両眼をぎらぎら燃えたたせていたが、いきなりぼくの手をつかんで〈もしあなただったら、こんな男をどうなさいますか?〉と、たずねた。ぼくは、ちょっとのあいだ、口がきけなかった。すると、彼女は、自分で自分の質問に答えて〈殺すのです! 殺すのです! そういう気におなりになれません?〉と叫んだ。ぼくはできるだけおだやかに、だれかがすでにそのとおりのことを実行したではないか、と言ってやると、彼女はとつぜん発作的に悪意に満ちた笑いを爆発させたのだ。あんなすごい笑いを見たのは、生まれて初めてだね。でも、やがて気が静まると、彼女は鼻におしろいをたたき、それから静かに言った。〈罪のないビンの首はいくら撃ち落としても、だれもなんとも言わないのに、蛇《へび》のような人間を殺すと絞首刑になるなんて、おかしいですわね。わたし絞首刑にだけはなりたくありませんわ。どうも、いろいろありがとうございました〉とね」

ヘアはいかにも疲れたように、しゃべるのをちょっと中止したが、すぐ、こうつけ加えた。
「これでぼくの話は、だいたい終わったわけだ。あまりいい話じゃないがね。その翌日アフリカに向けて出発したぼくは、アフリカではほとんど新聞を見なかったので、その後どんなことが起こったのか、何も知らなかった。しかし、アーネスト・ウェストを射殺したのがだれかという点については、確信があったよ」

マントルピースの上の置き時計の分針が三度跳ぶように動くあいだ、書物のならんだこの部屋は、完全な沈黙にとざされていた。やがて、トレヴァーが口を開いたが、その声は緊張していた。「すると、きみはぼくがまちがいをおかしたと考えるのだね?」

ヘアは相手の目をまっすぐに見た。「きみはどう思うんだ?」

博士はそれには答えずに、別の質問を提出した。
「実際に起こったことについて、きみにはなにかはっきりした理論があるのか?」
「正確には言いにくいが、彼女がやったという確信だけは動かないね。あのビンに関する彼女の感想は、使用された武器がどのピストルかを彼女が知っていたことを物語っているよ。彼女はきっとそれで何百本というビンを、何回にもわたって射撃したにちがいないのだ。ぼくの推測では、彼女とハリントンは、ウェストの気持ちをなんとかして変えさせられないものかと考えて、いっしょにウェストに会いに行き、失敗したのだと思う。そこで、彼女はあの小さなオモチャを引っぱり出したのだよ。彼女はいつも、それをバッグに入れて持ち歩いていたからね。ウェストに動くすきを与えず、撃ったにちがいない。彼女はハリントンよりも射撃がじょうずだったし、第一ハリントンには人間の心臓がどこにあるのか見当もつかなかったろう。ふたりはウェストの小屋を出ると、ハリントンの車に乗って走り去ったのだが、そのまえに、彼は小道に引きかえし、念入りに彼女の足跡を一つ一つふみつけてまわり、最後に見落としがないようにと、家政婦の足跡までふんづけてしまったのだと思うね。足跡は、あそこには三組あったのだよ、トレヴァー、二組ではなかったのさ。この点は賭けてもいいよ。それから、彼は、彼女からピストルを取りあげた（もしそのまえに取りあげていなかったとすればだ）。そして、彼女が欲するところまで車で送って行き、そこで彼女は彼と別れた。彼に嫌疑がかかっても、ひとりで苦境にたえるように、彼を残して去ってしまったのだ。彼がやったことは、彼に似つかわしかった。彼はかつて女を愛したどんな男にも負けないほど彼女を愛したのだ。彼女もまた彼女らしい愛し方で彼を愛したが、それはけっして最上の愛し方ではなかった。彼女は自分の白い首のほうを、彼よりもずっと愛したのだからね」ヘアは苦笑をもらした。「彼女は、ニューヨーク州が現在絞首刑を採用していないことを、忘れたのかもしれない。まったくいやな話さ。しかし、気の毒にもハリントンは、たとえ彼女が救われるに値しない女であっても、彼女を救いたかったのだね。彼には、彼女は救うに値した女だったのだよ」

「そんなことはありえないことだ！」トレヴァーは嚙んではき出すように、いきなり言った。

「なにが?」

「ぼくがまちがいをおかしたということさ」

「われわれは、だれだってまちがいをやるものだよ、きみ」

「ぼくはちがう」固く結ばれたトレヴァーの唇が、いちだんと固く結ばれた。

「まあ、恥にはちがいないが、すんでしまったことは、しかたがないじゃないか」ヘアは肩をすくめた。

トレヴァーはひややかな目で相手を見た。「たしかにまだ、きみにはわかっていないらしい。ぼくの名声はあやまちを許さないのだよ。ぼくがまちがいをおかすなんてことは、ありえないのだよ。問題はそれだけだ」

ヘアはやさしく微笑した。彼はトレヴァーがこんなに弱っているのが気の毒でならなかったので、なんとかして彼を安心させてやりたいと思った。「だが、きみの名声は傷つきはしないよ。事実があらわれることはけっしてないからだ。アリス・ウェストは、ぼくの判断ではどう考えてもあと二年間のうちに、麻薬のために死んでしまうだろうし、ほかにはだれも知っている者はいないのだ」

「きみが知っている」

「そう、ぼくは知っている。しかし、ぼくらはこのことを、忘れることができるよ」

トレヴァーは臆病げにうなずいた。「それだ、われわれは忘れなければならない。わかるかね、ヘア、忘れなければいけないよ」

へアはふざけたような調子で相手の言葉に賛成した。「心配無用、きみの名声はぼくが預ったよ。安心したまえ、ぼくはけっしてしゃべりはしないから」

トレヴァーはいっそう神経質に、いっそう力をこめてうなずいた。「そうか、そうか。もちろん、きみがしゃべらないことは知ってるよ。よく知ってるよ」

「では、一杯どうかね？」へアは椅子から立ちあがった。

「あそこのテーブルの上にあるから、かってにやってくれたまえ。ぼくはちょっと研究室に行ってくるから」

博士は低いドアを通って出ていったが、ヘアは夢中でディカンターや酒瓶をいじるのにいそがしかった。彼には、トレヴァーがひどくとりみだしているのが気の毒でならなかった。だが、なんて途方もないうぬぼれ屋だろう？　たぶん自分は黙っていたほうがよかったのかもしれない。なんの得るところもなかったのだから。もう二度とこの問題にふれるのはよそう、と彼は思った。彼がけっきょくグラスに注いだのは、強いブランデーだった。彼は研究室のドアのほうに背を向けたまま、コップを取りあげて、光にかざしてみた。だが、彼はひと口もそれを飲まなかった。というのは、とつぜん痩せた五本の指が喉《のど》にかかったのと、クロロホルムをひたした布が口と鼻孔に押しつけられたのを感じて、彼はグラスを落としてしまったからである。

彼は辛うじて、「ああ、ちくしょう……」とひとこと言っただけだった。

約十五分ののち、ハリスン・トレヴァー博士は、階段の手すりごしに、そっと下をうかがった。階下にはだれもいなかった。それを見ると、彼はすばやく階段をおりていった。台所にいたタナカは、玄関のドアがバタンとしまる音を耳にした。と、それから一分とたたぬうちに、二階の階段のおどり場から自分を呼んでいる主人の声を聞いた。タナカは、すぐ出ていった。

「ヘア氏がたったいま、帰ったのだが、たばこ入れを忘れて行かれたのだ。すぐ追っかけてくれ。まだ姿が見えるだろうから」

タナカは言いつかったとおり、すぐあとを追った。そうだ、あそこの角に見える背の高い人が、たしかにヘアさまにちがいない……。だが、その人はタクシーに乗ろうとしていた。タナカはかけ出したが、ブロックの半分も行かないうちに、ヘア氏は自動車で行ってしまった。タナカはそのことを報告するために、もどってきた。

階段のおどり場で待っていた主人は、言った。「それはまずかったな。だが、たいした問題じゃない。ヘア氏のアパートへ電話をかけて、あの人の召使に、ヘアさんは、シガレット・ケースをこちらに忘れていかれましたから、ご心配ないように、と言っておいてくれ。品物は、あすの朝、おとどけすればいいから」

タナカはその言いつけを果たすために、すぐ階段をおりていった。が、あとに残った主人は、ヘアに似た男がタクシーに乗っていったという偶然の一致をいぶかしく思った。この偶然の証拠は、あるいは役にたつかもしれない。がそんなことは、まったく不必要だった。彼には偶然の援助など、必要なかったのである。図書室の入り口で、博士はちょっと立ちどまり、批判的な目で、あたりの情景を調べてみた。あらゆるものが、あるべき場所におかれている――気持ちょく、しきたりどおりに、だれの目にも適当と思われる場所に。床の上にはこわれたコップの破片一つおちていない。ただじゅうたんの上に一点だけ、薄黒い、ぬれたしみがついているが、これはすぐ乾いてしまうだろう。乾けば、ブランデー・ソーダはなんのしみも残さないはずだ。ハリスン・トレヴァー博士はひややかな笑いをうかべ、まだ一仕事待っている研究室につかつかとはいっていった。ドアに鍵《かぎ》をかけてしまうと、彼はまず、かくれた通気管を通して不快な臭気を片っ端から送りだしてしまう通風用電気扇風機にスイッチを入れた。それから彼は、朝まで仕事をつづけた。

海外から帰って一週間にもならぬうちに、とつぜん姿を消してしまった著名な刑事弁護士グレゴリー・ヘア氏の失踪事件は、ありきたりの謎の事件以上に各新聞の第一面をにぎわした。これを卑劣な何者かの仕業だと最初に主張したのは、トレヴァー博士だった。また警察のあらゆる援助をかりて、真剣にこの事件の捜査にのりだしたのも博士だった。彼がこの事件に深い関心を示したのは当然だった。というのは、ヘアは彼の親友だったし、生きているヘアを最後に見たのも彼だったからだ。しかし、死体はついに発見されなかった。また手がかりとなるべき証拠も一つもなかった。タナカは例のタクシーの話をくりかえし、自分の知っていることを反復するだけだった。交番の巡査も、この日本人の証言の正しいことを確認した。背の高いその紳士はトレヴァー博士の家の方角から歩いてきて、タナカがそのあとを追いかけてきたのを知らずに、タクシーに乗って走り去った、というのである。しかし、こんなことはなんの助けにもならなかった。

ヘアが以前、地方検事をしていたときに、長期間臭い飯をくわせたことのある「脚の不自由な」ルイ某を網に引っかけて調べてみたが、この男には完全なアリバイがあった。こうして謎はいつまでも解けなかった。

トレヴァー博士とファースト警部は、捜査が打ち切られてからかなりたったある日の午後、この事件について論じあった。ファーストはいまでも、これは殺人でないかもしれないという考えをもてあそんでいたが、博士の意見は、はっきりしていた。

「ファースト君、ぼくはこれについては絶対に確信をもっているよ、絶対にね。ヘアは殺されたのだよ」

「そうですかね」と警部はいった。「そうまで確信をもっておられるなら、わたしも同意しないわけにはいきますまい。あなたはまちがいをなさったことのない方だから……」

固く唇を結んだ博士は、それを打ち消すような身ぶりで、両手をひろげた。「いや、まだしないというだけだよ、ファースト君、まだしないというだけさ。でも、うぬぼれは危険だよ。さあ、一本どうかね」彼は金のシガレット・ケースをさしだした。

犯罪学の観点から見て、それから数年ののち、ハリスン・トレヴァー博士が、死後に出版するための回想録の執筆にとりかかっていたとき、一つの新しい章の題名を書き終えたばかりで、不意におとずれた死が彼の手からペンを奪ってしまったことは、かえすがえすも残念なことだった。なぜなら、その題名は、「完全犯罪」というのだったから。

「ふむ、これはいったい、どの事件のことなのだろう?」この未完の原稿を見たとき、ファーストは、じっと考えにふけった。

偶然の審判

アントニイ・バークリー
中村能三 訳

The Avenging Chance　一九二九年

本名アントニイ・バークリー・コックス

Anthony Berkeley Cox (1893.7.5–1971.3.9 頭文字がABCになる点にご注意!)。別に**フランシス・アイルズ** Francis Iles 名義がある。バークリー名義の代表作は『毒入りチョコレート事件』(一九二九)、アイルズ名義の代表作に『殺意』(一九三一)がある。本編は、その長編『毒入りチョコレート事件』の原型ともいうべき作品で、その見事な構成は、同時代の作品中でも抜群である。

ロジャー・シェリンガムは、あとになって考えてみて、新聞が「毒入りチョコレート事件」と呼んだ事件は、彼が出あったうちで、もっとも完全な計画的殺人だと思うようになった。動機は、捜すべき急所さえわかっていれば、きわめて明らかだったはずである――ところが、それがだれにもわからなかった。方法は、実際の要所さえつかめれば、まるで見当もつかないというほどでもなかった――ところが、それがだれにもつかめなかった。犯跡は、それをかくしているものに気づいたら、見やぶることも、そうむずかしいものではなかった――ところが、それにだれも気づかなかったのである。殺人者は予想もしなかったにちがいないが、もし、ほんのちょっとした不運がなかったとしたら、この犯罪は不可思議な謎として、古典の目録にくわえられたことであろう。

この話は首席警部モリズビーが、事件がおこってから一週間ほどすぎたある晩、オルバニーのロジャーの部屋で、彼に語った話の要約である。

前週の金曜日、つまり、十一月十五日の朝の十時半、サー・ウィリアム・アンストラザーは、いつもの習慣どおり、ピカディリーの彼のクラブ、入会資格のやかましいレインボー・クラブにはいっていき、手紙は来ていないかとたずねた。給仕は手紙を三通と、小包を一つ渡した。サー・ウィリアムは、それをひらくため、広い休憩室の暖炉のほうへ歩いていった。

それからしばらくすると、グレアム・ベリズフォードという会員のひとりが、クラブにはいってきた。彼には手紙が一通と印刷物が二通来ていた。そこで彼もぶらぶらと暖炉のほうへ行き、話しかけはしなかったが、サー・ウィリアムに会釈《えしやく》した。このふたりはほんのちょっとした知りあいで、それまで交わした言葉を合計しても、十語とないくらいの間柄であった。

サー・ウィリアムは手紙にちらと目をとおすと、小包をひらいた。と思うと、すぐに不愉快そうに鼻をならした。ベリズフォードが見ると、サー・ウィリアムはなにかぶつぶつ言いながら、小包に同封してあった一通の手紙をさしだした。ベリズフォードは笑いをかくしながら(サー・ウィリアムのやり方は、会員たちのあいだでは、いつも笑いの種になっているのだった)、その手紙を読んだ。それはメイスン・アンド・サンズというチョコレート製造会社からきたもので、とくに男性むきのアルコール性飲料入りのチョコレートを、今度あらたに売り出そうとしていることを知らせ、同封の二ポンド入りの箱を受納され、率直なご意見をたまわりたいというような趣旨が書いてあった。

「わしをコーラス・ガールとでも思っているのか」とサー・ウィリアムはかんかんに怒って言った。「やつらの愚にもつかぬチョコレートの推薦状を書けとでもいうのか。ばかばかしい。ぼんくら委員どもに文句を言ってやらなくちゃいかん。こんなばかばかしいことを、このクラブで許しておくなんて、じつにけしからんよ」

「ほほう、そいつはわたしにとっては耳よりな話のようですな」とベリズフォードは言った。「それで思いだしたことがあるんですよ。昨夜、わたしは家内とインペリアル劇場に行きましてね、二幕目の終わりまでに犯人があてられるかどうか、チョコレート一箱とたばこ百本の賭けをしたんですよ。ところが家内が勝ちましてね、チョコレートを買ってやらなくちゃならないんです。あなたはごらんになりましたか――『きしる骸骨』というんですがね。おもしろい芝居ですよ」

サー・ウィリアムは見ていなかった。そこで、見ていないと、まだ腹がおさまらないような調子で言った。

「チョコレートが一箱いるというんですな」と彼は、まえより語調をやわらげて言った。「では、このチョコレートを持っていきたまえ。わしはいらないんだから」

ベリズフォードは一応ていねいに辞退してから、彼にとってはまことに不幸なことながら、それを受け取った。彼は金持ちだったので、チョコレートを買う金ぐらいなんでもなかったのだが、手間がはぶけるのがありがたかったのである。

思いもよらぬ幸運な偶然で、箱の包装も説明書も、暖炉に投げこまれなかった。そして、ふたりとも、自分宛ての手紙の封筒は火のなかに投げこんでいたのだから、このことはいっそうの幸運と言うべきであろう。事実、サー・ウィリアムは包み紙と手紙と紐《ひも》とを一つにくるんだのだが、それをベリズフォードに渡し、ベリズフォードは、それを炉格子の内側におとしただけだったのである。のちになって給仕がこの束をとり出し、なかなかきちょうめんな習慣をもった男だったので、ちゃんと屑かごの中にすて、そこからけっきょく、警察の手で拾いだされたというわけである。

これから起ころうとしている惨劇の、それとみずからは知らない三人の主要人物のうちで、いちばん目立っていたのは、疑いもなくサー・ウィリアムであった。年はまだ五十には一つか二つ若いらしく、燃えるようなあから顔をし、ずんぐりした体格の、旧弊な、典型的な田舎《いなか》の大地主といった風采で、その物腰も言葉つきも、伝統から一歩もはずれていなかった。また、その日常の習慣も、とくに婦人に関しては、伝統どおりのものであった――それは剛勇不敵な准男爵のもつ伝統であって、事実、彼はまさにその准男爵なのであった。

サー・ウィリアムに比較すると、ベリズフォードはむしろ平凡な人間で、年は三十二歳、ものしずかで、ひかえめがちな、背が高くて、色のあさぐろい、たいして男ぶりもよくない人物だった。父が財産をのこしてくれたので、金持ちであったが、怠けるのは好きでなく、たくさんの事業に手をだしていた。

金は金を産む。グレアム・ベリズフォードは財産を相続し、財産をつくり、そして勢いのおもむくところ、財産と結婚した。その相手は、故人となっていたリヴァプールのある船主の娘で、五十万ポンドちかい遺産相続権をもっていた。しかし財産などは付随的なものであった。というのは、彼は彼女を必要としたのであって、たとい彼女が一文なしであっても、やはり勢いのおもむくところ（彼の友人たちはそう言っていた）、彼女と結婚していたであろう。背が高く、まじめな気質の、教養の高い女性で、そう若くもなかったから、もう性格もはっきりりできているし（ベリズフォードと結婚したのは三年まえの、二十五のときだった）、彼にとっては理想的な妻だった。彼女にはどこかちょっと清教徒的なところがあった。しかし、ベリズフォードも度をすごしはしなかったが、若いとき遊んだことがあって、しかもこれからえたものも、たいしたことはなかったので、たとい彼女が清教徒だとしても、結婚のときまでには、自分のほうも、清教徒になってもいいくらいの気持ちになっていたのであった。ひらたく言えば、ベリズフォード夫妻は、現代世界の七不思議に次ぐともいうべき、幸福な結婚をなしとげることに成功したのである。

そして、こうした生活のさなかに、とりかえしのつかぬ悲劇のもととなった、そのチョコレートの箱が降ってわいたわけであった。

ベリズフォードは、昼食後のコーヒーのとき、光栄ある負債をはらうことに、なにか冗談を言いながら、夫人に例のチョコレートの箱をわたし、彼女はその場でそれを開いた。あけてみると、上の段は、キルシュ酒とマラスキー酒入りのチョコレートだけらしかった。夫人は箱をさしだしたが、ベリズフォードは、コーヒーの味をそこなうからと言ってことわったので、彼女は自分だけ最初のひとつを口にいれた。すると彼女は、なかのものがひどくぴりぴりして、口の中が焼けるようだと、びっくりして叫んだ。

ベリズフォードは、このチョコレートは新発売品の見本だと説明したが、夫人の言葉をへんに思い、自分もひとつ口にいれた。なかの液体が口の中にひろがると、がまんできないほどではないが、ぴりぴりしてあまり気持ちのよくない、やきつくような味がして、扁桃《アーモンド》の匂いが強すぎるような気がした。

「まったくだ」と彼は言った。「ぴりぴりするね。生《き》のアルコールでも入れたんじゃないかな」

「まあ、まさかそんなこと」と夫人は、またひとつ口にいれながら言った。「ですけど、ほんとにぴりぴりするわね。でも、あたし、このほうがおいしいようですわ」

ベリズフォードももうひとつたべてみたが、いよいよいやな味がするので、きっぱりと言った。「よそう、舌がしびれそうだよ。ぼくがおまえだったら、もうたべないね。なにかよくないものがはいっているんじゃないかと思うよ」

「そうね、これ、ただ試験的につくってみたのかもしれませんわね。でも、ほんとにぴりぴりして、おいしいんだか、おいしくないんだか、さっぱりわかりませんわ」

しばらくすると、ベリズフォードは商業区《ザ・シティ》に仕事の上の約束があったので出かけて行った。出かけるとき、夫人はチョコレートがおいしいのかおいしくないのか、それをきめようと、なおもたべつづけていた。ベリズフォードは、あとになっても、そのときの会話のはしばしをひじょうによくおぼえていた。というのは、夫人が生きているのを見たのは、そのときが最後だったからである。

それは、およそ二時半ごろであった。四時十五分まえに、ベリズフォードは虚脱状態のまま、商業区《ザ・シティ》からクラブにタクシーで着いた。そして、運転手と給仕にたすけられてクラブにはいったが、後になってこのふたりは、そのときの彼のことを、顔は死人のように青ざめ、目はすわり、唇は土色に、皮膚はしっとりと冷えていたと話した。しかし、気はしっかりしているらしく、入り口の階段をあげてやると、後は給仕にたすけられて、休憩室へ自分で歩いて行くことができた。

ひどく驚いた給仕は、すぐに医者を呼ぼうとしたが、騒ぎたてることの大きらいなベリズフォードは、消化不良だろうからしばらくすればよくなると言って、医者を呼びにやらせなかった。ところが給仕がいなくなると、ちょうどそのとき休憩室にいたサー・ウィリアム・アンストラザーに向かって言った。

「どうも、あなたが下さったあのチョコレートのせいらしいですよ、いま思いあたったんですがね。あのときから、なにかへんだと思っていましたよ。帰って家内のようすを――」彼の言葉が急にとぎれた。それまで、ぐったりと椅子《いす》にもたれていたからだが、突然、しゃちこばってもちあがり、歯をくいしばり、土色をしていた唇がおそろしい形相《ぎょうそう》にひきつり、椅子の腕にのせていた両手が、ぎゅっと握りしめられた。それと同時に、サー・ウィリアムははっきりと扁桃《アーモンド》の匂いがするのに気づいた。

目のまえでこの男が死にかかっていると思ったサー・ウィリアムは、ひどく驚いて大声で給仕を呼び、医者だと叫んだ。休憩室にいあわせたほかの人たちも急いであつまり、みんなで意識をうしない、痙攣《けいれん》しているベリズフォードを、もっと楽な姿勢に寝かせてやった。医者がまだ来ないうちに、ベリズフォード家の執事から、クラブにおろおろ声の電話がかかってきて、主人はいないだろうか、もしいるなら、夫人が危篤《きとく》だからすぐに帰ってくれるように伝えてもらいたいという言葉だった。実際は夫人はすでに死んでいたのであった。

ベリズフォードは死ななかった。彼は夫人ほど毒をのんでいなかった。夫人は彼が出かけたあと、すくなくとももう三つはチョコレートをたべていたのである。それで、彼のほうは毒がまわるのが夫人ほどはやくなく、医者がまにあって、命をとりとめたのだった。あとでわかったことだが、実際は致死量をのんでいなかったのである。その夜八時ごろには意識を回復し、翌日はほとんどもとどおりのからだになっていた。

不運なベリズフォード夫人のほうは医者がまにあわず、急速に昏睡《こんすい》状態におちいってしまったのだった。

夫人の死が報告されると、警察ではすぐにこの事件をとりあげ、毒死であることが証明され、いくらもたたないうちに、原因はチョコレートであることがつきとめられた。

サー・ウィリアムは尋問をうけ、手紙と包み紙とが屑かごから拾いだされ、ベリズフォードがまだ危険状態を脱しないうちに、メイスン・アンド・サンズの支配人に、刑事課の警部が面会を申しこんでいた。警視庁はぐずぐずしてはいない。

サー・ウィリアムとふたりの医者の語ったところにもとづいた、この段階における当局の見込みはつぎのようなものだった。すなわち、メイスン会社の従業員のひとりのゆゆしい不注意な行為により、過量の苦扁桃油《アーモンド》が、チョコレートの中身に入れられたというのである。なぜならば、医師の検死の結果、それが死因にちがいなかったからであった。ところが、支配人はこの考えを即座にくつがえしてしまった。メイスン会社では、苦扁桃油など使用したことはないと言うのである。

支配人は、さらに興味ある事実をしらせた。驚きの色をはっきりと見せて、説明書を読みおわると、即座にこれはにせものだと断言したのである。こんな説明書も、こんな見本も、会社から送ったおぼえはなく、アルコール性飲料入りのチョコレートの新製品を発売するなんて、話題にのぼったこともないという話なのだ。ただし毒のはいったチョコレートは、この会社の普通の商品であった。

支配人はチョコレートの一つをとって包み紙をはがし、たんねんにしらべてから、下面についているなにかの跡に警部の注意をうながした。外面にあけた小さな穴の跡があって、そこから中身の液体を抜きとり、毒を入れ、あとはまたやわらかいチョコレートでふさいでしまう。まことに簡単な操作だというのである。

彼は拡大鏡でそれをしらべた。警部も彼の意見に同意した。これで警部には、何者かがサー・ウィリアム・アンストラザーを故意に殺害しようとたくらんだことが明白になった。

警視庁は活動を倍加した。チョコレートは分析にまわされ、サー・ウィリアムと、もう意識を回復したベリズフォードに、ふたたび面会がもとめられた。ベリズフォードには、夫人の死は翌日まで秘密にしておいたほうがいい、現在のような衰弱した状態では、その衝撃が命とりになるおそれがあると医師が主張するので、彼からはたいして役にたつことは聞きだせなかった。

サー・ウィリアムのほうも、この謎を解く材料も提供できないし、また、自分を殺そうとくわだてる理由をもっていそうな人物を、ひとりでもあげることはできなかった。彼は妻とは別居していて、その妻を遺言状のなかで、第一財産相続人に指定していたが、あとでフランスの警察が確認したところによると、彼女はそのとき南フランスにいた。ウースタシャーにある彼の土地は、高額の借金の抵当にはいっており、限嗣《げんし》相続されて甥《おい》のものになっていた。しかし、そこからあがる地代で、借金の利子はどうにか払えたし、その甥はサー・ウィリアムよりもかなり裕福だったので、そこには動機と考えられるものはなかった。当局は袋小路につきあたった。

分析の結果、一つ二つ興味ある事実が明らかになった。少しばかり意外であったが、使用された毒は、苦扁桃《アーモンド》油ではなく、それに似た、主としてアニリン染料製造に用いるニトロベンゼンであった。上段のチョコレートには、おのおの正確に六ミニムずつのニトロベンゼンが、キルシュ酒やマラスキー酒にまざってはいっていた。下の段のチョコレートは無害であった。

ほかの手がかりは、みんな役にたちそうもなかった。メイスン会社の用紙は、マートン印刷会社の使用品であることがつきとめられたが、どうした経路で犯人の手にわたったものであるか、なんの手がかりもなかった。わずかに言えるのは、はしが黄色くなっているので、古いものに相違ないということだけであった。手紙をうったタイプライターは、もちろん発見できなかった。サー・ウィリアムの宛て名が大きな頭文字で手書きされてある普通のハトロン紙の包み紙からは、その小包が前日の夜の八時半から九時半までの間に、サウサンプトン街の郵便局に投函されたものであること以外には、なにひとつ判明しなかった。

ただ一つのことだけは、きわめて明瞭であった。それは、男であれ女であれ、サー・ウィリアムの命をねらった人物が、自分の命をかけるつもりは毛頭なかったことである。

「これで、わかっていることはすっかりお話ししましたよ、シェリンガムさん」とモリズビー首席警部は言った。「このチョコレートを送った人間がわかると、事件の謎がもっともっとわかるんですがね」

ロジャーは考えぶかくうなずいた。

「残酷な事件だね。つい昨日も、ベリズフォードと同窓だった男に会ったんだがね、ベリズフォードは当世ふうだったし、わたしの友人は旧式な人間だったので、あまりつきあいはなかったんだが、同じ寄宿舎にいたんでね。その男は言っていたよ、ベリズフォードは細君の死ですっかりまいってしまっているって。チョコレートを送ったやつをきみの手で捜しだしてもらいたいものだね、モリズビー」

「わたしのほうだって、捜しだしたいですよ、シェリンガムさん」とモリズビーは陰鬱《いんうつ》そうに言った。

「こうなると、犯人は世界じゅうだれでもいいことになりそうだね」ロジャーは考えこんで言った。「たとえば、女の嫉妬《しっと》というようなことは考えられないかね。サー・ウィリアムの私生活は、そう品行方正とも言いかねるようだが。おそらく、くっついたり離れたり、相当の女出入りがあったのじゃないかね」

「ほほう、わたしもいまそれを調べているんですよ、シェリンガムさん」と、首席警部は、とがめるような口調で答えた。「いちばん最初に頭にうかんだのはそれなんです。なぜなら、この事件になにか特徴があるとすると、それは、女の犯罪だからです。女でなければ、男に毒のはいったチョコレートを送ったりしやしませんよ。男だったら、毒入りのウィスキーの見本とか、なにかそんなものを送りますよ」

「それはまちがいのない急所だね」とロジャーは考えながら言った。「たしかにまちがいはない。それで、サー・ウィリアムからはなにか手がかりになるようなことを聞きだせないのかね」

「聞きだせないんですよ」と、モリズビーはちょっとばかり気にくわない調子で言った。「と言うより、話そうとしないといったほうがいいかもしれませんな。最初、だれかを疑っているのじゃないかな、そして、どこかの女をかばっているのではないかなというように思っていたのです。でも、いまじゃ、そうは思っておりませんよ」

「ふーん」ロジャーはまだはっきりとは納得《なっとく》がいかないようすだった。「この事件で思いだすことはないかね。いままでに、どこかの異常者が、警視総監に毒入りチョコレートを送ったなんてことはなかったかね。巧妙な犯罪には、いつも模倣犯《もほうはん》が出るものだからね」

モリズビーの顔があかるくなった。

「あなたもそんなことをおっしゃるのは、おもしろいですね。シェリンガムさん、といいますのは、わたしが到達した最後の結論もそれだからなんですよ。わたしは、ほかのあらゆる場合を検討してみましたが、わたしにわかるかぎりでは、サー・ウィリアムの死に関心をもっている人間はひとりもいないのです。たとい動機は利益であれ、復讐《ふくしゅう》であれ、そのほかどんなものであれですね、ひとりだって検討もらしはしておりませんからね。チョコレートを送った人間は、法も適用されない、社会主義、あるいは宗教的熱狂者で、サー・ウィリアムとは会ったこともないといった女の異常者だというふうに思いはじめたところなんです。事実そうだとすると」モリズビーは吐息をついて、「その女を捕える機会にはなかなかめぐまれそうにもありませんね」

「機会のほうから訪れてきてくれないとね。機会というものは、よく訪れてくるものだよ」とロジャーはあかるい調子で言った。「そして、きみの味方をしてくれるのさ。たくさんの事件が、ほんのちょっとした偶然な幸運で解決されているじゃないか。『偶然という名の審判者』映画にならいい題名になるよ。しかし、それには多くの真実がふくまれている。わたしは迷信家じゃないが、もし迷信家だったら言うね、それは偶然じゃなくて、神が被害者の復讐をしてくれるのだと」

「ですがね、シェリンガムさん」と、これも迷信家でないモリズビーは言った。「じつを言いますと、真犯人を捕えさせてくれれば、そんなことはどっちだっていいのですよ」

もしモリズビーがロジャー・シェリンガムの知恵を借りたいと思って訪問したのだったら、彼は失望して帰っていったことになる。

じつをいうとロジャーは、サー・ウィリアム・アンストラザーの命をねらい、実際はベリズフォード夫人を殺すことになったこの計画は、どこかの犯罪狂のしわざに相違ない、というモリズビー首席警部の結論と同意見にかたむいていた。このためロジャーは、その後二、三日のあいだ、この事件をずいぶん考えてはみたのだが、それを手がけようとはしなかった。それは、一私人がやるには、その時間もなければ、その権力もなく、警察の手によってのみ処理でき、はてしない調査を要する種類の仕事であった。それに関するロジャーの関心は、純粋に非実際的なものだった。

この関心が、非実際的なものから対象をもったものへ移ったのは、運とでもいうか、一週間ばかりのちに出あった、偶然の出来事のためであった。

その日、ロジャーはボンド街で、新調の帽子を買うという憂鬱な苦しみをまさに終えたところだった。歩道を歩いていると、ヴェレカー・ル・フレミング夫人が彼のほうへくるのに、とつぜん気づいた。ヴェレカー・ル・フレミング夫人は小柄で、かんが鋭く、金持ちで、おまけに未亡人で、ロジャーがその機会さえ与えれば、いつでも足もとにすわりこまんばかりに、彼を崇拝している女だった。ところが彼女はおしゃべりなのである。しゃべって、しゃべって、しゃべりまくるのである。ロジャーも話し好きでは人後におちないほうだが、さすがに相手がつとまらない。彼はいそいで道を横切って行こうとしたが、車の流れには隙間がなかった。ああ、万事休す。

ヴェレカー・ル・フレミング夫人は、彼をめがけてうれしそうに近よってきた。

「まあ、シェリンガムさま。ちょうどお会いしたいと思ってたところでしたわ。シェリンガムさま、話してくださいな。内緒で。お気のどくなジョーン・ベリズフォード夫人が亡くなったあの恐ろしい事件は、手がけていらっしゃいますの？」

ロジャーは洗練された社交で見られるあの凍ったような、呆《ほう》けたうす笑いをうかべ、言葉をはさもうとしたが、むだな努力であった。

「あのことを聞いたときの恐ろしさといいましたら――ほんとに恐ろしくて。ジョーンとわたくしはとても仲のいいお友だちだったんですもの。親友といってもいいくらい。それに、なんて恐ろしいことでしょう、ほんとにぞっとするほどですけど、みんなジョーンが自分で招いたことなんですものね。身の毛がよだつとはこのことでございますわ」

ロジャーはもはや逃げようとは思わなかった。

「なんとおっしゃったんですか」と彼はやっとのことで、いぶかるように言葉をはさんだ。

「これは世間で悲劇的皮肉っていうものじゃございませんかしら」とヴェレカー・ル・フレミング夫人はしゃべりつづけた。「悲劇的なことはもう確かなんですけど、わたくし、こんなにおそろしい皮肉って聞いたことがございませんわ。もちろんごぞんじでございましょうが、ジョーンがご主人と賭けをして、そのため、負けたご主人はジョーンにチョコレートを一箱やらなくてはならなくなりましたのよ。そこで、そんなことがなかったら、サー・ウィリアムもベリズフォードさんに毒入りのチョコレートをやらず、自分でたべて、やっかいばらいができたというわけでございましょう？　そこでございますよ、シェリンガムさま――」ヴェレカー・ル・フレミング夫人は、なにか陰謀でもたくらんでいる人間のように声をひそめ、しかつめらしくあたりをちらりと見まわした。「このことは、ほかの人にはお話ししておりませんのよ。でも、あなたには値打ちがおわかりになるとぞんじますので、お話ししているんでございますの。ジョーンの賭けはインチキでしたのよ」

「とおっしゃいますと?」とロジャーはとまどいしてたずねた。

ヴェレカー・ル・フレミング夫人は、ロジャーのとまどいを無邪気にうれしがった。

「だって、ジョーンはあのお芝居を前に見ていたんですもの。わたくしたち、いっしょに見にまいったんですもの、芝居がかかった第一週目に。ですから、犯人はわかっておりましたのよ」

「ほほ、そんなことだったんですか!」ロジャーは、ヴェレカー・ル・フレミング夫人の望みどおり驚いた。「偶然という名の審判者! われわれはひとりとして、これから逃れることはできないんですよ」

「因果応報っておっしゃるのでございますか」ロジャーの言った言葉の意味がはっきりのみこめなかった夫人はしゃべりつづけた。「そうですわ、でも、人もあろうに、ジョーン・ベリズフォードがなんて! だからおかしいんでございますよ。わたくし、ジョーンがそんなことをするなんて、考えたこともございませんわ。ジョーンはとってもりっぱな人だったんですもの。あれだけお金持ちだったことを考えると、そりゃ、すこしお金にけちけちしていましたけど、そんなことはなにもあれこれ言うほどのことではございませんわ。もちろん、あんなこと、ほんの冗談のつもりでご主人をからかったんですわ。でも、わたくし、ジョーンはとてもまじめな人だと、かねがね思っておりましたのよ、シェリンガムさま。と申しますのは、ふつうの人は、名誉とか、真理とか、卑劣なことをしないとか、こういった当然のことを、口にしないものでございましょう。ところが、ジョーンはそうじゃございませんでしたわ。いつも、これは名誉なことではないとか、それは卑劣なことだとか言っておりましたの。けっきょく、卑劣なことをした償《つぐな》いを自分でしたのでございますわね、かわいそうに。やっぱり昔からの諺《ことわざ》にいってあるのは、ほんとでございますわ」

「諺って、どんな？」ロジャーは、この長話の催眠術にかかったようにいった。

「深い川には波たたずって。ジョーンもきっと深い水だったんですわね」ヴェレカー・ル・フレミング夫人はため息をついた。表面だけでなく、深いところに裏があるというのは、社交的にいって、あきらかに心得ちがいなのである。「と申しますのは、ジョーンはわたくしをだましていたにちがいないという意味でございますわ。いつもはそんなふりをしておりましたけど、それほど名誉を重んじたり、誠実であったり、そんなこと、できるわけがなかったんですわね。それで、わたくし考えるんですけど、そんなつまらないことで夫をだますような人は、やはりもしかすると――いいえ、かわいそうにもう死んでしまったジョーンのことをとやかく言いたくはございません、でもけっきょく、ジョーンだってこちこちの聖者みたいじゃなかったのでございますわね。わたくし」と、ヴェレカー・ル・フレミング夫人は、いままでの自分の話がすこし行きすぎたと思って、それを訂正するつもりでつけくわえた。「心理というものはおもしろいものでございますわね、そうお思いになりません、シェリンガムさま？」

「時によっては、ひじょうにおもしろいですな」とロジャーは重々しい口調であいづちをうった。「ところで、あなたは、サー・ウィリアム・アンストラザーのことをおっしゃいましたね。あの方もごぞんじなのですか」

「昔からぞんじておりますわ」と、べつに関心をもっているふうでもなく、ヴェレカー・ル・フレミング夫人は答えた。「いやらしい方ですわ。いつもだれかしら女の尻ばかり追っかけていて。しかも、飽きるとすぐすててしまう――ぽいっとね。もっとも、これは」とヴェレカー・ル・フレミング夫人は、すこしあわてて言いたした。「ひとのうわさなんですけど」

「それで、女が別れるのはいやだと言うとどうなりますかな」

「まあ、そんなことぞんじませんわ。いちばん最近の女のこと、あなた、ごぞんじなんでしょう」

ヴェレカー・ル・フレミング夫人は、それとわからぬほど紅をはいた頰をさらにすこし赤らめて、はやくちに話しだした。

「あのかた、いま、ブライスという女とかかりあっていらっしゃいますのよ。石油ですかしらガソリンですかしら、なにかそんなもので金持ちになった方の奥さまですの。三週間くらいまえからのことですわ。ジョーン・ベリズフォードが死んだのも、ある意味では、あの方にも責任があるのですから、こんどの事件で、少しは目がさめたと思ってらっしゃるのじゃございません？　ところが、どうしてどうして、あの方は――」

ロジャーは別のことを考えていた。

「あなたがあの夜、ベリズフォード夫妻とインペリアル劇場にいらっしゃらなかったのは、まことに残念でしたね。あなたがいらっしゃったら、あんな賭けはしなかったでしょうからね」

ロジャーの調子は、天真爛漫《てんしんらんまん》そのものだった。「いらっしゃらなかったんでしょうね」

「わたくしが?」とヴェレカー・ル・フレミング夫人は驚いて言った。「とんでもない、行くものですか。あの晩、わたくし、パヴィリオン劇場で新作のレビューを見ておりましたわ。ガベルストーク夫人がボックスをとっていらして、いっしょに見ないかとさそって下さったので」

「ああ、そうですか。なかなかいいショウですね。あの『永遠の三角関係』という小品はなかなかうまいと思いましたね。あなたはどうお思いになりました?」

「『永遠の三角関係』ですって?」ヴェレカー・ル・フレミング夫人はすこし自信なさそうにききかえした。

「そうです、前半の出しものですよ」

「まあ、じゃ、わたくし、見なかったんですわ。おくれたものでございますから」とヴェレカー・ル・フレミング夫人は悲しそうに言った。「どうも、わたくしなにかにつけておくれるたちらしいんですのよ」

ロジャーは、そのあと、話題が劇場のこと以外に移らないように努力した。しかし、別れるまえに、彼女がベリズフォード夫人とサー・ウィリアム・アンストラザーの写真をもっていることをたしかめ、いつかそれを借りる許しをえた。そして、彼女の姿が見えなくなるとすぐ、彼はタクシーを呼び、ヴェレカー・ル・フレミング夫人の住所をいって、車を走らせた。二度もその代価をはらわせられなくてもいいときに、いま得た許可を利用したほうがいいと思ったのである。

小間使いは彼の用件に不審もいだかなかったらしく、すぐ応接室に案内した。部屋の一隅が、ヴェレカー・ル・フレミング夫人の友人たちの、銀の額縁にいれられた写真の置き場になっていて、そこにはほかにたくさん写真があった。ロジャーはそれらを興味をもって調べ、最後に約束の二枚だけでなく、六枚を抜き出した。サー・ウィリアム、ベリズフォード夫人、ベリズフォード、サー・ウィリアムの時代に属する見知らぬふたりの男、そして最後に、ヴェレカー・ル・フレミング夫人自身の写真。ロジャーは嗅跡をくらましておきたかったのである。

その日は、そのあと一日じゅう、彼は多忙だった。

彼の活動は、ヴェレカー・ル・フレミング夫人が見ていたらきっとめんくらったばかりでなく、なにをやっているか見当がつかなかったであろう。たとえば公立図書館に行き、なにかの参考文献をあさり、それから、タクシーをひろって、アングロ・イースタン香料会社の本社に乗りつけ、そこでジョジフ・リー・ハードウィックという人物に面会を申しいれ、そんな人物は本社にもいないし、どの支社にもたしかいないと聞かされ、ひどくがっかりしたようだった。そして本社と支社に関していろいろ聞きだしたあげく、やっと質問を打ち切ったものであった。

それから、また自動車をはしらせ、個人の投資を保護し、加入者の投資に関してその相談に応ずることを仕事としている有名な会社に、ウィールおよびウィルソン両氏をたずねた。ここで、彼はこの会社の加入者となり、多額の金を投資しようと思っていることを説明し、『極秘』と頭書きしてある特別調書に書き込みをすませた。

それからこんどは、ピカディリーのレインボー・クラブへ行った。

ロンドン警視庁に関係ある人間だというそぶりは少しも見せずに、ロジャーは給仕に自己紹介したあと、こんどの事件について、ひどく細かいことをあれこれとたずねた。

「サー・ウィリアムは、そのまえの夜は、ここで食事はしなかったんだな」と、彼は最後にさりげない調子で言った。ところがロジャーのほうがまちがっていたらしい。サー・ウィリアムは週に三回ぐらいここで食事をするのだが、その夜はここで食事をしたのである。

「どうも、たしかその夜、サー・ウィリアムはここにいなかったはずだったがな」とロジャーは、がっかりしたように言った。

給仕はいっかな引きさがろうともしなかった。はっきり記憶しているのだ。さらにそれを裏書きさせるために給仕が呼んだ食堂給仕も、それを記憶していた。サー・ウィリアムはおそめに食事をし、九時ごろまで食堂にいたというのである。その晩はクラブにいたことは、すくなくともいいかげんの時刻までいたことは、ちゃんとわかっている、なぜなら、それから三十分ばかりして、げんに自分がウィスキーとソーダ水を休憩室にいる彼のところに持っていったのだからということだった。

ロジャーはクラブを出た。

それから、こんどはタクシーでマートン印刷会社へまわった。

彼はよほど特殊な便箋に印刷してもらいたいらしく、応対にでた若い女に、自分の注文をうんざりするほど細かいところまで、くわしく正確に説明した。その若い女は見本帳をとりだし、気に入るのがあるかどうか見てくれ、と言った。ロジャーはその見本帳に目をとおしながら、自分は仲のいい友人からこのマートン印刷会社を推薦されてきたのだが、たまたまいまもその男の写真をもっている、妙な暗合ではないかというようなことを、女店員相手にしゃべった。彼女もその妙な暗合をみとめた。

「二週間ばかりまえと思うが、その友だちがここに来たはずだがね」とロジャーは写真をさしだしながら言った。「見おぼえがあるかね」

彼女はどうやら興味もなさそうに、その写真をうけとった。

「ああ、ええ、おぼえていますわ。やっぱり便箋かなにかのご注文じゃありませんでしたかしら。あれがお友だちだったのですか。世の中ってせまいものですわね。ただいまのところ、この手がたくさん出ておりますわ」

ロジャーは食事をとるため家に帰った。食事がすんでもどうもおちつかないので、オルバニーをぶらりと出て、ピカディリーのほうへ行った。彼はひどく考えこみながら、ピカディリー広場《サーカス》をひとまわりし、身についた癖で、パヴィリオン劇場の表にかかっている新作レビューの写真を、ちょっと立ち止まってたんねんに見た。それからこんどは、ジャーミン街まで足をのばし、インペリアル劇場の前に立っていた。『きしる骸骨』の写真を見て、それが八時半にははじまることを知った。時計を見ると八時二十九分である。いずれなんとかして時間をつぶさなければならない。彼ははいっていった。

その翌朝、ロジャーとしてはばかに早くロンドン警視庁にモリズビーをおとずれた。

「モリズビー」と彼は前置きもなく言った。「きみにやってもらいたいことがあるんだがね。ベリズフォード事件のまえの晩の九時十分ごろ、ピカディリー・サーカスかその近くから、ストランドのサウサンプトン街のはずれ近くまで、客を運んでいったタクシーの運転手と、そこから引っ返してまたもとのところへ客を運んだほかの運転手とをさがしだせないものだろうか。もっとも往きはすこしあやしい。また、一つの車が往復に使われたかもしれないが、どうもそうではないと思う。とにかく、その運転手をさがしだしてみてくれないかね」

「いったい、なにをおっぱじめたんですか、シェリンガムさん」とモリズビーはいぶかしそうにたずねた。

「おもしろいアリバイをくずそうとしているんだよ」とロジャーは平然と答えた。「ところで、サー・ウィリアムにチョコレートを送った人間がわかったよ。きみのために、りっぱな証拠をきずきあげようとしているところなんだよ。運転手をさがし出したら、ぼくの部屋に電話をかけてくれたまえ」

ロジャーは彼のうしろ姿をぽかんと見送っているモリズビーをのこして、ぶらりと出て行った。

その日の残りの時間を、彼はどうやら中古のタイプライターを買おうと思っているようすでつぶした。とくにハミルトン四号にひどく執着しているようだった。店の者がほかの品物をすすめると、三週間ばかりまえに買った友人に、この型が非常にいいとすすめられたからと言って、ほかのものは見ようともしなかった。友だちが買ったのはこの店ではなかったのかな？　そうじゃない？　この店ではこの三カ月のあいだ、ハミルトン四号を売ったことがないのかね？　どうもおかしいね。

ところが、さらにおかしいことには、一軒の店で、先月中にハミルトン四号を売ったところがあったのだ。

ロジャーは四時半に部屋に帰って、モリズビーからの電話を待った。五時半に電話がかかってきた。

「わたしの部屋に、運転手が十四人もごろごろしておりますがね」とモリズビーがつっかかるように言った。「この連中をどうしろとおっしゃるんですか」

「わたしが行くまでとめておいてくれたまえ、首席警部」とロジャーは厳然として答えた。

しかし、十四名の運転手との面接はごく簡単なものだった。ロジャーはモリズビーには見えないように、一枚の写真を手にもって順番にひとりずつ運転手に見せ、乗客のなかにいなかったかどうかたずねた。九番目の運転手が躊躇《ちゅうちょ》なく、いたことを認めた。

ロジャーがうなずいてみせたので、モリズビーは運転手たちを追い出し、机の前にすわって、さて、と改まったようすをした。ところがロジャーはというと、いっこうに改まったようすもなく、その机の上に腰をおろし、両足をぶらぶらさせた。そうしていると、彼のポケットから写真が一枚ひらひらと裏返しになって机の下に落ちた。ロジャーは気づかないようすだった。モリズビーは目にとめたが、拾おうとしなかった。

「さて、シェリンガムさん、いままであなたがなにをしておいでになってたか、話してくださるでしょうね」と彼は言った。

「話すともさ、モリズビー」とロジャーはおだやかに言った。「きみの仕事だったのを、わたしがかわりにやったんだからね。実際にわたしは事件をもう解決しているんだよ。これが証拠だ」彼は紙入れから古びた手紙をとりだし、首席警部に渡した。「これはメイスン会社からの偽《にせ》手紙と同じタイプライターで打ったものだろう、それともちがうかね」

モリズビーは、それをしばらく調べたあと、机のひきだしから偽手紙をとりだし、二つを綿密に比較した。

「シェリンガムさん」と彼は真剣な顔つきになって言った。「これはどこで手にお入れになったのですか」

「セント・マーティンス小路の中古品タイプライター店でだよ。そのタイプライターは、約一カ月まえ、ふりの客に売ったのだそうだ。写真を見せたら、たしかにその客だと言ったよ。この機械は修繕してから調子をみるため、しばらく店で使っていたので、印刷の見本がわけなく手にはいったという次第だ」

「それで、そのタイプライターは今どこにあるのですか」

「うん、たぶん、テムズの川底だろう」と言ってロジャーは微笑した。「いいかい、この犯人は、望みもしない偶然をあてにはしていないんだよ。だが、そんなことはどうだっていい。証拠はそろっているんだから」

「なるほど、そこまでのところはわかりましたよ」とモリズビーもみとめた。「しかし、メイスン会社の紙はどうです?」

「あれはね」とロジャーはおちつきはらって言った。「マートン印刷会社の便箋紙の見本の綴じ込みから抜き出したものだよ。紙のはしが黄色くなっていると聞いて、そうじゃないかなと見当をつけていたんだがね。犯人がその綴じ込みに手をつけたことは証明できるし、抜きとった跡があって、偽手紙の紙をあてがってみれば、ちゃんと合うはずだよ」

「それはすごいですね」とモリズビーはまえより熱をこめて言った。

「それから、タクシーの運転手のことだが、犯人にはアリバイがあったんだ。そのアリバイも崩れたことは、さっき話したね。九時十分と二十五分のあいだ、実際に小包が投函されたその時間中に、犯人はその近くまで急いで行ったのだ。たぶんバスか地下鉄で行ったかもしれないが、帰りはタクシーを拾ったろうと思ったのだ。なにしろ時間がせまっていたからね」

「それで、犯人は？　シェリンガムさん」

「ぼくのポケットにはいっている写真の本人だよ」とロジャーはじらすように言った。「ところで、先日、すばらしい映画の題だといって、『偶然という名の審判者』のことを話したのを覚えているだろう？　こんどもそれがまた働いたというわけさ。偶然にボンド街で、あるばかげた女に会ったおかげで、ちょっとしたことからある事情を知り、即座にサー・ウィリアムにチョコレートを送った人間がわかったんだ。もちろんその人間でない場合もあることなので調べてみたが、そのときその歩道のうえで、この事件の全貌が最初から終わりまでわかったんだ」

「犯人はだれですか、シェリンガムさん」とモリズビーは繰りかえしてたずねた。

「じつにみごとなものだ」とロジャーは夢みるような調子で語りつづけた。「われわれは根本的な誤りをおかしていたことにぜんぜん気がついていなかったんだ。そして、犯人ははじめからそのことを予定していたのだ」

「それはどんなことだったんです？」とモリズビーはたずねた。

「つまり犯人の目算がくるった、まちがった人間が殺されたという見せかけさ。そこがこの犯罪のうまいところだ。目算はくるってやしなかったんだ。輝かしい成功をおさめたのだ。まちがった人間が殺されたのじゃない。りっぱに目的の人間が殺されたのだ」

モリズビーは息もとまらんばかりだった。

「え、いったいどういうことなんですか」

「ベリズフォード夫人が最初から目当てだったんだよ。ここがこの筋書きの巧妙なところだ。いっさいがっさい予想していたのだ。サー・ウィリアムが、チョコレートをベリズフォードに渡すことは、まったく当然のなりゆきだった。われわれが犯人をサー・ウィリアムの交友関係のなかにもとめ、死んだベリズフォード夫人関係のなかにはもとめないことを、見とおしていたのだ。この犯罪が、女のしわざと思われるだろうということさえ予想していたかもしれないのだ」

モリズビーはもうこれ以上待ちきれなくなって、落ちている写真をひろった。

「いったい、これは……でも、シェリンガムさん、あなたはまさか……サー・ウィリアムとは！」

「あの男はベリズフォード夫人を片づけたかったんだよ」とロジャーは言葉をつづけた。「はじめのうちは、夫人が好きだった、こいつはたしかだ、もっとも、結婚以来ねらっていたのは夫人の金だがね。ところが現実に困ったことは、夫人があまりにも自分の金に執着をもっていたことなんだ。あの男にはその金が全部でなくとも、そのうちいくらかでもいい、さしせまって必要だったんだ。ところが夫人は手ばなそうとしない。動機の点には疑いはない。わたしはあの男が投資した会社のリストをつくり、その会社の調査をしたんだ。みんな破産状態だ、ひとつのこらずだよ。自分の金はすっかりすってしまい、まだたしまえをしなければならないしまつだ。われわれの頭をなやませたニトロベンゼンだが、あれはしごく簡単なことだったよ。調べてみると、きみが話した用途のほか、一般に香料に使用されていることがわかったんだ。しかもあの男は香料業に関係しているんだ。アングロ・イースタン香料会社だ。もちろん、それでニトロベンゼンが有毒だという知識があったわけさ。しかし会社から持ってきたとは思わないね。そんなまぬけなことはしないよ。たぶん自分でつくったんだろうね。ベンゾールと硝酸からニトロベンゼンをつくる方法ぐらい、学生でも知っているからね」

「でも」とモリズビーは口ごもりながら言った。「サー・ウィリアムが……イートン校の出身ですよ」

「サー・ウィリアムだって?」とロジャーは鋭い口調で言った。「だれがサー・ウィリアムの話をしているんだ。犯人の写真はわたしのポケットにはいっていると話しておいたじゃないか」彼は問題の写真を首席警部の前につきだした。「ベリズフォードだよ！　ベリズフォードが自分の女房《にょうぼう》を殺したんだよ。まだまだ派手な生活をつづけたかったベリズフォードは」とロジャーはまえよりもおだやかな口調でつづけた。「妻がほしいのではなく、妻の金がほしかったのだ。おこりうる可能性のあるあらゆる不慮の事故に対して考慮をはらい、この筋書きを考えだしたのだ。嫌疑をかけられた場合のことを考えて、むりのないアリバイをつくるため、夫人をインペリアル劇場につれて行き、最初の幕間に劇場を抜け出した（幕合が何時になるか、昨夜、あのひどい芝居の第一幕をずっと見ていたんだよ）。それからベリズフォードは急いでストランドに行き、小包を投函し、タクシーで帰ってきた。時間は十分しかなかったのだが、次の幕にちょっとぐらい遅れて席に戻ってきても、だれも気づきやしなかっただろう。そして、あとは簡単なことだった。ベリズフォードはサー・ウィリアムが時計のようにきちんと、毎朝十時半にクラブへ来ることを知っていた。また、ちょっと暗示を与えれば、サー・ウィリアムがチョコレートをくれるのは心理的に確実であることがわかっていたし、また警察は、サー・ウィリアムを出発点として、あらゆる誤った手がかりを追っかけることを知っていた。それに包み紙と偽手紙はわざと燃さなかったのだが、それは嫌疑をそらすためばかりでなく、実際、自分から的をそらせ、だれかわからぬ異常者でもやったように見せるため、ちゃんと計算したものだ」

「なるほど、あざやかなものですね、シェリンガムさん」とモリズビーは吐息をちょっとついたが、ほんとに心から言った。「じつにあざやかなものですね。それで一瞬のうちに事件の全貌を示してくれたご婦人の話というのは、いったいどんなことだったのですか」

「いや、その女が実際に話してくれたことはたいしたことじゃなく、わたしがいわば話のあいだから感じとったとでもいうのかね。その女が話してくれたことは、ベリズフォード夫人があの賭けで犯人を知っていたということなのだ。そしてわたしが推定したことは、ベリズフォード夫人のような人柄の人が、答えがわかっているようなことに賭けをするなんて、とても思えないということだったのだ。したがって夫人は賭けをしなかった。したがって、もともとそんな賭けはおこなわれなかった。したがって、ベリズフォードは嘘をついていた。したがって、ベリズフォードは彼の言う話とは別な理由によって、あのチョコレートを手に入れたかったのだ。いずれにしろ、そんな賭けをしたという証拠は、ベリズフォードの言葉しかないじゃないか。もちろんその日の午後、ベリズフォードは夫人がチョコレートを食べるのを、というよりなんとかしてたべさせるのを見とどけるまで、そばを離れようとしなかった。すくなくとも六個、致死量以上だ。だからこそチョコレートの中には、六ミニムのニトロベンゼンで致死量になるように、細心の注意がはらってあったのだ。そして、自分でも二つくらいは食べてもかまわないようにしてあったのだ。じつにうまいことを考えたものだよ」

モリズビーは立ちあがった。

「どうも、シェリンガムさん、ありがとうございました。さあ、こんどはわたしが働く番のようですな」モリズビーは頭をかいた。「なんでしたっけ、『偶然という名の審判者』ですか。ところで、ベリズフォードは一つだけ重要なことをその『偶然という名の審判者』にまかせたじゃありませんか、シェリンガムさん。サー・ウィリアムがチョコレートをくれなかったら、どうです？　自分でひきとって情婦のひとりにでもそれをやったらどうなります？」

ロジャーは強く鼻をならした。彼はもうこのときにはベリズフォードに対し、個人的な誇りを感じていたのであった。

「そこだよ、モリズビー。サー・ウィリアムがそんなことをしたところで、たいしたことにはならなかったさ。そんなへまなことをする男とは、わけがちがうよ。きみはまさか、ベリズフォードがサー・ウィリアムに毒入りチョコレートを送ったなんて思っているんじゃないだろうね。そんなことをするものか！　なんでもないチョコレートを送っておいて、家に帰る途中で、ほかのものと取りかえたのさ。『偶然』なんかに隙を与えるようなまぬけじゃないよ。もし」とロジャーはつけくわえた。「偶然という言葉が、この場合あてはまるとすればだが」

短編推理小説の流れ3

戸川安宣

第三巻となる本巻には第二巻の掉尾《ちょうび》を飾ったF・W・クロフツの「急行列車内の謎」と同じ一九二一年に発表されたと思われる、イーデン・フィルポッツの「三死人」を筆頭に、一九二〇年代に発表された作品が勢揃《せいぞろ》いした。

第一巻には始祖E・A・ポオの一八四四年作「盗まれた手紙」に始まり、ジャック・フットレルの思考機械譚《たん》の第一作、一九〇五年の「十三号独房の問題」まで六十一年間の作品が並んだ。その間にコナン・ドイルが登場し、名探偵の代名詞ともなっているシャーロック・ホームズを生み出したことで、一挙に短編の黄金時代が形成された。第二巻は、そのホームズ人気に乗って登場した作家たちによる、イギリスのみにとどまらず、ヨーロッパ大陸からアメリカにまで及んだ名探偵たちの競演が繰り広げられた時代、その十七年間の秀作が収められている。そしてその最後にはいよいよ長編時代の幕開けを告げるF・W・クロフツが登場している。

第一次世界大戦後のイギリスで、クロフツが『樽』でデビューし、アガサ・クリスティが『スタイルズの怪事件』で登場したのが一九二〇年である。推理小説は長編の黄金時代を迎えるのだが、では同時期の短編の世界はどうであろう。

本アンソロジーの一、二巻と比較していただければ、この第三巻に収録された作品の内容に大きな変化が訪れていることに気づかれることだろう。

奇抜な発端、神の如き名探偵の推理を描き、ホームズとそのライヴァルたちがそれぞれの個性を競い合った時代――物語とはそもそも、こんな面白い話があるんだよ、と語り聞かせるところから始まったのだから、ありふれた話よりも、奇譚が求められたのは当然のこと、物語の主役も、平凡な人物より、変わった、非凡な才能のキャラクターが好まれたのも宜《むべ》なる哉《かな》、である。

それが二〇年代に入ると、この巻に収められた「三死人」や「堕天使の冒険」などでも明らかなように、より物語性豊かな作品が求められるようになる。

ところで、推理小説を専門とする作家はいつ、どのようにして誕生したのだろうか。

始祖ポオは、後世の読者から推理小説と呼ばれるジャンル小説を創始したと言われるようになろうとは思いもしなかったろう。そのポオに影響を受けて、主に犯罪が絡《から》んだ探偵活動を描く小説に手を染めた作家たちも、今日の目から見て推理小説と言い得る作品ばかりを書いていたわけではなかった。

中興の祖とも言える存在であるコナン・ドイルにしても、本人は歴史小説の作家と考えていたようだったから、様々なジャンルの小説を書く中で、もっとも大衆に受け入れられたのが、シャーロック・ホームズ譚であったからといって、推理作家に分類されるのは甚《はなは》だ不本意な事だったと思われる。

そして十九世紀末から二十世紀初頭にかけての時代にデビューした作家の多くは、ドイルのような人気作家を夢見て推理分野の創作に手を染めたのである。

だが、その中に、単なる模倣を脱してこのジャンル特有の性質を見極めようとする有志の作家も現れるようになる。さらに別のジャンルですでに一家を成した作家が、この勢いのある新ジャンルに関心を示し、自分も一つ、と発表したものが大変上質な作品であった、という例も散見されるようになる。こういう佳品が生まれる背景には、そのジャンルの勢いが不可欠で、推理小説の興隆《こうりゅう》ぶりを証明するものである。

そういった数々の作家、作品を俯瞰《ふかん》して見ると、推理小説をメインに書き続けようという作家が、第一次大戦前後からポツポツと登場していることに気づく。オースチン・フリーマンやジャック・フットレルなどが、その代表だろう。

やがて一九三〇年、G・K・チェスタトンを会長に据《す》え、イギリスにディテクション・クラブが誕生する。明確に専門作家が生まれたのは、この瞬間ではなかったろうか。

その辺りの動きは、第四巻以降で確認していただきたい。

さて、本アンソロジーも第三巻、全体の半ばとなったが、読者の中で旧版を読んでおられた方は、旧版と比べてこの新版の収録順序が大きく変わっていることにお気づきのことと思う。これは本アンソロジーが、収録作品を発表順に並べる、という旧版からの決まりに従った結果である。第一巻でも書いたように、旧版は、クイーン本——*101 Years' Entertainment* を主に、それにヴァン・ダイン本――*The Great Detective Stories*、およびセイヤーズ本――*Great Short Stories of Detection, Mystery and Horror* を主な底本として作られた。

この中でヴァン・ダイン本には、収録作品の出典や初出の記載が一切ない。それに対し、クイーン本には作品タイトルの右上に'First Appearance'として初出年が記載されている（図1参照）。そしてセイヤーズ本には収録する際の出典がその刊行年とともに記されている（図2参照）。

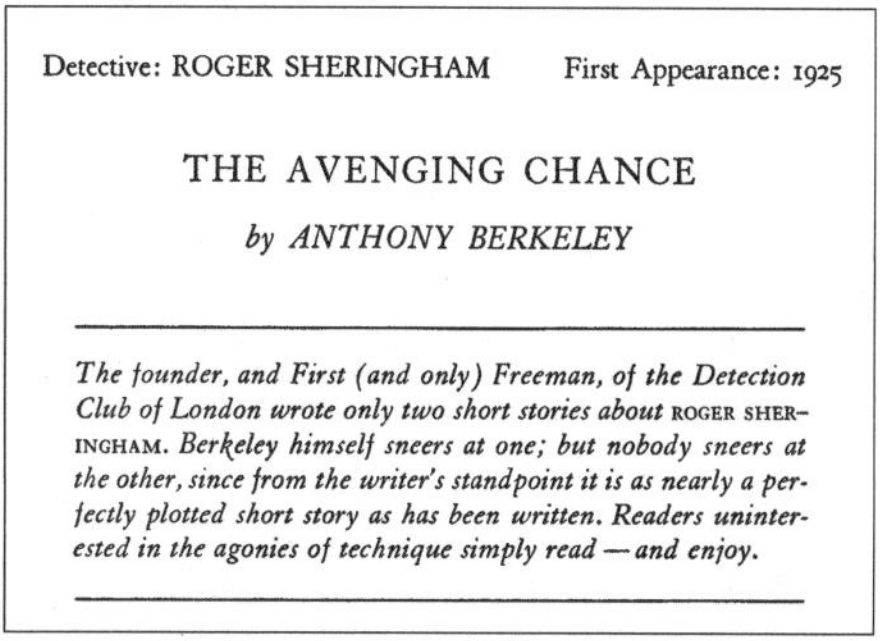

Detective: ROGER SHERINGHAM First Appearance: 1925

THE AVENGING CHANCE

by ANTHONY BERKELEY

The founder, and First (and only) Freeman, of the Detection Club of London wrote only two short stories about ROGER SHERINGHAM. *Berkeley himself sneers at one; but nobody sneers at the other, since from the writer's standpoint it is as nearly a perfectly plotted short story as has been written. Readers uninterested in the agonies of technique simply read — and enjoy.*

図1 *101 Years' Entertainment: The Great Detective Stories, 1841–1941*

クイーン本をもっとも頼りにしたと思われる本アンソロジーの旧版は、それに倣《なら》ってこの初出年を扉裏の作者紹介欄に記載したのだ。

ところで、書誌は緻密《ちみつ》な作業の積み重ねで成り立っている。本や新聞雑誌などを収集し、そのデータを書き出して時系列やアルファベット順に並べ替えるという、気の遠くなるような作業の連続から生まれる。かつてはすべて手作業で、一つ一つのデータをカード化し、それを並べ替える作業を繰り返し行った。コンピュータのお蔭で劇的に簡便化したのは、数十年前のことである。簡便に

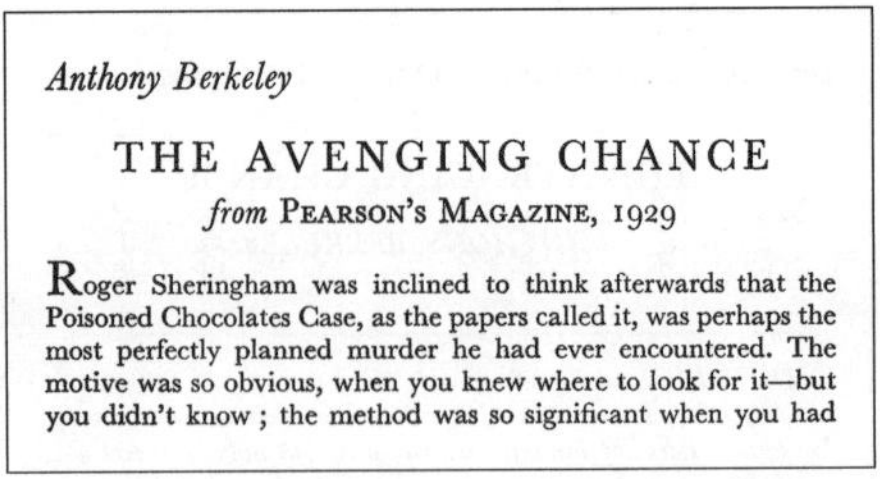
Anthony Berkeley

THE AVENGING CHANCE

from PEARSON'S MAGAZINE, 1929

Roger Sheringham was inclined to think afterwards that the Poisoned Chocolates Case, as the papers called it, was perhaps the most perfectly planned murder he had ever encountered. The motive was so obvious, when you knew where to look for it—but you didn't know ; the method was so significant when you had

図2 *Great Short Stories of Detection, Mystery and Horror: Second Series*

なった、といっても基《もと》資料の収集作業は、あまり軽減されていない。根気よく古本屋を歩いたり、図書館で古い新聞や雑誌を拾い読みする作業は、以前と変わりなく行わなければならない。

推理小説の世界で言うと、画期的な出版、と騒がれたのが一九六九年にバウカー社から刊行されたオーディーン・A・ヘイゲンの*Who Done It?*という本だった。今から考えると随分遺漏《いろう》の多い書誌本だったが、一個人の力で仕上げたことを考えると驚異的な内容である。これが土台となって、組織的な作業が行われるようになり、アレン・J・ヒュービンの*The Bibliography of Crime Fiction, 1749-1975*が一九七九年の初版から何度かの改訂を行いながら、出し続けられた。ただし、これらは単行本の書誌である。個々の作家の短編の書誌となると、熱狂的なファンを抱えるコナン・ドイルや、わが国で言えば江戸《えど》川乱歩《がわらんぽ》など一部の大作家のものしか発表されていない。

といった次第で、本アンソロジーのように、推理小説の短編を編年体で収録しようとすると、様々な困難にぶち当たることになる。

その端的な例として、本集の最後に収めたアントニイ・バークリーの「偶然の審判」を採り上げてみよう。この作品はバークリーの長編代表作『毒入りチョコレート事件』の短編ヴァージョンとして知られている。『毒入りチョコレート事件』は、一つの殺人事件を巡って、複数の探偵役により、何通りもの解決が示される、という多重推理ものとして、推理小説ファンに知られる作品である。それに対し、短編版の「偶然の審判」は、長編版の探偵役の一人、ロジャー・シェリンガムの単独の推理が物語られ、スッキリとした推理譚に仕上がっている。これはこれで充分満足のいく作品なのだが、長編版では、そのシェリンガムの名推理もあっけなくひっくり返されてしまって、まったく異なった解決が示される。ところがそれもまた……という驚くべき仕掛けの作品なのだ。

　そこで、単純に考えると著者バークリーはまず「偶然の審判」という短編を書き、その後それを膨《ふく》らませた、今迄にない推理長編のプロットを思いつき、『毒入りチョコレート事件』に仕上げたのだろう、と思われる。この長編は一九二九年、ロンドンのコリンズ社と、ニューヨークのダブルディ社から刊行されている。

　では、「偶然の審判」は何年にどこに発表されたのだろう。本アンソロジー旧版には一九二五年と明記されていた。このデータの出所は、クイーン本である（図1参照）。だが一九二五年というと、バークリーがA・B・コックスの名で第一作 *Brenda Entertains* などを発表した作家デビューの年なのである。それに対し、自身のアンソロジー第二集に「偶然の審判」を収録したセイヤーズは、その出典を〈ピアスンズ・マガジン〉一九二九年と記している（図2

参照）。

また、カリフォルニア大学サン・ディエゴ校の《ミステリ・ライブラリ》プロジェクトの一環として一九七九年に刊行された *The Poisoned Chocolate Case* の巻末に、ジェイムズ・サンドーによるバークリーの著作目録が載っていて、それによると「偶然の審判」は一九二八年に発表され（発表誌などは明記されていない）、その後フェイバー社刊の *Best Detective Stories of the Year* の一九二九年版（一九三〇年刊）に再録されたという。

さらに一九九四年にはロンドンのトマス・カーナッキ社から限定版で *The Roger Sheringham Stories* が刊行され、「偶然の審判」の若干長めのヴァージョン'The Avenging Chance'が収録されたのである。それまで未発表だったこのロング・ヴァージョンは二〇〇四年にはクリッペン&ランドルー社より上梓された *The Avenging Chance and Other Mysteries from Roger Sheringham's Casebook* にも再録された。この長めの'The Avenging Chance'は内容的には従来読まれてきた短編版とまったく変わらない。

このロング・ヴァージョンがいつ頃書かれたものか不明だが、バークリーはまずこれを書き、発表しないまま、長編化する構想を立てて『毒入りチョコレート事件』を仕上げ、それと同時に文章を刈りこんで長編刊行の年、〈ピアスンズ・マガジン〉に発表したのが「偶然の審判」だった、という経緯《けいい》ではなかったろうか。これはあくまでぼくの推論に過ぎない。長編と短編が同年に発表されたとすると、その逆の可能性もないではないが、未発表だった原稿の存在を考えると、ぼくにはこの考え方が妥当なように思えるのである。

ちなみに、トマス・カーナッキ刊の前掲書に掲載されたチェックリストには「偶然の審判」の初出が〈ピアスンズ・マガジン〉一九二九年の九月号であると明記されており、同誌のバックナンバーでも確認がとれたので、本アンソロジーでは一九二九年初出とした。

とまあ、そんな作業を繰り返して本アンソロジー収録作の初出年月を探っていった結果、旧版と大きな違いが生ずることとなった次第である。だが、どうしても初出が突き止められなかった作品が何編か残ってしまった。それについてもこの解題で明らかにしていきたい。

三死人

イーデン・フィルポッツは田園小説の大家として、『テス』で有名なトマス・ハーディなどと並んで、イギリスでは高名な小説家であった。一八六二年、というから日本では江戸末期に、当時イギリス領だったインドで駐留軍人の息子として生まれ、一九六〇年の年末に九十八歳で亡くなるまで三百冊に近い著作を遺した。ぼくは一九三一年に刊行されたパーシヴァル・ヒントンの *Eden Phillpotts: a bibliography of first editions* という本を所持しているが、それには一八八八年刊の *My Adventure in the Flying Scotsman* から一九三一年刊の『溺死人』までの百四十冊余と、二十巻のダートムア小説選書がリストアップされている。フィルポッツはこの後も三十年近くにわたり、同じペースで書き続けたのだから、その中にたかだか二、三十冊の推理小説があってもあまり注目されなかったのは無理のないことかも知れない。

本国においてそうなのだから、わが国でまったく読まれなかったとしても仕方がないのに、かつて推理小説のオールタイムベストが選ばれた折には、『赤毛のレドメイン家』と『闇からの声』は常連として名を連ねていた（ばかりか、江戸川乱歩をはじめ一位に推す人も少なくなかった）。それというのも、ヴァン・ダイン本の序論で大きく採り上げられたお蔭で、日本でその作品が次々と翻訳されたからにほかならない。ことフィルポッツに関して言えばヴァン・ダイン様々であった。そのヴァン・ダイン本に、本編がフィルポッツの代表短編として紹介されているのだから、本アンソロジーとしても文句のない選択と言えるだろう。

因みに、さすがセイヤーズは自身のアンソロジー第一集の第一部推理編に'Prince Charlie's Dirk'を、第二集の第二部怪奇編に「鉄のパイナップル」（本文庫、G・K・チェスタトン編『探偵小説の世紀 上』所収）を収録している。アンソロジーにフィルポッツを採らなかったクイーンの名誉のために書いておくと、*Queen's Quorum* に、フィルポッツの処女出版 *My Adventure in the Flying Scotsman* を13番として選び出している。

本編の舞台となったバルバドスは、西インド諸島の東に位置する島国で、作中にあるように一六〇五年、イングランドが植民地を建設した時、無人島であったのが、砂糖きび栽培のため多数の奴隷を移住させたため、人口が急増した。

この島で、ほとんど同時にイギリス人と黒人、それに混血児の三人が殺されるという事件が起こるが、その動機がまったくつかめない。この作品は、依頼を受けたロンドンの私立探偵事務所の所長マイクル・デュヴィーンに代わって派遣された若い調査員が綿密に記した第一、二章の報告と、それを基にした所長の推理を記した第三章とから成っている。読者への挑戦状こそないものの、第二章までの記述を基に第三章の推理が成り立っているのだから、作中の名探偵と読者がまったく同じ材料を基に事件の真相を推理することができるという、見事なフェアプレイの推理譚である。

ところで、この作品の初出探しも難しかった。ようやくオレゴンで発行している〈サンデイ・オレゴニアン〉紙の一九二一年六月十二日号に掲載されているのを発見した。はたしてこれが初出であるのか、これより先に、本国の雑誌や新聞などに発表されなかったのか、突き止められなかった。かくして一九二一年の作品として本巻のトップに収めた次第である。

その後一九二六年刊の短編集 *Peacock House* に収録された。ロンドンのハッチンスン社から刊行されたこの本の初版は三千部で、定価は七シリング六ペンスだったという（ヒントン、前掲書）。

堕天使の冒険

アメリカで〈ポピュラー・マガジン〉一九二四年十月二十日号に発表された後、イギリスで〈ハッチンスンズ・ミステリ・ストーリー・マガジン〉一九二五年十一月号に掲載された。

パーシヴァル・ワイルドはわが国では長く『検死審問《インクエスト》』（一九四〇）の著者として知られていたが、近年になってその続編『検死審問ふたたび』（一九四二）や短編集『探偵術教えます』（一九四七）、そしてここに収録された「堕天使の冒険」と同系列の作品を収めた『悪党どものお楽しみ』（一九二九）などが相次いで紹介された。

本編は、コントラクト・ブリッジを主に、カード・ゲームの詐術《さじゅつ》を描いた作品で、ゲーム用語が頻出《ひんしゅつ》する。あまりブリッジに馴染みのないわが国の読者には、ある意味一番不向きな作品ではないかと危惧《きぐ》するが、ドラマチックな物語の展開が、そんな不安を吹き飛ばしてしまうに違いない。

欧米でブリッジは日常的に行われているため、ゲームそのものとは無関係に、単なる比喩《ひゆ》としてブリッジ用語が使われている文芸作品がたくさんある。ぼく自身、翻訳書の編集で何度も遭遇し、そのたびに処理に手こずったもので、E・R・バローズのSFに比喩として出てきたときには吃驚《きっきょう》した。本編はブリッジそのものが描かれるので、ことさら神経を使うが、かといって割り注を多用するのも、読む流れを殺《そ》いでしまう。注無しでも流れが理解できるようにしたつもりである。

やっかいなのは、日常用語として定着してしまっている言葉で、ゲーム用語としては別の意味がある単語の処理である。端的な例が trump という言葉だ。この用語はブリッジでは切り札の意味であり、ゲームに使う札――日本語で言うトランプは playing card、ないし単に card である。したがって本編ではカードとか札と表記し、トランプという言葉は切り札以外には使わなかった。日本では子供の頃から七並べでもババ抜きでも、トランプ遊びと呼び慣わしているのだから、翻訳小説の仕事をする時、ブリッジ用語の処理は最も頭を悩ますところである。そういう次第で、扉裏の紹介文に手を加えたことをお断りしておく。

最後の「作者付記」を読むと、これは実話に基づく話のようである。ロベール・ウーダン

（一八〇五―一八七一）はフランスの著名なマジシャン。時計職人からマジシャンに転身したという異色の経歴の持ち主だが、時計職人としての知識と技術をフルに活用して数々の創作マジックを考案した。舞台には燕尾服《えんびふく》を着用、シルクハットを被って登場し、以後、これがマジシャンの正装とも言われるようになったところから、「近代奇術の父」とも呼ばれている。

夜鶯荘

一九二四年十一月号の〈グランド・マガジン〉に発表された。

本文一六〇ページで夫の日記に「六月十八日、水曜」とあるが、六月十八日が水曜なのは、前後十年の間で、一九一九年、一九三〇年と、この作品の発表された一九二四年しかない。作中の事件は発表年の出来事と考えて良さそうである。

著者のアガサ・クリスティについては、説明の要はあるまい。

タイトルにもなっている philomel はナイチンゲール、サヨナキドリのことだが、物語の舞台が nightingale cottage ではなく、敢えて philomel cottage となっているのは、この言葉がギリシア神話に登場するピロメーラーから派生し、悲劇的な意味合いがあるからだろう。

本編は一九三六年、Love from a Stranger のタイトルで、フランク・ヴォスパーが舞台劇にし、翌年、それに基づいて同題でイギリスで映画化された。「鎧なき騎士」などのフランシス・マリオンが脚本、「三銃士」などのローランド・V・リーが監督、アン・ハーディングとホームズ役者の一人ベイジル・ラスボーンが主演を務めた（日本公開題名「血に笑う男」）。アメリカ公開時のタイトルはA Night of Terror）。一九四七年にはアメリカで、リチャード・ウォーフ監督により、同じくLove from a Strangerのタイトルで再映画化されている（このときは逆に、イギリスではA Stranger Walked Inというタイトルで公開された）。主演はジョン・ホディアックとシルヴィア・シドニイ。この脚本は、フィリップ・マクドナルドが担当している。

　クイーン本には全部で五十編の名作が収められているが、その中でアガサ・クリスティだけが一人で三編も作品を採られている。ポワロものの'A Chess Problem'とトミーとタッペンスものの'The Disappearance of Mrs. Leigh Gordon'、それに本編である。最初の作品は『謎のビッグ・フォア』中の「チェスの問題」、二番目は『二人で探偵を』所収の「婚約者失踪の謎」The Case of the Missing Ladyを改題し、冒頭部分を若干手直ししたものだが、それら謎解き譚を採らずに敢えてサスペンス調の本編を選んだところに本アンソロジーの特色がある。だが、世界的にクリスティ人気を支える一端が、「ねずみとり《マウストラップ》」をはじめとする演劇作品、就中《なかんずく》その結末のどんでん返しにあることを考えると、この選択は充分納得のいくものと言えよう。

茶の葉

〈ストランド・マガジン〉一九二五年十月号に掲載された。

　著者の一人、エドガー・ジェプスンは、冒険小説から怪奇ものまで幅広い作品を書いており、R・エディスン・ペイジという筆名もある。フィルポッツの「三死人」の舞台となったバルバドスに数年住んでいたことがあり、ソーンダイク博士やフェル博士の住まいがあったキングズ・ベンチ・ウォークで執筆活動をしていたことがある。ルブランのリュパンものの翻訳も手がけ、本編の共著者ユーステス以外にもアーサー・マッケンやジョン・ゴーズワースなどと共作している。一方のロバート・ユーステスは本名をユーステス・ロバート・バートンといって、こちらもL・T・ミードなどとの共作がある。一番有名な作品はドロシー・L・セイヤーズと共作した『箱の中の書類』だろう。本職は医者で、本編にも彼の医学的な知識が活用されている。

密室短編の古典として、評価の高い作品である。ジョン・ディクスン・カーに同趣向の作品がある。

キプロスの蜂

アメリカで一九二六年二月六日号の〈フリンズ〉誌〈〈ディテクティヴ・フィクション・ウィークリー〉の前身〉に発表された後、イギリスで〈ハッチンスンズ・ミステリ・ストーリー・マガジン〉の同年四月号に掲載され、一九二七年刊の短編集 *Sinners Go Secretly* に収録された。

著者のアントニー・ウィンは本名をロバート・マクニール・ウィルスンといって、外科医であり、作家、ジャーナリスト、そして自由党議員。本編に登場するユーステス・ヘイリー博士を主人公とする長短編が多数ある。

この作品も、著者の医学的知識が存分に活かされている。

旧版収録時の本編の扉裏紹介がトリックのネタばらしになるという指摘を受けてその部分を削除した旨、お断わりしておく。

イギリス製濾過器

一九二六年三月号の〈ストランド・マガジン〉に掲載された。

C・E・ベックホファー・ロバーツはロンドンに生まれ育ったが、古典研究のためにドイツに住んでいたこともある。翻訳から劇作、ノンフィクション等、なんでもこなすライターとして活躍し、ポール・ヴェルレーヌやウィンストン・チャーチルなどの伝記も執筆している。ミステリの分野では、本編の探偵役ＡＢＣが登場する *A.B.C.'s Test Case* や *A.B.C. Investigates* といった長編があり、ジョージ・グッドチャイルドとの共作が数編ある。

重量感のある物語が並ぶ本集の中では、小説作りの上でやや稚拙《ちせつ》な印象も受けるが、本編のトリックがあまりにも印象的で、初読以来半世紀が経つというのに、今回再読して、細部まで鮮明に記憶していることに一驚した。一読忘れ難い作品、とはこういう小説を指すのだろう。

殺人者

一九二七年三月号の〈スクリブナーズ・マガジン〉に掲載された。単行本としては一九二七年刊の『男だけの世界』に収録されている。

簡潔な文体と会話の妙で、まさに絶品とも言うべき作品である。アーネスト・ヘミングウェイ作品が導火線となってダシール・ハメット以下のハードボイルドが誕生したのも、これ一作を読んだだけで納得させられる。

現在、さまざまな翻訳が出ているが、『誰がために鐘は鳴る』など、早くからヘミングウェイの紹介に努めた大久保《おおくぼ》康雄《やすお》氏の訳文は、この作品の味わいを見事に再現していると思う。

窓のふくろう

クイーン本に依ると、初出は一九二三年で、'In a Telephone Cabinet' のタイトルで発表された、とある。その後、一九二八年刊の短編集『ウィルソン警視の休日』に収録された。これは *Queen's Quorum* の77番に選ばれている。セイヤーズ本は、この短編集を出典にしているので、初出に関しては手がかりにならない。本編の冒頭に「百万長者ラドレットの死」とあるのは、一九二五年刊の長編『百万長者の死』で扱われている事件だ。本編の事件はその「ずっとまえのこと」とある。しかしここにそういう記述があるということは、本編は『百万長者の死』発表の後の作品、と考えられる。とすると、クイーンの一九二三年初出説は怪しくなってくるが、具体的な発表誌を突き止めることができなかった。迷った末にセイヤーズに従い、『ウィルソン警視の休日』の刊行された一九二八年とした。諒《りょう》とせられたい。

共著者の一人、マーガレット・イザベル・コールは、『十二人の評決』を著した社会学者レイモンド・ポストゲートの姉である。ポストゲートは彼女の夫であり、もう一人の共著者であるG・D・H・コールと *The Common People, 1746-1946* という本を共作している。

銀行の出納係が自宅の電話室で銃殺された。凶行には、銃口が広がっているらっぱ銃か、帆布製の袋に小弾を詰め込んだぶどう弾が使われたのではないか、とみられるが、なぜそんな特殊な凶器が使われたのか、犯人はこの狭い電話室のどこにいたのか、謎だらけの状況であった。

ところで、ウィルスンの徹底した家宅捜査を読んでいて、本アンソロジー第一集の「盗まれた手紙」のG＊＊の捜査を思い出さなかったろうか。警察の捜査とは、こういうもの、というポオの指摘を裏書きしているようで、読みながら思わず笑ってしまった。

完全犯罪

〈ハーパーズ・マガジン〉一九二八年八月号に掲載された。

作者のベン・レイ・レドマンはニューヨークのブルックリンで生まれ、カリフォルニアのハリウッドで亡くなった。享年六十五。二十七歳の時、アナベル・ジェンクス・ピケットと結婚、三年後に別れ、同年、女優のフリーダ・イネスコートと再婚している。作家、評論家、編集者として数多くの新聞、雑誌等で健筆をふるった。

本編は、クイーン本の掉尾を飾る作品。発表年代が収録作の一番最後というわけではないので、扉裏の紹介にもあるように「推理小説で終わる推理小説」という設定が、掉尾に置くのに相応しい、と思えたからだろう。

アメリカのTVドラマ「ヒッチコック劇場」で一九五七年にドラマ化された。

偶然の審判

〈ピアスンズ・マガジン〉一九二九年九月号。

これについては前述したことに付け加えることはない。『毒入りチョコレート事件』と切り離して読んでも、最後の落としどころが見事に決まっている、推理短編の秀作である。

本書収録作には、表現に穏当を欠くと思われる部分がありますが、作品成立時の時代背景および古典として評価すべき作品であることを考慮し、原文を尊重しました。（編集部）

検印
廃止

編者紹介 1894年三重県生まれ。1923年の〈新青年〉誌に掲載された「二銭銅貨」でデビュー。以降、「パノラマ島奇談」等の傑作を相次ぎ発表、『蜘蛛男』以下の通俗長編で一般読者の、『怪人二十面相』に始まる少年物で年少読者の圧倒的な支持を集めた。1965年没。

世界推理短編傑作集3

1960年12月19日 初版
2016年12月9日 59版
新版・改題 2018年12月21日 初版
2020年12月18日 再版

著者 イーデン・フィルポッツ 他
編者 江《え》戸《ど》川《がわ》乱《らん》歩《ぽ》

発行所 (株)東京創元社
代表者 渋谷健太郎

162-0814/東京都新宿区新小川町1-5
電話 03・3268・8231-営業部
03・3268・8204-編集部
URL http://www.tsogen.co.jp
工友会印刷・本間製本

乱丁・落丁本は、ご面倒ですが小社までご送付ください。送料小社負担にてお取替えいたします。

Printed in Japan

ISBN978-4-488-10009-4 C0197